Dernières épouses

DU MÊME AUTEUR

Aux Éditions Albin Michel

ET LA VIE DANS TOUT ÇA, VERNA ?

Judith Freeman

DERNIÈRES ÉPOUSES

ROMAN

Traduit de l'américain
par Anne Damour

Ouvrage traduit avec le concours
du Centre National du Livre

TERRES D'AMERIQUE

Albin Michel

« Terres d'Amérique »

Collection dirigée par Francis Geffard

Titre original :
RED WATER

22, rue Huyghens, 75014 Paris
www.albin-michel.fr
ISBN 2-226-15079-X
ISSN 1272-1085

Pour Joy

Le rouge est ce qu'il y a de plus joyeux et de plus terrible dans l'univers. C'est la note la plus violente, la lumière la plus extrême. Là où les murs de ce monde qui est le nôtre ont la moindre épaisseur et où transparaît ce qui brûle au-delà.

C. K. Chesterton

PREMIÈRE PARTIE

L'exécution

1

Le vent soufflait ce jour-là, un vent ancien, vicieux et glacial. Il s'était levé dans la matinée, venant du sud-est, et vers midi avait forci, brassant les branches les plus lourdes des arbres, les agitant avec un grincement sourd. Des plaques de neige s'attardaient sur les hauteurs, des amas floconneux étaient nichés dans les failles sur les pentes restées à l'ombre et au nord de fines lignes blanches festonnaient les crêtes.

Quand il s'assit sur son cercueil, le vent ébouriffa ses cheveux et souleva les pans de sa veste qui palpitèrent comme les ailes d'un oiseau noir accroché à sa poitrine.

Parfois s'élevait le chant des alouettes et le vent soufflait sans répit en violentes rafales tandis que les hommes continuaient d'arriver à cheval, descendant des collines alentour, seuls ou par groupes de deux ou trois, telles de pâles apparitions.

Il entendait le bruit de l'eau dans la rivière.

Les vaches en foulant le sol boueux avaient laissé des empreintes larges comme des assiettes puis la terre avait séché et le chemin était resté inégal et dur sous les pieds. Il faisait désagréablement froid hors de l'abri des chariots et beaucoup s'adossaient aux marchepieds ou s'appuyaient à leurs montures pour se réchauffer.

Le printemps pointait malgré le froid. Toutes les prémices étaient là – les notes joyeuses des alouettes, l'herbe qui verdissait dans la prairie, et les taches brunes de terre nue sur les pentes. On sentait dans l'atmosphère qu'un tournant avait été franchi et que l'hiver était derrière eux désormais, même si le vent gardait son âpreté. Le ciel, peu couvert, était à peine voilé d'une fine nue blanche, légère et fragile comme une gaze sur un œil clair, donnant au jour une apparence sourde. Un moment d'arrêt entre les saisons – pas encore le printemps, pourtant annoncé officiellement deux jours plus tôt, et déjà plus l'hiver, encore qu'un rappel de sa froideur persistât dans l'air. Il remarqua le photographe debout sous le vent de sa tente et il voyait la tente se gonfler dans les bourrasques comme une créature vivante aspirant l'air.

Il entendait le martèlement d'un pivert attaquant sans relâche un peuplier de Virginie noueux et difforme dont le tronc s'était brisé sous le poids de ses basses branches qui s'inclinaient jusqu'à terre. Le long de la rivière ces vieux arbres enchevêtrés, rabougris par des années de sècheresse et qui poussaient davantage à l'horizontale qu'à la verticale, étaient néanmoins parvenus à se cramponner aux berges, à donner de nouveaux rejets et de nouvelles pousses chaque année, abandonnant les plus lourdes de leurs branches au vent et aux lois de la gravité.

Toute la matinée, les oiseaux s'étaient appelés d'une berge à l'autre et le silence à présent semblait accru par la pâleur délavée du ciel, par les coteaux brunis et secs, les crêtes et les gorges au nord soulignées d'un feston de neige. Dans un mois, les joncs verdiraient sur les rives, la neige aurait fondu et les daims quitteraient leur habitat dans la prairie pour regagner peu à peu les coteaux couverts de cèdres.

En juin, il ferait si chaud et sec que les herbes commenceraient à jaunir et que le niveau de la rivière décroîtrait, l'eau se retirerait, tourbillonnant dans des flaques assez profondes pour retenir le poisson dans les creux d'ombre.

Ils le fusillèrent avant midi.

Le vent soufflait encore.

Le printemps et l'hiver se mêlaient dans l'air.

Il avait été conduit là, à cet endroit précis, par le marshall qui l'avait traité amicalement durant sa longue incarcération et aidé à ne pas perdre courage pendant son premier procès, ainsi que pendant le second.

Il était arrivé environ une heure avant l'exécution et semblait las et calme.

Le peloton était invisible. Les cinq hommes, dissimulés derrière la bâche à l'arrière d'un chariot que l'on avait amené devant le condamné assis sur son cercueil, ajustèrent leur tir à travers une ouverture pratiquée dans la toile.

Auparavant, toutefois, avant qu'ils ne fissent feu, il eut l'autorisation de s'entretenir avec quelques-uns de ceux qui étaient venus assister à l'exécution.

Sa photo fut prise par l'homme qui faisait les cent pas près de sa tente et il lui demanda d'envoyer son portrait à ses veuves. Sa requête acceptée, il se leva et prononça quelques ultimes paroles à l'adresse de la foule qui s'était rassemblée là.

Sa voix se brisa une seule fois et ce fut lorsqu'il mentionna ses épouses et ses enfants qui, dit-il, allaient rester sans protection dans ce monde.

Un pasteur s'agenouilla avec lui et pria.

Il se rassit sur son cercueil. Il ôta son manteau et le tendit à un jeune homme qui se tenait non loin en le priant de le remettre à l'un de ses fils. Il dit qu'il ne voyait aucune raison de détruire une redingote en parfait état.

On lui banda les yeux mais, à sa demande, ses mains restèrent libres.

Lorsque le bandeau fut en place, il s'adressa aux hommes chargés de l'exécuter d'une voix forte et calme : Visez le cœur, les gars. Ne mutilez pas mes membres.

Cinq coups partirent, suivis de cinq autres si rapprochés qu'ils claquèrent comme une seule détonation prolongée.

Il s'écroula sur son cercueil, mort.

Avant sa mort, et après, les oiseaux se turent.

Le soleil avait le même éclat blanc métallique que le ciel, en plus brillant, beaucoup plus brillant.

Les coups avaient percé son cœur et un flot de sang gicla des blessures de sa poitrine et de son dos. Ils l'allongèrent sur le sol, ôtèrent le bandeau de ses yeux et quelqu'un pensa à lui abaisser les paupières. Après un moment, le sang ralentit, ne jaillit ni ne bouillonna plus mais s'écoula en minces filets sporadiques.

On le plaça dans son cercueil. Les mains croisées sur sa poitrine, les épaisses articulations rougies par le travail saillant en protubérances noueuses. Le photographe prit une dernière photo de l'homme mort qui reposait dans la boîte de sapin puis le couvercle fut cloué et le cercueil chargé sur un chariot. Tiré par une paire de mules blanches et conduit par le marshall, le chariot se mit en branle sans attendre, au grand désappointement de ceux qui dans la foule eussent préféré contempler plus longuement le défunt.

Le photographe fut le dernier à quitter la prairie. Lorsque les autres furent partis, il resta en arrière et développa ses plaques avant de ranger son appareil et son matériel de développement Carbutt, fixant le tout sur sa mule avec une dextérité née d'une longue pratique. Mais le jour déclinait, striant la prairie de larges rayures obliques d'ombre et de lumière, et le vent était presque tombé. Il jeta un dernier regard autour de lui avant de rejoindre la piste.

Rien de bon n'est jamais arrivé ici, pensa-t-il.

Et rien de bon n'y arrivera jamais.

C'est désormais et à jamais un lieu de mort.

Il savait que l'homme était mort à cause de ses péchés, et qu'il avait endossé les péchés de ses compagnons et était mort pour eux aussi. Il était mort pour une quantité de gens : il avait été le bouc émissaire, personne dans l'entourage du photographe ne l'ignorait.

Le marshall conduisit le corps à Cedar City et le remit à ses fils, qui partirent le lendemain matin pour Panguitch, où ils avaient l'intention d'enterrer leur père. La femme qui les accompagnait aurait pu être leur mère, mais elle ne l'était pas, bien qu'elle se fût souvent occupée d'eux au cours de leur jeune existence. Ils conduisaient un chariot ouvert, les deux garçons assis à l'avant sur le siège et la femme recroquevillée à l'arrière près du cercueil. Le chariot était tiré par deux mules rousses de même race et de même caractère. Après avoir quitté le fond de la vallée, la piste usée montait à travers les bois touffus. Il y avait des montagnes tout autour. Des montagnes couvertes de cèdres et de neige.

Au sud la lumière du matin brillait à travers un ciel couvert. Parmi les cèdres au bord de la route, des plaques de neige dessinaient des taches blanches sur la terre rouge et déjà l'armoise et la bigelovie se coloraient de vert. Là où poussait l'armoise, la neige avait fondu, laissant des creux et des cavités sombres et humides, comme si les plantes en renaissant avaient répandu de la chaleur et dissous la neige.

Sur le côté droit de la route, le talus s'inclinait face au nord et la neige s'accrochait aux rochers et aux ravins, s'accumulant par endroits à une profondeur considérable.

Gravissant une lente montée bordée de saules orange et bordeaux, ils gagnèrent les hauteurs où la bigelovie poussait presque aussi haut que les saules et là, à travers une faille entre les collines qui se rapprochaient avant de s'ouvrir à nouveau, s'offrirent à leurs yeux la large vallée et la présence d'une colonie. Par cette ouverture, les garçons pouvaient voir les pâturages qui s'étendaient autour du petit groupe de maisons et les silhouettes sombres des bêtes dans les prés. C'était une scène paisible, sur un fond de falaises rouges et de montagnes sombres couvertes de cèdres, avec les crêtes neigeuses de la Kolob Range qui s'étiraient vers le sud. Les nuages roulaient en masses lisses et compactes, denses et blanches, avec de lourds fonds plats. On eût dit des dômes en suspens dans le ciel.

La route franchissait la rivière et les garçons regardèrent l'eau rougeâtre se briser sur les rochers au passage des roues du chariot. Tout était rouge. Rouge ou orange ou d'une couleur voisine – l'eau, les berges de la rivière, la terre, et les blocs de pierre qui surgissaient du sol verdoyant et des coteaux parsemés de cèdres. Rouge, couleur de rouille et de sang séché. Partout la neige fondait et ruisselait sur le sol rouge. Et partout se dressaient des colonnes de roche, en forme de tours, de pinacles, de figures extravagantes.

Il y avait des cascades de glace à l'ombre et partout l'eau ruisselait, chargée d'argile rouge.

Plus ils s'élevaient, plus la forêt s'épaississait. Ils s'enfoncèrent sous de hauts pins. L'eau suintait des plates-formes rocheuses. La neige autour d'eux était de plus en plus profonde, et ils atteignirent des bois de trembles nus et des rochers noirs luisants d'eau.

La température avait baissé, refroidie par les épaisses couches de neige qui maintenant les entouraient. Le garçon qui avait la charge des mules dit Ho là Sadia, ho là Sam, et arrêta les bêtes, et l'autre garçon soupira Pourquoi tu t'arrêtes ? Le premier, l'aîné, dit qu'il avait froid et demanda à son frère de lui passer une des couvertures pliées à l'arrière. Ils s'enveloppèrent dans des couvertures navajos aux couleurs vives puis l'aîné claqua sa langue à l'adresse des mules et elles se mirent en branle, leurs sabots s'agrippant à la pente caillouteuse.

Plus tard ils firent une halte pour permettre aux bêtes de se reposer. Les garçons sortirent du chariot et restèrent un instant immobiles à contempler les flèches de grès rouge au milieu des pins sombres. Loin en contrebas la montagne formait un amphithéâtre bordé de falaises sur trois côtés et dans cette immense cuvette s'élevaient des douzaines d'aiguilles rocheuses. Elles ressemblaient à des personnages de théâtre, drapés de manteaux orange et rouge, enfermés à l'intérieur d'une scène de pierre. Des corbeaux par centaines tournaient en cercle au-dessus d'elles.

Regarde, dit l'aîné à son frère.

Je regarde.

Je veux dire tous ces oiseaux noirs.

Ce sont des corbeaux.

Je sais que ce sont des corbeaux. Je parlais juste de leur couleur.

Si tu savais que c'était des corbeaux, pourquoi t'as pas dit tout simplement corbeaux ?

Laisse tomber, veux-tu ? dit l'aîné, et il s'éloigna.

La femme ne quitta pas le chariot pendant la halte, elle resta assise un poing fermé sur ses genoux, l'autre main posée sur le cercueil, ses yeux noirs rivés droit devant elle et la bouche serrée en un rictus amer, mais alors que les garçons s'apprêtaient à regagner leur place elle leur demanda d'attendre, descendit du chariot et s'enfonça dans les bois. Elle revint peu après et reprit sa place près du cercueil et ils s'ébranlèrent au son du claquement des sabots contre la pierre.

Au fur et à mesure qu'ils gagnaient de l'altitude, s'effaçaient de leur esprit la vallée qu'ils venaient de quitter et la cruauté de ce qui s'y était déroulé, et ils en éprouvèrent du réconfort. Lorsqu'ils débouchèrent à la hauteur du plateau de Webster's Flat, ils laissèrent à nouveau les mules se reposer et cette fois ils quittèrent tous le chariot et s'assirent sur des rondins de bois sec pour manger le casse-croûte qu'ils avaient emporté.

Le ciel ne pourrait être plus bleu, dit l'aîné à un moment, histoire de briser le silence. Il leva les yeux pour contempler les arbres, et son frère et la femme l'imitèrent, sans émettre de commentaire.

Lorsqu'ils eurent fini leur repas, le plus jeune fit des boules de neige et visa la souche d'un pin frappé par la foudre, ratant chaque fois son coup, et l'aîné, qui le regardait de loin, rit et lui dit qu'il était un mauvais tireur à l'instant même où l'une des boules touchait sa cible.

Plus haut, à l'endroit où les pins s'étiolaient, il arrêta les mules à nouveau et descendit pour se soulager. L'air était très froid à présent. Ils avaient presque atteint le sommet. Il se tint face au sud puis se mit le dos au vent afin d'éviter que les éclaboussures ne rejaillissent sur lui. La montagne s'abaissait rapidement. Elle ne plongeait pas directement jusqu'au désert mais s'étageait en une succession de crêtes et de plateaux, couverts de pins, déclinant loin devant lui, pins et trembles mêlés, répartis régulièrement sur les versants sauf sur les arêtes dénudées et dans les trouées entre les arbres que formaient de petites prairies. Il apercevait la lisière où s'arrêtait la neige. Il voyait un tertre dans le lointain, une butte isolée en forme de maison qui se détachait dans la vallée, donc ce qu'il voyait, ce qu'il regardait en ce moment même, c'était le dos des pics qu'il avait vus hier en se dirigeant vers le nord sur la route de Cedar City, quand il avait quitté le village. Le temps semblait s'être arrêté depuis et pourtant il était là, avec son frère, et avec la femme qui n'était pas sa mère, et avec son père mort. C'était son père dans la boîte qu'il transportait, se répéta-t-il, comme s'il risquait de l'oublier.

Quelle est la différence entre un tertre et une mesa ? avait-il demandé à son père un jour, et son père avait dit Écoute, je crois qu'une mesa a une surface plus large, sinon il n'y a aucune différence. Les deux sont isolés et abandonnés au milieu du monde.

Lorsqu'ils furent prêts à partir de nouveau, il saisit les rênes, fit claquer les longues extrémités contre les flancs du chariot et les mules se mirent en mouvement.

Cette nuit-là ils campèrent au sommet, dormant à l'intérieur du chariot au milieu des champs blancs de neige, éclairés par l'éclat mystérieux d'un croissant de lune. Deux dormirent de part et d'autre du cercueil et un au bout, en travers, et dans la nuit le plus jeune se réveilla apeuré de se trouver aussi près de la mort et transporta ses couvertures dehors où il termina la nuit couché par terre contre la roue du chariot.

Quand ils descendirent de la montagne le lendemain matin, la terre ocre s'harmonisait à la couleur de l'ansérine qu'un long hiver avait jaunie. Arrivés en bas ils bifurquèrent vers le nord et remontèrent une vallée parallèle à celle qu'ils avaient quittée la veille, une vallée verte et fertile parcourue par une route fréquentée qui serpentait à travers les collines rouges le long d'une rivière.

La route était plus belle encore que dans ses souvenirs. L'eau lente de la rivière du même rouge que la terre, les épais rideaux de saules rosés. C'était un paysage doux d'où rayonnait un éclat radieux. La terre semblait plus dorée ici. Le monde plus chaleureux.

À Panguitch, les garçons furent rejoints par leurs tantes et leurs oncles, des frères et des sœurs qu'ils n'avaient pas revus depuis longtemps. Derrière la petite maison où vivait leur tante préférée, il y avait deux chevaux pommelés dans un pré ; ils ne les avaient jamais vus auparavant et se demandèrent d'où ils venaient.

Ils déchargèrent le cercueil et le placèrent sur des tréteaux de bois dressés dans le salon froid et sombre où il demeura toute la nuit.

Le matin la famille se rassembla tôt pour les prières. Nous devrions le mettre en terre, dit l'aîné des fils lorsque les prières furent terminées. Il n'eut pas à expliquer pourquoi. Une odeur sourdait déjà du cercueil. Les femmes demandèrent aux garçons de l'ouvrir et s'apprêtèrent à soulever le corps pour l'habiller mais il avait commencé à se décomposer et on ne pouvait le déplacer sans risques déplaisants, elles se contentèrent donc de le couvrir de ses vêtements. Elles barrèrent sa poitrine d'une écharpe de satin vert et placèrent sur sa tête un bonnet blanc en forme de champignon. Elles lui ôtèrent ses bottes et glissèrent des pantoufles de calicot blanc à ses pieds. Sur la moitié inférieure du corps elles étendirent un pantalon blanc et un tablier de coton vert cousu en forme de feuille de vigne et une fois qu'il fut ainsi vêtu de ses vêtements religieux, elles clouèrent le couvercle à nouveau.

Peu étaient venus le pleurer au cimetière situé sur un remblai incliné au sud de la ville. Le fils remarqua d'autres tombes fraîchement creusées. Le soldat Riley, qui avait servi dans le bataillon. Et plusieurs tombes d'enfants, tous morts avant leur première année.

Les aînés avaient creusé la tombe, du travail bien fait semblait-il. Le soleil chauffait lorsqu'ils déchargèrent le cercueil. Il y avait plus de fils que nécessaire pour le porter si bien que l'on donna la préférence aux plus jeunes, une tâche dont ils s'acquittèrent avec une gravité sincère. Une brise venait du sud et son souffle à travers les lourdes branches de pins évoquait le profond soupir d'une douzaine d'âmes en peine.

Personne ne parla tandis qu'on le mettait en terre. Son fils John Alma récita une prière. Les femmes pleuraient. Les garçons se détournèrent. Certains gardaient les mâchoires serrées pour réprimer leur émotion, quelle qu'en soit la cause. Le plus âgé, qui avait amené le cercueil depuis Cedar City, fixa son regard sur les tombes voisines des enfants Sevy et lut les noms et les dates. Warren Spencer Sevy, né et décédé le même jour en 1865. Mary Malinda Sevy, née et décédée le même jour en 1866. Riley Garner Sevy. Né en 1867 et mort un an plus tard jour pour jour. Une mauvaise série pour cette famille, pensa-t-il. Tant de morts, et tous si jeunes.

Plus tard il regagna la maison dans le même chariot tiré par les mules rousses, à plus vive allure cette fois, avec son frère près de lui à nouveau. Le vent balayait les chardons devant lui. Ils roulaient sur la route et dans les prés verdissants, semblables à des animaux détalant au ras du sol, certains grands et de couleur sombre, d'autres petits et d'un blanc presque immaculé, chassés par le vent.

C'est fini, pensa-t-il. Tout est accompli.

Il poussa un profond soupir, comme pour éliminer de son être toute la rancœur et la tristesse qui pesaient si lourdement sur lui, et il reprit le chemin de sa maison, songeant à sa mère, et à ce qu'il lui dirait quand il la reverrait enfin.

DEUXIÈME PARTIE

Emma

1

Ce matin m'enveloppe un sentiment de mélancolie que je suis impuissante à chasser.

J'ai vécu au bord du précipice pendant trop longtemps et maintenant le vide a fini par s'ouvrir devant moi et menace de m'engloutir. Il est parti, réellement parti, et il n'y a personne pour partager ma peine.

La fin est venue. J'ai laissé l'âtre sans feu dans la cabane aujourd'hui, un jour humide parcouru par un vent glacial qui souffle sur Paria. Pas une âme n'a franchi la rivière et, si quelqu'un se montrait, M. Johnson sait s'occuper du bac tout seul.

Les garçons ne sont pas là. Ils sont partis vers le nord. J'ignore quand ils reviendront. Peut-être cette nuit, au plus tard demain ou après-demain. En tout cas, je n'allumerai pas le feu aujourd'hui. Pas plus que je ne toucherai à aucune nourriture ni ne boirai avant la tombée de la nuit. Je ne bougerai pas jusqu'à ce que ce jour noir soit révolu, je continuerai ma veille sombre et silencieuse.

Les plus petits sont dehors, ils jouent dans le verger. J'ai laissé la dernière-née aux soins des jumeaux. Je sais qu'elle est en sécurité auprès d'eux.

J'entends le *toc toc toc* du sang qui afflue dans mes oreilles et je sens le battement du pouls dans mon cou. Je suis incapable de faire autre chose que de rester assise ici dans le silence, à patienter jusqu'au bout du jour, seconde après seconde, minute après minute, heure après heure. Dans le coffre de bois à l'extrémité de la pièce j'ai rangé des couvertures récemment cousues. Celles-ci, je les emporterai avec moi, si les garçons reviennent à temps. Ce sera un long et pénible voyage. S'il n'est pas trop tard, je serai dès demain sur la route, en chemin vers le nord, pour tenter de rattraper le chariot qui transporte son cercueil.

Ne l'enterrez pas avant que je sois là – tel était le message dont j'avais chargé les garçons. Je porte mon nouveau manteau, le plus beau manteau que j'aie jamais confectionné. Nous ferons en sorte que notre mari ne soit pas privé de funérailles décentes.

Ma vie me semble extrêmement longue aujourd'hui.

Je suis née il y a quarante et un ans, à Uckfield, dans le comté du Sussex, en Angleterre, en 1836. Mon père était Henry Batchelor, ma mère Elizabeth Divel. C'était un pauvre village que celui où j'ai vu le jour. La famine avait commencé à sévir à travers le pays et les privations touchaient non seulement ma famille mais tous ceux que nous connaissions.

C'est alors que vinrent les missionnaires. Ils dirent que nous étions prêts pour la moisson et que le nouvel Évangile nous conduirait vers une terre promise. Une terre libre où les appelés se rassemblaient déjà. Je quittai mon père et ma mère. Ils n'étaient pas croyants. Je l'étais. Et mon amie Elizabeth Summers aussi. Nous fûmes toutes les deux touchées par la parole de Dieu et, lorsque le témoignage frappa nos cœurs avec la force d'un appel, nous descendîmes dans les eaux baptismales par un même après-midi glacial et partageâmes ainsi le sort des élus.

Nous embarquâmes sur le dernier bateau en partance de Liverpool cette saison. Mon amie Elizabeth Summers et moi-même. Nous quittâmes nos familles et nos amis parce qu'ils n'étaient pas croyants et que nous l'étions et que nous n'avions pas d'autre choix que de laisser derrière nous tous ceux que nous connaissions et aimions afin de rejoindre les Saints dans le grand rassemblement.

Le millénium approchait, et on nous avait dit qu'il restait encore beaucoup à faire pour préparer le Second Avènement. Nous y jouerions notre rôle, Elizabeth et moi. C'était ce que les missionnaires nous avaient promis. Que nous aurions notre part.

J'avais à peine dix-neuf ans.

Elizabeth en avait vingt-sept.

Nous nous préparâmes ensemble et décidâmes de partager nos ustensiles de cuisine et nos provisions par souci d'économie. Les vêtements que nous ne pouvions acheter, nous les confectionnâmes, et nous fûmes prêtes à temps pour le voyage.

Nous fîmes voile depuis Liverpool le 25 mars 1855.

Le bateau s'appelait *The Horizon*. Edward Martin était le nom de notre capitaine. La traversée fut difficile et à plusieurs reprises j'eus la certitude que les tempêtes nous auraient envoyés au fond de l'océan sans nos prières et l'intervention de Notre-Seigneur.

Nous débarquâmes dans le port de Boston et traversâmes le pays en train, dans des fourgons munis de sièges, jusqu'à Iowa City que nous atteignîmes le 5 juillet. Avec l'aide du Fonds perpétuel de l'émigration, qui nous avança l'argent nécessaire pour notre voyage, nous pûmes trouver une place grâce à la Willy Handcart Company [1], et bien qu'il fût tard dans la saison pour entamer la traversée des plaines, notre groupe était impatient de se mettre en route, car Sion nous attendait dans les montagnes de l'Ouest.

À brebis tondue Dieu mesure le vent et pourtant le voyage fut plus pénible que nous n'aurions jamais pu l'imaginer. Ma résistance et ma jeunesse me servirent, ainsi que les connaissances de guérisseuse que j'avais acquises. Je

1. The Willy Handcart Company : organisation qui organisait les déplacements des émigrants avec des charrettes à bras. *(Toutes les notes sont du traducteur.)*

parcourus les plaines en compagnie de Frère Gourley et de sa famille. À Fort Laramie, j'accouchai Sœur Gourley de son bébé, le premier des nombreux enfants que j'ai depuis aidés à venir au monde. Souvent, lorsque les autres étaient trop malades ou trop faibles pour être d'une aide quelconque, je tirais la charrette. Je portais les enfants Gourley pour franchir les cours d'eau glacés. Beaucoup dans notre compagnie eurent les pieds gelés mais pas moi car j'ôtais toujours mes chaussures et mes bas avant de traverser les rivières et, une fois sur la berge opposée, frottais mes pieds avec mon écharpe de laine pour les réchauffer et les sécher avant de me rechausser. Grâce à quoi ils furent épargnés et je pus poursuivre la route et être utile aux autres.

Mais lorsque vinrent les tempêtes, quand les neiges nous surprirent dans les plaines du Wyoming, nous emprisonnant dans nos tentes pendant des jours d'affilée, on eût dit que rien ne pourrait nous sauver. Soixante-dix-huit parmi nous moururent durant les tempêtes. Ils périrent de froid et de faim. Mais pas moi. Je survécus et atteignis la Vallée des Saints. Et c'est là que je le rencontrai, peu après mon arrivée.

Je le rencontrai un dimanche à l'église.

J'aimais sa voix. J'aimais la façon dont il tournait ses phrases. C'était un homme de Dieu, je n'en doutais pas. Il venait des colonies du Sud. J'ignorais que Frère Rollins l'avait invité à dîner ce soir-là et que je cuisinerais pour lui.

Il dit que mes biscuits ne ressemblaient à aucun de ceux qu'il avait goûtés.

Il demanda si j'avais un partenaire pour aller danser le lendemain soir. Il demanda si je voulais y aller avec lui.

John D. Lee, du comté de Washington, venu en ville pour participer à l'assemblée législative, chargé de prononcer la prière inaugurale à l'église.

J'ignorais ce qui était arrivé auparavant, les bruits qui circulaient depuis seulement quelques mois. Comment l'aurais-je su ? Les événements qui viendraient plus tard hanter ma vie avaient déjà eu lieu mais la rumeur n'était pas parvenue jusqu'à nous dans le Nord. Seules les Autorités Générales avaient été informées. Par la suite j'en viendrais peu à peu à comprendre la terrifiante vérité mais mon destin alors était déjà scellé.

La terre est anormalement froide aujourd'hui.

J'ai froid. Et j'éprouve tant de crainte pour lui.

Je dis aux garçons Votre père est un homme de Dieu. N'écoutez pas ce que les autres pourront vous dire.

Je n'ai jamais regretté – pas une fois – d'être devenue sa femme.

Votre père est un homme de Dieu, leur ai-je dit. Je l'ai su dès l'instant où je l'ai entendu parler ce jour-là dans l'église. L'évêque Woolley s'est levé et a dit Frères et Sœurs... Frères et Sœurs, commençons. Il est l'heure de commencer notre réunion. La prière inaugurale sera dite par Frère John D. Lee qui est venu du comté de Washington pour participer à l'assemblée législative.

Je fus séduite par son apparence.

Par son aspect avenant.

Il avait un visage énergique. Il semblait qu'une aura mystérieuse flottait autour de lui. Une autorité particulière émanait de la simplicité et de l'harmonie de sa personne, et il rayonnait de sérénité et d'une ardeur disciplinée. Il était doté d'une vigueur à la fois masculine et féminine, et bien qu'il ne fût pas grand, il était large d'épaules et bien charpenté. Il possédait une grâce naturelle dans le maintien. Toujours élégamment vêtu, il tenait la tête haute et son regard était sans ombre. Je percevais une ferveur en lui – un éclat lumineux dans ses yeux qui trahissait une grande force spirituelle.

Voilà un homme, pensai-je, qu'une fille peut admirer.

Des années plus tard, lorsque mon propre fils attendait que j'accouche de mon dernier enfant, il dit Il me semble que Père devrait être là aujourd'hui. Je lui répondis sèchement Il serait là s'il le pouvait. Mais il ne le pouvait pas. Il était avec Rachel, et je mis au monde mon enfant avec mon fils pour m'assister et je n'ai jamais songé à lui en vouloir.

Je crois l'avoir aimé dès le premier regard.

De telles choses, je le sais aujourd'hui, sont possibles.

C'est dans un élégant cabriolet tiré par un bel attelage, le tout emprunté à Frère Judson Stoddard, que nous allâmes à notre premier bal. Il avait lieu le soir après la réunion à l'église.

Je n'avais jamais connu meilleur cavalier. Il semblait prendre un réel plaisir à danser le quadrille et la polka. Il m'apprit des danses que je n'avais jamais pratiquées. Avant de reprendre la route du retour ce soir-là, il serra le plaid autour de moi. Il prit son temps pour m'en envelopper, ne cessa de dire Avez-vous assez chaud, Emma ? Êtes-vous heureuse maintenant ? Il prononça ces paroles en drapant le long vêtement autour de mon corps avec le plus grand soin, le serrant autour de mes cuisses et sur mes jambes, tirant les pans sur mes pieds jusqu'à ce que l'épais lainage recouvre mes bottines.

Avez-vous assez chaud maintenant, Emma ? Êtes-vous heureuse ?

J'*étais* heureuse.

C'était un homme qu'une femme pouvait admirer. Je n'ai pas chaud en ce moment, et ne suis pas heureuse. Le feu m'a presque désertée, et ne sera jamais rallumé.

Je vivais à l'époque chez Frère Rollins et ses épouses, j'y travaillais comme domestique pour payer ma dette au Fonds perpétuel de l'émigration. De Frère Rollins j'appris que John D. Lee avait déjà sept épouses qui vivaient avec lui dans les colonies du Sud. J'aspirais à devenir la huitième. Je voulais ardemment devenir la huitième femme de John D. Lee. J'ignorais alors qu'il en avait eu beaucoup plus que sept. Les autres l'avaient épousé et quitté au cours des années. Et l'eussé-je su que cela n'aurait rien changé. Mon cœur était déjà résolu.

La nuit du bal, il ne me ramena pas chez Frère Rollins et ses épouses. Il me conduisit dans la maison de sa fille mariée, Sarah Jane, qui avait plus ou moins mon âge, et je dormis dans une chambre avec ses filles plus jeunes.

Le lendemain après le repas du matin, il nous emmena faire des courses. Il nous laissa – Sarah Jane et moi – choisir un joli fichu, un châle délicat à porter sur la tête. Puis il nous accompagna chez le photographe. Sarah Jane et moi nous posâmes ensemble, coiffées de nos nouveaux fanchons. John se fit prendre seul, avec son haut chapeau de soie.

Puis il nous acheta des gâteaux et de la glace.

Plus tard, lorsque nous fûmes seuls, je lui exprimai mon attachement. Je craignais si je ne lui parlais pas franchement qu'il ne retourne dans les colonies du Sud et disparaisse de ma vie. Je lui confiai donc l'attirance que j'éprouvais pour lui. Je dis que dès le premier regard il avait été l'objet de mon choix.

Il dit qu'il consulterait le Prophète dès le lendemain au sujet de notre mariage et qu'il me ferait connaître sa décision.

Je dis Pourquoi pas tout de suite ?

Je ne craignais pas de rencontrer le Prophète et je crois que John fut impressionné par mon calme et la sincérité de mon empressement. Nous allâmes donc voir le Prophète sans attendre. Il voulut connaître mon passé, et m'écouta attentivement lui raconter comment j'avais quitté mes parents en Angleterre, et mon expérience avec la compagnie des charrettes à bras.

Ensuite, il me dit de me tenir prête et qu'il nous marierait le jeudi suivant.

C'est ainsi qu'à midi, le 7 janvier 1858, le Prophète – le Lion du Seigneur en personne – nous déclara mari et femme, John D. Lee et moi-même, unis pour le Temps et Toute Éternité. Le scellement eut lieu dans sa salle privée, avec Sarah Jane comme témoin.

Nous partîmes pour les colonies du Sud le jour même. Par une extraordinaire coïncidence, mon amie Elizabeth Summers venait aussi de se marier et elle et son mari, Isaac Haight, un colon de Parowan, partaient également vers le sud, si bien que nous les invitâmes dans notre chariot et fîmes route ensemble jusqu'à ce que notre chargement devienne trop lourd pour l'attelage, nous obligeant à nous séparer. Elizabeth et son mari continuèrent avec un Frère McGavin et ses deux femmes, qui étaient mieux équipés, et bien que John me pressât de les rejoindre pour plus de confort, je ne pouvais envisager de le laisser voyager seul.

Ce fut une étrange lune de miel, en plein cœur de l'hiver. Notre chariot était chargé de provisions et nous progressions à petite allure. Mais nous n'eûmes jamais à camper dehors. Nous logeâmes toutes les nuits sous un toit et trouvâmes un lit tout au long du trajet.

J'étais une jeune mariée en route vers ma nouvelle maison.

J'étais la seule Anglaise qu'il eût jamais épousée.

J'aimais sa façon de parler. Il trouvait mon accent plaisant. Il disait n'avoir jamais eu épouse aussi aimable, industrieuse et affectueuse. Mon énergie et mon dévouement lui apparurent dès les premiers jours. Lorsque le chariot s'embourbait, je ne rechignais pas à pousser à la roue. Je n'hésitais pas à m'atteler à la peine dans la boue et la neige fondue, à son côté. J'avais la main avec les animaux, et cela aussi il le vit, que je savais calmer les chevaux et remettre l'attelage dans ses traits.

J'étais vierge, cela allait sans dire, j'étais vierge. Pas sa première vierge. Ni sa dernière. Mais peu m'importait qu'il eût plus de connaissance du monde que moi car c'était le domaine des hommes, et en vérité je comptais sur ce savoir pour me guider vers ce qui m'attendait.

J'ignorais ce que je ressentirais lorsque je couchai avec lui pour la première fois et je craignais que ma nervosité ne gâche tout, mais il me prit lentement, il ne se pressa pas. Il me caressa et je goûtai cette science des caresses chez lui, je découvris que ses mains et son corps savaient donner du plaisir à une femme – connaissaient le paysage d'une femme comme on connaît le paysage de sa propre enfance. Je compris que je pouvais m'abandonner à lui pour me mener au-delà de la douleur, au-delà du premier choc fulgurant au moment où la membrane se déchirait en mon centre, et qu'il perçait le cœur même de mon être, un endroit si profondément enfoui en moi que lorsqu'il l'eut découvert je sus qu'il l'occuperait à jamais, cet endroit où il était maintenant, connu de nul autre que lui. Je sus qu'il en serait toujours ainsi à partir de cet instant – *il m'occuperait.* Il remplirait cet espace dont je n'avais jamais su qu'il était vide, et je compris que cette souffrance en faisait partie, partie de l'homme qui épousait le corps de la femme, je découvris que la douleur ne durait pas mais se transformait en quelque chose d'autre, car la brûlure se dissipant je fus emplie d'un désir ardent, intense, et mon dos se cambra vers lui quand il commença à bouger, comme s'il voulait s'enfoncer non seulement en moi mais à travers moi, disparaître en moi, et je sentis que je n'étais plus une et entière, séparée de lui, mais que je me perdais dans l'union de nos corps. C'est alors que je me mis à crier, non parce que j'avais mal mais parce que m'envahissait le désir, le désir de l'avoir davantage en moi, et il dut recouvrir ma bouche doucement de sa main afin de ne pas déranger nos hôtes. Il murmura *Oui, Emma, maintenant, oui,* et je sentis le grand frisson le traverser tandis que son corps s'arquait contre moi et je sus et ne sus pas ce qui se passa ensuite, je sentis seulement qu'il devenait lourd et immobile sur moi et dans la chaleur moite vint le moment subit de l'apaisement puis il gémit et, ahanant, se souleva lentement à l'aide de ses coudes et roula sur le côté.

Après un moment sa main s'avança vers moi. Il dit À présent je vais t'apprendre quelque chose Emma, mon épouse anglaise. Je vais te donner quelque chose que tu n'oublieras jamais et à partir d'aujourd'hui tu sauras que c'est moi qui peux te le donner et moi seul. Il bougea alors ses doigts contre un point précis en moi dont j'ignorais l'existence, un renflement voluptueux, un rebord de chair mouillé par le liquide visqueux qu'il y avait déposé, et j'eus l'impression de m'ouvrir, d'être aspirée hors de moi-même, comme si tous mes sens étaient soudain concentrés dans un autre royaume – bien qu'enfermés sous sa main –, l'impression que j'étais là, tout près, mais pas vraiment dans mon propre corps, non pas séparée de lui mais contenue sous ses doigts en une sensation immense d'un plaisir tellement exquis qui montait et montait et montait en un crescendo presque insoutenable – puis éclatait, me libérant, m'emportant au-delà de lui, au-delà de moi, loin des noirs confins de la chambre où nous reposions. Ensuite tout arriva par vagues. Je fus emportée dans un spasme, dans un flot de lumière et de chaleur, hors de toute conscience, devenue un être purement immatériel, soulevée sur des rais étincelants qui menaient au royaume de l'extase, et je ne pus contenir les petits cris qui s'échappaient de mes lèvres. Il chuchota *Chut, Emma, chut,* et appliqua le bord de la couverture contre mes lèvres jusqu'à ce que cessent mes tremblements et que je m'amollisse contre lui, bien qu'il demeurât rigide auprès de moi, tendu de tous ses membres comme s'il devait désormais tenir ensemble nos deux corps réunis, de peur que nous ne nous dissolvions dans un total abandon.

Il laissa le silence s'installer entre nous pendant un moment, puis parla.

Appelle-moi Père, dit-il. À partir d'aujourd'hui tu m'appelleras Père et je prendrai soin de toi comme un père prend soin de ses petits.

L'étrangeté de sa requête me surprit car aucun père ne caresserait son enfant comme il venait de me caresser mais je ne le contredis pas. Au contraire, j'essayai le mot, murmurai Père, et me sentis immédiatement dépitée, tandis que se dissipait la beauté du moment et que surgissait le visage de mon propre père, et que je voyais l'expression hagarde, abattue du vieil homme s'emplir de la colère qu'avait fait naître mon abandon.

Pendant les six nuits de notre voyage vers le sud, nos accouplements se répétèrent, chaque fois dans un lit étranger dans une maison différente, et tous les matins je dus prendre une contenance, m'efforcer de dissimuler l'ardeur qui demeurait en moi longtemps après le lever du soleil, de façon à affronter le jour avec calme et faire face aux étrangers avec lesquels je partageais le repas du matin.

Le voyage était pénible durant le jour, non seulement à cause des tempêtes et du froid inhabituel pour la saison mais parce que, par moments, enveloppée de couvertures à côté de lui sur le siège à l'avant, je ne pouvais m'empêcher de penser à ses caresses et là, sur ce chariot cahotant, la même chaleur envahissait cet endroit secret dont je connaissais désormais l'existence et montaient alors en moi de telles sensations qu'il me semblait que la chose pouvait survenir d'elle-même et que son urgence non contenue, la force sans retenue de mon désir, oblitérait le reste, tout ce qui survenait dans le monde si fortement présent autour de moi, et toutes ces envies nouvelles et impétueuses m'effrayaient un peu.

Puis je me rappelai les paroles du Prophète, qu'il nous avait récemment adressées depuis la chaire du tabernacle : Dieu Lui-même est capable de rapports sexuels. J'en tirai du réconfort et me rassurai. Ce que j'éprouvais était une des raisons sacrées de ma présence ici sur terre.

À Coal Creek l'attelage brisa la glace en franchissant la rivière et dans l'effort que nous fîmes pour en sortir, le timon du chariot se cassa et cela retarda notre voyage d'une journée entière tandis que nous attendions que soient faites les réparations.

J'eusse aimé que le retard durât un mois et non un seul jour, afin que s'interrompe la progression de notre voyage. Le lendemain soir nous atteignîmes les abords de la vallée et arrivâmes dans la petite colonie de Fort Harmony, où la famille nous attendait.

Ils m'accueillirent avec gentillesse.

Tous se montrèrent d'une extrême amabilité, c'est le moins que je puisse dire. Ils ignoraient qu'il avait pris une autre femme jusqu'à ce nous ayons franchi la porte de la petite cabane en rondins et qu'il ait fait son annonce, disant simplement Mes chères épouses, mes chers enfants, voici Emma, qui a été scellée à moi et qui dorénavant prendra sa place parmi nous.

Je fus d'abord présentée à ses femmes plus âgées – deux sœurs, Aggatha et Rachel, qui se ressemblaient fort. Elles paraissaient du même âge que ma mère, et étaient aussi sévères d'apparence, prématurément vieillies par leur dure existence dans ces climats du Sud. Puis les deux autres sœurs, Lavina et Polly, me saluèrent, un peu plus sèchement que je ne l'aurais souhaité. Maigres, cassantes, elles étaient moins attirantes que les premières, bien que légèrement plus jeunes, et en elles je décelai aussi une lassitude que j'attribuai à leur existence difficile, car bien qu'on ait visiblement tout fait pour transformer l'humble cabane en un foyer confortable, c'était une pauvre habitation où de rares touches féminines adoucissaient à peine l'impression d'une vie brutale et rudimentaire.

Puis Leah s'avança d'un pas et me tendit une main glacée. C'était une matrone corpulente à la silhouette déformée. Il y avait une sorte de lourdeur en elle, comme si elle se tenait d'un pied hésitant aux tristes frontières de l'âge mûr et de la vieillesse. Elle me dévisagea et l'expression de ses yeux était encore plus froide que le contact de sa main ; je lui retirai mes doigts d'un geste vif et détournai la tête pour m'épargner l'hostilité de son regard.

Enfin, je fis la connaissance de Sarah Caroline et de Mary Ann. La première, Sarah Caroline, était une fille gracieuse, à peu près de mon âge. La seconde, Mary Ann, était encore une enfant, l'enfant-femme qui avait été scellée à lui un an plus tôt, à treize ans à peine, sous condition qu'elle n'eût pas à partager la couche nuptiale avant d'avoir atteint l'âge de seize ans à moins qu'elle n'en exprime elle-même le désir, comme le dictait la coutume avec les femmes-enfants.

Rien n'indiquait vraiment qu'elle ait exprimé un tel désir, mais je crus déceler un renflement sous ses vêtements, et me demandai si elle n'était pas déjà grosse. Dans ce cas, son état lui donnait un air de félicité que je ne pouvais qu'envier.

De toutes les épouses, c'est vers la jeune Mary Ann, la grande et exquise femme-enfant, que je me sentis le plus fortement attirée. Alors que les autres m'examinaient d'un regard méfiant, comme cherchant à évaluer quelle sorte de menace je pouvais constituer pour l'ordre établi des choses, la jeune Mary Ann m'accueillit tout de suite avec chaleur. Elle me tendit la main et me sourit – un sourire dont irradiaient tant d'innocence et de beauté que j'en fus émue – et de cette façon, silencieuse et pourtant ferme et directe, elle me fit savoir qu'elle m'acceptait.

Beaucoup d'enfants me furent ensuite présentés, que l'on fit venir du dortoir et des autres cabanes dans le fort où logeaient les diverses épouses. Je n'essayai pas de retenir leurs noms, ni d'imaginer quel enfant appartenait à quelle femme : cela me prendrait des jours entiers avant que j'y parvienne. Je sus seulement que je rencontrai vingt-huit enfants ce soir-là, dont certains n'étaient plus réellement des enfants mais des jeunes garçons et des jeunes filles de mon âge, tandis que d'autres tétaient encore le sein, et qu'il y en avait une quantité d'autres de tous les âges dans l'intervalle, tous curieux de connaître la nouvelle arrivante.

Lorsque prirent fin les présentations, j'attendis, sans savoir quoi attendre. J'étais exténuée, un peu éprouvée nerveusement par les contraintes du voyage et cette fatigue, à laquelle s'ajoutait la vue de tous ces gens parmi lesquels j'étais désormais vouée à faire ma place, sembla éveiller un peu de compassion chez les autres épouses qui commencèrent à s'occuper de moi.

Elles m'offrirent une chaise près du feu qui brûlait dans l'âtre et me prièrent de m'asseoir et de me réchauffer, puis Rachel m'apporta un bol de soupe, que je mangeai lentement, m'efforçant de répondre le mieux possible aux questions qui m'étaient poliment posées concernant mon accent, mon pays natal, le temps que j'avais vécu dans la Vallée des Saints, les gens qui m'avaient logée et ainsi de suite, jusqu'à ce que je sois épuisée par leurs questions. Entre-temps je coulais des regards furtifs autour de moi, me demandant comment je pourrais vivre dans un endroit aussi misérable, avec autant de monde pour partager un espace aussi réduit. La literie s'entassait contre les murs, en attendant le moment où elle serait disposée sur le sol pour la nuit.

Une question occupait mon esprit, où dormirions-nous ? Dans mon innocence, avec le souvenir encore tout frais de nos accouplements, il ne me vint pas à l'idée que je ne passerais pas cette nuit-là avec lui comme je l'avais fait pendant les six nuits précédentes.

Lorsque j'eus fini de manger, Père dit Ce long voyage nous a fatigués, permettez-nous de nous retirer. Et saisissant une lanterne à son crochet, il me fit signe. Viens, je vais te montrer ta chambre, Emma. Mary Ann nous accompagnera.

Ces mots, dans leur simplicité, m'emplirent d'une soudaine frayeur.

Il me sembla que l'impensable allait arriver et cette pensée me bouleversa. Mary Ann, Père et moi allions-nous partager la même couche ? Comment pourrais-je me résoudre à accepter un tel arrangement ? Et comment refuser ? D'après les termes de notre mariage, j'étais vouée à obéir à ses désirs.

Je le suivis dehors dans la nuit sombre – si sombre que nous dûmes nous tenir par la main pour ne pas trébucher – et nous aidant tous les trois mutuellement, nous nous mîmes lentement en chemin sur le sol irrégulier. Le vent soufflait avec une telle rage que je devais marcher la tête baissée pour garder mon équilibre. Père ouvrait la voie le long d'un sentier rocailleux, guidé par la lueur vacillante de la lanterne qui éclairait les traces blanches de la neige sur la terre noire. La nuit ressemblait à un vide immense – plus noir et plus vaste qu'aucun royaume terrestre – sans les taches claires de la neige j'aurais aussi bien pu marcher dans le cosmos, délivrée des lois de la gravité, de la réalité que j'avais connue jusque-là. J'ignorais vers quoi je m'avançais. Je marchais lourdement dans le noir, tirée en avant par la poigne de Père et tirant à mon tour la jeune Mary Ann derrière moi, tous les trois attachés dans un même immuable attelage, jusqu'à ce que nous atteignions enfin la porte d'une cabane plongée dans l'obscurité et que je me retrouve dans une petite pièce située à l'arrière.

Il n'y avait qu'un seul lit dans la pièce, recouvert d'une épaisse courtepointe. Il faisait un froid intense et je restai plantée là, frissonnante, ne sachant si j'avais peur ou froid. Mary se tenait immobile à côté de moi, sans parler, se contentant de sourire, ses yeux brillant dans le halo de la lampe.

Il se tourna vers nous et nous attira toutes les deux contre sa poitrine pendant un moment. Vous serez épouses-sœurs à présent, dit-il, et partagerez ce toit.

Il se dévêtit lentement, ôta ses grosses bottes, retira ses vêtements poussiéreux et se tint enfin dans ses habits de dotation, les purs vêtements blancs de notre foi, et nous fîmes de même, Mary Ann et moi, nous déshabillant côte à côte, avant de nous glisser ensemble sous les couvertures.

C'est ainsi que je passai la première nuit dans ma nouvelle maison, recroquevillée contre un mur froid, partageant le lit étroit avec mon nouveau mari et l'épouse-enfant qui s'endormit facilement pendant que je restais éveillée dans le noir, à écouter le vent et les craquements de la cabane que pénétrait le froid. Je ne pus faire le vide en moi et m'endormir dans un endroit aussi étrange. Pas plus que je ne pus chasser le poids qui m'oppressait le cœur, car je savais que les jours de partage avaient commencé.

Le jour est tombé dans le canyon. Déjà le soleil s'est couché derrière les falaises et les ombres emplissent le monde.

De la fenêtre j'aperçois M. Johnson. Il descend péniblement le long de la rivière. Une compagnie est arrivée et se prépare pour une traversée. La barge est prête à accueillir les chariots. Mais les bœufs détachés refusent d'entrer dans l'eau et M. Johnson se débat, fouettant les bêtes avec brutalité tandis que les autres tentent d'empêcher le bétail de repartir en arrière. Je me rends compte que les hommes ont peu d'expérience de ces choses et que M. Johnson n'est d'aucune aide. Il ne sait qu'énerver les attelages et rien de bon n'en sort. Père le lui a dit jadis, les animaux doivent être menés avec calme si l'on veut les conduire à leur but, sinon c'est la peur qui régnera et aura raison de tous les efforts. Si seulement Père était là, le travail serait terminé à l'heure qu'il est.

Si seulement Père était là.

Il n'est sans doute plus en vie à cette heure. L'exécution était prévue pour midi.

Et pourtant je sens encore sa présence dans ce monde.

Les corbeaux croassent en haut des falaises. Leurs plaintes rauques se répondent à travers le canyon et emplissent le ciel vespéral d'un écho solitaire. Il me semble que mon cœur bat à peine dans ma poitrine, comme si c'était moi que la vie désertait.

Mais il n'en est rien.

Je suis là, dans cette pièce avec son foyer refroidi, dans cette cabane que nous avons construite ensemble.

Et lui, où est-il ? Cette pensée ne quitte pas mon esprit : *Où est Père désormais ?*

2

Les garçons ne sont pas encore de retour.

Il y a un moment j'ai nourri les plus petits et les ai mis au lit. Alors que je bordais les jumeaux et me penchais pour les embrasser, Annie a dit Père ne vient pas nous dire bonsoir ?

Il n'est pas là, ai-je dit.

Pas là, pas là, a répété Dillie de sa petite voix flûtée.

Emmie alors a demandé tout haut : Est-ce qu'on le verra demain ?

Que puis-je leur dire ? Quand moi-même je ne sais plus s'il est encore en vie et sur cette terre ?

Bientôt, ai-je dit. J'espère que nous le reverrons bientôt.

Puis j'ai soufflé la lanterne et suis retournée près du foyer où brûle maintenant un petit feu par souci du confort de mes enfants.

J'ai décidé de raconter les choses exactement telles qu'elles me viennent en mémoire, même si dans la narration émerge une chronologie un peu fantaisiste, parce que je souhaite livrer une relation précise de la vérité. Trop de faux bruits ont été associés au nom de mon mari, et je sens que je peux – que je *dois* – témoigner des événements du passé, car si le Ciel est la seule véritable réalité, si le monde n'est qu'un conte, qui hormis le témoin peut lui prêter vie ?

C'était une terre étrange où il conduisit la jeune épousée

que j'étais, qui avait juste quitté les conforts de la ville. Rien n'aurait pu me préparer au monde qui m'attendait dans cette région reculée du Sud. Lorsque je la découvris, elle me parut inventée par quelque peintre de la nature enclin à employer une couleur de feu, tant était éclatante et extrême la palette du paysage qui se déployait devant moi. On eût dit que les montagnes s'étaient ouvertes pour dévoiler leurs cœurs en fusion. Telle fut la scène qui m'accueillit lorsque je me réveillai en ce premier matin et pris la mesure de l'environnement qui serait désormais le mien. Les sommets du Kolob se dressaient comme les proues massives de quatre grands vaisseaux rouges taillant leur route vers la vallée. Nues, elles ne semblaient constituées d'aucune substance terrestre, si ce n'est de feu. J'aurais aimé qu'Elizabeth fût avec moi afin de pouvoir lui désigner les grands pics et dire Nous avons parcouru une longue route depuis Uckfield, n'est-ce pas, ma très chère amie ?

J'eus ce jour-là l'impression d'avoir atteint les limites du monde connu.

D'avoir enfin atteint la véritable Sion.

La terre des roches ardentes.

Dès mon arrivée, j'entrepris de préparer les repas et de m'occuper des travaux de cuisine car c'était ma spécialité. Je m'efforçais de montrer une joyeuse efficacité, espérant être appréciée non seulement de Père mais aussi des autres épouses.

Pourtant je découvris qu'il me fallait réfréner mon désir et en alimenter les élans de courage qui me furent nécessaires pendant les premières semaines de mon installation. Il n'était pas facile de trouver ma place dans cette vaste maisonnée. Pas plus qu'il n'était simple de partager mon mari avec sept autres femmes.

Le premier matin, j'attendis la fin du petit-déjeuner pour m'aventurer au-dehors. Mary Ann et moi fîmes la vaisselle puis allâmes ensemble examiner les alentours.

La colonie avait été édifiée selon le plan d'un fort. Elle

était ceinte de hauts murs d'adobe qui la protégeaient à la fois des éléments et des Indiens qui, m'apprit Mary Ann, n'étaient pas menaçants a priori – mais auxquels on ne pouvait pas faire confiance. Les Pah-Utes, comme on les appelait, se livraient à des vols de chevaux et de bêtes à cornes à moins que le bétail ne soit parqué à l'intérieur du fort pendant la nuit. Cependant le troupeau s'était tellement développé qu'il restait maintenant dans des corrals construits à cet effet à l'extérieur, avec des sentinelles qui montaient la garde à tour de rôle.

Les doubles portes du fort étaient situées au nord, et face à elles s'élevait la salle de réunion, un édifice rectangulaire fait de gros madriers. Les quartiers de Père – composés de plusieurs cabanes contiguës de brique crue et de rondins grossièrement équarris – se trouvaient dans l'aile ouest du fort. Le puits avait été creusé au milieu, et toutes les latrines étaient à l'extérieur des murs.

Trente-deux familles vivaient à Fort Harmony, m'informa Mary Ann tandis que nous approchions des portes, passant devant les ouvriers qui mettaient la dernière main à la nouvelle cabane de Sarah Caroline. Mary Ann expliqua que la plupart des familles habitaient le fort mais qu'un petit nombre de colons aventureux s'étaient récemment installés dans la vallée, dans un nouveau village édifié au pied des montagnes.

Une fois franchie l'enceinte du fort, nous nous arrêtâmes et restâmes à regarder le bétail qui paissait paisiblement dans les prés. Mary Ann me désigna les troupeaux qui appartenaient à Père. Connaissant le prix d'un animal à lui tout seul, je ne pus cacher mon étonnement devant le grand nombre de bêtes en sa possession et demandai malgré moi : Comment Père a-t-il fait pour avoir autant de si beaux spécimens ?

C'est à cause de la Déprédation des Indiens[1], dit-elle.

1. Allusion au célèbre massacre de Mountain Meadows au cours duquel, le 11 septembre 1857, un groupe de 120 émigrants en route vers la Californie fut attaqué et massacré, en fait par les Mormons et leurs alliés indiens.

Par la suite Père avait rassemblé les bêtes restantes qui erraient dans les montagnes et se les était attribuées.

Je me souvins de ce que Père m'avait raconté durant notre long voyage vers le sud, qu'il y avait eu un incident impliquant les Pah-Utes de la région et un convoi d'émigrants de l'Arkansas qui se dirigeait vers la Californie. Leurs chariots s'étaient arrêtés dans une prairie à l'ouest de la vallée quand ils avaient été attaqués par les Indiens. Pendant trois jours ceux-ci s'étaient livrés à leurs habituelles déprédations. Beaucoup d'émigrants étaient morts, avait dit Père. Des hommes, des femmes et des enfants, et c'était l'intervention au dernier moment d'un groupe de colons locaux qui avait permis de sauver quelques-uns des plus jeunes enfants. Père avait fait partie de ceux qui avaient mené l'opération, ainsi que le mari d'Elizabeth, Isaac. Ils étaient parvenus à sauver dix-sept enfants. Ces petits orphelins avaient été ensuite ramenés dans les colonies et adoptés par divers foyers.

En terminant son récit, Père m'avait prévenue que certains, principalement des Gentils et des Californiens, répandaient des rumeurs, insinuaient que les colons qui avaient sauvé les enfants avaient en même temps participé au massacre des émigrants blancs, mais, comme Père l'avait souligné, nos ennemis étaient nombreux et avaient toujours propagé des mensonges à notre endroit. Par ailleurs, disait-il, il fallait s'attendre à de tels propos en ces temps de guerre imminente. Il voulait seulement me préparer, ajoutait-il, aux histoires que je ne manquerais pas d'entendre une fois que nous aurions atteint les campements.

J'avoue que je fus troublée, tandis que je me tenais là avec Mary Ann à contempler ces bêtes magnifiques, à la pensée que Père ait pu profiter d'un drame aussi atroce, mais il y avait autre chose dans cette histoire qui me perturbait encore davantage. Qu'est-ce qui empêchait les Indiens de nous infliger le même sort que celui qu'ils avaient réservé aux émigrants ? Je posai la question à Mary Ann.

Tu as dit que nous n'avions rien à craindre des Indiens.

Ils ont pourtant assailli de la manière la plus brutale des Blancs innocents. Comment savons-nous que nous sommes en sécurité ?

Ils ne nous ont pas attaqués, répondit-elle calmement. Ils ont attaqué les émigrants – les *Miricats* –, des gens mauvais et querelleurs, paraît-il, qui avaient eux-mêmes provoqué la réaction des Indiens. On dit qu'ils ont mérité leur sort. Mais ce n'est pas à moi d'en juger.

Elle se tourna vers moi et sourit. En tout cas tu n'as pas à t'inquiéter, dit-elle. Les Indiens sont nos amis. Ils ont confiance en nous, en nous et en personne d'autre.

Je m'apprêtais à lui poser une autre question mais nous fûmes interrompues par un jeune homme qui s'avançait à grands pas vers nous. Mary me présenta aussitôt à John Alma, le fils aîné de père et de sa troisième épouse, qui n'était pas là au moment de mon arrivée la veille. Il était âgé de quinze ou seize ans, à peine plus que Mary Ann, et d'un physique particulièrement charmant. Il avait un teint sans défaut et des yeux bleu clair. Il possédait le charisme viril de son père, malgré son jeune âge, et il me sembla qu'il avait aussi hérité de son magnétisme spirituel. Mary Ann était visiblement très émue par lui. Elle paraissait soudain plus animée en sa présence.

Aimeriez-vous monter dans le chariot et faire un tour jusqu'à la grande maison ? nous demanda John Alma. L'attelage était prêt, dit-il, et il serait ravi de nous emmener. Père avait été convié à une réunion avec d'autres frères. Les femmes étaient toutes occupées à leurs affaires. Il serait heureux de faire une promenade avec nous si nous en éprouvions l'envie. J'ignorais ce qu'était la « grande maison », mais j'acceptai l'invitation.

Nous partîmes à travers la vallée, Mary Ann et moi assises sur le siège à l'avant près du jeune John Alma. Le trajet fut une révélation pour moi. La couleur brouillée des roches rouge, rose et blanc apparaissaient par intermittence à travers les cèdres qui recouvraient les pentes. Au loin dans les champs, on distinguait des hommes en train de labourer la terre rouge sombre tandis que d'autres s'affairaient à désherber les fossés. Une odeur d'herbes brûlées flottait dans l'air, et une impression d'énergie, d'activité intense, inspirait la scène qui se déployait devant moi.

Mais la plus grande surprise fut la découverte de la grande maison elle-même, la demeure de pierre bâtie dans un site magnifique au pied de la montagne vers laquelle nous nous dirigions et qui, j'allais l'apprendre, appartenait à Père.

La maison, expliqua Mary Ann comme nous nous arrêtions devant elle, n'était pas tout à fait terminée. Les ouvriers en effet étaient encore en train de poser le toit. Une fois achevée, expliqua-t-elle, l'habitation avec un étage, déjà nommée la « Demeure » serait occupée par Aggatha et Rachel, les épouses les plus âgées de Père.

À nouveau un étrange sentiment m'envahit, semblable à celui que j'avais éprouvé à la vue de ses troupeaux. Avec quels moyens Père avait-il bâti une maison aussi imposante ? Ma première impression – l'atmosphère de pénurie et de privations qui imprégnait la petite cabane et m'avait accueillie à mon arrivée – ne s'accordait pas avec l'importance du bétail et le faste de cette résidence. J'avais cru que Père était un homme aux ressources assez modestes, et en ces quelques jours au sein de la petite colonie j'avais surtout vu des gens qui luttaient pour survivre à la lisière du monde connu. Les enfants étaient presque vêtus de haillons et certains allaient pieds nus. Les femmes portaient des robes faites de l'étoffe la plus pauvre. Et la nourriture semblait si rare que les réserves de notre chariot disparurent rapidement dans les divers garde-mangers, vite emportées par les diverses épouses comme si un paquet de thé ou de sucre était le plus rare des trésors, qu'il fallait remiser dans l'endroit le plus secret.

Peut-être un jour Père te construira-t-il aussi une belle maison, dit Mary Ann.

Je ne répondis pas, car j'avais vécu parmi les Saints suffisamment longtemps pour savoir que dans les foyers où le Principe était appliqué, c'était les épouses les plus âgées qui voyaient d'abord leurs besoins satisfaits, qui recevaient les traitements de préférence. Que pourrait-il rester à la huitième femme ?

Cependant, contemplant la grande maison de pierre, j'espérais malgré tout avoir un jour un endroit où habiter seule – pas nécessairement une maison aussi spacieuse, mais un endroit simple, où je pourrais régner en maîtresse, en compagnie de mes enfants.

Car je désirais plus que tout avoir des enfants. Beaucoup d'enfants qui m'appartiendraient, des enfants qui offriraient une ressemblance parfaite avec leur père.

Nous poursuivîmes notre excursion, gravissant une pente abrupte qui menait du site de la nouvelle ville à un endroit appelé le Pin Solitaire, où John Alma arrêta les chevaux afin de nous permettre d'embrasser la vue.

La vallée tout entière se déployait sous mes yeux, ainsi que les sommets magnifiques de la Kolob Mountain, les quatre vaisseaux de pierre rouge cinglant vers la petite scène pastorale qui s'étendait devant moi. Le vent soufflait du nord, un vent âpre qui pénétrait mes vêtements, coupant jusqu'à l'os. J'apprendrais plus tard que ce vent était un élément caractéristique de ce paysage et j'en viendrais à le détester, à le maudire et à le combattre sans succès. Mais lors de ce premier jour dans la vallée, je me contentai de serrer mon châle autour de mon cou, imaginant que le vent était une exception et non la règle dans cette terre de roches brûlantes.

Malgré la froidure du vent, le paysage me transporta et je ne voulus pas m'en éloigner tout de suite. De cette hauteur j'apercevais d'autres sommets rouges, des rochers gigantesques qui prenaient des formes fantastiques comme on en voit seulement sous l'empire de la fièvre, un monde surnaturel d'une indicible beauté.

Je dis Si Père devait un jour me construire une maison, c'est ici que j'aimerais qu'elle soit, en hauteur, à un endroit où il y a un ruisseau et des arbres et une vue sur le monde alentour. Puis je rougis de ma hardiesse, car qui étais-je pour exiger une telle maison, ou même en rêver ?

Ce fut ainsi que je passai le premier matin dans mon nouveau foyer.

Je ne couchai pas avec Père cette nuit-là.

Ni la nuit suivante.

Ni celle qui la suivit.

Mais il vint me voir le matin du quatrième jour. Il vint dans la pièce où je dormais avec Mary Ann dans la petite cabane que nous partagions comme des sœurs-épouses. Elle était déjà sortie ce matin-là. Père entra subitement, sans prévenir. Il me salua affectueusement, m'appelant son épouse anglaise, sa rose du Sussex, sa douce Emma. Il sentait le feu de bois et je sus qu'il venait de quitter le foyer d'une autre.

Il m'attira contre lui et me dit qu'il se trouvait bien avec moi, très bien, et il me demanda si j'étais heureuse. Il embrassa mon visage, tout en défaisant les boutons de mon corsage. Donne-moi mes petits mamelons, murmura-t-il, utilisant un mot que je ne l'avais encore jamais entendu prononcer.

Pourtant je sus d'instinct ce qu'il signifiait.

Je lui offris mes seins, le laissant s'emparer du premier, puis de l'autre, et il les suça comme un enfant affamé, faisant naître en moi les sensations les plus exquises. Je voulais qu'il m'emporte à nouveau, jusqu'à ce point connu de lui et de lui seul, et une fois encore je me sentis happée par la lumière, par les rais étincelants et tremblants qui menaient à la pure extase. Et j'eus alors une nouvelle révélation, je compris qu'il y avait plusieurs chemins vers le sublime, et que Père semblait les connaître tous, car qui eût imaginé que des seins pouvaient jaillir de tels plaisirs ?

C'est ainsi qu'il les appela à partir de ce jour-là.
Mes petits mamelons.
Et c'est ainsi qu'il vint souvent me retrouver.
Le matin.
À l'aube.

Je n'avais en ma possession qu'un seul livre, une encyclopédie de la mythologie grecque que m'avait donnée ma mère pour mon douzième anniversaire. Ce livre m'avait si longtemps tenu compagnie que la pensée de m'en séparer m'était insupportable, et je ne l'avais jamais envisagé jusqu'au jour où Père le découvrit et s'opposa à ce qu'un ouvrage aussi païen trouve place sous son toit. Il me suggéra de m'en défaire le plus rapidement possible, proposant de l'échanger contre quelque chose de plus utile dès que nous aurions l'occasion d'aller à Cedar City, la colonie qui se trouvait à quinze milles au nord de la nôtre et où résidaient plusieurs familles de Gentils qui, dit-il, sauraient quoi faire de ce livre.

Les autres épouses l'appelèrent mon livre païen et me raillèrent d'avoir transporté un objet aussi lourd – et dans leur esprit complètement inutile – tout au long du voyage depuis l'Angleterre, ces histoires de dieux n'étant pas seulement un affront à l'idée d'un Seul et Véritable Être Suprême mais un fardeau encombrant et stupide. Pour éviter de telles critiques, je décidai donc de dissimuler mon livre de mythologie, attendant pour le sortir d'être certaine que personne ne me surprendrait en train de feuilleter les pages usées et familières.

Je restais tout yeux tout oreilles durant les premières semaines de ma nouvelle vie, et découvris ainsi de nombreux secrets de la maison de Père.

J'appris, par exemple, que Sarah Caroline ne savait ni lire ni écrire, bien qu'elle prétendît le contraire.

J'appris aussi qu'Aggatha n'aimait plus l'acte sexuel et éloignait Père de sa couche chaque fois qu'elle le pouvait, encore qu'il insistât souvent pour prendre son tour, comme il le faisait avec toutes ses épouses.

Je découvris que Rachel commettait de petits larcins et qu'à moins de surveiller mes maigres provisions, mon café et mon thé – ces articles précieux que j'avais apportés de la ville – disparaissaient peu à peu, cuillerée après cuillerée.

Je finis par comprendre que Polly et Lavina, les sœurs que Père avait épousées dix ans auparavant, étaient si soudées dans leurs gestes et leurs sentiments qu'elles s'étaient arrangées pour faire coïncider leurs grossesses, une situation à laquelle je n'osai prêter trop d'attention car elle me semblait contenir quelque chose d'anormal. Comme d'ailleurs ces deux femmes elles-mêmes. Elles avaient de longs visages minces avec d'épais sourcils noirs. Elles étaient souvent habillées de vêtements de même tissu et coiffées de manière identique. Chacune avait trois enfants du même âge. Et chacune semblait se tourner exclusivement vers l'autre, ne s'intéressant à personne sauf naturellement à leurs enfants, et à Père qu'elles flattaient comme de jeunes épousées.

Je sus également que Leah, la corpulente et sévère épouse, était sujette aux évanouissements et parlait des langues inconnues. Elle semblait y puiser une sorte de divertissement vespéral. Souvent, au milieu d'une paisible soirée au coin du feu, elle était prise de convulsions et, roulant les yeux, la langue pendante, elle se mettait à trembler tandis que le plus stupéfiant jargon sortait de sa bouche. Dans ces moments, les autres épouses l'entouraient, lui soulevaient la tête et les épaules, prêtant à ses propos absurdes la plus grande attention, comme si elle était une sibylle capable de délivrer un jugement sur l'avenir, mais il me semblait à moi que ces évanouissements n'étaient que des mises en scène, orchestrées par la malheureuse Leah – une femme sans grâce et trop en chair – dans le but d'attirer l'attention, car je surpris souvent un éclair de froid calcul à travers un battement de paupières, et je me gardai de participer à pareilles scènes car je ne croyais pas en leur authenticité.

J'appris également que le petit garçon nommé Charley, l'enfant au visage mélancolique et au regard craintif, n'était pas l'enfant naturel de Leah, comme je l'avais d'abord cru, mais l'un des orphelins sauvés par Père et les autres frères à la suite de la Déprédation des Indiens. Le père du garçon, un certain M. Fancher, était le chef de la compagnie des émigrants de l'Arkansas qui avaient été massacrés par les Indiens. Le petit parlait peu et paraissait souffrir encore d'un grand trouble mental, même cinq mois après cette affreuse histoire, et je ne pouvais l'en blâmer. D'après ce que l'on racontait, il avait vu ses parents, ses frères et ses sœurs tués sous ses propres yeux. Qui ne serait devenu muet de terreur ? Il passait la plupart de son temps assis calmement dans un coin près du feu, jouant avec un petit cheval de bois que Père lui avait confectionné.

Et je compris, peu après mon arrivée dans la colonie, que je n'étais pas censée me montrer trop curieuse à propos de la Déprédation. Sur ce qui s'était passé, sur ce qu'ils avaient vu dans la prairie, les frères gardaient un silence troublé. De même que les femmes ne croisaient pas mon regard lorsqu'elles parlaient de cette navrante affaire et écartaient mes questions avec la réponse classique, que c'était quelque chose qu'il était préférable d'oublier, et le plus tôt serait le mieux.

Je découvris encore que nombre des épouses de Père étaient enceintes, mais pas Mary Ann contrairement à ce que j'avais d'abord imaginé. Rachel devait accoucher en février, Leah au printemps, et Sarah Caroline dans le cours de l'été, et la pensée que je pourrais moi aussi bientôt attendre un enfant emplissait mon cœur d'un émoi émerveillé.

De tout ce que j'appris, toutefois, la nouvelle la plus stupéfiante, la plus excitante fut que Mary Ann – ma sœur-épouse, la douce jeune fille à laquelle je m'attachais tous les jours davantage – n'était pas amoureuse de Père, mais de son fils, John Alma, l'aimable jeune homme qui nous avait emmenées en excursion le matin de mon arrivée dans la colonie.

C'est elle qui m'en fit la confidence, un soir où nous nous reposions sur le lit que nous partagions. Elle confessa qu'à plusieurs reprises depuis son mariage avec Père il avait tenté de s'imposer à elle et qu'à chaque fois elle avait repoussé ses avances, prétextant qu'elle n'était pas encore prête, qu'elle était trop jeune, qu'elle avait peur de l'acte sexuel. Or elle était jeune en vérité, ayant à peine fêté son quatorzième anniversaire, alors que Père entrait dans sa quarante-septième année. Je n'avais aucun mal à comprendre son désir d'épouser quelqu'un de plus proche de son âge, avec qui elle pourrait savourer les plaisirs de la jeunesse, partager les passions et les ardeurs communes aux jeunes gens, et John Alma était sans aucun doute plein de séduction. Lui-même était apparemment tombé amoureux d'elle. Leur attirance, leurs sentiments passionnés étaient entièrement partagés, m'avoua-t-elle. Mais il avait clairement exprimé qu'il redoutait d'aller à l'encontre de son père sur ce point. Comment pourrait-il raisonnablement lui disputer la main de Mary Ann sans encourir sa colère, voire le bannissement, et où iraient-ils alors ? Comment même disposer des moments volés dont ils profitaient maintenant ? Nous restâmes souvent éveillées la nuit à discuter de sa situation, jusqu'à ce que Mary Ann se décidât à dire la vérité à Père afin d'obtenir un Acte de Déliement lui permettant de poursuivre l'objet de son désir.

J'appris aussi en ces premiers mois parmi les colons comment vivre dans la crainte de la guerre, bien qu'il soit présomptueux de ma part de penser qu'on apprend à *vivre* avec une telle peur. Je dirais plutôt qu'on arrive à s'adapter à la terrifiante emprise qu'elle exerce sur l'esprit et l'âme tout en rassemblant le courage de continuer du mieux que l'on peut.

Même avant de quitter la ville, les rumeurs parmi les Saints – que j'avais entendues partout, de la chaire au comptoir d'épicerie – portaient sur la confrontation future avec les États-Unis et la nécessité de se préparer à la guerre imminente avec les troupes de l'armée de Johnston, qui s'étaient mises en marche depuis les premiers mois de l'été, dépêchées par le Président Buchanan pour réprimer ce qui était perçu à Washington comme « des irrégularités » à l'intérieur du territoire – c'est-à-dire que les États-Unis ne souhaitaient pas nous voir appliquer notre Principe Divin, pas plus qu'ils ne voulaient que nous édifiions notre Royaume Sacré dans l'Ouest, à l'abri des règles séculières et des ingérences. Seuls un hiver précoce et la désorganisation de l'armée fédérale nous avaient épargné une attaque à l'automne, laissant les troupes immobilisées, cantonnées pour l'hiver au Fort Bridger, où elles attendaient un temps plus clément pour marcher sur nous.

Nous savions que leur arrivée était une question de temps.

Et la peur nous habitait. La perspective de la guerre emplissait nos esprits. Les préparatifs – l'entraînement de la milice, le stockage des récoltes, la constitution de cachettes dans la solitude des montagnes – occupèrent cet hiver-là une grande partie de nos énergies.

Comme tant d'autres Saints, le Prophète avait été victime des premières persécutions et avait juré de résister et de combattre jusqu'au dernier homme plutôt que de laisser les troupes nous chasser à nouveau de nos foyers. Avant de quitter la ville je l'avais entendu prononcer son sermon au Tabernacle, le temple de Salt Lake City. *Avant d'endurer plus longtemps cette persécution impie, avant d'être traîné à nouveau parmi mes ennemis pour être jugé, je répandrai la dernière goutte de sang de mes veines et verrai tous mes ennemis en enfer. Je combattrai avec fusil, épée, canon, tornade, tonnerre, jusqu'à ce qu'ils disparaissent dans la poche du Seigneur.*

Et c'est ce que nous ferons avec ces soldats s'ils viennent ici, disait Père, nous pressant dans nos préparatifs. Nous les expédierons à leur Créateur. Ils disparaîtront dans la poche du Seigneur. Disparus et détruits à jamais. Car Dieu est à nos côtés, Il nous aidera à préparer la Bataille Finale et le Second Avènement de Notre Seigneur Jésus, et en cela, nous ne pouvons échouer.

Père avait de multiples facettes.

Je devais le constater au fil du temps.

Mais plus j'en apprenais sur ses épouses, avec lesquelles je passais de longues heures chaque jour, moins il me semblait en savoir sur Père, qui s'absentait souvent du fort, pris par les préparatifs militaires et occupé aux champs, ou à ramasser du bois dans les canyons, et à apporter les dernières finitions à sa maison.

Pendant ces premiers mois qui suivirent mon arrivée à Harmony, il m'arriva souvent de m'interroger : *Qui ai-je épousé ?* Nos fiançailles avaient été si brèves, notre mariage si rapide. Et pourtant, si j'avais imaginé rester longtemps dans cet état d'ignorance, c'est que je n'avais pas compris le fonctionnement de la communauté féminine, car très vite j'en appris beaucoup sur lui, grâce à la loquacité qui régnait entre les épouses et les autres femmes de la petite colonie qui était désormais mon foyer.

Aggatha, la première épouse de Père – la femme de ma jeunesse, comme il avait coutume de l'appeler –, était la source de beaucoup de ces bavardages. Elle semblait prendre plaisir à me rappeler qu'elle avait connu Père plus longtemps que n'importe laquelle d'entre nous et avait traversé à son côté des temps difficiles. Je crois qu'elle éprouvait un sentiment de supériorité à vanter ainsi leurs luttes, mais je l'écoutais sans rien dire raconter ses faits et gestes, souvent oppressée par le ton héroïque qu'elle donnait volontiers à son récit. Je l'écoutais malgré tout. Qu'aurais-je pu faire d'autre, obligée comme je l'étais souvent de rester en sa compagnie ? Les débordements de sa mémoire, une fois jaillis de leur horizon lointain, roulaient comme les vagues sans fin d'une marée montante, révélant chaque détail, l'un après l'autre, des années qu'elle avait passées avec Père. Et j'avoue que j'éprouvais de la curiosité – en particulier lorsqu'elle passait de ses épreuves, tribulations et triomphes personnels aux faits plus prosaïques qui concernaient Père.

Bref, en un temps relativement court, je découvris que j'avais recueilli suffisamment de détails sur le passé de Père pour dresser un tableau complet de sa vie.

Voilà donc ce que j'ai appris.

3

Il était né à Kaskia, dans l'Illinois, en 1812. Son père alcoolique disparut quand il était enfant. Sa mère mourut alors qu'il avait trois ans. Peu après il alla vivre avec son grand-père, un commerçant qui parlait un dialecte indien ainsi que l'anglais et le français. Là, il fut confié aux soins d'une domestique de couleur qui lui parla exclusivement en français.

À la mort de son grand-père, Père n'avait que sept ans. Il fut alors pris en charge par une tante qui le maltraita fréquemment et le força à s'exprimer dans une nouvelle langue. À l'âge de quinze ans, il commença à faire son chemin dans la vie, distribuant le courrier à cheval à travers les agglomérations éparses de l'Illinois. Il travailla à bord d'une barge sur le Mississippi et passa d'une exploitation minière à une autre, jusqu'au jour où il rencontra la famille Woolsey dans la ville de Vandalia, Illinois, et tomba amoureux de la fille aînée, Aggatha. Ils se marièrent en 1833.

Leur premier-né, William Oliver, mourut avant d'avoir atteint l'âge de deux ans. Leur second enfant, Elizabeth Adaline, mourut également jeune. C'est à cette époque qu'un voisin, un dénommé Levi Stewart, qui s'était récemment converti à une nouvelle religion, lui offrit un exemplaire du Livre de Mormon qu'il lut et termina pendant la nuit où il veilla le corps de son second enfant.

À partir de ce moment, sa vie fut transformée.

Profondément transformée, comme le fit remarquer Aggatha.

En 1838, désireux d'en apprendre davantage sur cette nouvelle religion, Père et Aggatha partirent vers l'Ouest, traversant le Mississipi, en compagnie de Levi Stewart et d'autres familles, pour atteindre le Missouri central où les Saints s'étaient regroupés dans une région appelée Far West. Là, Père rencontra le Prophète Joseph Smith en personne, et fut baptisé par lui, avec Aggatha.

Ils s'établirent dans la plaine du Missouri et Père acquit bientôt une réputation de diligence et d'honnêteté. Mais la vie n'y était pas facile. Les Saints parmi lesquels il s'installa avaient déjà été chassés de l'Ohio par des foules hostiles et ce fut au tour des Missouriens de se tourner contre eux. Ils brûlèrent leurs fermes, incendièrent leurs maisons, roulant les Saints dans du goudron et des plumes. Fort et vigoureux, Père rejoignit les défenseurs de son peuple. Il devint l'un des chefs de l'Armée d'Israël, la milice personnelle du Prophète, qui avait pris le nom de Général Joseph Smith. Dans les échauffourées qui s'ensuivirent, Père montra l'intrépidité qui le rendrait célèbre par la suite. Après le massacre de Haun's Mill, où périrent quantité de Saints, le Prophète choisit de se rendre, et les chefs religieux furent jetés en prison. Contraints d'abandonner leurs terres, leurs maisons et tous leurs biens à l'exception de leurs attelages et de leurs chariots, les Saints se préparèrent à repartir. Six mois après avoir reçu le baptême, Père et Aggatha reprirent donc le chemin de Vandalia, avec leur nouveau-née, Sarah Jane.

Pourtant la persécution ne fit que renforcer sa fidélité envers leur nouvelle religion, dit Aggatha. Elle aiguisa sa combativité et fit naître chez lui le talent de l'éloquence.

Pendant les cinq années suivantes, il voyagea comme missionnaire, répandant l'Évangile, surtout parmi la classe aisée. Il acquit une science particulière des mots, mêlant à volonté français et dialectes indiens dans ses sermons, souvent avec grand effet. C'était un orateur enthousiasmant et un conteur merveilleux. Doué d'un charisme naturel, capable de séduire aussi bien les femmes que les hommes, il avait baptisé en peu de temps plus d'une centaine de personnes, travaillant sans trêve pour propager sa foi, voyageant jusqu'au Tennessee pour recruter des adeptes parmi les étrangers. Plus tard, Aggatha et lui décidèrent de rejoindre les Saints qui s'étaient rassemblés à Nauvoo, la Cité Magnifique, édifiée par les croyants sur les rives du Missouri. Là il apporta son aide à l'édification du Grand Temple.

C'est à Nauvoo que Père prit ses premières épouses plurales, avec le consentement d'Aggatha, comme elle m'en informa très vite.

En février 1844, il épousa Nancy Bean.

Trois mois plus tard, il épousa Louisa Free et Sarah Caroline Williams. Ainsi que la plus jeune sœur d'Aggatha, Rachel, et leur mère veuve, Abbagail. Toutes les quatre devinrent ses épouses le même jour.

Lorsque Aggatha m'en fit le récit, ma stupéfaction fut si grande que je ne pus m'empêcher de demander, comme si j'avais mal compris : Il a épousé ta sœur et ta *mère* ?

Il l'a épousée pour le bien de son âme, déclara froidement Aggatha, me toisant avec un certain dédain, suggérant que ma question contenait un aspect inconvenant.

Ma mère avait presque soixante ans lorsqu'ils furent scellés. Le seul souci de Père était d'assurer son bien-être spirituel, ajouta-t-elle avant de poursuivre.

En 1845, il prit quatre autres épouses : Polly Workman, Martha Berry, Delethia Morris, et Nancy Vance.

Un an plus tard il se maria avec Emoline Woolsey, la plus jeune sœur d'Aggatha.

Je calculai rapidement qu'il avait alors épousé quatre femmes Woolsey – la mère veuve et ses trois filles – et cachai avec peine mon étonnement, tout en prenant garde de ne plus interrompre Aggatha. Les femmes Woolsey avaient peut-être *besoin* de se marier, pensai-je. Peut-être n'y avait-il personne d'autre pour prendre soin d'elles et Père avait voulu leur rendre service. En tout cas, Père totalisait à cette époque onze épouses, dont une partie seulement, admit Aggatha, pouvait être reconnue publiquement.

La Sainte Doctrine de la Pluralité des Épouses, introduite par le Prophète en 1841, était encore dans la plupart des cas pratiquée en secret. Seul un cercle intime de frères était autorisé à appliquer ce que l'on nommait le Principe et Père faisait partie de ce cercle restreint. Le Principe établissait qu'il était dans l'ordre naturel des choses au Royaume de Dieu qu'un homme ait plusieurs femmes. Et Père n'était pas homme, dit Aggatha, à refuser ce que Dieu avait ordonné.

En 1844, le Prophète décida de se porter candidat aux élections présidentielles des États-Unis, geste qui allait lui attirer la colère de ses ennemis. Peu après il fut assassiné par des émeutiers à la prison de Carthage. Père, alors parti en mission, revint à Nauvoo pour être avec ses femmes durant cette période tumultueuse. Les Saints avaient ensuite élu Brigham Young à leur tête et Père devint son secrétaire. Mais de nouveaux troubles surgirent bientôt. En proie une fois de plus à l'hostilité de leurs voisins, les Saints se préparèrent à abandonner Nauvoo, la Cité Magnifique qu'ils avaient tant peiné à construire. Pour éviter d'autres effusions de sang, les chefs convinrent que les Saints quitteraient l'État de l'Illinois dès que l'herbe aurait commencé à pousser et l'eau à couler.

Au milieu de l'hiver, Père franchit les eaux glacées du Missouri pour atteindre l'Iowa et installer un campement avec ses épouses, y compris sa plus jeune femme et son bébé de six semaines. Peu après le Prophète Brigham et ses femmes le rejoignirent, suivis d'autres Saints. Luttant contre les rigueurs du froid et les tempêtes d'hiver, les exilés campaient là dans la prairie, poursuivant leur route vers l'ouest dès que le temps le permettait.

Oh, il faisait froid, me dit Aggatha. Un froid atroce, atroce, comme tu n'en as probablement jamais connu.

À quoi bon lui rappeler que j'avais traversé les plaines du Wyoming avec la Willy Handcart Company et survécu aux blizzards qui avaient coûté la vie à soixante-huit de mes compagnons. Je me contentai d'écouter.

J'écoutai avec la plus grande attention.

Fin août, raconta Aggatha, ils atteignirent un endroit dans l'Iowa qu'ils baptisèrent Quartier d'Hiver, où ils montèrent leurs tentes et se préparèrent à passer le long hiver.

Tous parlaient alors de reprendre la route vers les montagnes de l'Ouest dès l'arrivée du printemps, lorsque le temps permettrait de voyager. Mais il y avait d'abord les grands froids à surmonter. Père fut choisi pour mener des missions d'une importance vitale. En 1846, chargé de la totalité de l'argent économisé par les Saints, il fut dépêché dans le Missouri pour acheter des bâches de chariots et du matériel en vue de la grande migration. Puis la guerre avec le Mexique éclata et les Saints levèrent un bataillon de cinq cents hommes pour se battre aux côtés des États-Unis. Quelques mois plus tard Père fut dépêché à travers les pays pour rejoindre Santa Fe, au Nouveau-Mexique, et recueillir la solde du bataillon afin d'acheter des vivres pour la colonie affamée. Voyageant à cheval, avec un minimum de repos, il traversa des régions inconnues, affronta les attaques des Indiens et accomplit sa mission.

Il devint alors un héros à nos yeux, poursuivit Aggatha, et prouva aussi qu'il n'y avait pas un pays qu'il ne pût parcourir, pas une mission qu'il ne pût accomplir. Imagine qu'avec pour seule compagnie son cheval, son chien et quelques hommes, il traversa un monde complètement inconnu et revint avec suffisamment d'argent pour que nous ne mourions pas de faim.

Après cette expédition, qui dura trois mois, il équipa deux chariots et partit pour le Missouri afin d'en rapporter des vivres et des provisions. Voyageant durant des semaines entières par les temps les plus rudes, il revint en février

1847 et distribua fruits secs, miel, suif plus douze cents livres de porc aux familles indigentes de Quartier d'Hiver.

Il rapporta aussi des pommes de terre, dit Aggatha. Ce furent les pommes de terre qui nous sauvèrent – guérissant le scorbut qui avait commencé à décimer nos rangs.

Oui, ce furent elles qui nous sauvèrent, les pommes de terre crues.

Mais il avait alors épousé trois femmes de plus, Nancy Armstrong et les deux sœurs, Polly et Lavina Young, des jeunes filles qu'il avait converties à l'époque où il était missionnaire.

J'appris cependant par Aggatha que la composition de sa famille était continuellement soumise à des changements car plusieurs de ses épouses se préparaient à le quitter, ou l'avaient déjà quitté.

Pourquoi partaient-elles ? Je posai la question à Aggatha avec maintes précautions.

À cause de la rudesse de la vie sur la frontière, des épreuves et des privations, dit-elle, détournant les yeux un moment afin de réfléchir à ma question. De ses longues absences quand il voyageait pour l'Église, ajouta-t-elle. Et, comme il fallait s'y attendre, la jalousie naturelle chez les femmes avait créé la zizanie dans la maison.

Elle fit cette réflexion d'une voix égale, calme, comme si elle tentait d'analyser avec détachement une situation dans laquelle elle-même avait été peu impliquée. Mais sa voix trahit ensuite une certaine nervosité.

Une de ses épouses, Delethia Morris, le quitta pour se marier avec un commerçant. Elle partit subitement une nuit, à cheval, laissant son enfant à nos soins. J'aurais pu lui dire qu'il n'aurait jamais dû la prendre dans son lit. Elle était trop jeune. Trop égoïste et trop jeune pour vivre selon le Principe.

Et les autres ? demandai-je.

Elle reconnut que sa plus jeune sœur, Emoline, avait montré des signes d'insoumission, se tournant vers l'un des ennemis de Père, et qu'elle fut en conséquence exclue de la famille. Polly Workman, également prompte à semer la discorde, fut priée d'aller vivre avec son frère. Nancy Armstrong, victime de la peste, mourut à Quartier d'Hiver. Nancy Bean et Louisa Free, qui lui avaient chacune donné un enfant, furent bientôt lasses de se soumettre au Principe et le quittèrent pour retourner chez leurs parents. Et Sarah Caroline choisit d'aller s'installer avec sa tante plutôt que de rester avec son mari, mais elle devait revenir plus tard au sein de la famille.

Tant d'abandons, en une période si courte. Je ne pouvais m'empêcher de me demander pourquoi. Je m'étonnais aussi du choix de ses mots pour raconter... la « jalousie naturelle chez les femmes ». La « zizanie » dans sa maison. « L'insoumission » d'une épouse et sa façon d'insinuer qu'une autre était « encline à semer la discorde ». Il s'agissait à mes yeux de querelles entre épouses et comment les en blâmer ? Onze femmes, qui toutes tentaient de partager un foyer réduit à quelques tentes rassemblées au milieu d'une prairie glaciale et inhospitalière.

Mais ce fut la suite du récit d'Aggatha qui m'intéressa le plus.

En réalité il n'y avait rien de vrai dans les rumeurs qui commencèrent à circuler à l'époque, selon lesquelles nos voisins s'étaient mis à enfermer leurs filles pour les protéger de lui, dit-elle en secouant la tête. C'était l'inverse : elles venaient toutes à lui, comme des chatons au lait. Quant à l'incident de Quartier d'Hiver, lorsqu'il fut jugé par le tribunal de ses pairs pour viol et adultère, il ne comportait rien de vrai non plus. Les forces de la jalousie étaient à l'œuvre, les forces de la jalousie et du *mal*, et nous payâmes l'amende, soucieux d'oublier toute l'affaire et d'aller de l'avant.

Mais ce fut à partir de là que le courant commença à se tourner contre lui, dit-elle.

Ce fut alors que nos ennemis dévoilèrent leurs visages.

Il y avait ceux qui désormais s'opposaient à lui, bien qu'il continuât à jouir de la confiance du Prophète Brigham

Young qui, comme s'il voulait proclamer sa loyauté envers son vieil ami, fit de Père son fils spirituel et le nomma au Conseil des Cinquante, le corps secret de l'Église, souvent mentionné sous le nom de Conseil de Ytfif, dans le but de confondre nos ennemis.

Il regretta que le Prophète ne l'eût pas choisi pour l'accompagner lors de sa première expédition vers l'ouest, dit Aggatha, mais Brigham ordonna à Père de demeurer sur place pour veiller aux récoltes nécessaires aux vagues d'immigrants qui suivraient. Il se révéla bon cultivateur et récolta des boisseaux de maïs par milliers qui allaient permettre de nourrir son peuple au cours de son exode à travers le désert.

L'année suivante, en 1848, ils se préparèrent à partir vers l'ouest. Père fut choisi pour conduire une compagnie de Saints dans la grande migration vers les Montagnes Rocheuses où, l'automne précédent, le Prophète avait établi le Nouveau Royaume dans la vallée du Grand Lac Salé. Certains ne voulaient pas de lui comme chef mais le Prophète intervint en sa faveur, clouant le bec à ses ennemis une fois de plus, et Père prit place à la tête d'un convoi d'une cinquantaine de chariots.

Il se mit en route à travers les plaines au printemps, avec ses sept femmes restantes et dix-huit enfants.

Nous avions quatre chariots, dit Aggatha, et sept paires de bœufs, quinze chevaux, six poules, trois vaches, deux chiens, plus tous les biens que nous possédions sur terre. De nombreuses compagnies nous accompagnaient. La file des convois s'étendait d'un horizon à l'autre, un exode d'humains et d'animaux, unis dans un même but divin.

La traversée dura trois mois et demi dans les conditions les plus pénibles. Les chariots trop chargés étaient tirés par des attelages étiques et les bêtes commencèrent à périr, l'une après l'autre. Il y avait dans la compagnie de Père ceux qui jugeaient impie d'imposer les mains sur des animaux et de prier pour leur guérison, mais Père décida d'avoir recours à la prière, raconta Aggatha, et eut une révélation au cours de laquelle le Seigneur lui affirma qu'Il ne s'opposait pas à l'onction des bêtes par les Frères. Par la suite, lorsque ses bœufs s'écroulaient d'épuisement sous le poids du joug, il leur administra une mixture de poudre à canon, de lait et de porc salé, pratiqua sur eux l'imposition des mains et pria pour leur guérison. À plusieurs reprises, les bêtes se rétablirent et il devint rapidement célèbre pour son talent de guérisseur, sa façon d'imposer les mains sur les animaux et les hommes et de chasser la maladie et la fatigue.

Ses rêves l'avaient toujours guidé, mais bientôt la fréquence de ses visions nocturnes s'accrut et en elles il lisait souvent l'avenir. Il acquit une réputation de devin, d'homme doué de pouvoirs occultes, capable de communiquer avec le ciel et d'aider à la direction des affaires humaines sur la terre.

Dans bien d'autres domaines, il devint indispensable à la compagnie.

C'était un chasseur et un trappeur de premier ordre. Lorsque les provisions se tarirent, il se mit à tuer des lapins et des chiens de prairie qu'il rôtissait sur le feu. Il chassait l'antilope et le daim, était capable d'approvisionner en viande fraîche de nombreuses familles affamées.

Dans des situations délicates on pouvait compter sur son sens du commandement, son courage et la rapidité de son jugement.

Un jour, alors qu'il leur fallait franchir la Platte River, les chariots durent attendre vingt-quatre heures qu'un troupeau de bisons traversât la rivière devant eux, plongeant en un flot sans fin de toisons hirsutes et de cornes dans les torrents bleus, pont vivant et ondulant qui s'étirait d'un bout à l'autre de l'horizon. Le troupeau était aussi large que le monde, et les bêtes jaillissaient de l'eau plus noires et plus luisantes encore, emportant la rivière avec elles dans le poids de leur pelage laineux et trempé.

Nous n'avions jamais rien vu de semblable, dit Aggatha, ce déferlement de bisons qui emplissait le monde entier.

Nous n'avions jamais connu pareille sensation, senti le tremblement de la terre sous nos pieds à leur passage. Ce jour-là nous comprîmes que dans le Nouveau Monde, dans le royaume qui nous attendait à l'Ouest, les bêtes sauvages commanderaient notre existence. Les bisons avec leurs têtes énormes, leurs cornes écailleuses et leurs yeux écartés qui regardaient sur le côté. Les loups qui hurlaient la nuit et décimaient le troupeau. Les aigles qui perçaient les yeux des veaux nouveau-nés, et les pumas et les ours qui tenaient les humains dans leur sombre pouvoir.

La maladie et la mort sévirent en chemin. Des enfants naquirent et d'autres moururent. La mère d'Aggatha, Abbagail, fut victime de la malaria. Elle rendit l'âme près de Pacific Springs après plusieurs jours de fièvre. Père fabriqua un cercueil grossier en planches de chariot et l'enterra au-dessus d'une fontaine qui se répandait comme un immense miroir dans une prairie marécageuse. Le lendemain, son meilleur bœuf périt après avoir bu de l'eau alcaline. Il le remplaça sous le joug par un bœuf malade et reprit la route en direction de Soda Springs, mais le bœuf affaibli s'écroula mort en chemin avant qu'ils eussent atteint leur destination. Il attela alors une vache avec le bœuf restant et continua jusqu'à ce que la vache mourût à son tour.

De nombreux jours se succédèrent ainsi, dit Aggatha. Les animaux s'épuisaient et succombaient, et la piste fut bientôt empuantie par leurs cadavres.

Lorsque la compagnie atteignit le comté de Sweetwater, des dissensions étaient apparues dans les rangs. Des querelles éclatèrent parmi les hommes, certains d'entre eux s'accusant mutuellement de crimes insignifiants – le vol d'une hache, le refus de prendre un tour de veille, ou des assiduités déplacées envers une fille ou une épouse. Mais Père faisait encore prédominer sa volonté, intervenant pour calmer les disputes, et la compagnie progressait, pénétrant de plus en plus loin dans le désert, s'enfonçant péniblement dans l'arc toujours plus bas du soleil couchant.

Septembre tirait à sa fin lorsqu'ils atteignirent la Vallée du Grand Lac Salé où les Saints avaient établi leur petite colonie l'année précédente. Le temps changea avant qu'ils n'eussent le temps de construire la moindre cabane, dit Aggatha, les premières neiges survinrent, des neiges plus épaisses et plus profondes que toutes celles qu'ils avaient jamais connues. Le premier blizzard blanchit le ciel pendant un jour et une nuit et lorsque l'horizon s'éclaircit ils se retrouvèrent ensevelis sous un manteau blanc dans leurs tentes et leurs chariots.

Les animaux encore en vie souffrirent terriblement de ce premier hiver.

Aux victimes de la rigueur du temps s'ajoutèrent celles des couguars, des loups et des renards qui attaquaient les troupeaux, emplissant les nuits noires de leurs hurlements.

Père avait choisi d'installer sa famille à quelque distance du campement principal. Ils s'établirent sur un surplomb au-dessus de la vallée, près de l'endroit où le Big Cottonwood Creek surgissait de la montagne. Les sommets de granite s'élevaient à pic derrière eux, hautes falaises coupées de profonds canyons où abondaient les forêts et le bois. Père fut très occupé durant ce premier hiver, à surveiller sans relâche ses troupeaux, à déblayer la neige pour transporter le bois et les vivres destinés à sa famille qui comptait à présent dix-neuf enfants et sept épouses. Souvent, dit Aggatha, il sortait dans le froid glacé de l'aube et découvrait de récentes victimes parmi ses bêtes. Comment, se demandaient-ils, pourraient-il survivre à l'hiver avec les rôdeurs et les prédateurs qui décimaient leur bétail ?

La décision ne tarda pas. Avant la nouvelle année, un conseil fut tenu et les aînés déclarèrent la guerre – la guerre aux rôdeurs et aux prédateurs.

Un concours fut organisé, dit Aggatha, dans le but d'encourager les meilleurs chasseurs. Les hommes de la colonie formèrent deux équipes. Père fut choisi pour mener la première équipe, John Pack l'Ancien commanda la seconde. Les règles furent instaurées. L'équipe qui inscrirait le plus de proies à son actif aurait droit à un festin offert par les perdants. Il faudrait fournir la preuve que l'animal avait été abattu et le gibier serait compté de la façon suivante :

L'aile droite de chaque corbeau comptera un point.

L'aile d'un faucon, d'une chouette ou d'une pie, deux points.

L'aile d'un aigle, cinq points.

La dépouille d'un putois ou d'un vison, également cinq points.

Un loup, un renard ou un chat sauvage, dix points.

La peau d'un ours ou d'un couguar cinquante points.

Le concours commença le 24 décembre du premier hiver dans la vallée. Il fut décidé que les ailes des oiseaux et les dépouilles des animaux seraient présentées par les chasseurs au bureau d'enregistrement le premier jour de février, lorsque l'épreuve prendrait fin et que l'équipe gagnante serait nommée.

La tuerie, cependant, fut un tel succès que le concours fut prolongé d'un mois. Tous les jours les chasseurs disparaissaient dans un monde balayé par la neige et rentraient à la nuit tombée avec les animaux et oiseaux morts accrochés à leurs selles. Les ailes et les peaux s'entassaient le long des tentes et des chariots. Semaine après semaine, des montagnes de fourrures s'élevaient autour des abris de fortune, les protégeant des vents froids qui descendaient du nord. La neige tombait sur les peaux, estompant leurs couleurs, puis s'ajoutaient de nouvelles dépouilles, davantage de neige tombait, et le blanc succédait au brun, en couches superposées.

Heureusement, Dieu était de notre côté, dit Aggatha, et peu à peu les cris des prédateurs dans la nuit se turent tandis que les chasseurs poursuivaient sans trêve leur tâche.

Le premier mars, le concours fut déclaré clos, et on procéda au pointage.

15 786 rôdeurs et prédateurs avaient été tués.

L'équipe de Père fut déclarée gagnante, avec cinq cents points d'avance.

Ses ennemis diraient plus tard qu'il avait triché. Ils l'accuseraient d'avoir compté des prises qui n'étaient pas les siennes, des peaux et des ailes que lui avaient fournies les Indiens avec lesquels il s'était lié durant ces âpres mois d'hiver.

Malgré tout, ce fut une belle victoire, dit Aggatha. La fête se prolongea jusqu'aux petites heures du matin, avec danses et banquet. Dans la salle de réunion où les Saints s'étaient rassemblés pour prier, les chants portèrent loin dans la nuit, où un silence nouveau était descendu sur la terre. Rien ne bougeait dans l'obscurité, à l'exception du bétail, des bœufs et des chevaux, des animaux qui auraient dorénavant droit de cité à Sion.

Jamais il n'y eut plus parfait massacre, dit Aggatha.

Rien qui pût se comparer à notre guerre contre les rôdeurs et les prédateurs.

Presque six mille proies, en trois mois à peine.

Et je peux te dire ceci, ajouta-t-elle, les yeux étincelants. Il n'y eut jamais plus fin chasseur que Père. Ni mieux adapté à ce pays rude et sauvage.

C'est ainsi qu'Aggatha concluait toujours le récit de sa vie avec Père. Avec l'histoire de leur victoire dans la guerre contre les rôdeurs et les prédateurs.

Ensuite, disait-elle, nous partîmes vers le sud. Le Prophète nous ordonna de quitter la vallée en 1850 et de conduire une expédition destinée à coloniser ces terres hostiles du Sud.

Nous y sommes toujours restés depuis, peinant dans la chaleur et le froid, dans le vent et la poussière, avec ces pauvres païens sans dieu, parmi lesquels nous sommes condamnés à vivre.

4

Cinq jours se sont écoulés et mes fils ne sont pas encore revenus. Je m'inquiète de ce qui a pu leur arriver. Je me dis qu'ils ont entrepris des missions ô combien plus périlleuses dans le passé, et qu'ils s'en sont toujours tirés. Ils s'en sortiront à nouveau, certainement.

Billy est un vrai petit homme à l'âge de dix-sept ans, et Ike, à quatorze ans, croit devoir démontrer qu'il est fait d'une étoffe solide. Ce sont des garçons responsables et dignes de confiance, aussi capables que des hommes deux fois plus âgés qu'eux, car leur père les a éduqués ainsi. Il en a fait des cavaliers et des trappeurs habiles lorsqu'ils étaient encore tout jeunes et leur a inculqué le savoir-faire et le bon sens nécessaires pour survivre dans ce monde cruel et dangereux.

Pourtant, je suis assaillie par la peur et je m'inquiète pour leur sécurité. Ils devraient être rentrés à cette heure, et ils ne sont pas là. Et il ne me reste qu'à occuper mon esprit en attendant leur retour.

Je sais que pour les non-initiés, pour ceux qui vivent en marge du champ de notre royaume, notre vie doit paraître inexplicable, pareille à un labyrinthe, en particulier en ce qui concerne nos coutumes matrimoniales. Lorsque ma mère et mon père apprirent que je m'étais mariée à un homme qui avait déjà sept épouses, ils se désolèrent. Je reçus une lettre d'Uckfield me suppliant de revenir à la maison. « Tu es tombée dans les griffes des Musulmans blancs, m'écrivirent-ils, des fanatiques éhontés qui ont même osé transcrire leur propre Bible et qui entretiennent des harems pour leurs plaisirs. Nous ne pouvons t'envoyer de l'argent car nous n'en avons pas, mais puisque tu as été capable d'atteindre cette terre oubliée de Dieu, tu pourras certainement faire le chemin inverse pour regagner l'Angleterre. Reviens-nous, ma chère fille, tant que tu le peux, avant qu'il ne soit trop tard pour avoir une autre vie, nous t'en supplions. »

Je ne retournai pas vers eux, bien sûr. Je leur répondis pour les informer en des termes fermes que j'aimais ma nouvelle patrie et que j'aimais mon mari. Je chantai les louanges du Nouveau Monde. Je dis que je préférais être une épouse parmi plusieurs, la huitième femme d'un homme merveilleux, avec un Seigneur pour maître, que la seule femme d'un homme inférieur.

Naturellement, je ne mentionnai pas que j'étais en réalité non pas la huitième femme de Père, mais sa dix-septième, car c'eût été le glas de mes liens avec eux. J'entendais mon père s'exclamer : La dix-septième, hein ? La dix-septième épouse ? Laisse-moi te le dire carrément, ma fille : il y en a eu dix-sept, et elles ne sont plus que huit ? Qu'est-il arrivé aux autres, hein ma fille ? Puis-je te le demander ?

Je suppose que toute personne en pleine possession de ses facultés se serait demandé comment j'avais accueilli les récits concernant le passé de Père, y compris le nombre de femmes qu'il avait épousées et qui l'avaient quitté au fil des années.

Mais je peux dire en toute sincérité que je n'en éprouvais aucun trouble.

Pas le moindre.

Car j'avais foi dans notre Principe, dans son origine divine, et je plaignais celles qui n'avaient pas le courage de vivre selon lui – toutes les Delethia Morris, Emoline Woolsey, Polly Workman, Nancy Bean et Louisa Frees de ce monde. J'étais convaincue que ce n'était pas la faute de Père si ces femmes avaient failli à leurs vœux et n'avaient pas respecté leur contrat envers lui. C'était un manquement de leur part, et elles en payaient le prix, pas lui.

Le soir, lorsque les tâches de la journée étaient achevées, la vaisselle du souper débarrassée et lavée, il arrivait que Père nous rassemblât tous, ses femmes et ses enfants, et nous entretînt de sujets liés à notre bien-être spirituel.

Il parlait souvent du Principe divin, exposant pourquoi la polygamie devrait être le privilège de toute femme vertueuse qui possède les compétences et les talents requis pour l'union matrimoniale. Il disait que les femmes devraient exiger des individus ou des gouvernements le privilège de devenir une épouse officielle et une mère respectée, même s'il lui fallait s'unir à un homme qui possédait déjà plusieurs femmes, car comme le dit Jésus dans la parabole : Ôtez son talent à celui qui ne l'a pas exploité et donnez-le à celui qui en a dix.

Il devait en être ainsi avec les femmes. Toute femme, disait Père, avait droit à un mari. Même s'il fallait, comme l'avait déclaré le Prophète en personne, épouser celui de sa propre sœur afin qu'elle ait droit à la couronne de la maternité.

Car, disait Père, ceux qui veulent parvenir à la résurrection, à la rédemption et aux joies de l'union éternelle, doivent d'abord s'unir avec le sexe opposé sur cette terre sinon ils resteront à jamais célibataires une fois qu'ils auront atteint le salut, sans connaître les joies de l'union éternelle avec l'autre sexe, et donc sans couronne, sans royaume, sans le pouvoir de croître. Il faut être marié pour devenir un dieu ou une déesse dans la vie future, disait Père. Et c'est le but que nous nous efforçons de poursuivre.

Devenir des dieux.

Les maîtres de nos planètes.

Souvent Père saisissait l'occasion de nous rappeler, à

nous ses épouses, que les bienfaits de l'Évangile ne viennent aux femmes que par les hommes. C'est par les hommes, et par la sainte prêtrise qu'ils détiennent, que les femmes ont accès à Dieu.

Dans le mariage au temple, disait Père, souvenez-vous que l'homme et son épouse reçoivent un nouveau nom céleste. Le jour de la Résurrection, les hommes qui ont été vertueux et ont payé leur dîme seront rappelés du royaume des morts par l'Ange Moroni qui les désignera par leurs nouveaux noms, et à leur tour les hommes prononceront les noms célestes de leurs épouses et les conduiront à l'exaltation.

Si une femme désobéit à son mari, disait Père, le mari peut la menacer de l'abandonner parmi les morts.

Comprenions-nous cela ?

Je le comprenais. Je le comprenais fort bien. Et je ne voulais pas subir pareil destin.

Je voulais du plus profond de moi-même être rappelée du royaume des morts lorsque viendrait le Saint Jour de la Résurrection. Prendre ma place auprès de Père comme sa Reine et Épouse, la Mère d'un Nouveau Monde.

Je m'appliquai à donc à lui obéir.

Lorsqu'il me demandait de m'atteler à une tâche, je m'y attelais à son côté, de toutes mes forces.

Lorsqu'il me priait d'accomplir un voyage pénible avec lui pour convoyer des vivres ou du bétail dans une colonie voisine, je le faisais de bon gré, sans me préoccuper du temps ni des difficultés ni des dangers de l'expédition.

Lorsqu'il désirait fêter un événement et me demandait de préparer un repas pour la famille entière – voire même d'en faire profiter tous les Frères et les Sœurs de la colonie –, je préparais, cuisinais et servais les spécialités que je savais chères à son cœur et qui lui attireraient les compliments qu'il aimait tant recevoir.

Et lorsqu'il venait me rejoindre au lit, je l'accueillais avec joie.

Parce que je brûlais toujours du même désir.

Je le désirais comme je n'avais jamais désiré personne. Ni les garçons de ma jeunesse pour lesquels j'avais éprouvé ces passions qui fleurissent si vite et passent aussi facilement, ni les hommes qui plus tard tentèrent d'attirer mes faveurs, comme Frère Kippen chez qui je logeais à mon arrivée dans la ville, travaillant comme servante afin de payer ma dette au Fonds perpétuel d'émigration. Pauvre Frère Kippen. Avec sa femme au visage ingrat qui m'exploita dès le début avant de me honnir, car elle redoutait qu'une femme plus jeune trouve une place dans le cœur de son mari. Elle avait raison de nourrir de telles craintes. En effet, plus d'une fois durant mon année à son service, Frère Kippen m'offrit de faire de moi sa femme plurale si je le désirais. Mais je ne voulais pas de Frère Kippen. Il me répugnait, et je quittai sa maison pour aller travailler chez Frère Stoddard.

Je ne voulais que Père, et je le désirais d'une façon qui, en plein jour, m'eût fait rougir.

Je le désirais parce qu'il savait émouvoir mes sens, parce que je croyais qu'il était un homme de Dieu et parce que je voulais qu'il prenne possession de moi.

Je voulais être à jamais possédée par lui. Je voulais qu'il m'*occupe* comme il l'avait fait la première nuit où nous avions couché ensemble, et qu'il ne me soit pas permis de faire l'amour avec lui toutes les nuits, de le laisser m'occuper nuit après nuit, de recevoir sa semence afin que nous ayons l'enfant que je désirais tant fut au début l'une de mes plus cruelles épreuves.

Et pourtant il m'assura toujours de la place que je tenais dans son cœur.

Même lorsqu'il couchait avec Aggatha. L'épouse de sa jeunesse.

Ou avec sa sœur, Rachel.

Ou avec Polly.

Ou avec sa sœur Lavina.

Ou avec Leah.

Ou avec Sarah Caroline.

Même lorsqu'il vint retrouver Mary Ann et la conduisit dans la pièce voisine, où il la caressa, la cajola, tentant de gagner ses faveurs, tandis que j'écoutais à travers la cloison.

Dans toutes ces circonstances, il me fit comprendre que son désir pour moi était toujours aussi impérieux. Que j'étais sa femme anglaise, la seule Anglaise qu'il eût jamais épousée, et qu'il était très heureux avec moi et que j'éveillais en lui le plus profond désir.

Donne-moi mes petits mamelons, disait-il le matin, en entrant dans ma chambre, et c'est avec une joie intense que je lui obéissais.

Les Indiens de la région suscitaient chez moi un vif intérêt. Très pauvres de nature, ils étaient tombés dans une extrême indigence et se tournaient vers les populations blanches pour mendier leur subsistance. Chassés de leurs points d'eau, chaque jour plus désespérés, ils rôdaient autour du fort, en quête de restes, harcelant les colons pour obtenir de quoi manger. Plus hardis et belliqueux, les Utes nous rendaient parfois visite : ils venaient du nord et nous apportaient les enfants qu'ils avaient volés aux tribus plus faibles, offrant de les vendre aux colons. Père en avait acheté quelques-uns et, bien que certains fussent morts, tant leur santé s'était délabrée après avoir été maltraités par les marchands d'esclaves, quatre étaient parvenus à survivre et avaient été adoptés par la famille.

De ces enfants, Lemuel, âgé de douze ans, était l'aîné. Il travaillait aux champs avec Père, parlait peu, et offrait un tableau pitoyable avec ses vêtements en loques et sa crinière noire et hirsute. Il avait cinq ans lorsque Père l'avait troqué contre la moitié d'un bœuf et un fusil. Rachel avait de la même façon fait l'acquisition d'une petite fille nommée Mahala qui travaillait dans sa maison. Les autres enfants indiens se prénommaient Sarah, une fillette de cinq ans élevée par Aggatha, et Sally, âgée de trois ans, que Père avait achetée pour Leah.

À l'époque de mon arrivée dans la colonie Père avait été

nommé agent des affaires indigènes, en charge de toutes les affaires concernant les Indiens dans les régions du Sud. Il était Fermier en chef des tribus, chargé par le Prophète de leur apprendre les secrets de l'agriculture et de les amener ainsi à renoncer à leurs habitudes nomades et à adopter le mode de vie plus stable des chrétiens. Cette tâche nous amenait souvent à entrer en contact avec eux, dans les colonies ou durant nos pérégrinations à travers la région. Le matin, avant même que je sois levée, la maison était souvent envahie d'Indiens désireux de s'entretenir avec Père d'un sujet ou d'un autre. Ils lui avaient donné un nom qu'ils utilisaient toujours pour s'adresser à lui. Ils l'appelaient « Yawgatts », ce qui dans leur langue signifie un homme au cœur tendre, qui pleure devant les souffrances d'une personne dans la détresse.

Parmi les Indiens qui apparurent un matin se trouvait Moquetus, le chef des Kisheres, que Père avait baptisé quelques années plus tôt. Père était allé à Cedar City pour affaires et la plupart des Indiens étaient partis, promettant de revenir plus tard, mais Moquetus avait attendu toute la journée, passant le temps non loin des portes du fort où il avait attaché deux petits enfants avec des cordes de cuir. Père était enfin rentré et, après avoir conversé et fumé avec Moquetus, il avait acheté les deux petites filles, l'une d'environ six ans qu'il appela Alnora, et l'autre de quatre ans qu'il baptisa Alice. Elles appartenaient à la tribu des Sebeetes. Pour ces deux fillettes il donna un fusil, des munitions et un jeune cheval et Moquetus s'en alla heureux avec ses acquisitions.

Lorsque Moquetus fut parti, Père nous fit venir et, après quelques instants de délibération, donna Alnora à Polly et Lavina, puis me demanda si je voulais Alice.

J'examinai l'enfant nue et tremblante devant moi. Elle était visiblement malade et souffrait de mauvais traitements. Elle avait les cheveux en broussaille, le nez encombré d'une croûte de morve, des yeux tristes au regard éteint, comme si la vie l'avait à moitié quittée. Les entraves avaient mis à vif la chair de ses chevilles et de ses poignets. Une telle couche de crasse lui recouvrait la peau qu'on l'eût dite plus brune encore qu'elle ne l'était au naturel. Je ne savais comment avouer à Père que c'était mon propre enfant que je désirais, pas une petite Indienne nue à moitié affamée. Mais je me rappelai ce qu'il m'avait dit, que le Prophète avait conseillé aux Saints d'adopter le plus possible de ces enfants et de les instruire dans l'Évangile afin que d'une génération à l'autre ils deviennent un peuple blanc et aimable. Je sais que les Indiens sont condamnés à décroître, avait dit Brigham, mais faisons en sorte de sauvegarder ce qui demeure de leur progéniture. Le temps était venu, disait Père, que les portes s'ouvrent et que les enfants de Manasseh reviennent au bercail. Le millénium approchait, et avant le retour du Christ, les Lamanites – vestiges de l'ancienne tribu décrite dans notre Livre Saint et dont les Indiens sont les descendants – devaient être rassemblés et baptisés dans la Seule Véritable Église.

Je pris donc Alice. Parce que c'était mon devoir. Parce que c'était ma vocation.

Afin, comme les missionnaires l'avaient dit, de jouer mon rôle.

Alnora allait mourir avant la fin de la semaine, mais Alice, ma petite Alice, survécut. Je la lavai et l'habillai, comme je le faisais avec les poupées de mon enfance, et j'appliquai un cataplasme de carotte sur sa poitrine pour soigner sa toux. Je pansai ses plaies et la soignai pendant des semaines jusqu'au jour où je vis la vie réapparaître dans ses yeux. J'entrepris alors d'apprendre quelques mots de son langage afin de pouvoir communiquer avec elle.

J'appris à dire *pesherrany* quand je voulais lui parler.

Et *eetish*, qui signifiait autrefois, il y a très longtemps, au temps où ton peuple et le mien étaient amis, à l'époque du Livre de Mormon.

Et *cot tam posujaway* – je ne comprends pas –, une phrase qu'il m'arriva souvent d'utiliser lorsque j'essayais de connaître ses besoins et ses désirs.

J'appris également le mot qui signifiait peur – *sherreah* –, cette peur que je voyais si souvent dans ses yeux. Je murmurais Pas *sherreah*, et caressais sa petite tête laineuse, la sentant se contracter à mon contact. Pas *sherreah*, ma petite biche. *Toojee ticaboo toinab*, disais-je. Je suis ton amie.

Elle, en revanche, semblait ne connaître qu'un seul mot, qu'elle disait et répétait sans fin durant ces premières semaines. *Bisqui, bisqui*, gémissait-elle. Manger, manger. Donne-moi à manger.

Nous étions à la vérité toujours à court de nourriture, ce qui provoquait des tensions au sein de la colonie. J'étais souvent obligée d'aller chercher des œufs de canards sauvages et de faisans ou de concocter des pâtés d'écureuil. La petite Alice et moi parcourions la vallée et les montagnes alentour à la recherche de *yant*, une rose sauvage dont les Indiens m'avaient appris à faire des gâteaux au goût de châtaigne, cependant il nous arriva à plus d'une occasion d'aller nous coucher la faim au ventre. Le canal d'irrigation qui amenait l'eau des montagnes jusqu'au campement était insuffisant et ne pouvait arroser qu'un nombre restreint de champs. Les récoltes pâtissaient de la pénurie d'eau, or nous dépendions d'elles pour survivre, car il n'y avait pas de *yant* à cueillir en hiver et le gibier était souvent rare. Les Frères se querellaient de plus en plus souvent pour l'allocation de l'eau, leur plus précieuse ressource. Président de la Branche, et Fermier des Indiens, Père s'appliquait à calmer les disputes entre les Blancs et les tribus avec bienveillance et impartialité.

Ils étaient pourtant nombreux à dire du mal de lui. Il semblait exister un courant profond de rancœur à son égard, pour des raisons que je ne pouvais comprendre, un climat de rumeurs, d'allusions à la Déprédation des Indiens qui aurait contribué à l'accroissement de la fortune de Père.

La véhémence de ses ennemis me choqua plus d'une fois.

Je me souviens d'un certain Frère, dont le nom ne mérite pas d'être rappelé ici, qui fut pris d'une telle aversion envers Père qu'il chercha toutes les occasions de le calomnier. Il l'accusa d'avoir utilisé des briques d'adobe cassées ou de mauvaise qualité pour la réparation de l'enceinte du fort et d'avoir ensuite purement et simplement dissous le comité de surveillance des travaux pour en désigner un autre lorsque la supercherie avait été découverte. Il prit ombrage du fait que Père s'appuyait sur ses rêves et ses visions dans ses sermons, affirmant que sa position de chef ne l'autorisait pas à dire que de telles visions étaient d'origine divine, inspirées par sa proximité avec le ciel, mais qu'elles n'étaient peut-être rien de plus que les errements nocturnes d'un esprit mortel. En fait, il se demandait si la plupart des importantes révélations de Père ne provenaient pas tout simplement de son habitude d'écouter en secret les conversations des autres. Il tenait pour certain que Père avait surpris derrière une barrière les Frères Peter Shirts et William Young en train d'évoquer ce qu'ils appelaient « l'incommensurable égoïsme » de Père, et il affirma que Père avait répété ces propos à la réunion suivante, prétextant les avoir lus sur une feuille tombée du ciel au cours d'un rêve. Il dit que l'histoire avait causé beaucoup d'animosité parmi les Frères, car une tierce personne avait aperçu Père en train de tendre l'oreille. Et il y eut bien d'autres plaintes. La liste des griefs s'allongea. On alla même jusqu'à insinuer que Père avait affirmé qu'il n'hésiterait pas à voler les Gentils qui avaient si souvent volé les Saints, et qu'il n'y trouverait rien d'immoral.

Père disait qu'il « n'avait rien à foutre » de ceux qui le calomniaient, et toujours prête à prendre sa défense, je ne fus même pas choquée de l'entendre jurer.

Au bout du compte c'est moi qui l'emporterai, murmurait-il, puis il ajoutait Chacun connaîtra son jour de gloire.

Mais ce n'est pas lui qui l'a emporté. Il a été cruellement trahi par ceux qu'il aimait le plus.

Je veux que les choses soient claires.

Père méprisait la force brutale. C'était un héroïque chevalier. Un homme au-dessus des hommes ordinaires, un homme qui se comportait avec un immense respect pour le monde ici-bas – un monde à mes yeux plein de dangers *et* de bienfaits, quoique transitoire.

Je veux aussi dire ceci : il porta toujours ses vêtements sacrés. Il resta fidèle à l'Église, même après son excommunication – même après que le Prophète, auquel il n'avait jamais failli, l'eut abandonné, jeté aux loups.

Non, il ne perdit jamais sa foi.

Il était changeant, certes, et il aimait l'exercice du pouvoir, mais il resta toujours au service de sa foi. Il prenait parfois une allure sévère et imposante, tel un ancien patriarche hébraïque qui reçoit directement ses ordres de Jéhovah et se tient sur son propre Mont Sinaï.

Mais que peut-on attendre d'un homme de Dieu ?

Pourtant, même lorsque je croyais bien le connaître, je fus souvent surprise par son comportement.

Plus tard, lorsque nous fûmes forcés de nous cacher, exilés dans un lieu chaque fois plus éloigné que le précédent, bien des choses demeurèrent mystérieuses pour moi chez cet homme, mon mari, notre mari, et dans la vie que nous menions à cause de lui. Mes pensées, mes questions, étaient souvent réfrénées par les sentiments que j'éprouvais pour lui, par l'impression d'être liée à lui par le destin, et par le seul pouvoir de sa personnalité, qui nivelait tout sans répit, jusqu'à nous priver de toute individualité propre, nous transformer en une immense nichée féminine – un troupeau d'oies suivant son jars partout où il nous conduisait.

Son autorité était absolue mais en vérité, le temps aidant, je constatai qu'il avait peu de contrôle sur ses épouses. De même qu'il ne pouvait commander aux vents qui ravageaient ses champs de blé ni aux pluies qui emportaient ses barrages. Nous aussi nous étions une force naturelle, et nous avions besoin d'être surveillées pour ne pas déborder de notre lit.

Je m'aperçois que j'ai commencé à parler de lui au temps passé, comme s'il était déjà parti. Et pourtant, ce n'est peut-être pas vrai.

Peut-être reste-t-il encore un espoir.

Car je crois aux miracles, je crois dans le Seigneur qui dit : *Je suis Dieu, et mon bras porte loin ; et je révélerai des miracles, des signes et des prodiges, à tous ceux qui croient en mon nom.*

Je crois. Je crois en tout, j'espère en tout, j'ai survécu à bien des choses et... oui, j'espère survivre à tout.

La première année à Fort Harmony, la pluie fut rare. Les récoltes furent désastreuses et la faim éprouva notre colonie. Le vent était notre ennemi omniprésent. Il soufflait nuit et jour pendant des jours entiers, asséchant le sol, ensablant parfois les fossés si bien que l'eau ne s'y écoulait plus. L'hiver il soufflait du nord, entassait la neige en talus si hauts que le bétail pouvait franchir les barrières. L'été, il apportait poussière et sable. Le sable s'infiltrait dans les interstices autour des fenêtres et des portes, il se glissait en rampant à travers les fentes, emplissait chaque lézarde. Il se logeait dans notre nourriture et dans nos lits, et lorsque nous sortions, il emplissait nos yeux et nos narines.

La conjonctivite était un problème majeur. L'affection oculaire qui affligeait les colons du Sud. J'avais beau baigner mes yeux pour soulager l'inflammation et la douleur, le vent soufflait, le sable pénétrait partout et mes yeux rougissaient à nouveau. Lorsque j'étais forcée de travailler dehors, je nouais des bandes de chiffons autour de ma tête, comme les œillères d'un cheval, pour soulager un peu ma vision.

D'autres enfants vinrent agrandir notre famille cette année-là.

En février, Rachel donna naissance à un garçon et le baptisa Ralph.

En avril, Leah mit au monde un gros bébé qu'elle appela Lucy.

Et en mai, Sarah Caroline accoucha d'une autre petite fille et lui donna le nom de Rachel.

J'étais chaque fois présente, j'employais mes talents de sage-femme à aider mes sœurs à enfanter et, une fois qu'elles avaient accouché, je lavais et emmaillotais les nouveau-nés après avoir enfariné leur nombril, les prenant contre ma poitrine où brûlait si violemment mon désir d'avoir mon propre enfant.

Le temps venu, disait Père, couché près de moi, caressant mon visage tandis que l'aube pourpre pointait à travers les fenêtres tendues de rideaux. C'est promis, ma chère Emma, mon épouse anglaise. Le temps venu tu auras ton enfant.

Lorsque vint l'été, la menace de guerre disparut. La rumeur nous parvint que l'armée de Johnson était entrée dans la ville pour la trouver désertée, les Saints ayant fui sur les ordres de Brigham. Le conflit se dénoua pacifiquement lorsque le Prophète accepta de voir un nouveau gouverneur, nommé par les États-Unis, occuper ses fonctions dans le territoire, bien que tout le monde sût que Brigham exercerait toujours le pouvoir car les Saints n'obéiraient à personne d'autre. Dans le Sud, nous poussâmes un immense soupir de soulagement et Père, profitant du nouveau climat de paix, entreprit d'étendre ses propriétés en achetant des fermes dans les colonies de Toquerville et de Washington, à quelque vingt-cinq milles de là. Il créa une tannerie et un moulin à mélasse et agrandit son troupeau, puis expérimenta la culture du ver à soie. Sur une parcelle de terrain municipal il fit bâtir une autre maison pour y loger Polly et Lavina. Les deux sœurs, que Mary Ann et moi qualifiions en secret de Miss Méli et Miss Mélo à cause de leurs manières confuses et affectées, nicheraient ainsi à l'abri dans une atmosphère mieux adaptée à leur nature fragile. Avant même que la maison soit terminée, je les imaginais endormies dans leurs nouveaux quartiers, les deux sœurs respirant à l'unisson, leurs cœurs battant au même rythme, tandis que le sang commun de leurs ancêtres courait dans leurs veines.

Quant à moi, je restai où j'étais, dans la petite cabane à l'intérieur du fort que je partageais avec Mary Ann et la petite Alice.

Toutefois, la prospérité croissant, nos liens familiaux se relâchèrent, Aggatha, Rachel et leurs familles allèrent vivre dans leur maison de New Harmony, puis Polly et Lavinia partirent dans la leur à Washington. Leah aussi déménagea, installant sa famille de l'autre côté de la vallée dans une ferme du village de Kanarra, et Sarah Caroline choisit de l'accompagner. Nous étions toutes à une longue journée de voyage les unes des autres, ce qui obligeait Père à s'absenter durant plusieurs jours consécutifs pour faire le tour de ses propriétés et de ses épouses, et je n'eus plus que Mary Ann pour me fournir la compagnie que je désirais si ardemment, jusqu'au jour où elle aussi partit. Au début de la nouvelle année, elle trouva enfin le courage de parler à Père de John Alma, et je crois que sa réaction nous surprit tous.

Elle commença par lui dire que les modalités de leur mariage ne lui convenaient pas et qu'elle était malheureuse depuis un certain temps. Il lui répondit que s'il n'était pas en mesure de la rendre heureuse, alors elle devait reprendre sa liberté, et s'il existait quelqu'un d'autre capable de faire son bonheur qu'elle le lui dise et il ferait en sorte de la sceller à cet homme. Elle répliqua qu'elle pouvait l'aimer et le respecter comme un père mais pas comme un mari et qu'elle désirait son fils aîné, John Alma, pour compagnon, qu'elle l'aimait plus qu'aucun autre homme au monde. Après réflexion, il répondit qu'il accéderait à sa demande.

C'est ainsi que le 18 janvier 1859, presque un an après

mon arrivée dans la colonie, Père – avec la permission du Prophète, qui avait accepté de lui accorder le divorce – maria Mary Ann et John Alma au cours d'une cérémonie dans la salle au premier étage de la grande maison d'Harmony, et leur offrit ensuite une magnifique réception et un souper, que j'avais moi-même préparé, et auquel il invita tous les habitants de la colonie.

À partir de là, malheureusement, tout changea rapidement. Mary Ann alla vivre avec John Alma, dans une cabane qu'il construisit à l'extérieur du fort, et je restai avec ma petite Alice pour unique compagnie. Père s'absentait beaucoup, et j'en avais souvent le cœur serré. J'aurais laissé le découragement m'envahir si je n'avais su que mon désir le plus cher s'était réalisé.

J'attendais un enfant, enfin.

Et ni l'arrivée de Terressa Chamberlain, ni la visite alarmante de ma vieille amie Elizabeth Summers ne purent atténuer le bonheur et l'excitation qui m'emplissaient, bien que chacun de ces événements, à sa manière, ait troublé mon cœur pendant longtemps.

Ce fut, peut-être, la dernière fois où j'eus une vision claire des choses.

5

Je me souviens qu'un jour, peu après mon arrivée dans la colonie, Aggatha me prit à part pour me donner quelques conseils. Elle désirait m'aider à éviter le genre d'écueils que certaines femmes, dont les noms resteraient tus, avaient rencontrés dans le passé, lorsqu'elles étaient entrées dans la famille et avaient commencé à fomenter des querelles. Les règles de la maison de Père étaient très simples, dit-elle, et elle considérait de son devoir, étant son épouse la plus ancienne, de m'en faire l'exposé.

Dans une famille polygame, commença-t-elle, la clé est de se conformer aux règles établies de la communauté et d'y adapter sa propre conception de l'organisation familiale, car c'étaient les règles collectives et non individuelles qui comptaient.

La règle principale, dit-elle, était la Parfaite Obéissance.

La Parfaite Obéissance, répéta-t-elle. Est-ce que je comprenais ? Elle n'eut pas besoin de me préciser à qui je devais obéir. Bien sûr, nous savions toutes que la parole de Père était la loi.

Ainsi, me rappela-t-elle, le respect de l'ordre était-il une absolue nécessité. Je devais garder mes quartiers propres, respecter la propriété d'autrui, me retirer tôt, et me lever avant le lever du soleil. Tôt au lit, tôt debout, fit-elle d'un ton plein d'entrain, c'est la devise qui nous guide. À neuf heures, l'obscurité devait régner dans les foyers ; à cinq heures du matin, les chandelles pouvaient se rallumer.

Taire sa colère, conseilla-t-elle. C'est la règle dans un foyer plural, si l'on veut éviter de causer du tort, préjudice ensuite très difficile à réparer.

Attendre d'être seule pour afficher son amour à son mari. Ne lui montrer aucun signe d'affection en présence des autres, si l'on ne veut pas créer une atmosphère de jalousie.

Même s'il n'était pas aisé pour moi d'accepter ces conseils – surtout l'interdiction de montrer naturellement mes sentiments envers Père –, j'eus à cœur d'écouter les propos d'Aggatha et de les mettre en pratique. Nous savions tous que nous étions en train d'inventer un nouveau mode d'existence et que c'était un mode supérieur, exigeant un comportement exemplaire dans tous les domaines. Et je dois dire que j'éprouvais le sentiment d'une grande harmonie entre nous. Les enfants, en particulier, faisaient mon bonheur et je savourais mon rôle de « tante ». Parmi les épouses, il y avait celles qui suscitaient en moi de l'affection, et celles pour lesquelle je ne ressentais aucune amitié particulière. Mais aucune qui me déplût franchement.

Cela jusqu'à l'arrivée de Terressa Chamberlain.

Je savais certaines choses d'elle avant même que Père ne la prît pour épouse, car elle vivait déjà dans la colonie lorsque j'y arrivai. La famille Chamberlain avait fait partie du convoi des dix-neuf chariots de Père qui constituait la première vague d'émigrants faisant route vers le Sud afin d'étendre le royaume dans les lointains territoires méridionaux. Ils étaient arrivés à Parowan en 1851 et, un an plus tard, Solomon Chamberlain avait aidé Père à bâtir le fort d'Harmony. Terressa était alors mariée à Solomon, de trente-deux ans son aîné et dont le caractère, comme le sien, ne s'était pas amélioré avec l'âge. Toutefois, si Solomon se montrait hargneux et sévère, Terressa me parut surtout cruelle. Elle était de ces femmes qui ont le don de faire des remarques et des critiques acerbes, préférant en général exercer leur talent sur les faibles. En réunion je l'avais entendue apporter d'interminables témoignages et j'avais observé qu'elle affichait volontiers une haute tenue morale de manière à pouvoir toiser l'assistance tout en dispensant ses petits sermons. Peu désireuse de la rencontrer, je faisais souvent un détour en sortant de la tonnelle, le pavillon ouvert au toit de chaume où se tenaient la plupart de nos réunions. J'ajouterais que cette rencontre n'aurait rien eu de plaisant : son visage trahissait un courroux permanent, et l'âge l'avait dépouillée des charmes qu'elle avait pu posséder jadis, ne laissant plus qu'une coquille sèche et creuse.

Pourquoi Père l'avait-il donc épousée ?

Pour quelle raison avait-il amené parmi nous une femme aussi dure et arrogante ?

Bien des années plus tard, je posai cette question à Rachel. La chère et fidèle Rachel qui, de toutes les épouses de Père, nourrissait le moins de méfiance et de jalousie.

C'était une grâce qu'il lui avait faite, dit Rachel en réponse à ma question. Terressa n'était pas heureuse avec Solomon mais ne pouvait rester sans mari. Qui se serait occupé d'elle ? Non, la prendre pour femme était un acte de bonté de la part de Père. En outre, j'imagine qu'il s'allouait ainsi de la main-d'œuvre supplémentaire.

Ils se marièrent en mars de ma seconde année dans la colonie, à ma grande consternation.

Je ne préparai pas le repas de mariage.

Pas plus que je n'appris avec plaisir que Terressa allait loger avec moi, partageant les pièces que Mary Ann avait récemment libérées.

J'étais résolue à ne jalouser personne. Mon seul souci était de garder une place privilégiée dans le cœur de mon mari en plaçant son bien-être avant tout le reste, en servant des repas qui flattaient son orgueil, et en lui ménageant un havre où il pouvait se réfugier chaque fois qu'il était las, découragé ou en manque d'affection. Mais une semaine après l'arrivée de Terressa, je vis mon foyer menacé par le plus terrible conflit.

Tout commença par quelques observations impromptues.

Quelles maigres provisions, disait-elle en examinant mon garde-manger. Vous n'avez donc que deux cuillères ? Et vous mangez dans des coupes en bois ? Franchement, même Solomon s'arrangeait pour me fournir de la véritable porcelaine. Mais peut-être John attend-il que vous soyez devenue une épouse accomplie avant de trop investir dans votre confort ?

Qu'elle l'appelât John alors que le reste d'entre nous le nommions Père m'exaspérait également et, lassée de cette situation, je décidai un jour de l'affronter. Mais comprenez-moi, je le connais depuis si *longtemps*, dit Terressa, du haut de son invisible chaire d'où elle contemplait le monde. Depuis plus longtemps que vous, ma chère.

Elle se mit bientôt à déménager mes affaires.

Elle sortit mes couvertures du coffre et les empila sur une étagère, prétextant avoir besoin de rangement, et quand je me récriai, elle dit que mes couvertures étaient de simples quilts en coton alors que les siennes étaient en pure laine et méritaient d'être mises à l'abri.

Elle relégua sur la terrasse les deux chaises que Père m'avait fabriquées afin de faire de la place pour ses propres meubles qu'elle estimait de meilleure qualité. Lorsque je me plaignis, protestant que mes chaises allaient s'abîmer dehors, ainsi exposées aux intempéries, elle éclata de rire et dit La poussière retourne à la poussière, ma chère. Ou dans ce cas, le saule à la poussière – c'est la loi de la nature, de toute façon. Ses chaises et ses tables étaient trop grandes pour notre petit espace et nous laissaient Alice et moi dans l'impossibilité de placer nos jeux de quilles.

Elle feignait néanmoins de se montrer généreuse.

Naturellement, ma chère, me disait-elle de ce ton hautain qu'elle réservait aux inférieurs, n'hésitez pas à utiliser mes couvertures ou mes chaises, et bien sûr vous serez la bienvenue à ma table. Veillez seulement à ce que la petite sauvage ne touche à rien et ne s'asseoie pas sur mes meubles. Elle est si sale, si pitoyable, que je me demande comment vous faites pour la garder.

Outre cela, elle se mit à maltraiter Alice. Un jour, en revenant des champs, je découvris qu'elle avait attaché l'enfant sur la terrasse. Alice pleurait, affolée d'être ainsi retenue prisonnière. Plus tard, lorsque je lui demandai de s'expliquer, Terressa dit Je ne voulais pas qu'elle mette du désordre dans la maison.

Il était inutile de parler à Père de Terressa. Je savais que je serais immédiatement accusée de semer la discorde et la contestation, surtout si peu de temps après leur mariage, et de toute façon je le voyais beaucoup moins souvent désormais. Il passait la plupart de son temps à surveiller ses fermes et les travaux de ses autres épouses, qui toutes avaient une tâche définie soit dans les champs soit dans ses fabriques. Caroline et Leah cultivaient des légumes et élevaient des vers à soie. Polly et Lavina travaillaient à la fabrique de mélasse. Et Aggatha et Rachel s'occupaient des hôtes payants, des conducteurs d'attelages en provenance de l'Est qui traversaient le territoire pour rejoindre la Californie. Père avait hissé une grande enseigne ornée d'un aigle au-dessus de leur porte et il arrivait souvent que la maison fût pleine et qu'on me demandât de faire la cuisine. Quant à moi, j'étais chargée de récolter des provisions de racines de patience pour la tannerie et de prendre soin de la basse-cour. Il avait recommandé à Terressa de m'aider, mais c'était une piètre travailleuse. Elle se plaignait constamment et refusait souvent d'aller dans la montagne à la recherche des racines, prétextant qu'elle se sentait trop faible pour une tâche aussi épuisante. Et les rares fois où elle m'accompagnait, c'était pour critiquer mes méthodes, remettre en question chacune de mes décisions, depuis l'endroit où trouver la racine jusqu'au choix du moment où nous en avions suffisamment à transporter à la tannerie.

Rien chez moi n'avait l'heur de lui plaire, elle critiquait tout – ma coiffure, la façon dont je tenais la maison, mes manières affectueuses envers Alice –, jusqu'au jour où je perdis patience.

Nous avions passé l'après-midi ensemble dans le canyon. À son habitude, elle cherchait quoi me reprocher. Ce jour-là, ce fut mon incapacité à trouver un endroit où nous puissions travailler à l'ombre des arbres, même si les racines de patience abondaient dans le coin que j'avais choisi. Elle se lamentait, s'étonnant que Père puisse joindre les deux bouts quand il dépendait de personnes telles que moi pour le soutenir dans ses efforts. Au fur et à mesure que s'écoulait la journée, ses accusations se firent plus acerbes. Elle dit que j'aurais de la chance si je gardais mon enfant, car les premiers-nés sont souvent faibles et ne survivent pas dans les climats du Sud, et de toute manière, je n'avais pas l'air en excellente santé. Puis elle frappa Alice, fouettant ses jambes nues avec une badine de saule parce qu'elle s'était éloignée de notre vue pendant quelques instants.

Sur le chemin du retour je ne lui adressai pas un mot. Je conduisis l'attelage en silence. Alice était assise entre nous deux, se blottissant contre moi pour évider tout contact avec Terressa.

J'attendis d'avoir remisé l'attelage et que nous soyons rentrées pour me tourner vers elle et laisser éclater ma colère. Je dis que si jamais elle revenait chercher des racines, ce serait moi qui commanderais car elle ne valait rien à la tâche, je dis qu'il lui faudrait veiller aux méchancetés qu'elle me jetait à la figure car si elle ne montrait pas plus d'humilité que je n'en décelais en elle, je n'en supporterais pas davantage. Je lui dis qu'elle nous avait honteusement maltraitées ce jour-là, Alice et moi. Je lui fis remarquer qu'elle avait dit des choses qu'elle n'aurait pas dû dire et qu'elle m'avait parlé avec arrogance et j'ajoutai que la porte était là, pointant mon doigt dans sa direction, et qu'elle pouvait la franchir et ne jamais revenir à moins d'être décidée à tenir sa langue.

Nous passâmes la soirée en silence, et le lendemain Père revint.

Naturellement, elle lui raconta tout et il me fit clairement comprendre qu'il était extrêmement fâché.

Pendant trois nuits successives, il coucha avec elle, dans la chambre contiguë à la mienne. Je sais qu'elle lui raconta quantité de mensonges et tenta de le monter contre moi. Dans les jours qui suivirent père me tint des propos sévères. Puis, tranquillement, sans rien dire, la crise passa.

Terressa finit par s'en aller. Elle emménagea dans l'habitation récemment libérée par Leah et Sarah Caroline.

Et une fois de plus, il n'y eut plus qu'Alice et moi. La sombre et silencieuse petite Alice dont néanmoins j'avais jour après jour gagné la confiance.

À la fin, tout fut pardonné. Et il me revint.

Le matin.

À la première lueur de l'aube, lorsque l'horizon s'enflammait et que le nouveau jour pénétrait lentement dans la maison.

6

L'eau du fleuve est haute ce matin.

Je suis descendue tôt, à l'heure où le soleil commence à frapper le sommet des falaises, dans l'espoir d'apercevoir les garçons sur la route. Je ne les ai pas vus, mais je suis certaine qu'ils seront bientôt de retour. Fatigués par leur long voyage, ils se sont sans doute arrêtés pour se reposer un moment. Je suis certaine qu'ils arriveront aujourd'hui.

Frank French est passé me voir alors que je regagnais la cabane. C'est le mineur célibataire qui exploite une concession sur la Paria.

Aucune nouvelle, Emma ? demande-t-il.

Aucune nouvelle, Frank.

Je vous ai apporté une miche de pain, dit-il, et il me tend une belle boule qu'il vient de sortir du four. Je sens encore sa tiédeur, la chaude et agréable odeur du pain.

C'est très gentil de votre part, Frank, ai-je dit. Il a baissé la tête, touché son front et s'est remis en chemin rapidement, timide comme une souris mais toujours compatissant.

Le fleuve s'est emparé de mon âme. Si jamais je devais le quitter, je crois qu'il coulerait à jamais dans mes rêves.

Personne ne croyait que nous pourrions survivre aussi loin des colonies, ni continuer à faire fonctionner le bac sans aide extérieure. Mais Dieu était avec nous. Dieu a toujours été avec nous. Même lorsque les hommes nous ont abandonnés aux cruels caprices du sort.

Même ici, à Lonely Dell.

Il y a toujours eu quelqu'un pour nous manifester de la bienveillance.

Le major Powell m'a un jour donné cent cinquante livres de farine. À l'époque où la grande expédition géologique du Grand Canyon s'arrêta ici et laissa derrière elle son photographe souffrant, M. Fennemore, en me priant de le soigner.

Cette farine nous sauva la vie. Dieu emprunte des voies mystérieuses, pensai-je à l'époque. Il se manifeste même à travers un major manchot obsédé par le fleuve.

Fennemore me mit à rude épreuve. Peut-être était-ce la fièvre qui lui ôtait toute retenue. Un jour où il se sentait mieux, il tenta de me convaincre de partir avec lui. Vous méritez mieux qu'un meurtrier pour mari, dit-il.

Je le mis dehors peu après. Si vous êtes suffisamment rétabli pour m'insulter, dis-je, vous l'êtes sûrement pour prendre cette mule et retrouver votre chemin jusqu'à la ville.

Un jour, peut-être, quelqu'un me posera cette question : *Quand avez-vous su ?*

Et je pourrai répondre.

Quand Elizabeth est venue me rendre visite.

Je n'avais pas revu ma vieille amie depuis quelque temps lorsqu'elle arriva à Harmony un jour, peu après que Terressa eut quitté ma cabane. Elle avait fait le voyage depuis sa maison de Cedar City en compagnie de son mari, Isaac, qui dès leur arrivée était parti à la recherche de Père. Il l'avait trouvé en train de travailler aux champs. Sa visite me prit au dépourvu. J'entendis frapper à ma porte tard dans l'après-midi et j'ouvris pour trouver Elizabeth sur le seuil.

Sa vue me bouleversa. Elle semblait avoir vieilli en quelques mois depuis notre dernière rencontre et elle paraissait surtout anormalement agitée. Son naturel enjoué s'était à ce point assombri qu'on sentait dès le premier regard qu'un poids l'accablait.

Elle arriva à la fin d'une semaine particulièrement éprouvante. Plusieurs colons avaient décidé de s'en aller, et Père avait été très occupé à troquer les marchandises, acheter la terre de ceux qui partaient, et tenter de calmer les querelles qui éclataient pour des raisons que je ne pouvais comprendre. Plus tôt dans la semaine, je l'avais aidé à planter des pommes de terre et à construire un muret de pierre. J'avais aussi passé plusieurs jours seule dans les montagnes, m'épuisant à laver la laine crue dans l'eau froide d'un ruisseau. J'avais l'impression d'avoir mérité une après-midi de repos, et m'étais réfugiée dans ma cabane à l'intérieur du fort, espérant redonner des forces à mon corps fatigué, et rester à l'écart des murmures et récriminations des colons mécontents qui s'apprêtaient à partir.

Je ne crois pas excessif de dire, au risque de me vanter, qu'il n'y avait pas dans la colonie foyer plus propre et ordonné que ma modeste habitation. Avec l'aide de la petite Alice, je faisais en sorte que le plancher fût toujours balayé, les meubles dépoussiérés, les fenêtres claires, ma cuisine et mon garde-manger aussi bien garnis que les autres et, malgré la rareté des vivres, approvisionnés en précieuses épices et condiments nécessaires à mon activité de cuisinière. C'était une humble cabane, certes, mais je m'y sentais bien et le jour où Elizabeth vint nous rendre visite, je savourais ce bien-être, assise près de l'âtre avec Alice, fredonnant un cantique. Alice avait une prédilection pour les cantiques ; à l'exception de quelques mots, elle avait refusé de parler ou d'apprendre l'anglais, mais en chantant elle élevait ardemment la voix, heureuse de substituer des notes aux mots qu'elle ne connaissait pas.

C'est ainsi qu'Elizabeth nous trouva. Alice et moi. Assises au coin du feu en train de chanter, et je dois dire que notre paisible félicité contrastait cruellement avec l'effroi qui semblait l'habiter quand elle franchit le seuil de ma porte.

Je ne compris pas tout de suite le sens de ses propos, saisis seulement quelques mots incohérents – *soldats, il faut partir se cacher.* Je la fis asseoir près du feu et lui préparai une tasse de thé pendant qu'Alice la distrayait en chantant, puis je m'installai à côté d'elle et écoutai les nouvelles qu'elle m'avait apportées.

Elle commença par parler de la Déprédation indienne. Dit qu'elle avait récemment appris la vérité sur l'affaire et que l'histoire n'était pas telle qu'on nous l'avait racontée. Des hommes blancs avaient participé à l'attaque du convoi d'émigrants de l'Arkansas, dit-elle, et non seulement des hommes blancs mais des *Saints.* Elle chuchota ce dernier mot, l'accompagnant d'un sifflement qui ressemblait étrangement à celui d'un serpent.

Au cours de l'année que j'avais passée dans la colonie j'avais souvent entendu semblables histoires, mais sans y croire. Comment aurais-je pu y ajouter foi ? Nos Frères auraient volontairement assassiné des hommes, des femmes et des enfants innocents ? C'était impensable à mes yeux. Ils s'étaient peut-être trouvés dans les parages ce jour-là – avaient peut-être été témoins des événements – mais qu'ils y aient pris part ? non. Cela, je ne le croyais pas.

Chère Elizabeth, dis-je. Ce sont des racontars. Je les ai moi-même entendus maintes fois. Mais quelle en est la preuve ?

Emma, dit-elle, il n'y a pas de preuve, du moins pas encore, mais elle risque d'apparaître bientôt et que ferons-nous alors ? Ta vie et la mienne seront anéanties.

Comment nos vies pourraient-elles être anéanties ? demandai-je. De qui tiens-tu ces bruits ?

Tout le monde le dit. La peur lui agrandissait les yeux. Tout le monde. Les Saints qui rentrent de San Bernardino. Les colons qui quittent la région. Et les conducteurs d'attelage qui viennent de l'Est. Tous font le même récit. La rumeur s'est répandue. Et maintenant ils arrivent. *Ils arrivent.*

Sur ce elle se mit à pleurer et je dus la calmer afin de la convaincre de poursuivre son récit et de m'expliquer, si possible, comment nos vies étaient désormais si menacées.

Qui arrive ?

Une troupe d'officiers et de soldats est en route, dit-elle. Ils viennent enquêter sur le massacre.

Ce fut la première fois, je crois, que j'entendis utiliser ce terme.

Ils ont une liste de noms des Frères qui étaient présents dans la prairie ce jour-là. Le nom d'Isaac est sur la liste, ainsi que celui de ton mari. Il y en a d'autres, mais ils cherchent les meneurs. Les Anciens, Dame, Higbee, Klingensmith, Isaac, John. Ce sont eux que les soldats chercheront en premier. Et s'ils les trouvent, ils seront arrêtés.

Elle enfouit son visage dans ses mains et fondit en larmes à nouveau. Dans le silence qui s'ensuivit, Alice se remit à chanter. Elle commença par « Plus près de Toi mon Dieu », substituant ici et là des mots pah-utes à l'anglais, et je dus lui prendre le menton dans ma main et presser doucement mon doigt sur ses lèvres pour la faire taire afin de pouvoir réfléchir.

Que dis-tu, Elizabeth ?

Elle leva la tête et me regarda et je vis le désespoir et l'effroi dans ses yeux.

Je dis, ma chère amie, que nos maris ont été mêlés à la tuerie. Et que s'ils sont pris, ils risquent la mort. Et qu'adviendra-t-il de nous, Emma ? Que nous arrivera-t-il alors ?

Je tentai de conserver mon calme.

Que signifie cette histoire d'arrivée imminente de soldats ?

C'est la vérité. C'est pour cette raison que nous sommes venus aujourd'hui. Isaac a cru devoir prévenir John.

D'où proviennent ces nouvelles ? Comment sais-tu que les soldats seront bientôt là ?

Une dépêche est parvenue de la ville, de nos amis dans

le Nord. Elle est arrivée la nuit dernière. Les soldats se sont déjà mis en route.

Et Isaac ? Que dit-il ? Reconnaît-il avoir pris part à cette affaire ?

Elizabeth baissa les yeux sur ses mains qu'elle tenait jointes sur ses genoux. Il ne reconnaît rien, dit-elle. Sinon qu'un serment a été prêté par tous les hommes. La vérité ne peut pas être révélée sans que soit rompu ce serment, ce qui attirerait le courroux des Anges Exterminateurs. Elle se tut et leva la tête vers moi.

Mais j'ai appris ceci, continua-t-elle. Il y avait beaucoup d'hommes ce jour-là. Beaucoup de *nos* hommes. Certains ont participé au massacre et d'autres non. Certains ont tué les femmes et les enfants, et certains ont tué les hommes, blessés ou valides. Et d'autres n'ont rien fait. Horrifiés, ils ont déposé les armes. Mais à la fin, quand tout fut terminé, il y avait plus d'une centaine de morts. Est-ce que tu m'entends, Emma ? Plus d'une centaine ! Y compris un nombre important de petits enfants. Et le peu qui survécut parmi eux ? Ce n'est pas parce que nos hommes leur portèrent secours, comme on nous l'a raconté, non, c'est parce que notre Doctrine du Sang Innocent interdit le meurtre d'enfants en dessous de huit ans.

Je secouai la tête. Non, dis-je, je ne peux pas accepter ça.

Écoute, j'ignore ce qu'a fait John. Et j'ignore la part prise par mon mari. Je sais seulement que ces événements ont eu lieu.

Mais nous n'avons aucune preuve, m'écriai-je. Pas une seule !

Crois-moi, dit calmement Elizabeth, les preuves viendront. J'en suis convaincue. Et que deviendrons-nous alors ? Nous n'avions pas envisagé pareille chose, Emma. Où est-il dit dans les sermons et les nobles paroles de nos missionnaires que quelqu'un a le droit de prendre la vie d'autrui ? Peux-tu me le dire !

Peut-être devrais-tu le demander à ton mari, pas à moi.

Je le lui ai demandé. Et sais-tu ce qu'il a répondu ? Il a

dit : Elizabeth, si le Seigneur exige l'expiation par le sang pour que soit atteint Son but sur terre, alors Ses agents doivent être prêts. Si nous sommes appelés, nous devons répondre ; tel est notre devoir envers notre clergé. Qu'en dis-tu, Emma ? Que penses-tu de cette Doctrine du Sang Expiatoire ? Est-ce pour ça que nous avons quitté nos familles, pour rejoindre une bande de Saints meurtriers ?

Je sentis qu'elle allait perdre son contrôle, et que rien de ce que je pourrais dire ne calmerait son extrême agitation, je restai donc silencieuse tandis qu'elle continuait à me regarder fixement.

Elizabeth me quitta peu après. Nous nous embrassâmes dans une même étreinte avant son départ et nous nous promîmes de nous revoir bientôt, mais notre geste de solidarité manquait de conviction, et je crois que nous le savions l'une et l'autre.

Le lendemain matin Père alla se cacher. Il partit en direction des montagnes à la première lueur de l'aube, chevauchant son plus beau cheval, suivi d'une mule chargée de provisions. La veille de son départ il nous rassembla – tous ceux d'entre nous qui vivaient encore à Harmony. Il y avait Aggatha et Rachel, avec leurs enfants, ainsi que Mary Ann et John Alma, Terressa, moi-même et la petite Alice, Sarah Caroline et Leah, venues de Kanarra dans la charrette à cheval. Il dit qu'il désirait nous parler, et commença par nous demander de nous agenouiller pour prier.

La prière dite, il annonça qu'il était forcé de nous quitter pour un certain temps. Il allait partir dans les montagnes, non loin d'ici, dans un endroit d'où il pourrait nous observer à travers ses jumelles. Il ignorait combien de temps il resterait absent mais il comptait sur nous pour poursuivre nos tâches pendant son absence. À John Alma et à ses fils aînés il donna des instructions concernant le traitement de certains animaux. À Mary Ann et moi-même il nous demanda de nous occuper des plantations comme à l'habitude. Il nous indiqua quoi cultiver et où, nous recommandant de ne pas laisser les champs s'assécher. Souvenez-vous que notre subsistance pour l'hiver à venir dépend de ce que vous aurez planté, dit-il.

Après avoir donné toutes ses directives touchant les affaires temporelles, il prononça un sermon sur l'infamie et la traîtrise de nos ennemis, s'en prenant en particulier à ceux qui avaient assassiné notre Prophète Joseph et s'en étaient vantés, et à d'autres qui avaient récemment tué notre Apôtre Parley P. Pratt et en avaient aussi tiré vanité – les païens coupeurs de gorge de l'Arkansas. (C'est en l'entendant prononcer ce mot, *Arkansas*, que je commençai seulement à faire l'association, à comprendre que le convoi d'émigrants était originaire de la même région que les hommes qui avaient récemment assassiné Pratt, et cela me donna à réfléchir...) Poursuivant, il dit que si un homme emprunte la voie du péché et ne dévie pas de sa course, il appartient alors au croyant d'arrêter sa chute en enfer en le soulageant du fardeau de sa vie et qu'en dépit de tout ce que nous pourrions avoir entendu sur cette déplorable histoire de la prairie nous devions nous souvenir d'une chose : mieux valait être soulagé d'une vie de péché que de continuer à vivre dans l'avilissement. Payer ses péchés de son sang était pour l'impie un moyen de gagner le Paradis.

Quand il eut fini son sermon, il nous dit que nous pouvions nous retirer et qu'il enverrait un émissaire nous indiquer l'endroit où il se cachait et que l'un après l'autre, ou dans le cas de ses épouses, deux par deux, nous pourrions bientôt lui rendre visite et passer la nuit avec lui, à condition de nous déplacer avec une extrême prudence, et en prenant garde que personne ne nous suive.

Plus tard dans la soirée il vint me retrouver. Lorsque je l'entendis entrer dans la cabane je pris Alice qui dormait près de moi dans le lit et la portai dans le berceau à côté de la cheminée afin de lui faire de la place. Je ne l'attendais pas et mes cheveux étaient entortillés dans des papillotes de chiffon que j'ôtai au plus vite, secouant la tête pour libérer mes boucles et les laisser retomber sur mes épaules. Il se dévêtit avec lenteur. Je le regardai depuis le lit, sans parler mais en observant chacun de ses gestes. Il paraissait las et j'imaginai qu'il était profondément préoccupé mais il se retourna vers moi et je vis qu'il souriait. Il grimpa dans le lit près de moi et posa ses mains sur le renflement de mon ventre, où mon enfant – notre enfant – grandissait. D'après mes calculs, dans deux mois voire un peu moins je serais prête à accoucher.

Crois-tu que c'est un garçon, Emma ? Ou une fille ?

Je ne sais pas. Ce peut être l'un ou l'autre, n'est-ce pas ?

Il éclata de rire et je me rendis compte de la stupidité de ma réponse. Bien sûr que ce serait l'un ou l'autre. Comment en serait-il autrement ?

Quelle est la préférence de ton cœur ?

Un garçon, dis-je.

Je prédis donc, ici et maintenant, que tu auras un fils, Emma. Il m'embrassa sur le front et m'attira à lui, mais il dut sentir ma réticence.

Il s'écarta et me regarda et je vis l'expression stupéfaite de son visage.

Tu as l'air effrayée. Es-tu effrayée, Emma ?

Un peu.

Et de quoi as-tu peur, chère Emma, mon épouse anglaise ?

Le lune éclairait son visage. Je distinguais les rides autour de ses yeux et les fines lignes qui partaient des commissures de ses lèvres. Contrairement aux autres Anciens, il ne portait pas la moustache, et il avait une peau de jeune homme dans la clarté de la lune. En le regardant, je pris conscience de sa force et de sa bonté et je compris que je n'avais rien à craindre. Je compris qu'il possédait une assurance que je n'avais pas. Je voulais lui faire confiance et me reposer sur lui car je savais que rien n'était hors de sa portée.

Qu'est-ce qui t'effraye ? demanda-t-il à nouveau en défaisant les boutons de ma chemise de nuit.

Les soldats vont arriver, murmurai-je.

Sais-tu ce que nous ferons de ces soldats s'ils nous causent trop d'ennuis ?

Je secouai la tête.

Nous ferons en sorte de les anéantir. Nous les ferons disparaître dans la poche du Seigneur. Mes ennemis ont de bonnes raisons d'avoir peur. Mais pas toi, ma chère Emma.

Il me prit doucement et je demandai s'il était sage de faire l'amour alors que l'enfant était si avancé en moi et il m'assura que le bébé ne pourrait pas être blessé par nos rapports et d'ailleurs, ajouta-t-il, les sensations qui en résultent sont le meilleur stimulant qui soit pour la mère et le bébé – ne le savais-je donc pas ? Comme guérisseuse et épouse, je ne pouvais l'ignorer.

J'eus l'impression qu'il se moquait de moi et me raidis, tentai de le repousser mais il murmura Emma, Emma, sois à moi cette nuit car je m'en vais demain, et à cette pensée je m'abandonnai et le laissai me pénétrer, m'emporter vers cet endroit secret vibrant d'une lumière étincelante.

Le lendemain matin, je le regardai s'éloigner à cheval. Plus tard j'appris que l'évêque Klingensmith s'était déjà réfugié en lieu sûr ainsi que le mari d'Elizabeth, Isaac, et que d'autres se préparaient à gagner la montagne. Dès que Père fut parti, beaucoup se sentirent libres de parler à leur guise. J'entendis un ancien dire que Frère Lee nous avait mis dans le pétrin, et que c'était à lui de nous en sortir.

J'entendis une sœur dire qu'il était le diable personnifié, un fils de perdition, et une autre clamer qu'il avait apporté la malédiction sur notre maison. Quelqu'un l'accusa d'être un démon, mais de la pire espèce, un démon aux airs de saint, un monstre revêtu des habits de la vertu. Mais de tous, ce fut Solomon Chamberlain, le vieil homme que Terressa avait abandonné pour épouser Père, qui m'effraya le plus.

Il m'accompagna aux champs un jour, afin d'arroser les cultures, et tandis que nous travaillions côte à côte il commença à parler de la malheureuse affaire de la prairie. Il dit que lui-même n'était pas présent ce jour-là, mais qu'il avait eu l'occasion de passer par là un peu plus tard, et il décrivit ce qu'il y avait découvert.

La scène, même alors, était un spectacle horrible, dit-il en secouant la tête, appuyé à sa houe. Il y avait des cheveux de femme, des boucles éparses et des mèches par poignées, accrochées aux buissons d'armoise, éparpillées sur le sol. Des lambeaux de vêtements d'enfants et d'habits féminins se balançaient aux branches des arbustes, ou étaient répandus ici et là, et parmi eux, de tous côtés, sur au moins un mille de distance de la route, brillaient les crânes et les os blanchis que les loups avaient dispersés.

Les loups les ont déterrés, voyez-vous, dit-il. Ils les ont déterrés et se sont repus de leurs cadavres.

Je ne dis pas qu'ils ne méritaient pas leur sort, ajouta-t-il, reprenant sa houe. Celui qui blasphème contre notre Prophète ne doit pas franchir vivant ce territoire, et ceux qui assassinent nos Apôtres endureront la même fin, même s'ils ne sont coupables que de complicité. Tuer un Gentil peut parfois être opportun, voire dans une certaine mesure condamnable, mais c'est rarement un crime ou un péché impardonnable. Mon objection concerne la méthode qui a été utilisée. C'est votre mari qui a conduit les Indiens à attaquer le convoi. Et c'est aussi lui qui est entré à cheval dans le camp, quelques jours plus tard, brandissant le drapeau blanc de la trêve et promettant aux émigrants qu'ils seraient délivrés des indigènes s'ils déposaient leurs armes et s'avançaient en ligne. Il leur a dit de libérer en premier les femmes et les enfants puis a ordonné à chaque homme de sortir et de se mettre en marche à côté d'un des Frères qui le conduirait en lieu sûr. Mais les choses ne se sont pas déroulées ainsi, n'est-ce pas ? En réalité, ils ont tiré sur ces gens et les ont battus à mort. C'était arrangé d'avance, voyez-vous. Tout était arrangé avec les Indiens. Je n'ai rien à redire. Si c'était nécessaire, il fallait le faire. Mais comment ont-ils pu s'en aller sans les inhumer décemment, abandonner les cadavres aux loups et à la vue des émigrants du convoi suivant ? Maintenant les troupes sont arrivées, et qui sait ce que sera la suite ?

Je sentis le rouge me monter au visage. Le soleil dardait ses rayons sur nous et sembla brusquement osciller sur un axe invisible. Je contemplai le vieil homme, Solomon Chamberlain, avec ses mains tremblant sur la houe et sa longue barbe blanche qui s'étalait sur sa poitrine comme une écharpe de laine, mais il ne parut pas troublé par mon regard sévère. Il est jaloux, me dis-je. Jaloux de Père qui lui a enlevé sa femme.

Pourquoi vous croyez-vous obligé de me raconter ça, m'écriai-je. Ce sont des mensonges, d'horribles mensonges. Je crois que vous rôtirez en enfer pour avoir prononcé de telles infamies. Je tournai les talons et m'enfuis, courant sur la terre craquelée, la petite Alice trébuchant à mon côté.

Lorsque nous atteignîmes la route, je m'arrêtai pour reprendre mon souffle. Je réfléchis à ce que Solomon venait de dire et pensai à tout ce que j'avais vu et entendu. Alice prit ma main et leva vers moi ses yeux noirs et interrogateurs et je détournai le regard afin de lui cacher les larmes que je tentais en vain de retenir. Je me rappelais les rangées de chaussures que j'avais vues dans la resserre peu après mon arrivée – et les robes maculées de taches sombres, les vêtements d'enfants, les piles de draps à vendre, et je revis le visage du petit Charley Fancher, muré dans son silence, autant de visions sur lesquelles il m'était insupportable de m'attarder.

Viens Alice, dis-je, levant la tête et refoulant mes larmes.

Viens. Prions. Et tombant à genoux au beau milieu du chemin, je cachai mon visage dans la robe d'Alice, qui ne s'agenouilla pas mais se tint sans rien dire devant moi, la bouche crispée par la peur. La saisissant par les épaules, je baissai la tête et priai. Je priai pour mon mari, je priai pour tous ceux dont les vies étaient en péril, et je priai Dieu de me donner du courage, la force de surmonter mes peurs.

Peut-être la vie avait-elle décidé que je ne méritais aucune faveur, mais à ce moment précis j'implorai les faveurs de Dieu, le suppliai de supprimer la menace qui pesait sur nous et de rétablir la paix dans notre famille. La force de la foi brûlait en moi. Comme un feu enfermé dans mes os. Je croyais dans la Seule Véritable Église, et dans la bonté de mon époux et la justesse de sa conduite. Il n'y avait que lumière et sagesse autour de moi, et je savais que c'était la vérité, et que cette vérité-là me libérerait. Jésus a dit : Dans le monde vous serez dans la détresse, mais gardez courage, j'ai triomphé du monde. Moi aussi, je priai pour pouvoir triompher du monde, et j'entendis une voix alors, et elle me dit Ne laisse pas le trouble ni l'effroi envahir ton cœur.

Et je sus que c'était la réponse à ma prière.

Ce que je ne pouvais comprendre aujourd'hui, je devais l'accepter avec foi.

Avant tout, je ne devais pas avoir peur.

Père avait dit vrai. Il n'était pas parti loin. L'endroit où il se cachait se trouvait de l'autre côté de la vallée dans les falaises à l'est de la ferme et de là il pouvait nous observer à travers sa lunette, regarder sa famille vaquer à ses occupations.

Tous les soirs deux de ses épouses allaient lui porter de quoi se nourrir et bavarder avec lui, l'informer des dernières nouvelles, puis l'une d'elles passait la nuit auprès de lui tandis que l'autre regagnait la maison.

Comment est-ce là-bas ? demandai-je à Sarah Caroline au retour de sa première visite.

Il ne souffre pas, dit-elle sèchement, car il fait en sorte d'avoir tout ce dont il a besoin. Même ses désirs physiques ne restent pas insatisfaits, tant que nous sommes là. Sur ces mots, elle m'adressa un sourire qui me serra le cœur.

Je souhaitais ardemment lui rendre visite. Mais il avait fait savoir que j'étais trop avancée dans ma grossesse pour prendre le risque de monter à cheval. Je me dis alors qu'une lettre aurait plus d'effet qu'une visite car Père pourrait la lire à loisir et la conserver.

Et j'avais raison. Plus tard je découvris que Père s'était donné le mal de recopier ma lettre dans son journal, dans lequel je l'ai retrouvée.

Emma, ma jeune épouse anglaise, m'a adressé une lettre où elle m'exprime ses sentiments, car elle ne peut venir étant près d'accoucher. Ses quelques mots sont les suivants :

Mon cher compagnon – j'éprouve une joie indicible à savoir que vous êtes en vie et que vous avez échappé jusqu'ici à vos ennemis, qui vous ont pourchassé comme un chevreuil dans la montagne. Je ne peux cependant réprimer ma tristesse quand je pense aux souffrances et aux épreuves que vous devez nécessairement subir dans votre éloignement ; sans parler de la privation de votre famille que vous aimez aussi chèrement que la vie. Mes prières pour votre délivrance et votre retour au sein des vôtres, qui vous sont sincèrement attachés, sont constantes. Et bien que je ne puisse être présente auprès de vous pour partager vos difficultés, le Seigneur sait que j'y suis en pensée, et je porte le témoignage que votre esprit est aussi avec nous. Puisse Dieu permettre que vous reveniez rapidement, car je sens que je ne pourrai pas rester éloignée de vous beaucoup plus longtemps. La tentation me prend parfois de monter vous retrouver dans les montagnes mais je pense alors à notre enfant. Dieu vous accorde, mon très cher, de vivre longtemps ici-bas pour jouir de la compagnie de ceux qui vous aiment tendrement, parmi lesquels je me compte avec humilité. Votre épouse dévouée, Emma.

Deux mois plus tard il était de retour parmi nous et les soldats étaient partis, ayant renoncé à leur recherche.

Je ne saurais exprimer la suite avec mes mots, car la douleur est trop grande, je rapporterai donc seulement ce que Père a confié à son journal :

Le jeudi suivant, trente juin, à une heure, Emma, ma dix-septième épouse, mit au monde un enfant mort-né. L'enfant était grand et bien formé mais la mère fut blessée dans une chute quelques jours avant sa naissance, chute qui provoqua sans doute sa mort. À la requête de sa mère je lui donnai le nom de John Henry, d'après son père et moi-même. À dix heures ce matin-là le corps furent décemment inhumé dans le cimetière d'Harmony.

Il en fut ainsi.

Parfois, je me revois en train de tomber.

Je vois les chevaux s'emballer dans le fracas du tonnerre et je sens mes mains tirer sur les rênes, j'entends ma voix crier, appelant chaque animal par son nom – Babe ! Blacky, Ho là ! Ho là ! Blacky ! Mais ils ne s'arrêtent pas, ils ne m'obéissent pas, et lorsque la roue bute sur une grosse pierre et que le chariot commence à tanguer je sais qu'il n'y a rien, rien à faire pour stopper ma chute, puis vient l'obscurité, le grand vide noir qui s'ouvre et m'engloutit.

7

Une véhémence nouvelle s'empara de moi après la mort de mon enfant, John Henry.

Ma seule explication est que l'obstination acharnée qui m'avait toujours habitée depuis ma jeunesse prit possession de toute mon âme. Lorsque j'étais jeune et que je me mettais en rage, ma mère, exaspérée de voir réduits à néant ses efforts pour me maîtriser, me secouait par le bras en criant Je te souhaite d'avoir un jour un enfant à l'esprit aussi incorrigible que le tien afin que tu comprennes tout le mal que tu m'as donné. Mais je n'ai pas eu ce genre d'enfant. Les jumeaux étaient aussi doux qu'un matin d'été, les garçons animés d'une gentillesse naturelle, et mon bébé est encore trop jeune pour savoir si elle, finalement, exaucera la malédiction de ma mère.

Je sais seulement que les années écoulées m'ont rendue aussi forte qu'un homme, résolue à ce que personne ne s'empare de ce qui m'appartient. Même aujourd'hui, alors que ce vieux renard de Brigham Young, le Prophète que j'ai jadis révéré, complote de mettre la main sur le bac, je sens monter en moi la violence de ces jours anciens. Qu'il sache une chose : il devra me passer sur le corps pour avoir ce bac.

Je sais que j'ai mérité la réputation d'être la plus difficile de toutes les épouses de mon mari, et je le revendique avec fierté, car c'est pour lui que je me suis battue – pour lui, et pour ma propre place dans le monde. Vivre comme je l'ai fait, à la frange de la civilisation, compagne d'un fugitif, m'a souvent demandé l'énergie de dix femmes. Si certains estiment que je manque de féminité, grand bien leur fasse. Mieux vaut ça que d'être traitée de froussarde.

Tout au long de l'été qui suivit la perte de mon bébé, je peinai du matin au soir dans les champs, espérant que le labeur allégerait mon chagrin. Travailler dur ne m'avait jamais rebuté, et tant mieux car c'était un élément important de la religion qui avait gagné mon cœur. À Uckfield, dans ma prime jeunesse, j'avais été employée comme fille de cuisine dans le manoir de Lord et Lady Hook. Je n'ignorais rien des travaux qui durent de l'aube jusqu'à la tombée du soir. Mais jamais je ne m'étais éreintée à autant de besognes différentes, ni n'avais ressenti le poids des tâches matérielles aussi lourdement que durant ces premières années à Harmony.

Notre labeur semblait sans fin. Non seulement Père mit toute sa famille à l'ouvrage, y compris nos enfants lamanites, mais il engagea aussi une quantité d'auxiliaires pour la saison, des hommes qu'il occupait à moissonner, labourer, creuser, construire, et réparer, car il bâtissait pour son compte un petit empire de prospérité.

Les soldats étaient partis, certes, mais la peur des arrestations perdurait, et plus destructeur encore pour le tissu de notre société il y avait ce sentiment de honte qui s'insinuait peu à peu dans nos vies. Les Saints commencèrent à quitter les colonies du Sud, de plus en plus nombreux, multipliant les occasions pour Père de leur vendre les bêtes nécessaires pour leur voyage, ou d'acquérir les biens et les terres qu'ils désiraient abandonner. En eux naissait inévitablement un sentiment de jalousie, car l'homme prospère provoque toujours l'envie, et il n'en était pas autrement avec Père. Plus il s'enrichissait, plus on chuchotait dans son dos. Mais il n'en paraissait pas troublé pour autant.

Chacun connaîtra son jour de gloire, répétait-il.

Dans les premiers jours d'août 1859 – l'année où mourut

mon bébé John Henry – Père décida d'atteler quatre chevaux pour aller rendre visite à des amis à Pocketville et il me demanda de l'accompagner. Il invita également Mary Ann et John Alma à se joindre à l'excursion. En chemin nous ferions provision de racines de patience pour la tannerie.

Les melons étaient mûrs et abondants cette année-là et nous en emportâmes plusieurs que nous mangerions en route. Il y avait des quantités de baies sauvages à cueillir. À Pocketville, nous soupâmes chez Frère Pollock et rentrâmes chez nous au coucher du soleil, chargés de douze boisseaux de racines de patience et de plusieurs pots remplis de baies. Sur la route du retour, Père conclut un arrangement avec John Alma, qui avait pris la détestable habitude de fumer. Si John Alma renonçait à l'usage du tabac, Père lui promettait sa plus belle jument et son meilleur poulain. Bien sûr, John Alma accepta avec empressement le marché, malgré les taquineries dont Mary Ann et moi-même le harcelâmes, le traitant de garçon de peu de volonté, prédisant que s'il manquait à sa parole, non seulement il n'aurait ni jument ni poulain mais il serait dans l'obligation de faire à Père un présent. Il feignit une indignation qui provoqua l'hilarité générale, et nous nous moquâmes de plus belle, chacun à tour de rôle, avec force éclats de rire, jusqu'à ce que nous arrivions à la maison.

Je mentionne cet épisode uniquement pour donner un exemple de l'entente qui prévalait en ces temps-là entre nous, surtout à ces moments où Père et moi étions seuls ou en compagnie des membres de la famille que j'appréciais le plus, comme John Alma et Mary Ann. Peut-être était-ce la perte de notre enfant qui incitait Père à se rapprocher de moi, mais nos rapports connurent un changement durant cet été-là. Je sentis que je devenais sa favorite, et savourais ses attentions constantes à mon égard. Au lieu de venir me trouver le matin, comme il en avait l'habitude, il restait désormais plusieurs nuits d'affilée, du soir jusqu'à l'aurore. Comme s'il comprenait à quel point j'avais besoin de lui, surtout la nuit, quand les chagrins vous assaillent avec le plus de force. La flamme de la lampe à huile jetait une lueur ocre dans notre minuscule chambre lorsqu'il arrivait à la tombée du jour et me prenait sur ses genoux, me caressait, chuchotait à mon oreille, et que nous en arrivions lentement à faire l'amour, tandis que l'espace noir derrière la fenêtre s'éclairait peu à peu à l'approche de l'aube. Chaque nuit il était à moi. Et chaque nuit j'étais à lui.

Très souvent nous partions en voyage ensemble. Risquant l'ire de ses autres femmes, il me choisissait pour l'accompagner dans ses visites aux colonies voisines. Et très souvent je lui démontrais mon endurance en chemin, car j'étais adroite et pleine de zèle, prête à l'assister du mieux que je le pouvais.

Tu es une femme forte, n'est-ce pas, Emma ? disait-il, me regardant occupée à une tâche ou une autre.

Forte comme un Alaman, répliquais-je, et tu peux parier ton dernier farthing là-dessus.

Un jour nous partîmes pour le village de Washington avec un lourd chargement de bois et de provisions. L'aller s'avéra difficile et les attelages furent mis à l'épreuve par le poids des madriers. À huit milles de la ville, nous campâmes pour la nuit et fîmes l'amour sous les étoiles. Le lendemain nous poursuivîmes notre voyage mais l'une des roues du chariot trop chargé céda à cause des inégalités de la route et nous dûmes abandonner le bois sur le bas-côté. Il n'y avait rien de plus pénible que de décharger les madriers – un travail masculin. Mais je l'accomplis sans rechigner et vis que mon empressement à m'atteler à une aussi rude tâche suscitait la tendresse de Père.

Es-tu certaine d'y parvenir ? demanda-t-il comme je hissais l'extrémité d'un lourd madrier. Je ne voudrais pas que tu te blesses.

Mais je pouvais y arriver. J'y arrivais. J'étais jeune et forte et je voulais lui prouver mon endurance. Je voulais lui prouver que je n'étais pas comme Aggatha, la femme de sa jeunesse qui s'était affaiblie avec l'âge. Ni comme Rachel, petite et maigre et toujours soumise à sa sœur aînée. Ni comme Polly et Lavina, les sœurs dorlotées, ni comme Leah qui était devenue encore plus grosse et inutile avec ses pâmoisons et son langage obscur. Pas plus que je n'étais une vieille sorcière amère et chancelante telle que Terressa, la plus inutile de toutes. J'étais moi. Son épouse anglaise. Forte, sûre et capable de l'assister dans toutes ses tâches.

Lorsque nous eûmes terminé de décharger le bois, il voulut que nous nous reposions avant de repartir. Il me conduisit dans les bois et s'allongea avec moi sur le sol. Mais nous ne nous reposâmes pas. Il semblait animé d'un désir ardent et là, sous l'œil des corneilles et des pies, sous les peupliers qui nous protégeaient du soleil cuisant, nous fîmes l'amour sur un lit de feuilles. Je me souviens du chant des oiseaux. Je me souviens de la chaleur qui montait de la terre graveleuse et de l'odeur de la poussière, sèche et âcre. Et je me souviens ensuite d'avoir pensé, j'ai conçu à nouveau. J'ai conçu un enfant, ici à l'air libre, sous l'étendue bleue du ciel.

Reprenant la route, nous parcourûmes six milles avant que l'essieu de la roue arrière ne se brise et immobilise le chariot. Je proposai de prendre un des chevaux et d'aller à Toquerville, à environ huit milles de distance, et d'en ramener des tarières. Je chevauchai à cru, sans peur, savourant la beauté du paysage autour de moi. Je descendis le versant abrupt de la vallée et aperçus de hautes montagnes aux couleurs flamboyantes. La vue changeait constamment. Des rochers s'étaient écroulés, s'empilant au hasard en de grandes masses rouges, vestiges d'un monde ancien. Tout devenait rouge. Les strates de grès comme les pics au-delà des vallées qui se succédaient les unes aux autres. Le soleil brillait si fort que la lumière était presque insoutenable, et les blocs de pierre semblaient enflammés, comme illuminés de l'intérieur. Il n'y avait rien de familier dans ce paysage, ni verts pâturages anglais, ni collines moutonnantes. Le cauchemar d'un peintre paraîtrait anodin comparé à ces créations de la nature, avec la terre rouge sang, les falaises, le sol, tous rouges, rouges. C'était devenu ma terre, mon pays, ma Sion, je sus ce jour-là que je la préférais à toutes les autres. Aussi rude, sèche et venteuse qu'elle fût, inhospitalière sous toutes ses formes, elle était mienne, et je compris à ce moment précis qu'elle avait pris mon âme à jamais, et je m'enchantai des splendeurs de ce Nouveau Monde. Le Seigneur Dieu t'a menée jusqu'ici, pensai-je, pour te donner la paix jusqu'à la fin de tes jours.

Lorsque je revins avec les tarières, plusieurs heures après, Père éclissa l'essieu et nous nous mîmes en route, mais non avant de nous être retirés dans les bois une dernière fois pour satisfaire notre amour.

Il avait toujours été un homme d'un grand appétit mais, en ces jours-là, je préférais croire que j'étais seule à pouvoir l'exciter ainsi.

Tout courage est affaire de constance, de fermeté d'âme face aux changements de la fortune. Dans ce monde teinté de rouge, si vaste et si violent, peuplé d'un nombre toujours croissant d'ennemis, ma véhémence prit la forme d'une méfiance agressive, comme si j'avais découvert, caché au centre de mon être, un cœur en fusion inconnu jusqu'alors.

Je dois l'admettre, ce fut en partie la terre elle-même qui m'endurcit. La chaleur et le froid, le labeur sans fin sous le soleil, à gratter le sol de brique tandis que le vent omniprésent absorbait toute l'humidité alentour, me donnaient le teint sombre d'une Indienne.

Le vent soufflait du matin au soir. Il soulevait de grosses balles de poussière rouge et les aspirait dans des tourbillons qui dansaient au-dessus de la terre. Souvent, en travaillant aux champs, je n'osais pas me reposer à l'ombre des peupliers de peur qu'une de leurs grandes branches ne tombe sur moi.

Partout dans ce monde, je sentais des dangers cachés dans la nature, et dans le cœur des méchants, qui ne nous voulaient que du mal.

Je me souviens d'un jour de cette saison en particulier, car un profond désarroi envahit alors mon âme. C'était le 4 juillet et je devais aller à Kanarra avec Mary Ann et John Alma pour prendre part aux festivités du Jour de l'Indépendance. Père et les autres étaient partis plus tôt, et je me réjouissais de faire la route à cheval seule avec eux deux. La journée était chaude, mais supportable. J'avais mis mes plus beaux vêtements. Au début de notre mariage, Père m'avait fait présent d'une jolie robe bleue, une robe comme je n'en avais jamais possédé de ma vie. Faite d'une soie française de superbe qualité, elle était ornée de velours et de broderies, et bien qu'elle ne fût pas neuve et portât des restes de taches, c'était néanmoins un vêtement de rêve qui avait provoqué une certaine consternation parmi les autres épouses jalouses d'un tel cadeau.

Nous arrivâmes à Kanarra avant midi et rejoignîmes la foule rassemblée sous la tonnelle. L'assistance était nombreuse, les Saints de tous les villages du Sud étaient venus pour les festivités, y compris une quantité de nouveaux arrivants. Le Prophète avait récemment demandé à un large groupe d'émigrants suisses, experts dans l'art de fabriquer du vin, d'établir une nouvelle colonie sur la Santa Clara, et un autre groupe avait été chargé de planter du coton dans la vallée du Rio Virgin. Les premiers de ces nouveaux émigrants venaient d'arriver et s'en remettaient encore aux colons plus anciens pour certains produits de première nécessité. Ils étaient donc venus en nombre célébrer le Jour de l'Indépendance avec nous.

L'atmosphère était joyeuse. Père avait offert cinquante gallons de sa meilleure bière maison et les hommes ne se privaient pas. Peu après mon arrivée éclata une querelle mais elle fut rapidement maîtrisée et les jeunes bagarreurs furent priés de cesser de boire s'ils n'étaient pas capables de se conduire avec plus de décence. Bientôt l'orchestre commença à jouer. Père fit un court sermon qui fut suivi de vifs applaudissements, puis un vieil Indien prénommé Gros Doigt surgit à cheval avec sa troupe hétéroclite et, avec force hurlements et hourras, ils firent cercle autour de nous avant de sauter à terre et de s'installer en lisière de la prairie pour prendre part aux réjouissances.

Les victuailles étaient disposées sur une longue table et nous commencions à remplir nos assiettes et à prendre place sur l'herbe comme à un pique-nique, quand survint l'incident qui m'emplit d'une telle détresse. Une fillette que je n'avais jamais vue auparavant et qui était arrivée plus tôt avec Jacob Jamblin et ses épouses vint se poster devant moi.

Elle me regarda fixement pendant quelques instants et fondit en larmes.

Ses sanglots prirent une telle ampleur que la foule tout entière assemblée sous la tonnelle se tut tandis que l'enfant me désignait du doigt et s'écriait : C'est la robe de ma mère que vous portez ! Où est ma mère ?

Je sentis le sang me monter au visage.

Il y a une erreur, dis-je. Tu te trompes sûrement. Je tendis les bras vers elle, mais elle eut un mouvement de recul et s'excita de plus belle.

Où est ma mère ? hurla-t-elle.

Je regardai autour de moi : tous les yeux étaient braqués sur moi, et tous étaient accusateurs.

Une erreur, répétai-je. Cette petite se trompe sûrement.

Il n'y a pas d'erreur, dit une femme assise à côté de moi. Ne l'ayant jamais vue avant ce jour, je présumai qu'elle faisait partie de la nouvelle vague des colons. L'enfant est une orpheline rescapée du massacre, et tu oses porter les dépouilles du meurtre, couvertes de taches de sang. Mais l'enfant sait la vérité, elle est le témoin de ta honte. Toi, l'épouse du Boucher...

Je me levai d'un bond et saisis la femme à la gorge. Des mains s'emparèrent de moi, m'écartèrent, il fallut trois hommes pour me maîtriser, tant était grande ma rage. J'étais aveuglée par la colère et la honte. L'enfant fut rapidement éloignée, et la femme que j'avais attaquée resta prostrée sur le sol, cherchant à reprendre son souffle. Aussitôt d'autres Sœurs l'entourèrent et lui apportèrent leurs soins, sans cesser de me lancer en coulisse des regards de désapprobation. Père me tenait fermement, plaquant mes bras contre mon corps, et malgré tout je continuai à me débattre.

Laissez-moi m'en aller, criai-je. Laissez-moi m'en aller !

Pas avant que tu ne te sois calmée, dit-il, et il resserra son étreinte. Quelques Frères se mirent à rire.

Ne la lâche pas, John, cria l'un d'eux. C'est un vrai chat sauvage !

Mes larmes se mirent à couler. Ce fut alors que je levai les yeux et vis Terressa, mon ennemie de toujours. Elle me regardait en souriant d'un air hautain et distant. Certaines femmes feraient n'importe quoi pour une robe neuve, affirma-t-elle, assez fort pour que tout le monde l'entende. Mais à quoi pouvons-nous nous attendre de la part d'une pauvresse étrangère ?

À ces mots, les rires redoublèrent.

Je sentis toute résistance me quitter et mon seul désir fut de m'en aller, de fuir les railleries de tous ces gens et de courir me cacher dans un endroit où leurs huées ne parviendraient plus à mes oreilles.

Sentant que je me relâchais dans ses bras, Père me prit par la main et m'entraîna loin de l'assistance. Sa poigne se referma sur mon poignet tandis qu'il me tirait brutalement jusqu'au bord de la rivière où étaient attachés les chevaux. Tournant la tête furtivement, je m'aperçus qu'Alice nous avait suivis. Immobile près d'un chariot, elle jetait des regards craintifs sous sa masse de cheveux noirs. Je tombai à genoux et me mis à sangloter, la tête entre mes mains.

Tu es la femme la plus exaltée qui existe sur cette terre, dit-il, et tu nous mèneras tous en enfer avant qu'on en ait fini avec toi.

Vous ne me l'aviez pas dit, dis-je.

Qu'est-ce que je ne t'avais pas dit, tonna-t-il.

Vous ne m'avez jamais dit d'où venait cette robe. Qu'elle avait été dérobée à une morte dans la prairie.

Je tirai sur la robe, secouai la jupe, cherchant à l'arracher de mon corps, mais elle était de bonne confection et ne céda pas, fit à peine entendre un froissement, comme des feuilles mortes dans un souffle de vent, un frottement soyeux.

Je n'ai entendu aucune plainte de ta part à l'époque où tu l'as acceptée, dit-il. Et qu'importe sa provenance ? Tout ce que nous possédons nous a été donné par Dieu, et personne d'autre. Tu devras t'en souvenir. Maintenant relève-toi et comporte-toi avec dignité. Je n'accepterai pas qu'une de mes femmes se batte comme une vulgaire mégère.

Mégère ou pas, dis-je, j'en ai assez de cette foule. Je rentre à la maison.

À ta guise, dit-il. Mais tu ne prendras aucun de mes chevaux ni aucun de mes chariots pour faire la route. Tu rentreras à pied si tu le désires. Le temps d'arriver, ta mauvaise humeur sera peut-être dissipée.

C'est ainsi que je m'en allai avec Alice, dans la chaleur du jour, sans même la protection d'un bonnet. C'était une longue marche depuis Kanarra jusqu'à Harmony, mais j'accomplis sans rechigner chaque pas du trajet qui m'éloignait de la scène de mon humiliation. Mes chaussures me serraient et la lourde étoffe de cette maudite robe retenait la chaleur de mon corps, m'empêchant presque de respirer. Alice cheminait en silence à mon côté, le visage triste, sans une plainte. Les corbeaux tournoyaient au-dessus de nos têtes et leurs ailes noires dessinaient des formes de cimeterres dans le soleil d'un jaune éblouissant. Je ne cessais de voir le visage de cette enfant, tordu par une telle douleur quand elle s'était écriée : *Où est ma mère ?* Je ne cessais d'entendre ces mots, comme une huée dirigée contre moi : *la femme du boucher...*

Et pire que le reste, je ne cessais de voir le visage de Terressa.

Il faisait de plus en plus chaud. Je marchais avec peine, songeant à ce jour, peu après mon mariage, où Père m'avait emmenée dans la cave de l'entrepôt de l'évêque à Cedar City et m'avait montré les rangées de chaussures alignées sur les étagères. Des chaussures d'hommes, des chaussures de femmes, des chaussures d'enfants de toutes tailles, certaines tachées, d'autres trouées, toutes usées aux formes des pieds de ceux qui les avaient portées.

Tu peux en choisir une paire, avait-il dit.

Dans la cave flottait une odeur nauséabonde qui émanait des chaussures et des piles de vêtements sales, une odeur froide et métallique mêlée au relent fétide de la maladie.

Je pensai à ce que Rachel m'avait raconté, que le lendemain du massacre elle avait gagné la prairie avec quelques autres femmes pour dépouiller les morts de leurs vêtements. Les femmes avaient déshabillé les femmes et les enfants tandis que les frères s'occupaient des hommes. Ils avaient fait des piles de toutes les affaires et une légère pluie s'était mise à tomber. Les bijoux avaient été ôtés des cadavres. Et ensuite, un par un, les corps dénudés avaient été traînés dans des fosses et recouverts d'une mince couche de terre.

Que penser de ces actions auxquelles je n'avais pas pris part et qui avaient pourtant commencé à hanter ma vie et à provoquer des scènes comme celle qui était survenue aujourd'hui ?

Tu aimeras tes Frères et tes Sœurs, avait dit Brigham. Les aimeras-tu pareillement s'ils ont commis un péché qui ne peut être expié sans que soit répandu leur sang ? Aimeras-tu assez cet homme ou cette femme pour répandre leur sang ?

La vie était faite d'épreuves et d'outrages. Mais la flamme de la véritable religion brûlait et Dieu était avec Son peuple.

Qu'était un monde sans vengeance de toute façon ?

Qui pourrait redresser les torts sinon les justes ?

Telles étaient mes pensées tandis que j'avançais péniblement, lourde et fantomatique, dans ce monde déserté. Un orage éclata. Des gouttes de pluie accompagnèrent le vent et le ciel s'assombrit. Je quittai la route, peu désireuse de rencontrer d'autres chariots revenant de la fête, et pris à travers les champs bosselés, longeant les débris laissés par un torrent rouge. De minces éclairs métalliques jaillissaient au nord. Le ciel s'assombrissait au-dessus de ma tête et l'air sentait le diable.

Ma petite Alice était fatiguée et je m'agenouillai pour la prendre sur mon dos. Je sentis ses menottes brunes autour de mon cou tandis que je me relevais, penchée en avant pour équilibrer mon fardeau, peinant parmi la créosote et le nerprun qui s'accrochaient à ma jupe, sentant l'haleine oppressée de l'enfant à mon oreille. Une lune de bronze se leva et projeta son reflet dans l'eau boueuse d'un fossé. Je m'enfonçai dans la fange du bétail. Ma jupe s'alourdissait sous le poids de l'humidité qui montait des plantes gorgées de pluie. Dans la nuit phosphorescente se détachaient les formes des euphorbes qui s'élevaient comme des torches parmi les scirpes et les ellébores.

Bisqui, murmura Alice. *Bisqui.*

Bientôt, dis-je. Bientôt nous aurons quelque chose à manger.

Il n'y a rien à faire, pensai-je, sinon devenir plus forte. Devenir plus forte et combattre le feu par le feu.

J'étais pauvre comme Job mais en bonne santé et plus agile que je ne l'avais jamais été.

Il ne suffit pas de nous adapter, avait dit Père un jour. Il nous faut prendre le contrôle. C'est la volonté de Dieu qu'il en soit ainsi. Nous sommes les finisseurs de la nature.

Tout, pensai-je, tout est possible au nom de l'amour. Et c'était par amour, pour l'amour de ces pécheurs, et de nos chefs massacrés, que ces vies avaient été ôtées.

Je réfléchis à la nature de Dieu et au courage, à la volonté et au sens de la grâce dans la vie des hommes. Dans le clair de lune je voyais les coulées d'alluvions rouges se déployer comme des éventails hors des failles des canyons et les mamelons des collines alentour semblaient m'encourager à mi-voix : *persévère, persévère.* Oui, je prospérerais dans ce vieux monde rouge. Peu m'importait qu'ils traitent mon mari de boucher et moi de femme du boucher. Ce qui avait été accompli l'avait été pour le bien du Royaume de Dieu et à la fin nous sortirions vainqueurs.

Chacun connaîtra son jour de gloire.

Comme le disait Père.

Minuit avait sonné depuis longtemps lorsque j'atteignis enfin Harmony. Les maisons étaient plongées dans le noir. Je fis chauffer de l'eau, baignai les petits pieds d'Alice et soignai les écorchures de ses jambes avant de la mettre au lit.

Le lendemain matin, dans le crépuscule gris et mauvais, Père vint me trouver.

Tout est pardonné, dit-il.

Si je désire le pardon, je le demanderai, répliquai-je.

Tu es une batailleuse, n'est-ce pas, Emma ?

Une batailleuse en effet, dis-je. Vous feriez bien de vous en souvenir.

Après son départ, je lavai ma robe et la mis à sécher au-dehors, à la vue de tous ceux qui avaient envie de la regarder.

Ce que le Seigneur donne, le Seigneur le reprend, pensai-je. Mais je garderai ce qui m'appartient, et à partir de ce jour je porterai fièrement cette robe.

Je savais que Sion était en moi et qu'elle grandirait jusqu'à recouvrir la terre. Le Christ était en route. Sa venue était proche. Puis nous aurions cent ans de paix. Notre religion ne connaissait pas de halte. C'était une guerre et elle finirait par vaincre toute opposition. L'homme était le maître de la femme. Et pour obtenir le salut il fallait entrer dans la grande famille des polygames et suivre strictement leur exemple. Et nous venger de nos ennemis.

Car la vengeance est mienne, a dit le Seigneur.

Et nous l'avions en partie exercée pour Lui.

8

Je ne fus pas la seule de la famille à donner le jour à un enfant cette année-là.

En janvier 1860, j'accompagnai Rachel à Washington pour le ravitaillement et l'accouchai d'un garçon qu'elle prénomma John. Et en novembre – quelques semaines avant mon propre accouchement – j'aidai Sarah Caroline à mettre au monde son bébé Sarah. Mes talents de sage-femme s'affirmaient et mes sœurs en profitaient largement. Cependant, lorsque Aggatha donna naissance prématurément à deux jumeaux, peu avant Thanksgiving, ni le savoir-faire ni l'expérience n'auraient pu les sauver. Les deux bébés étaient malformés, et mort-nés. Père et Aggatha éprouvèrent une peine excessive lorsque Leah, avec une stupide insouciance, jeta les fœtus au feu avant que leur sexe ait pu être déterminé. J'ai voulu leur épargner de voir les petits monstres, expliqua-t-elle par la suite, ce qui n'apaisa en rien le désespoir des parents.

Lorsque vint mon tour, Père envoya chercher Priddy Meeks qui m'accoucha d'un garçon que je nommai William James. Mon petit Billy était un enfant normal, de neuf livres et demie. Un bel enfant parfait. Ma joie était désormais complète.

Lorsque la neige fondit au printemps je quittai ma cabane pour un logement plus grand à l'intérieur de la colonie. À la demande de Père, j'ouvris une pension à l'intention des dix ouvriers qui vinrent travailler chez nous cette saison-là.

Si j'avais imaginé en quittant l'île verte de mon enfance dire adieu à jamais à mes compatriotes, c'était par ignorance, par méconnaissance du nombre de ceux qui me suivraient en Amérique, car cet été-là les représentants des îles Britanniques et de tous les pays d'Europe affluèrent à Sion, après leur conversion à l'Évangile. Suédois, Danois, Suisses et Allemands, lrlandais et Écossais, ainsi que les Canadiens et les Australiens – tous avaient entendu l'appel et rejoint le grand rassemblement en préparation du Second Avènement.

Mes pensionnaires étaient représentatifs d'une telle diversité. Parmi eux se trouvaient trois jeunes gens venus d'Angleterre, dont l'un était originaire de Tunbridge Wells, une ville voisine d'Uckfield. J'avais toujours apprécié la compagnie des hommes et dans mon nouveau rôle d'intendante de la pension je prenais plaisir à être entourée par un groupe aussi robuste et varié. Le soir ma cuisine s'emplissait de rires et de chants auxquels se mêlaient souvent quelques histoires paillardes. Alice devint bientôt leur préférée, et elle semblait acquérir de l'assurance sous leurs regards bienveillants. Elle chantait avec eux, apportait les assiettes sur la table, comme une véritable petite serveuse.

Au bout d'un certain temps Père mit à ma disposition une vache, des poules et des cochons et je devins experte en élevage, multipliant rapidement mes bêtes. Chacune m'était précieuse. Chacune contribuait à mon capital et j'en prenais le plus grand soin.

Lorsque ma vache s'apprêta à mettre bas et que le veau fut trop long à venir, je le sortis de mes propres mains, et le voyant peiner à respirer, je lui levai la tête, plaçai mes lèvres sur ses naseaux et lui soufflai délicatement de l'air dans les poumons, puis je lui massai la poitrine et soufflai à nouveau, jusqu'au moment où il ouvrit les yeux avec un grand frisson et respira tout seul.

Lorsque ma truie mit bas neuf porcelets bien portants et un malformé, je délivrai ce dernier de ses souffrances. Je l'aidai à mourir. C'était un tout petit porcelet, pas plus grand que ma main, né avec un trou béant dans le crâne. Je le soulevai hors du flanc de sa mère et le tins un instant contre la chaleur de mon cœur battant. Je caressai son ventre, aussi doux et mou que les fesses d'un bébé, et fredonnai une mélodie pour apaiser sa peur. Puis je le plaçai délicatement sur le sol et écrasai son crâne minuscule avec un marteau.

Il y avait des circonstances où mon intervention était nécessaire pour assurer la vie, d'autres où mourir requérait mon aide, et dans les deux cas je ne mesurais pas mes efforts.

J'appris à édifier une haie d'osier brun et de peupliers de Virginie, à tailler les branches d'arbres plus grands en tronçons de six pieds, à les planter en terre à un pied de distance et à les arroser et les soigner jusqu'à ce qu'ils prennent racine. J'eus bientôt une haie vive pour protéger mon logis du vent, une haie qui, lorsqu'elle était bien élaguée, procurait aussi du bois de chauffage.

J'enseignai à Alice à siffler pour chasser les oies lorsqu'elles menaçaient de la poursuivre, et quand vint l'heure de les tuer, je m'en chargeai. J'appris à mettre bas une brebis, à chercher l'emplacement de sa mamelle et sortir le tampon de cire de chaque mamelon pour permettre à l'agneau de téter.

Lorsque j'étais obligée de dormir dehors par les nuits d'été les plus chaudes, j'appris à dérouler une corde autour de mon couchage, car un serpent à sonnette ne franchit pas une corde la nuit.

J'appris que la jument était grosse et prête à mettre bas en voyant les traces de lait qui dégouttaient le long de ses postérieurs et maculaient ses balzanes.

J'appris à encorder une vache rebelle pour la traire, à castrer mes propres cochons, à mener le verrat à la truie.

J'appris même à écouter les malheurs des autres femmes

sans leur faire partager les miens. Je cultivais une indifférence aux cancans et aux querelles. J'en vins à comprendre que le silence est puissant.

Les hivers étaient plus difficiles à supporter que les étés. Parfois, lorsque Père s'absentait pendant des semaines d'affilée, qu'il allait rendre visite à Aggatha et à Rachel dans la maison principale, ou à Polly et Lavina à Washington, ou à Caroline et Terressa à Kanarra, ou encore à Leah à Toquerville, je me sentais si seule qu'il m'arrivait d'aller marcher dans les collines enneigées et de hurler, uniquement pour entendre le son de ma voix. Les ouvriers partaient en hiver et leur joyeuse compagnie me manquait. Lorsqu'ils revenaient au printemps, j'étais heureuse de les revoir.

Fais-nous quelques-uns de tes fameux biscuits, Emma, demandaient-ils aussitôt, et j'étais toujours heureuse de les satisfaire, car une femme n'apprécie rien autant que de voir un homme reconnaître ses talents.

Père continuait de s'occuper des Indiens et lorsque mon travail le permettait j'allais avec lui leur rendre visite dans leurs camps. La plupart ne vivaient pas mieux que des animaux. La nuit ils dormaient serrés les uns contre les autres, enfouis dans le sable tels des porcs. Ils se nourrissaient de serpents, de racines, de sauterelles et de reptiles en tout genre – en bref, de tout ce qu'un porc trouvait à se mettre sous la dent et d'autres choses que les porcs, eux, ne mangeaient pas, comme les chats et les chiens. Un jour nous leur donnâmes un de nos chats qui avait été tué et ils n'en laissèrent rien, pas même les entrailles.

Pourtant ils avaient des moments de grâce. Père m'emmena un soir assister à l'une de leurs danses, le *Ta-vo-Kok-I*, la danse du cercle. Sous la pleine lune de décembre les Indiens formèrent un cercle autour d'un cèdre dont toutes les branches avaient été élaguées à l'exception d'un petit plumet à la cime. Le chef, ou poète, se tenait au centre et récitait les paroles du chant qui allait suivre. Joignant les mains, ils se mirent alors à tourner en rond en traînant les pieds, psalmodiant les mots qui venaient d'être prononcés. Ils étaient vêtus de peaux de lapin et portaient des sandales de paille tressée, et en les regardant danser là, sous l'énorme lune ronde, j'eus l'impression de contempler un spectacle aussi vieux que le monde.

Le plus souvent, cependant, je ne voyais que leur misère, et ils m'inspiraient de la pitié.

Ils ne souriaient pas. Je n'ai jamais vu un Indien sourire. Père disait qu'ils trouvaient nos sourires stupides et ne les comprenaient pas.

Au printemps ils s'éparpillaient le long des rivières pour planter leurs maigres cultures de maïs, de courges et de melons. Ils dressaient leurs *wickiups,* des huttes faites de perches fourchues sur lesquelles ils empilaient des branchages, et dans ces abris grossiers passaient leurs journées à paresser.

D'une façon générale, les femmes se nourrissaient mieux que les hommes. Leurs hanches s'alourdissaient en vieillissant mais les jeunes filles étaient sveltes, avec des seins hauts placés et des membres gracieux. Je fis la connaissance de deux sœurs, Won-si-vu et Ku-ra-tu. Elles arrivaient souvent à l'aube et frappaient à la porte de ma cuisine, le regard sombre et triste sous leur chapeau de paille conique. Deux jeunes filles grassouillettes avec des seins comme des tubercules mûrs, allongés en forme d'ignames. Je finis par les convaincre de les couvrir d'une blouse que je confectionnai moi-même, mais constatai qu'elles ne se souciaient guère de se vêtir sauf pour venir mendier à ma porte.

Il se passait toujours quelque chose de nouveau avec les Indiens. Enos, élevé à Fillmore par des Saints et devenu voleur notoire, avait été capturé et mis à la chaîne mais il était parvenu à s'échapper. George Chrisman rapporta qu'il avait vu Enos passer devant lui chevauchant son propre cheval. Une chasse à l'homme fut organisée par Père.

Après deux jours de recherches, ils revinrent avec le cheval de Chrisman, mais je n'ai jamais revu Enos.

Des bandes d'Indiens se déplaçant vers le nord depuis le Plateau de Kaibab venaient souvent piller les villages. Ces indigènes étaient différents de nos Pah-Utes. Barbus et hirsutes, ils étaient vêtus de pagnes et coiffés de peaux de daim semblables à des écharpes nouées de telle façon que les queues se dressaient comme des oreilles de lapin, laissant apparaître une touffe de cheveux drus et sales. Un soir, alors que j'étais seule, un vieil Indien se présenta à ma porte. Il était pieds nus, la peau maculée de boue et de poussière blanche. Ses testicules pendaient hors de son pagne étroit. Il offrait un spectacle effrayant, et néanmoins il s'approcha de moi d'un pas tranquille. Il avait une grosseur et des cicatrices sur l'abdomen. La grosseur ressemblait à un énorme furoncle, et avec force gestes il me fit comprendre qu'il désirait que je perce le furoncle et lui fasse un pansement, ce que je fis. Il revint plus tard, avec un panier de sauterelles grillées en guise de paiement. Je n'eus pas le cœur de refuser son présent, pas plus que je ne pus les manger car je n'étais pas encore tombée assez bas pour consommer les insectes de la terre. Mais prise d'une méchante inspiration je confectionnai un gâteau pour Terressa, ajoutai les sauterelles pilées à la farine, et le déposai à sa porte avec un billet qui disait : « Fait spécialement à ton intention. »

Les Indiens étaient victimes d'une malédiction, le malheur d'avoir la peau sombre, et nous savions cependant qu'ils étaient un peuple élu, descendant des mêmes pères que nous. Traitez-les avec bonté, recommandait le Prophète, mais traitez-les comme des Indiens, non comme vos égaux. Pour les remercier de l'avoir laissé s'installer sur leur territoire, Brigham offrit aux indigènes de les aider à améliorer leur culture, il leur apprit à lire et les instruisit de leur histoire telle qu'elle est révélée dans le Livre de Mormon.

Fermier des Indiens, Père se devait naturellement de

remplir cette tâche. Il avait reçu pour mission de leur apprendre l'art de l'agriculture et de baptiser le plus grand nombre d'entre eux afin de les amener dans le Royaume de Dieu, et il y réussit à merveille. Un jour, en une seule après-midi, il en baptisa plus d'une centaine dans les eaux du Rio Virgin.

Ils lui faisaient confiance. Il nous faisaient confiance. Ils savaient que les Mormons étaient leurs amis et que les Américains ne les aimaient guère parce que nous le leur disions. Mormons bons, disaient-ils. *Mericats* mauvais. Ils ne nous harcelaient pas comme ils harcelaient les autres Blancs. On m'a raconté que les voyageurs parcourant ce territoire sont souvent accostés par des Indiens qui les prient de se dévêtir de leurs chemises afin de s'assurer qu'ils portent nos sous-vêtements sacrés, et si oui, très bien, ils sont traités en amis. Sinon, leur sort est nettement plus incertain.

Les Indiens savent qu'ils n'ont pas de meilleur ami que Père, qu'ils s'obstinent à appeler Yawgatts, ou L'Homme-qui-pleure-facilement. Quand il s'adresse à eux, ils écoutent. Ils obéissent à ses ordres sans discuter et il se montre généreux avec eux jusqu'à l'excès. Ils croient dans les pouvoirs de sa médecine : ils l'ont vu imposer les mains sur les malades et les guérir. Ils l'ont entendu prophétiser l'avenir et ont constaté que ce futur arrive.

Cependant, je désespère souvent de leurs âmes, car ce sont des gens arriérés qui se satisfont d'habiter leur royaume grossier, et nous avons empiré leur situation, je le crains, en nous emparant du meilleur des terres et de l'eau. Brigham prophétise qu'Alice et ses semblables deviendront un jour un peuple blanc et aimable. Mais qu'en sera-t-il si le contraire devait se produire ? Qu'en sera-t-il si c'est notre blancheur à nous qui viendra à disparaître un jour, assombrie par cette terre cruelle, par le vent et par le soleil qui rougit notre peau, endurcit notre nature jusqu'à ce que nous devenions aussi mauvais qu'eux ? Je crois que le Prophète a raison et que les Indiens périront un jour, car je les vois diminuer dès maintenant. Mais qu'est-ce qui nous empêchera de périr avec eux ? Qui peut dire si la terre sera plus indulgente à notre égard ? Si d'autres ne viendront pas nous chasser de nos points d'eau et prendre nos terres, nous laissant abandonnés à leur merci.

Je pense parfois que le temps effacera toutes les différentes couleurs de peau sur cette terre, et que dans le nouvel ordre divin, lorsque le Christ viendra régner à nouveau, il trouvera un seul peuple à la peau brun clair.

Brigham a réuni les hommes des colonies et leur a dit qu'ils étaient libres de prendre pour épouses les femmes et les filles indiennes. Mais si tel était le souhait d'un Frère, il lui faudrait d'abord gagner l'affection de la femme qu'il convoite et prendre la peine de l'instruire et de la baptiser, avant qu'elle soit scellée à lui par l'autorité consacrée – de la même façon que s'il épousait une femme blanche.

Mais ils furent peu nombreux à le faire.

J'ai un jour demandé à Père s'il avait jamais envisagé d'épouser une Indienne. Non, m'a-t-il dit. Lorsque j'ai voulu savoir pourquoi, sa réponse m'a surprise. Il a expliqué que tant qu'un membre de l'Autorité Générale n'avait pas pris une indigène pour femme, lui-même ne pouvait y songer car son choix pourrait paraître inférieur.

Et si vous tombiez amoureux d'elle ? demandai-je.

L'amour, dit-il, importait moins que le rang. Son rang venait en premier, sa place parmi les hommes.

Je n'aurais jamais cru que cette religion qui avait conquis mon âme pourrait refléter une préoccupation aussi surannée mais ces premiers temps à Harmony m'enseignèrent que même parmi les Saints – peut-être surtout parmi les Saints – il y avait les supérieurs et les inférieurs, les riches et les pauvres, les bien-nés et les mal-nés. Chacun luttait sans répit pour améliorer sa position. Pourtant nombreux étaient les pauvres d'Europe qui arrivaient dans nos colonies si dénués de biens et de connaissances qu'ils étaient condamnés à l'existence la plus misérable, méprisés par les Frères et les Sœurs qui avaient gravi les échelons de notre société. En général, l'élite habitait le Nord et plus on allait vers le sud, plus régnait la pauvreté, et avec elle, la déchéance. Même dans les plus petites colonies, où les richesses étaient moindres, il y avait toujours ceux qui étaient prêts à dominer les autres. J'ai découvert que cette morgue existe partout, même sur cette âpre frontière, même parmi les chrétiens qui savent que nous sommes tous semblables aux yeux de Dieu. Jamais je n'en eus preuve plus éclatante qu'à l'occasion des visites du Prophète, lors de son tour annuel des colonies du Sud.

Nous avions vaguement été prévenus de sa venue, et le jour où un cavalier vint de Parowan informer Père que Brigham et sa suite seraient à Harmony le lendemain et qu'ils avaient l'intention de loger chez nous, Père fut pris d'une activité fébrile pour préparer comme il se devait cette importante visite. Un chariot partit à Toquerville pour en rapporter de la vaisselle et du linge, il fallut tuer un cochon et un bœuf, récolter en hâte les légumes dans les champs, cueillir les fruits sur les arbres. Je fus chargée des repas et dès l'aube j'organisai les équipes, répartissant les tâches entre les femmes et les enfants, qu'il s'agisse de l'épluchage du maïs ou de la fabrication des saucisses.

À la fin du jour, quand arrivèrent le Prophète et sa suite, nous étions prêts à les recevoir. La ville entière se prépara à accueillir notre chef, qui se déplaçait dans une voiture faite spécialement pour lui à la tête d'un convoi de vingt-trois chariots. De nombreux cavaliers l'accompagnaient, y compris son conseiller privé, l'Apôtre George A. Smith, que les Indiens avaient baptisé L'Homme-qui-se-démonte-la-nuit, parce qu'il ôtait son dentier, sa perruque et ses lunettes avant de se retirer, et je dois dire que ces accessoires lui donnaient une apparence étrangement artificielle. Le Prophète lui-même n'était pas sans bizarreries. Depuis la dernière fois où je l'avais vu, le jour où il m'avait scellée à Père, Brigham avait pris de l'embonpoint. Il était devenu tellement corpulent, à dire vrai, qu'il fallut plusieurs hommes pour l'aider à descendre de voiture. Deux de ses épouses l'accompagnaient, y compris sa favorite du moment, Emmeline Free, dont la sœur, Louisa, avait jadis été mariée à Père. Père m'avait raconté qu'il avait espéré épouser Emmeline également, mais le Prophète était tombé amoureux d'elle et il avait dû la lui céder.

Les femmes en particulier semblèrent soulagées d'être arrivées enfin à destination, après ce long voyage sur des routes poussiéreuses. Une fois qu'elle se fut lavée à notre puits, toute la compagnie s'installa dans notre salle de réunion et s'apprêta à prendre part au banquet que nous avions préparé à son intention.

Je ne pus m'empêcher de remarquer l'extraordinaire quantité de viande et de biscuits, de puddings et de gâteaux que le Prophète parvint à ingurgiter, pas plus que je ne manquai d'observer la piètre qualité de ses manières. Il rotait bruyamment et sans retenue lorsque l'envie l'en prenait. Il laissait la graisse dégouliner sur son menton, sans l'essuyer avec une serviette. Il avait de grandes mains aux doigts boudinés, la peau desséchée et crevassée aux articulations. Son estomac renflé débordait sur la table, l'obligeant à porter sa fourchette à une bonne distance de sa bouche, et le trajet se faisait rarement sans qu'une partie de la nourriture n'atterrisse sur son gilet. Tout bien considéré, il ressemblait moins à un prophète qu'à un seigneur féodal grossier et sans instruction. Il était impossible cependant de ne pas reconnaître sa puissance et la force de sa personnalité.

Lorsqu'il eut mangé tout son content, le Prophète se retira de la table et s'installa devant le feu. Les autres le suivirent sans tarder et bientôt il fut entouré d'auditeurs, les fidèles de son troupeau, impatients d'entendre les paroles qu'il allait prononcer.

Pour commencer il annonça que Dieu viendrait bientôt racheter le genre humain du péché et établir le millénium, et il en voulait pour preuve la destruction de l'Union par la guerre de Sécession qui faisait rage dans le Sud, une guerre que le Prophète assassiné Joseph Smith avait prédite voilà longtemps déjà, allant jusqu'à préciser l'endroit où aurait lieu la première bataille – Fort Sumter, en Caroline du Sud. Brigham nous rappela que Joseph avait déclaré que cette guerre détruirait l'Union, et qu'à partir de ce moment les Saints prendraient le pouvoir et gouverneraient le pays. Jésus en personne apparaîtrait au cours de ce siècle, le Prophète avait même prédit l'année exacte : 1890.

Brigham dit qu'à Washington les dirigeants souhaitaient la destruction de notre peuple, et qu'ils avaient choisi de s'attaquer au principe de la polygamie pour hâter notre fin. Au Sénat avait été lancée une protestation contre « les deux survivances de la barbarie », l'esclavagisme et la polygamie. La guerre menée désormais dans le Sud avait pour but de mettre fin à la première, et le temps était compté, dit le Prophète, avant que le gouvernement des États-Unis ne tourne son attention vers les Saints des Derniers Jours avec l'objectif de nous isoler et de détruire nos familles plurales.

Mais en cela ils n'auraient aucun succès, affirma-t-il, car le Seigneur se tenait à nos côtés. Dieu rachèterait bientôt le monde du péché et établirait le millénium et si un carnage était nécessaire pour amener le nouvel ordre divin, eh bien le sang coulerait, mais à la fin les Saints triompheraient. La guerre civile détruirait les États-Unis et, ensuite, poursuivit le Prophète, lui-même se tiendrait prêt à régner sur les ruines.

Après avoir discouru longuement de ces vastes questions, Brigham nous entretint de sujets plus terre à terre. Il dit que dans toutes les colonies qu'il avait traversées durant son voyage vers le sud il avait observé parmi les colons un manque d'ordre et de piété. Il parla de règles d'hygiène, dit qu'il nous fallait bannir la saleté de nos habitations, ne pas laisser les ordures s'accumuler à nos portes et il donna des instructions pour que chaque foyer ait ses lieux d'aisances.

Puis il aborda le sujet des femmes et de leur habillement.

Il parla de l'inconvenance et de la déraison de celles qui suivaient les us et coutumes des Gentils en matière vestimentaire. Il dit que les auteurs de ces modes étaient de l'espèce la plus lubrique ; ils venaient des bordels et des maisons de débauche, ce qui n'empêchait pas les femmes d'y tenir comme à la vie même. Mais de telles modes leur apportaient-elles un avantage ? Non, elles leur portaient préjudice. Les femmes qui s'habillent de cette manière se lacent étroitement et le poids des jupons sur leurs hanches ruine leurs reins et la force de leurs lombes, les font dégénérer, détruisant de ce fait leur vie et leur raison d'être qui est d'enfanter, car sans enfants elles cesseraient bientôt d'exister. Il faut proscrire cette folie et cette déraison et les femmes doivent se vêtir selon l'ordre et les préceptes de l'assemblée céleste.

Tout ce temps durant, pendant qu'il nous entretenait ainsi de l'habillement des femmes, il ne m'échappa pas que ses yeux s'attardaient sur moi, assise dans ma belle robe de soie, mes jupons harmonieusement disposés autour de moi. Cependant je croisai son regard sans ciller. J'étais déterminée à ne plus jamais me laisser intimider dans le choix de mes vêtements.

Il conclut son petit prêche en recommandant à toutes les femmes d'adopter le style Mother Hubbard, le plus conforme aux exigences de la modestie – selon lui aussi bien adapté aux travaux des champs qu'au culte. Et il nous exhorta avec ces mots : Debout ! Foule le grain, Fille de Sion ; car je rendrai tes cornes de fer, de bronze tes sabots ; et tu broieras des peuples innombrables ; tu voueras à Yahvé leurs rapines, et leurs richesses au Seigneur de toute la terre.

Puis, brusquement, comme s'il avait épuisé ses réserves d'énergie, il annonça qu'il était prêt à se retirer et, après avoir prononcé une prière du soir, se prépara à gagner son lit en compagnie de son épouse Emmeline.

Comme ils quittaient la pièce, je ne pus m'empêcher de remarquer la robe élégante que portait Emmeline et dans laquelle elle était lacée étroitement. Ses volumineux jupons bruissèrent tandis qu'elle le suivait dans l'escalier jusqu'à la chambre préparée à leur intention. Pas de Mother Hubbard pour elle, pensai-je. Pas pour l'épouse choisie, qui arborait une telle quantité de bijoux qu'on eût pu la prendre pour la courtisane d'un sultan. Ce qui était bon pour l'une ne l'était visiblement pas pour l'autre. Mais je ne me laisserais pas intimider. Je m'habillerais comme je l'entendrais, en soie si je le désirais et avec autant de jupons qu'il me siérait.

Le lendemain matin, après un somptueux petit-déjeuner au cours duquel le Prophète mangea à nouveau pour plusieurs, les chevaux et les chariots furent attelés et la compagnie se prépara au départ. Non sans quelque peine, le Prophète parvint à hisser sa corpulente carcasse sur le siège du chariot, et ses épouses s'activèrent à l'installer confortablement, enveloppant ses jambes dans une couverture, ajustant la cape de renard qui lui drapait les épaules.

En un dernier geste avant de se mettre en branle, il se tourna vers les Anciens rassemblés devant lui et leva son bras à angle droit, ce que je savais être l'un des signes secrets de la société des Frères.

Que personne ne trahisse notre cause, dit-il, de peur de se retrouver anéanti dans la poche de Dieu.

Sur ce, il partit, aussi royal qu'un potentat, avec la prestance d'un souverain à la tête de ses multitudes et de ses armées.

Plus tard, nettoyant la pièce où le Prophète avait dormi, je trouvai le pot de chambre dans lequel il avait laissé ses déjections nocturnes, et j'allai le vider dans les latrines. J'étais curieuse, aussi malséant que cela puisse paraître, car j'imaginais que les déchets du plus saint des hommes seraient différents de ceux d'un mortel ordinaire. Pourtant non. Je vidai le pot et me bouchai le nez, car la merde d'un Prophète, constatai-je, puait comme celle de n'importe qui.

L'hiver 1861 fut d'une rigueur extrême. Père brava les premières tempêtes pour aller prêcher dans les colonies isolées de Pinto, Grafton et Pocketville, mettant la population en garde contre la saleté et l'iniquité, communiquant aux Saints des informations concernant l'état de l'Union et la guerre qui annonçaient les Derniers Jours et le Triomphe d'Israël. Il visita aussi les campements indiens, et conseilla ses amis à la peau rouge. Partout, il était appelé à imposer les mains sur les malades et les infirmes, car on le disait habité par le Pouvoir et capable de guérir les malades. Sa réputation s'était répandue, et il fut très demandé durant cette saison.

Un violent orage éclata la veille de Noël et Harmony, situé en hauteur dans le nord-est, se trouva exposé de plein fouet aux intempéries.

La tempête se prolongea durant plusieurs jours. Le dimanche 29 décembre, le jour se leva sombre et lugubre. La neige avait cédé la place à une pluie froide et la terre sembla transformée en une vaste étendue d'eau. Le temps empira la veille du Nouvel An, et 1861 s'acheva sous un déluge. Puis la situation changea pendant la nuit, et la pluie se transforma en neige à nouveau.

Le 4 janvier, la neige avait atteint un pied de profondeur. Construit principalement en brique crue, Fort Harmony menaçait de se désagréger sous l'influence de la pluie, de la neige et de l'humidité constante. Quantité de colons du fort furent évacués à la hâte vers le village.

Mais ils n'avaient nul endroit où aller, car même les maisons les plus récentes s'écroulaient. Et nous n'étions pas davantage en sécurité dans la demeure de Père. La maison de Terressa fut la première à s'effondrer, puis ma cabane s'affaissa et retourna à son élément d'origine. Nous trouvâmes alors refuge dans les chariots disposés pour la circonstance sous le couvert des arbres. La pluie et la neige continuèrent à se succéder. Certains membres de la famille vinrent s'abriter dans la grande maison de pierre jusqu'au jour où celle-ci se retrouva sous trois pieds d'eau et où ils furent contraints de quitter les lieux et d'affronter la tempête dans des baraquements de planches.

Il faisait un froid glacial. La température n'en finissait pas de chuter et le bois sec nécessaire à l'entretien des feux se raréfiait. Beaucoup parmi nous tombèrent malades, souffrant de fièvre ou de toux. Les enfants furent les plus touchés, et je craignis pour mon petit Billy qui, en dépit de sa résistance, avait pris froid. Durant toute la tempête qui faisait rage depuis neuf jours maintenant le vent avait soufflé du sud, mais il tourna subitement et les conditions empirèrent. La température chuta encore davantage, et nous nous résignâmes à l'endurer dans nos abris de fortune et nos chariots plutôt que de risquer d'être enterrés vivants sous nos ruines de brique.

Le mardi 7 janvier, il neigea fortement pendant toute la journée.

Le jeudi 9 janvier, la neige avait deux pieds de profondeur.

Le dimanche 13 janvier, la tempête sévissait toujours, enveloppant Harmony d'un manteau lugubre. Père fit venir dans la grande maison une autre branche de sa famille, et nous nous serrâmes tous contre une paroi de rocher, trempés et frigorifiés, comptant de plus en plus de malades parmi nous.

Le lendemain matin la tempête redoubla. Nos maigres feux s'épuisaient sous les assauts du vent qui s'infiltrait dans nos pauvres abris. Les enfants pleuraient. Nous n'avions plus rien de sec, aucun moyen de sécher nos vêtements ni la literie, et beaucoup souffraient affreusement de la dureté des conditions.

La grange s'effondra dans l'après-midi. Le côté avait été emporté plusieurs jours auparavant et seules les poutres la maintenaient debout mais elles aussi finirent par céder. Plusieurs chevaux, veaux et cochons se trouvaient à l'intérieur lorsqu'elle s'affaissa mais il n'y eut aucune perte.

Nous passâmes la nuit recroquevillés contre le mur exposé à l'ouest du seul bâtiment encore debout, à écouter dans le noir tomber des pans entiers de paroi. Ce fut un moment de veille et de prière, car tout laissait craindre que nous soyons enterrés sous les ruines de la maison dans laquelle nous avions cherché refuge. Vers minuit une partie du mur exposé au sud s'écroula avec un affreux craquement, tuant deux poulets et blessant le fils d'Aggatha.

Enfin le jour se leva. Et les éléments étaient toujours aussi déchaînés.

Pendant les huit nuits suivantes nous dormîmes peu et mangeâmes moins encore. Père allait et venait dans ses vêtements mouillés. Avec l'aide de William Pace et de George Sevy, il équipa trois chariots, attela huit paires de bœufs à chaque chariot et fit partir toutes les familles du fort, à l'exception de Sarah Caroline et de ses enfants, qui refusèrent de s'en aller. Sa maison était son seul refuge, disait-elle, et elle était certaine qu'elle résisterait à la tempête.

La nouvelle se répandit alors que le Rio Virgin et la Santa Clara inondaient la région, occasionnant d'autres ravages. Les vergers et les vignobles n'étaient plus que désolation. Adventure, Rockville, Grafton et Pocketville étaient rayées de la carte. Habitations, meubles, scieries et moulins avaient été emportés par les flots. Nous apprîmes que l'évêque Tenney avait perdu toutes ses maisons et une partie de sa famille, puis des rumeurs de mort commencèrent à courir.

Le lundi 27 janvier, plus d'un mois après le début des intempéries, il tomba encore vingt centimètres de neige.

Le lendemain matin, la pluie s'abattit à nouveau, mais l'après-midi vit revenir la neige.

N'y aurait-il donc jamais de fin aux assauts du mauvais temps ? Je commençais à croire que la fin était peut-être plus proche que nous ne le pensions et que, comme à l'époque de Noé, le déluge allait submerger la terre. La fièvre se propageait. Terressa et Aggatha étaient tombées malades, et beaucoup d'enfants souffraient. Mais je résistai, ainsi que mon petit Billy. Il en fut autrement pour Alice :

elle était si glacée un soir que je crus que son rhume s'était transformé en fluxion de poitrine et, craignant pour sa vie, je la tins serrée contre moi, enveloppée dans mon manteau, espérant lui communiquer la chaleur de mon corps. Jamais je n'avais éprouvé une telle frayeur et une telle détresse, jamais depuis que j'avais été bloquée dans les plaines du Wyoming. Nos maisons n'étaient plus que ruine. Partout régnait la maladie. On ne trouvait plus de bois sec, et sans chaleur, l'avenir s'assombrissait de jour en jour.

Comme Noé, nous subîmes un déluge de quarante jours et quarante nuits, à la différence que nous n'avions pas d'arche pour nous porter à travers les eaux. Pas plus que nous n'avions de bois sec, de médicaments ni de nourriture en quantité suffisante.

Nous n'avions que nous-mêmes.

Mais j'avais fait une promesse à mon Seigneur Dieu autrefois, dans les plaines du Wyoming, j'avais promis que si je survivais à ces intempéries, je ne me plaindrais jamais plus du mauvais temps. Et durant cet interminable déluge, je tins ma promesse. Quand les autres désespéraient, je montrais une indéfectible bonne humeur. Je m'occupais des repas lorsque mes sœurs étaient trop faibles ou souffrantes pour nourrir leurs propres enfants. Je soignais les malades. J'alimentais le feu pour faire bouillir l'eau dans laquelle je mettais à cuire les poulets qui crevaient dans la basse-cour. Il nous arriva d'être trente-quatre dans une seule baraque, serrés comme des porcs dans la boue, et dans chacune de ces trente-quatre bouches je versais du bouillon chaud et de quoi subsister.

C'est alors que survint la tragédie.

Sarah Caroline et ses enfants avaient voulu rester dans leur maison à l'intérieur du fort, s'y croyant en sécurité bien que le côté sud se fût écroulé et que le toit eût été emporté par le vent et la neige. Père les pressa de partir. Le péril était trop grand, dit-il, et il ne pouvait supporter de les savoir là. Il prépara leur départ pour le lendemain matin. Mais les murs cédèrent durant la nuit, tuant les deux plus jeunes enfants de Sarah Caroline, George et Margaret Ann.

Sarah Caroline était inconsolable. J'avais à peine tourné le dos, disait-elle. Je venais de quitter la pièce. Elle se reprochait leur mort. Ces décès consternèrent la famille, tout comme les souffrances, le froid, la promiscuité, les privations et la maladie qui avaient déjà fait tant de victimes. Même Père semblait sombrer dans le désespoir lorsqu'il contemplait les décombres de nos existences.

Enfin la tempête se calma et céda la place au printemps. Mais notre famille avait subi de lourdes pertes, et ne serait en quelque sorte plus jamais la même. La maison principale avait certes résisté, mais les autres étaient en ruines. Le moulin avait disparu, ainsi que la tannerie et la distillerie de mélasse. Le jardin, la mare à poissons et les dépendances, les vergers et les granges, tout avait été balayé, et quantité de bêtes avaient été perdues ainsi que la plupart de nos outils et du matériel de la ferme, ce qui était peut-être le plus grand préjudice car sans eux la reconstruction pouvait difficilement commencer.

C'est ainsi qu'avec le printemps naquit l'étrange impression que le cours des choses n'était plus favorable à Père. Un froid s'installa entre lui et les autorités générales. Comme si elles ne désiraient plus s'intéresser à nous, comme si Père était devenu un handicap. Elles semblaient se rallier au sentiment grandissant qu'il était peut-être coupable dans cette lamentable affaire de la prairie, et qu'en l'évitant, lui, elles pouvaient décharger les autres de toute responsabilité et éviter aux chefs d'être impliqués dans le massacre des émigrants.

Par hasard ou à dessein, le déclin de notre prospérité s'accompagna dès lors d'une inimitié croissante envers notre famille. Les Anciens se mirent à éviter Père. On lui retira son titre de Président de la Branche. Nos enfants firent l'objet de moqueries, et nous les épouses, de médisances. Lorsque le Prophète vint en visite dans le Sud au printemps suivant, il refusa notre hospitalité, préférant loger chez l'Apôtre Erastus Snow qui s'était construit une belle maison dans la nouvelle colonie de St George.

Ce fut le début de notre crépuscule, une descente rapide vers la disgrâce et l'ignominie.

À cette époque, tous ceux qui s'étaient trouvés dans la prairie en ce jour atroce avait quitté la région. Certains étaient partis en Arizona ; d'autres vivaient dans le Nevada, à Panaca ou à Pioche, travaillant dans les mines. D'autres encore gagnaient de quoi subsister sur les rives du Big Muddy ou avaient établi des concessions isolées dans les régions au-delà de Kanab. Même ma chère amie Elizabeth et son mari, Isaac, avaient fui et d'après la rumeur vivaient dans l'isolement à Las Vegas Springs, où Elizabeth, sans enfant et stérile, était disait-on la plus malheureuse des femmes. Seul Père avait choisi de demeurer dans la région et de continuer ses affaires comme avant, au grand dam des autorités qui eussent préféré nous voir disparaître nous aussi.

Mais nous ne disparûmes pas.

Au contraire, nous bâtîmes de nouvelles habitations. Nous feignîmes d'ignorer l'hostilité qu'on nous témoignait. Père acheva de construire une petite maison à mon intention en haut de la colline, à l'endroit même où j'avais bien longtemps auparavant, en compagnie de John Alma et Mary Ann, imaginé vivre un jour, et je recommençai à élever des vaches, des cochons et des poulets et à tenir une pension pour quelques rares travailleurs.

Non, nous ne disparûmes pas.

Bien au contraire, nous nous agrandîmes.

En novembre 1863, je donnai naissance à un autre garçon, un petit costaud que nous baptisâmes Isaac, ou Ike. Quelle joie désormais d'avoir deux garçons, mon Billy de trois ans et mon bébé Ike.

Sarah Caroline, Rachel et Leah mirent toutes les trois un petit au monde cette année-là. Nous étions riches en enfants et nos bébés se portaient tous bien. Nous nous en occupions mutuellement comme si chacun d'entre eux était à nous toutes, et à ceux qui auraient souhaité dénoncer notre Saint Principe je disais :

Un enfant prospère entre les mains de multiples mères.

Et une mère prospère lorsqu'elle est assistée par ses sœurs.

Pendant les trois années suivantes je continuai à vivre dans ma cabane au-dessus des autres et à loger les hommes de peine. Je descendais aussi aider à la cuisine lorsque des colons de passage s'arrêtaient dans la grande maison, bien que les visiteurs fussent de plus en plus rares. J'étais néanmoins heureuse, malgré l'isolement. J'avais mes garçons et Alice. J'avais ma maison et mes troupeaux. Je me plaisais dans la compagnie des journaliers, qui chantaient et dansaient le soir et se moquaient de moi avec leurs histoires à dormir debout. J'avais mon mari, que je continuais à considérer comme un prince parmi les hommes. Et plus précieux encore, j'avais mon indépendance, car même si j'étais la dix-septième épouse, j'étais maîtresse chez moi, et mes richesses, aussi maigres fussent-elles, étaient miennes.

J'étais une femme heureuse. Dans la cour résonnaient les bruits des animaux qui cherchaient le calme et le repos lorsque tombait la nuit ; l'air froid et vif s'emplissait de la puissante odeur de l'urine, des fientes et du fumier fermenté, l'odeur même de la prospérité. Mon mari venait souvent me retrouver et j'étais adorée par les journaliers qui disaient souvent que Père avait de la chance. Oui, j'étais heureuse, et mon bonheur aurait pu perdurer, se perpétuer dans le futur, s'il n'y avait eu l'arrivée d'Ann.

9

Je me souviens clairement de la première fois où je la vis.

Elle vivait dans une ferme près de la colonie de Beaver avec sa mère, son beau-père et son plus jeune frère, David. Son beau-père avait acheté une brebis à Père et nous étions passés la lui apporter. Alors que nous étions sur le point de partir, je me retournai et aperçus une forme qui se profilait dans l'encadrement de la porte de la grange, une haute silhouette se détachant à contre-jour – si grande que je la pris d'abord pour sa mère.

Mais lorsqu'elle fit un pas à l'extérieur elle m'apparut distinctement : c'était une jeune fille. Très grande et large d'épaules, mais une jeune fille.

Voici Frère Lee, lui dit son beau-père. Tu te souviens de lui, n'est-ce pas, Ann ?

Oui, dit-elle sans sourire ni manifester un quelconque intérêt. Elle avait de longs cheveux noirs qui lui tombaient sur les épaules, de grands yeux bleus, des pieds brunis et des membres élancés et bien faits. Son maintien était franc et assuré, malgré son jeune âge. Elle se tenait droite devant nous, fixant sur Père un regard tranquille et avenant.

À votre dernière visite, vous avez promis de m'apporter quelque chose, dit-elle. M'avez-vous apporté quelque chose ?

Voyons, dit Père. Je crois avoir quelque chose pour une

certaine jeune fille. Allons donc jeter un coup d'œil dans le chariot.

Nous nous dirigeâmes ensemble vers le chariot, la fille, le beau-père, Père et moi-même, plus Rachel, qui nous avait accompagnés. La fille ne portait pas de chaussures et ses pieds avait la couleur de la terre. Sa robe, raccommodée en plusieurs endroits, semblait trop petite pour elle, et pourtant, même aussi pauvrement vêtue, elle possédait une grâce naturelle que ses tristes atours ne parvenaient pas à dissimuler. Sa peau couleur de miel avait la douceur de la jeunesse. Ses lèvres pleines étaient teintées de rose, comme fardées. Tout bien considéré, elle était inhabituellement séduisante, et je sentis à sa vue un noir sentiment me serrer la poitrine. Je connaissais son nom, la jalousie.

Père marchait à côté d'elle et prit sa main. Je savais ce qui allait arriver, ce qui était peut-être arrivé depuis un moment déjà. Tout comme je savais que j'étais impuissante à l'empêcher.

Du chariot, Père sortit un rouleau de ruban de satin qu'il avait acheté le matin même à Parowan. J'avais espéré l'utiliser pour agrémenter une robe que je confectionnais pour Alice.

Je crois que ceci pourrait être très joli dans les cheveux d'une certaine jeune fille, dit-il, et il lui mit le ruban entre les mains.

Elle le remercia, serrant le ruban contre sa poitrine. Puis elle leva les yeux vers lui et dans ce regard, si perspicace, je vis mon avenir se désagréger.

Sur le trajet du retour, j'eus l'impression que le soleil et le sable adhéraient à mes paupières. Tout était rouge. Le soleil tapait si fort qu'il me hérissait les cheveux, s'infiltrait dans mon crâne et je sentais des aiguilles me percer la langue et pénétrer jusqu'à mon cœur, s'y fixant en mille points douloureux.

Elle s'appelait Ann Gordge, et serait bientôt Ann Gordge

Lee, car moins d'un mois plus tard il l'emmena à la ville où il fut scellé à elle dans le Saint Temple.

Il ne servait à rien de montrer mon désarroi ni de tenter de discuter avec Père. Si vous croyiez dans le Principe, ce qui était mon cas, vous ne pouviez qu'approuver le choix de votre époux, car l'homme commandait à la femme, comme on nous l'avait enseigné. Et si je me rebellais parfois contre cette notion, je n'avais qu'à me rappeler que c'était Père, et non moi, qui avait accédé à la prêtrise et avec elle aux Clés du Royaume Céleste. En outre, un autre point était à prendre en considération : je l'aimais. Il continuait à être l'objet de mon affection comme personne d'autre ne l'avait jamais été. C'était un homme de Dieu, un être exceptionnel, un homme que toute femme aurait voulu avoir chez elle. Il ne m'avait jamais brutalisée, pas une fois durant toutes ces années que nous avions passées ensemble. Et je ne l'avais jamais vu maltraiter aucune de ses autres femmes ni aucun de ses enfants. Il vouait à sa famille un amour peu commun. Il faisait passer nos besoins avant les siens. Il nous cajolait, nous abreuvait de paroles tendres et de cadeaux. En d'autres mots, il se servait de son magnétisme animal pour nous garder de notre plein gré sous son joug. Tout comme il utilisa ce même pouvoir pour attirer la jeune Ann dans son lit nuptial.

Je me sentais si vieille à côté d'elle.

Si subitement âgée.

Pourtant je n'avais que vingt-huit ans quand il la prit pour femme.

Il en avait cinquante-six.

Et elle ? Elle était en pleine possession de ses treize ans.

Plus tard j'en vins à me demander pourquoi elle avait accepté de l'épouser, étant donné le tour que prirent les événements. Tantôt elle disait l'avoir épousé pour l'amour de ses parents, parce qu'il avait promis à son beau-père cinq brebis grasses et un cheval pur-sang. Tantôt parce qu'elle était inquiète pour sa mère qui avait dit du mal des Saints, s'attirant la vindicte de certains, et pensait que l'influence de Père dans les colonies la protégerait. Mais je crois qu'il n'y avait rien de vrai dans tout cela. Elle était tout bonnement prête à être cueillie, et il était arrivé au bon moment pour la récolte.

Je sais qu'en revenant ce jour-là de la ferme de ses parents j'avais le cœur horriblement douloureux. La bête noire de la jalousie s'était logée dans ma poitrine, engendrant la plus effrayante des fureurs. Je compris alors ce qu'Aggatha avait dû ressentir lorsque Père m'avait amenée pour la première fois chez lui. Songeant au ruban que Père venait d'offrir à Ann, je me souvins du joli châle qu'il m'avait acheté. Je sentais à mon tour la rébellion monter en moi, et je n'y pouvais rien.

Ce qui ne peut guérir doit être enduré. C'était un principe élémentaire de médecine. Désormais mon lot serait de l'appliquer à mon propre mariage.

Je demandai simplement à Dieu d'armer mon âme de patience. Et de contrôler ma langue, qui devenait chaque jour plus acerbe.

Après le mariage elle vint vivre avec moi, dans ma maison en haut de la colline. Père déclara qu'elle serait ma sœur-épouse, et je n'eus rien à dire. Elle apporta avec elle un petit coffre de bois contenant tout ce qu'elle possédait. Cela se réduisait à une robe usagée, un jupon rapiécé, une poupée de chiffon, une collection d'animaux en bois que son beau-père lui avait sculptés, une épingle maçonnique en laiton qui avait appartenu à son père naturel qui s'était noyé en Australie, leur pays natal, alors qu'elle avait deux ans, et quatre cartes postales qu'elle avait achetées à San Francisco quand sa mère y avait émigré avec ses deux enfants.

Et, naturellement, le métrage de ruban de satin.

Il s'avéra qu'elle n'avait jamais possédé de véritables chaussures, situation à laquelle Père remédia en achetant du cuir à George Chisom pour lui en confectionner une paire. Mais elle préférait marcher nu-pieds, et portait volontiers sa vieille robe, même après que Père lui en eut acheté une neuve.

Je n'osais pas la rudoyer en présence de Père, mais dès que j'étais seule je ne savais quelles tâches inventer à son intention, signifiant ainsi clairement qui était le chef dans notre foyer. Elle ne rechignait pas au travail. À dire vrai, elle avait un caractère doux et plutôt rêveur, et paraissait souvent effectuer ses corvées quotidiennes comme une somnambule.

Le soir, lorsque la vaisselle était faite, elle s'asseyait dehors dans la galerie et plaisantait avec les journaliers, qui étaient tous fascinés par sa beauté. Elle aimait chanter. Elle avait une très jolie voix. Elle connaissait quelques chansons grivoises, dont celle-ci :

Ma femme et moi vivions tout seuls
Dans un cabanon qu'était bien à nous
Elle aimait le gin et j'aimais le rhum
Croyez-moi, on s'embêtait pas.

Lorsqu'elle entonnait cette chanson les journaliers reprenaient le refrain en chœur, *ah, ah, ah, toi et moi, mon p'tit cruchon brun que j'aime tant,* et parfois elle se levait de sa chaise, relevait sa robe et dansait pieds nus pendant qu'ils tapaient dans leur mains, et je l'observais de ma place près de la fenêtre. Les hommes préféraient toujours ma cuisine, mais pour tout le reste c'était elle qui attirait leur attention.

Père aussi en fit bientôt sa favorite, sans même chercher à dissimuler son penchant. Il arrivait souvent au couchant, une fois terminés ses travaux de la journée, apportant une petite cruche de whisky, et ils partaient ensemble sur le sentier, disparaissant bientôt dans les bois et la nuit d'été. Lorsqu'ils rentraient à la maison plus tard, je sentais l'odeur de l'alcool dans leur haleine, et me demandais s'il lui offrait du whisky afin de la préparer à leurs ébats. Les imaginer s'accouplant dans les bois comme des animaux sauvages m'emplissait de dégoût, mais je me souvenais que nous en avions fait autant bien souvent, y compris l'après-midi où, parmi les croassements des corbeaux, nous avions conçu notre fils Billy.

Je conçus à nouveau cet été-là, un matin où il vint me rejoindre après avoir passé la nuit avec Ann. J'en éprouvai une joie immense, ayant appris le pouvoir que conférait la maternité. Outre le bonheur que m'apportait chaque enfant, chaque naissance enchantait Père et améliorait ma position au sein de la famille. Car on nous avait enseigné que l'importance de sa famille et le nombre de ses femmes et de ses descendants auraient une influence capitale sur la gloire dont l'homme jouirait dans l'autre vie.

Cependant, malgré ce nouvel être qui grandissait en moi, une grande détresse m'envahissait parfois à partager ma maison avec Ann, la ravissante enfant-épouse. Je feignais le plus souvent de l'ignorer. Mais, à la vérité, rien de ce qu'elle faisait n'échappait à mon attention. Je l'observais sans cesse.

Il m'arrivait d'entrer en fureur contre elle. Un jour, je lui avais ordonné d'aller chercher de l'*oose* – la racine de yucca que nous utilisions pour faire du savon. Au lieu de quoi elle était descendue au pied de la colline chez Terressa et toutes deux avaient passé l'après-midi à manger des prunes et jouer aux cartes. Quand Terressa avait ramené Ann à la fin du jour dans la petite charrette attelée au poney, je l'attendais sur le pas de la porte et, constatant qu'elle ne rapportait pas la moindre racine et n'avait aucune excuse à offrir, je m'étais jetée sur elle, la traitant de tous les noms. Puis, emportée par ma rage, je l'avais giflée.

Je suppose que c'est cette gifle qui déclencha la suite. La fille au doux caractère qui avait accepté toutes mes violences verbales dans le passé, sans jamais se plaindre, me sauta sur le dos et me griffa, me tira les cheveux. J'appelai au secours et la repoussai, mais elle m'agrippa à nouveau et me renversa sur le sol. À califourchon sur moi, elle commença à me bourrer de coups de poing avec un acharnement qui me stupéfia, et finit même par m'effrayer un peu. Mon petit Ike se mit à hurler, tandis que Billy partait en courant chercher Père et qu'Ann me frappait de plus belle. Je parvins à la repousser à plusieurs reprises mais elle reprenait chaque fois le dessus, car elle était plus jeune, plus vive et beaucoup plus forte. Et tout ce temps durant, Terressa se borna à nous regarder, sans tenter de nous séparer ni de nous calmer. Lorsque Père arriva enfin, le spectacle le mit dans une colère noire. Je ne saurais dire contre qui il était le plus courroucé – contre Ann et moi pour nous être battues, ou contre Terressa qui n'avait rien fait pour arrêter la querelle.

Vous vous comportez comme des gamines, tonna-t-il, une fois qu'il nous eut séparées. Je saignais du nez. Je l'avais, de mon côté, méchamment griffée au visage et aux bras.

Quant à toi, dit-il en pointant son doigt vers Terressa, tu es peut-être la plus à blâmer car tu n'as même pas essayé d'interrompre cette dispute avant qu'elle ne tourne à la bagarre. Tu es la plus âgée des épouses, tu aurais dû user de ton influence pour régler calmement le différend entre ces deux femmes. À propos, quelle était la cause de ce différend ? demanda-t-il.

Nous restâmes muettes pendant un instant. Puis, d'une drôle de petite voix haut perchée, Ann dit : *L'oose.* Le mot me parut si ridicule, et le ton de sa voix si drôle, que j'éclatai de rire. *L'oose,* répéta-t-elle du même ton délibérément aigu, et elle pouffa. Nous partîmes alors toutes les deux d'un rire incontrôlable, une hilarité que nous étions seules à manifester, car Père et Terressa fixaient sur nous un regard sombre et désapprobateur.

Père s'apprêta à quitter la scène.

Allez vous laver, dit-il, et je vous préviens toutes les deux, je ne serai pas aussi indulgent la prochaine fois.

Cette nuit-là, il ne partagea ni sa couche ni la mienne, mais peu après minuit, j'entendis Ann traverser la chambre et la sentis se glisser dans mon lit.

Elle trouva ma main sous les couvertures et la prit.

Elle respirait vite. Je ne voyais pas son visage dans l'obscurité. J'attendis. Elle se décida à parler.

Nous ne devrions pas nous disputer, dit-elle, et je vais te dire pourquoi. Nous sommes exactement pareilles toi et moi.

Au moment où elle prononçait ces mots je sus qu'elle avait raison. Je l'avais compris dès le début, je savais que j'étais naturellement plus proche d'elle que d'aucune des autres. Elle avait un tempérament rebelle, comme moi. Et elle avait prouvé ce jour-là qu'elle ne craignait pas une bonne bagarre. Il y avait de la malice en elle, et il y en avait en moi. De plus, étant les dix-septième et dix-neuvième femmes (la dix-huitième, Terressa, ne comptait guère), nous étions destinées à fermer la marche. Les vieilles épouses auraient toujours davantage de poids que nous. Je compris que nous pourrions nous être utiles réciproquement et que notre alliance nous rendrait plus fortes. C'était réellement une gentille fille et sa jeunesse cachait une âme réfléchie. Par bien des points elle possédait une sagesse et un calme inhabituels chez quelqu'un de son âge. Après tout, c'était elle qui était venue me rejoindre ce soir, plaidant la réconciliation, agissant comme si elle était la plus généreuse et la plus mûre de nous deux.

Couchées dans le lit, nous tenant par la main, nous restâmes longtemps à chuchoter.

C'est vraiment la plus horrible des vieilles sorcières, n'est-ce pas ? dit Ann, et je n'eus pas besoin de demander de qui elle parlait.

Je pense qu'il l'a épousée pour le bien de son âme, dis-je.

Certainement pas pour sa beauté en tout cas. À sa vue, une poule perdrait ses plumes. Crois-tu qu'il couche avec elle ?

Je ne crois pas qu'elle y prenne encore du plaisir. Et toi ?

Moi quoi ?

Tu aimes... ça ?

Je sentis le rouge me monter aux joues, car je n'avais jamais abordé ce sujet avec personne auparavant.

Oui, je crois que j'aime assez ça.

Est-ce qu'il te met le doigt dedans à toi aussi ?

Ann ! Vraiment...

Ne t'inquiète pas. Personne ne nous entend. Est-ce que tu avais jamais imaginé quelque chose d'aussi délicieux ?

Si la pièce n'avait été plongée dans le noir je crois que je n'aurais jamais pu poursuivre cette conversation. Mais l'obscurité la facilitait dans une certaine mesure. Je me sentais enveloppée par la nuit, emmitouflée dans un silence qui me permettait de dire la vérité sans en redouter les conséquences.

Non, je n'ai jamais rien éprouvé de semblable auparavant.

Il n'a pas été le premier pour moi, me dit-elle.

Mais tu es si jeune. Comment est-ce possible ?

Un garçon du voisinage m'a emmenée dans les champs l'année dernière. Pourtant ce n'était pas pareil. Sa chose était toute petite. Celle de Père est très grosse, n'est-ce pas ?

Je ris et dis Je n'ai pas de point de comparaison, ma jolie.

Ce garçon, il a eu une mésaventure plus tard avec sa sœur pendant qu'ils gardaient les moutons et elle a eu un enfant dont il était le père. Lorsque le bébé est né, la famille a tenté de dire que l'enfant n'était pas d'eux, mais tout le monde savait la vérité. La fille est devenue à moitié folle. Ils lui ont ôté l'enfant et l'ont donné à un parent. Je suppose que le garçon aurait pu me faire un bébé, aussi, comme il l'a fait à sa sœur. Si je ne veux pas avoir d'enfant avec Père, que dois-je faire ?

Pourquoi ne veux-tu pas d'enfant ?

Je ne les aime pas beaucoup. Ils pleurent tout le temps, et il faut toujours s'occuper d'eux. Je n'aimerais pas en avoir.

Tu es une fille étrange.

Elle fit descendre sa main sur mon épaule et la posa légèrement sur mon sein.

Je t'aime beaucoup, dit-elle. Je t'ai aimée tout de suite, même lorsque tu t'emportais contre moi.

Il ne faut pas, dis-je, et je retirai sa main de ma poitrine.

Et pourquoi pas ? Nous pouvons agir à notre guise. Personne ici ne nous interdira rien. Nous pouvons même nous donner du plaisir, maintenant que nous avons appris comment faire.

Mais c'est mal, j'en suis sûre.

Pourquoi serait-ce mal ?

Je ne sais pas...

Dans ce cas, il n'y a peut-être rien de mal à ça. Elle glissa à nouveau sa main sous ma chemise. Cette fois elle la laissa posée près de ce qu'il y avait de plus intime en moi. Ma respiration s'arrêta dans ma gorge. Mais je n'interrompis pas son geste.

Si tu ne veux pas concevoir d'enfant avec Père, dis-je, voilà ce que tu dois faire. Après avoir couché avec lui, prends un peu de vinaigre que tu ajouteras à de l'eau dans une tasse. Puis va au ruisseau et lave-toi bien avec ce mélange. Si possible, cale-toi les fesses sur un rocher afin de soulever tes reins et verse le vinaigre sur toi...

Sur moi ou en moi ?

En toi naturellement. C'est sa semence que tu veux tuer.

Une fille que je connais à Beaver m'a dit que j'étais folle d'avoir épousé un homme aussi vieux et marié avec autant de femmes. Mais je lui ai dit de ne pas s'inquiéter, que je n'en ferais qu'une bouchée avant de le plaquer. Et c'est ce que je ferai. J'ai l'intention d'avoir beaucoup d'aventures dans la vie, et celle-ci n'est que la première.

Tu es vraiment quelqu'un d'étrange, dis-je à nouveau.

Peu m'importe d'être étrange. Je n'ai jamais voulu ressembler à tout le monde.

Mais est-ce que tu l'aimes ?

Je ne sais pas. Je ne crois pas. Il me plaît, pourtant.

Tu aurais pu épouser un garçon plus proche de ton âge. Tu n'y as donc jamais songé ?

Je l'aurais pu, c'est vrai. Mais ç'aurait été moins intéressant. C'est sa façon de me regarder qui m'a plu. Il a promis qu'il m'offrirait des cadeaux ; qu'il me construirait une maison un jour, pour moi seule. Mon beau-père m'avait dit qu'il était riche. Mais il n'y avait pas que les cadeaux. Il n'y avait pas que l'argent. Je ne sais l'exprimer autrement qu'en disant qu'il m'excitait. Lorsqu'il venait nous rendre visite et me prenait sur ses genoux je sentais son membre durcir. Je le sentais à travers l'étoffe de son pantalon. Ça m'excitait.

Je ne connais personne qui parle comme toi. C'est scandaleux.

Non, Emma. La vérité n'est jamais scandaleuse. C'est seulement la vérité. Et il n'y a rien de mal à l'exprimer, n'est-ce pas ?

Ce furent peut-être ces propos qui nous conduisirent à nos excès cette nuit-là, des débordements que nous ne nous permîmes plus jamais par la suite. Rétrospectivement, ils me parurent une façon de confirmer le lien qui nous unissait l'une à l'autre, à la manière des Indiens dont on dit qu'ils mêlent le sang des blessures qu'ils s'infligent à eux-mêmes afin de sceller leur union fraternelle. Nous ne mêlâmes pas notre sang, mais une substance plus puissante et interdite. Nous devînmes sœurs cette nuit-là, non pas seulement des sœurs-épouses, mais de vraies sœurs, et cela par l'acte auquel Père nous avait initiées et que nous n'éprouverions plus jamais le besoin de reproduire.

Sa beauté et sa jeunesse en firent la reine du bal pendant quelque temps. Ann domina de sa présence toutes les fêtes de la saison. Pour les Saints, la danse a toujours été non seulement un délassement, une façon de chasser les soucis et les fatigues de la journée, mais aussi une forme de célébration. Car l'amour sacré est très proche de l'amour charnel, et ils se trouvent souvent confondus dans l'excitation des réjouissances. Lors des bals, les hommes donnaient toujours l'impression d'être disponibles. Et à toutes ces fêtes, qui avaient souvent lieu dans la salle de réunion, à l'étage de la demeure principale – seule à pouvoir contenir une nombreuse assistance –, les hommes de tous âges se disputaient la faveur de danser avec Ann. Je ne dis pas qu'elle flirtait avec eux, ni dispensait ses charmes délibérément et sans retenue dans l'intention d'attirer les hommes. Non, c'était plutôt la conséquence naturelle de sa présence. Ils s'agglutinaient autour d'elle. Et bien que Père l'eût prise légalement pour épouse, il pouvait difficilement lui imposer sa loi ou contenir son caractère, que dominait un esprit de liberté comme je n'en avais jamais connu chez aucune femme.

À la vérité, j'en vins à croire qu'elle pensait davantage comme un homme que comme une femme, et qu'elle se comportait de la même façon dans l'existence. Elle gardait une attitude détachée face aux autres épouses, comme si elles appartenaient à une espèce différente dont elle ne partageait ni les intérêts ni les habitudes. Elle ne se joignait jamais aux bavardages qui occupaient les autres femmes de la colonie. Elle ne craignait pourtant pas d'affirmer ses opinions, ni de s'exprimer ouvertement, comme je l'avais appris lors de cette nuit où elle était venue dans mon lit. Il y avait une franchise particulière chez elle. Elle repoussait naturellement les attentions qu'elle n'avait pas recherchées, sans offenser leurs auteurs, bien qu'elle préférât visiblement la compagnie des hommes à celle des femmes. Le tapage ne lui faisait pas peur ; elle aimait rire et était toujours prête à chanter.

Elle était gentille avec Père ; s'asseyait sur ses genoux, lui caressait les cheveux, lui massait les épaules après ses longues heures de travail. Parfois, telle une artiste de théâtre, elle dansait à son intention en chantant une de ses jolies chansons. Notre maison en haut de la colline devint bientôt la halte préférée de Père à la fin de la journée. Je préparais de savoureux repas, comme je l'avais toujours fait, et elle s'occupait de le distraire, tandis que les journaliers fournissaient la compagnie masculine qu'il avait toujours appréciée. Et à la fin de la soirée, peu nous importait qu'il aille dans son lit ou dans le mien, voire qu'il nous amène à coucher toutes deux avec lui, à tour de rôle.

Je l'entendis un jour se vanter devant un groupe d'hommes d'avoir été un coq parmi ses poules dans sa jeunesse. Il ignorait que je l'écoutais alors. Il venait d'être mis en prison pour la seconde fois, et attendait que débute son second procès. L'assistance était composée de journalistes venus de partout pour interviewer un homme désormais célèbre. Je ne trouvai pas sa déclaration judicieuse, car elle confirmait l'image que tout le monde avait de lui à cette époque, celle d'un homme avide, capable de tous les excès.

Non, ce n'était pas judicieux de sa part.

Même si c'était vrai.

À mesure que ma grossesse avançait, Ann me devint de plus en plus nécessaire et notre amitié se renforça. Je trouvais en elle une compagne particulièrement divertissante. Nous étions souvent d'humeur espiègle. Elle aimait s'habiller en homme et avec sa forte carrure et sa poitrine plate, elle jouait ce rôle à merveille. Nous montâmes un petit sketch que nous jouâmes un soir pour toute la famille dans la salle de réunion. Il était intitulé « La visite du gentilhomme » et décrivait les mésaventures d'un amoureux transi qui cherche à gagner les faveurs de sa bien-aimée. Ann naturellement jouait le rôle de l'amoureux, alors que je représentais l'objet de son désir. Comme j'étais déjà très grosse – beaucoup plus forte que je ne l'avais été lorsque j'attendais Ike ou Billy – l'effet était plutôt comique. Du moins le pensions-nous. Pourtant, de tous les adultes présents dans l'assistance, seuls Père, Mary Ann et John Alma semblèrent apprécier notre spectacle. Les enfants riaient, bien sûr. Mais les autres femmes – y compris Aggatha et Rachel, Leah, Sarah Caroline et Terressa – restèrent de marbre pendant toute la pièce, et j'entendis ensuite Aggatha ricaner avec sa sœur, remarquer en secouant la tête qu'il y avait beaucoup d'affectation dans tout ça, et que nous outragions la condition sacrée de mère.

Avec le temps, nous leur inventâmes des surnoms auxquels nous nous référions comme à un code secret.

Aggatha était Le Seau à cause de son caractère d'acier et de ses cheveux gris.

Rachel devint La Souris pour tous les attributs qu'elle partageait avec cet animal.

Nous appelâmes Leah La Grande Pâmoison, ou simplement GP, non seulement parce qu'elle était de grande taille mais parce qu'elle tombait en syncope et débitait alors toutes sortes de phrases sans queue ni tête.

Polly et Lavina, que nous voyions rarement à moins de nous rendre à Washington avec Père pour une raison ou une autre, conservèrent les surnoms que Mary Ann et moi leur avions donnés au début – Miss Méli et Miss Mélo. Car c'était ainsi – indissolublement liées – que les deux sœurs nous apparaissaient.

Nous nous montrions un peu plus indulgentes avec Sarah Caroline, en raison de son deuil : je la plaignais encore d'avoir perdu ses enfants durant la terrible tempête, un drame dont elle ne s'était pas complètement remise. Toujours au bord des larmes, elle devint La Pleureuse.

Et Terressa ? Cet amalgame vieillissant de colère et de mauvaise humeur ? Cette dispensatrice de conseils fielleux, d'un venin permanent, sûre d'elle, guindée, avec sa figure de cheval ? Elle n'était ni plus ni moins que La Vipère, à éviter aussi sûrement qu'un serpent.

C'est à peu près à cette époque, quelques mois seulement avant mon accouchement, qu'eut lieu un incident qui altéra pendant un certain temps mes relations avec Père. Lors d'une de nos réunions familiales à la maison principale, Rachel fit remarquer qu'elle avait eu trois filles et pas de garçon, alors que j'avais eu trois fils, bien que le premier fût mort. Elle ajouta qu'elle aimerait avoir un fils, et je dis en plaisantant : Eh bien, Rachel, si c'est un enfant de sexe masculin que je porte, je te le donnerai ; puisque je suis si bonne pour concevoir des garçons, je pourrai facilement en avoir un autre !

À ma grande surprise, cette remarque plongea Père dans une colère terrible. J'avais parlé par bravade, encouragée, je l'avoue, par Ann, qui aimait voir émerger cet aspect de mon caractère. Mais Père m'avait prise au sérieux, et il me reprocha en public d'avoir fait une déclaration aussi malintentionnée. Ensuite, comme à son habitude, il nous gratifia d'une prophétie.

Tu portes non seulement une fille, mais deux jumelles, dit-il. La première s'appellera Rachel Emma, comme vous deux ici présentes, et la deuxième à venir au monde s'appellera Ann Eliza, en souvenir de ton amie Elizabeth Summers, avec laquelle tu as accompli la première partie de ton voyage vers Sion. Je ne te promets pas que tu garderas ces deux petites filles car tu as l'esprit rebelle et la langue caustique. C'est de toi que dépendra ce qui s'ensuivra.

Ses paroles m'emplirent de frayeur. Je ne m'étonnais pas de porter des jumelles, tant j'étais grosse, mais je ne voulais pas les perdre à cause de ma méchanceté. Plus tard, en gravissant le chemin de la colline en compagnie d'Ann, je me sentis rejetée, envahie par le remords, et je me mis à pleurer jusqu'à ce qu'Ann me rabrouât, furieuse de me voir prendre à cœur les paroles de Père.

Tu ne vois donc pas qu'il cherche avant tout à affirmer son autorité en instillant la peur en nous ? Il veut contrôler non seulement nos actes mais nos paroles. Ne fais pas attention à ce qu'il dit. La vérité ne sort pas de sa bouche.

Mais il croit qu'il possède le don de prédire l'avenir.

C'est une autre façon de s'attribuer le pouvoir et de l'imposer aux autres. C'est ainsi que se conduisent les hommes, dit-elle avec assurance.

Tous les hommes ?

Tous ceux que j'ai eu l'occasion de rencontrer. Mais il est vrai que je suis encore jeune. Peut-être y en aura-t-il un qui m'étonnera.

Aggatha mourut quelques semaines plus tard. Sa fin ne fut pas soudaine. Elle était malade depuis de longs mois, atteinte de diverses affections liées à l'âge, et bien que Père lui eût imposé les mains à plus d'une occasion et eût prié avec ferveur pour sa guérison, le destin en avait décidé autrement.

Elle souffrit énormément à la fin. Durant toutes ces années où j'assistai malades et mourants, ce fut la seule fois où je vis un corps atteint d'une nécrose aussi générale avant que la mort proprement dit ne survienne. La chair de ses seins et de ses épaules était devenue noire et putréfiée bien avant qu'elle n'eût rendu son dernier soupir. Je tentai de soulager ses souffrances dans la mesure de mes moyens, mais il y avait peu que nous puissions faire à la vérité. La puanteur à l'approche des derniers jours était atroce, et son agonie fut longue. Avant de mourir elle réunit ses enfants autour d'elle et les bénit. Elle demanda à sa sœur Rachel de leur servir de mère dorénavant. Les gens vinrent lui dire adieu, et lui confier des messages pour leurs propres défunts, espérant qu'elle les emporterait dans l'au-delà. À chaque épouse, elle murmura quelques derniers mots attentionnés. Quand vint mon tour de dire adieu à la mourante, Aggatha m'attira près d'elle et chuchota : Que Dieu bénisse tes deux petites filles, car elle connaissait la prédiction de Père.

Un mois après la mort d'Aggatha, je mis au monde deux jumelles, ainsi que Père l'avait prédit, et elles reçurent les noms déjà choisis par lui – Rachel Emma, ou Emmie, et Ann Eliza, ou Annie. Elles naquirent le 22 juillet 1866, la première vers quatre heures de l'après-midi, la deuxième environ une demi-heure plus tard. Jamais je n'avais eu accouchement aussi douloureux car elles étaient très grosses. L'une pesait huit livres et demie, l'autre huit livres trois quart, ce qui représentait dix-sept livres quinze en tout à la naissance. Plusieurs personnes présentes témoignèrent de l'accomplissement de la prophétie de Père.

Quant à moi, une seule pensée m'habitait : j'ai deux garçons, et maintenant j'ai deux filles, et je n'en ai perdu aucun par méchanceté.

Presque neuf mois plus tard, incapable d'échapper au sort qu'elle n'avait pas souhaité, Ann mit au monde son premier enfant, un fils nommé Samuel James. Je ne dirai pas qu'elle fut la plus naturelle des mères. Son lait fut lent à venir, et pour protéger la santé de l'enfant, je finis par lui donner mon propre sein. J'allaitai le petit Sam longtemps après avoir sevré les jumelles, et j'établis avec l'enfant un lien plus fort que celui qui le liait à sa propre mère.

Ann préférait le grand air aux corvées domestiques. Les tâches les plus rudes, généralement réservées aux hommes, ne la rebutaient pas aussi longtemps qu'elles la tenaient éloignée de la maison. Elle avait un amour particulier pour les chevaux, et Père possédant certains des plus beaux pur-sang du territoire, elle faisait son choix parmi les meilleures montures pour se déplacer à cheval. Elle entretenait un rapport spontané avec tous les animaux, et finit par convaincre Père de la laisser mener les troupeaux en altitude pendant l'été. Avec son chien jaune, Nero, elle s'installait pendant plusieurs semaines d'affilée sur les pentes de la Kolob Mountain, me confiant la charge de Sam, sans entretenir de contacts avec les autres journaliers dont certains étaient comme elle gardiens de troupeaux. Peu à peu, cependant, les hommes rapportèrent des histoires concernant Ann. Ils racontèrent comment elle avait tué un puma en plein saut. Comment elle avait accouché un poulain par le siège, sauvant la jument noire préférée de Père. Comment elle avait été mordue au visage par un lynx qu'elle avait pris au piège et essayé d'apprivoiser. Et comment elle s'était confectionné une culotte de cheval dans la vieille bâche d'un chariot, l'assortissant d'une capote agrémentée de la fourrure du lynx qu'elle avait abattu après qu'il l'eut mordue. C'est ainsi que je la vis vêtue quand elle redescendit de la montagne après un mois, coiffée d'un sombrero que lui avait donné un vieil Indien dénommé Jim. En la voyant alors, j'aurais pu la prendre pour un des marchands mexicains qui passaient par là périodiquement, tant elle était méconnaissable dans son costume masculin, avec sa peau tannée par le soleil. Son apparition dans cet accoutrement consterna presque autant les Frères que celle de Jane Meeks le jour où elle avait été surprise en train de couper le Spanish Rusty avec l'un des soldats du fort (c'est-à-dire monter à califourchon devant un homme plutôt que derrière, une position alors jugée inconvenante). À titre de punition, Jane avait été mise au ban pendant quelque temps. Mais si Ann suscita sa part de regards et de claquements de langue réprobateurs lorsqu'elle se présenta à cheval affublée de son pantalon maison et de son chapeau à larges bords, elle n'encourut aucune punition. Les temps avaient changé. Quant à monter à califourchon, nous nous y étions résolues, poussées par un pragmatisme qui nous interdisait de nous tenir mordicus à nos traditions alors que les exigences du quotidien en décidaient autrement, et personne ne pouvait contester que la tenue d'Ann était parfaitement adaptée à un gardien de troupeau, que ce gardien fût une femme ou non.

L'été qu'Ann passa dans les montagnes fut à bien des égards une période de calme relatif, semée d'incidents mineurs et de disputes sans importance. Peter Shirts fut réprimandé pour avoir fouetté Mary Morse qui de son côté confessa qu'elle avait employé un langage injurieux envers lui, et tous les deux furent pardonnés par l'évêque après qu'ils se furent expliqués. Amasa Lee et Samuel Groves confessèrent s'être mal conduits et donnés en spectacle un soir, en courant nus dans le corral, et eux aussi furent absous après avoir reconnu leurs fautes en public.

Le vieux Chamberlain tenta de reprendre Terressa en offrant à Père une autre de ses femmes et ses deux enfants, mais Père déclara que pour lui les femmes ne s'échangeaient pas comme du bétail et il refusa l'offre de Solomon, à mon grand désappointement.

Dudley Levitt acheta deux autres petites Indiennes, mais elles moururent une semaine après leur baptême. Parce qu'elles se trouvaient incapables de vivre selon le Principe, plusieurs épouses demandèrent un Acte de Déliement et quittèrent bientôt la colonie en compagnie de soldats avec lesquels elles s'étaient acoquinées. L'évêque se sentit obligé de s'adresser à nous du haut de sa chaire, fustigeant notre iniquité grandissante, en particulier les scènes d'ivresse auxquelles il voyait se livrer les frères qui achetaient sans retenue aux colons suisses le produit de leurs vignes. Quelques enfants attrapèrent les oreillons et furent mis en quarantaine. Tous se rétablirent avec le temps.

Le seul événement moins prosaïque fut l'incident qui se produisit à la mi-septembre, le jour où Sarah Dalton, la fille aînée de Père, tua son mari d'un coup de feu en plein cœur pendant qu'il dormait dans son lit. Elle disposa ensuite soigneusement sa tête sur l'oreiller, plaça le pistolet dans sa main et prétendit qu'il s'agissait d'un suicide. Aucune plainte ne fut déposée contre elle, bien qu'il fût de notoriété publique qu'il la maltraitait depuis des années et qu'à plus d'une occasion elle avait menacé de le tuer.

À l'automne nous rentrâmes les courges et les potirons. Nous fîmes une bonne moisson de maïs et une récolte abondante de pommes de terre. Le 14 octobre il tomba cinq centimètres de neige, et Père dit que suivant le vieux dicton hollandais, cette chute étant la première, il n'y en aurait que six autres dans l'hiver, car la lune était vieille de six jours quand étaient apparus les premiers flocons.

Nous vendîmes quantité de brebis et de veaux. Nous allâmes à Dog Valley cueillir du cresson, et fîmes un voyage à Parowan pour y acheter des bardeaux, du fil de coton, des pelles et des bêches, des aiguilles mécaniques, des épingles, des patrons de chaussures, du fil à coudre, des boutons, du calicot, des timbres et des enveloppes, du sel, du poivre, du café, du thé, du papier à lettres, de l'antalgique, et du cuir à chaussures – toutes choses qui nous faisaient cruellement défaut.

Nous tuâmes des porcs que nous échangeâmes contre ces marchandises et fîmes de bonnes affaires ; il nous resta même suffisamment pour acheter vingt-cinq gallons de whisky de la meilleure qualité.

En janvier, le cheval de Père en ruant lui décocha un coup de sabot dans les testicules qui se mirent à enfler de manière inquiétante. J'utilisai de l'essence de térébenthine, de l'huile minérale, du salpêtre, de la sauge sauvage et du vinaigre pour le soigner, appliquai pour finir un cataplasme de charbon de bois et de carottes crues râpées, et après avoir gardé le lit pendant une semaine, il put reprendre son travail. Pendant que je m'occupais de Père, Ann prenait soin d'un poulain. Père avait récemment acheté une solide jument louvette avec son petit mais son bœuf avait encorné le ventre du poulain et Ann avait recousu la blessure suivant mes instructions, toute contente de le voir survivre.

La première dépêche envoyée par télégraphe à Cedar City provoqua une grande excitation parmi la population, qui déclara l'événement considérable mais ni Ann ni moi n'en saisîmes l'importance, et cet enthousiasme nous parut excessif et stupide.

Cette même année Sarah Caroline conçut un enfant, ainsi que Rachel et Leah, et au printemps Ann et moi-même fûmes à nouveau enceintes, à ma grande joie et à son grand désappointement.

À l'automne 1867, Père annonça que ses fils Joseph Hyrum et John Willard, les aînés d'Aggatha, avaient été appelés à partir en mission. Désireux de voir le monde, les garçons acceptèrent. Joseph avait vingt-deux ans, et Willard, ou Will, n'en n'avait que dix-huit, mais tous deux étaient des garçons sérieux, durs au travail. Subvenir à leurs besoins pendant qu'ils étaient sur les lieux de leur mission risquait de grever les ressources familiales, mais Père était résolu à ce qu'ils partent, comme il était parti lui-même pour prêcher l'Évangile dans sa jeunesse. Il décida donc de mener un troupeau à Salt Lake City et de le vendre afin de réunir l'argent nécessaire. Mieux encore, il me choisit pour l'accompagner. J'emmènerais les jumelles mais laisserais les garçons – y compris le petit Sam que j'avais sevré peu avant – à la garde d'Ann durant notre absence. La perspective de ce voyage me ravissait, car dix longues années s'étaient écoulées depuis que j'avais quitté la ville pour partager la vie de Père.

Le 25 avril 1868 donc, le troupeau se mit en marche vers le nord, conduit par les garçons, Joseph et Will, bientôt suivis par Père et moi-même dans un chariot équipé pour cette longue expédition. Il nous faudrait dix jours pour atteindre la ville. Nous avions entendu dire que le Prophète se dirigeait également vers le nord avec des membres de son entourage et à Chicken Creek nous tombâmes sur eux. Au cours d'un rapide entretien, Père confia à Brigham son intention d'envoyer ses fils en Angleterre, certain qu'ils y feraient de nombreux convertis. Mais Brigham nourrissait d'autres projets. Les îles Sandwich, dit-il, avaient besoin de missionnaires, et il comptait y envoyer Joseph et Will qui travailleraient parmi les indigènes des mers du Sud.

Avant qu'ils ne se séparent, Père voulut connaître l'opinion du Prophète sur l'animosité qu'on nous montrait dans les colonies du Sud. Il lui raconta que les gens nous fuyaient depuis la malheureuse affaire de la prairie – un traitement cruel dont d'autres, pourtant plus responsables que nous, n'avaient pratiquement pas souffert. Père désirait entendre le Prophète lui assurer qu'il le tenait encore en grande estime et qu'il pouvait compter sur son soutien à l'avenir, et le Prophète lui en donna l'assurance. Il alla jusqu'à lui signer un papier qui indiquait : « Le Frère John D. Lee est un Saint de l'Église des Derniers Jours, loyal et sûr, qui s'emploie à l'édification du Royaume de Dieu, vit en accord avec ses Principes, dans un esprit d'entraide et le respect de ses devoirs. » Ce document s'avéra important, en particulier lorsque nous arrivâmes en ville, car il garantit à Père l'achat de son bétail et l'assura d'un accueil chaleureux partout où il se présentait pour conduire ses affaires.

Nous atteignîmes la ville le lundi 13 mai, et je restai stupéfaite devant l'essor qu'elle avait pris depuis mon départ. Tant d'animation, tant de prospérité ! Nous vendîmes tout de suite nos bêtes à Frère Feramorz Little qui nous offrit de la bière et un dîner somptueux. J'appris par la suite qu'il était réputé pour avoir la meilleure table de toute la ville, et ce repas en fut la démonstration. Cette nuit-là nous logeâmes chez Sarah Jane, la fille de Père, avec laquelle j'avais été prise en photo longtemps auparavant, et le lendemain je fus témoin d'un événement qui produisit une vive impression sur moi. Brigham et sa suite revenaient de leur expédition dans le Sud, et toute la ville était descendue dans la rue pour l'accueillir. Tel un potentat romain, il pénétra dans la cité en grande pompe, s'avançant dans un splendide équipage à la tête d'une procession de chevaux et de chariots, entièrement vêtu de noir et tenant à la main une canne à pommeau d'or, la même canne, disait-on, qui avait jadis appartenu au Prophète Joseph. Vingt-cinq mille personnes se pressaient le long de la rue principale, dont un nombre important de jeunes gens que leurs instituteurs avaient chargés de l'encadrement. Il y avait des militaires en uniforme, ainsi qu'une fanfare martiale, dans un chariot tiré par des chevaux appareillés qui caracolaient le long du trajet de la procession. C'était un spectacle que je n'oublierais jamais – le Prophète, impérial, le menton levé, fleuri d'une barbe blanche, la mâchoire serrée, saluant les spectateurs de la main comme s'ils étaient le menu peuple de son royaume. Plusieurs de ses épouses, dans de riches robes de satin, des bijoux aux oreilles, avaient pris place dans des voitures séparées, et ses fils aînés, à peine moins corpulents que leur père, montaient des chevaux fougueux, accompagnés d'une suite de conseillers et d'aides, tous acclamés par une foule emplie d'adoration pour le chef. Ces gens semblaient infiniment plus riches et raffinés que les habitants de nos pauvres colonies du Sud. Pour la première fois, je mesurai la véritable prospérité des Saints, ainsi que notre solidarité. Et au moment où le Prophète s'avança sur la place du Temple et où fut déployée la grande banderole proclamant : BIENVENUE À BRIGHAM, L'AMI DE L'HUMANITÉ TOUT ENTIÈRE, je compris que les Saints pouvaient s'estimer heureux d'avoir un chef aussi sage et habile, un chef qui avait su nous aider bien souvent à surmonter les écueils de l'opposition et des conflits, et je songeai que Père jouissait d'une chance peut-être encore plus grande, car le Prophète l'avait depuis longtemps adopté comme son fils spirituel. Tant que Brigham serait dans notre camp, je savais que nous n'aurions rien à craindre de nos détracteurs, une certitude qui me permettait d'envisager l'avenir avec plus d'espoir et de confiance désormais.

Le lendemain, un dimanche, nous assistâmes à la Sainte Cène au Tabernacle, et écoutâmes l'Ancien George C. Cannon parler du communautarisme. Avec beaucoup d'éloquence, il décrivit les concepts qui fondaient le nouvel ordre économique, suivant lequel les Saints étaient censés vivre aujourd'hui. Il dénonça d'une part l'aristocratie de la richesse et de l'autre la classe qui vivait dans l'avilissement et la pauvreté. Cette disparité, dit-il, était due à une organisation déficiente de la société et le pouvoir de remédier à ces maux reposait entre les mains de l'Office de la Sainte Prêtrise. Sous son autorité, tous étaient dorénavant égaux, disposant de droits équivalents sur les biens de la communauté – chaque homme suivant ses besoins et ses désirs, pour autant que ses désirs soient justifiés. Un système qui invitait chaque fidèle à confier ses biens personnels ainsi que les produits de ses troupeaux et de ses champs au magasin du Seigneur où ils seraient supervisés par les évêques locaux et deviendraient la propriété de l'Église, d'où chacun ensuite pourrait retirer sa part suivant ses talents et ses besoins.

À ce point du sermon de Frère Cannon je me surpris à penser : Les imprévoyants et les paresseux ne vont-ils pas tirer avantage de ce système en exigeant que les industrieux partagent inégalement les fruits de leur labeur ? Frère Cannon réfuta rapidement cette objection. Le travailleur énergique et loyal recevrait sa récompense le Jour du Seigneur Jésus, ou au Ciel en d'autres mots. Le système communautaire était destiné à s'appliquer à tous, non seulement aux Saints mais à la société entière, et il préfigurerait le millénium, répandant dans le monde un Évangile égalitaire et un système d'où auraient disparu les classes et l'injustice. Tel serait l'accomplissement de notre mission, apporter au monde un nouvel ordre de justice et de paix, et pour l'atteindre, nous devions tous offrir notre travail et notre richesse à l'Église, qui la redistribuerait selon les besoins.

C'était un système merveilleux à mes yeux. J'avais passé la première partie de ma vie en Angleterre comme servante, et la deuxième parmi les plus pauvres des Saints, j'avais fait l'expérience de l'injustice et de la discrimination et il m'avait souvent paru inique que certains profitent de tant de luxe alors que d'autres devaient lutter pour gagner leur pain.

Plus tard, Père m'expliqua qu'il ne voyait pas le bien-fondé de ce système. Pour lui, c'était la propriété privée qui incitait l'homme à donner le meilleur de lui-même et il n'avait nul désir de subvenir aux besoins des paresseux et des faibles par son travail assidu.

Ce communautarisme est voué à l'échec, déclara-t-il en quittant le Tabernacle ce jour-là. Comme l'avenir le prouva, il avait raison, car les hommes sont fondamentalement égoïstes et veulent profiter des fruits de leurs efforts, sur terre et au Ciel, même les meilleurs d'entre eux, ceux qui sont animés de l'esprit de Dieu.

Quelques jours après, Joseph et Willard reçurent l'onction et furent préparés à leur mission. Père arrangea leur voyage avec une famille qui conduisait un chariot à San Francisco, d'où ils s'embarqueraient sur un bateau qui les mènerait jusqu'à leur lointaine destination, les îles Sandwich. Les îles Sandwich ! Ce seul nom m'emplissait d'effroi. J'étais incapable d'imaginer ce qui les y attendait. Y avait-il encore des cannibales ? Les indigènes portaient-ils des os dans leurs cheveux et aiguisaient-ils leurs dents, afin de mieux déchirer la chair humaine ? Les femmes se promenaient-elles entièrement nues ? Et mangeaient-ils toutes sortes de choses étranges ? Et surtout, reverrions-nous un jour Joseph et Will ? Je voyais bien que l'angoisse et la peur assaillaient les deux garçons, et bien des larmes furent versées lorsque nous nous séparâmes, en particulier par Will, qui implora son père de lui pardonner l'esprit de rébellion qu'il avait montré dans le passé.

Avant de quitter la ville, nous allâmes au théâtre et assistâmes à une représentation d'*Hamlet* de Shakespeare. La salle était si magnifique et l'assistance si richement vêtue que je me sentis gênée dans ma robe de soie usagée, pourtant rien n'aurait pu altérer l'émerveillement et le bonheur que j'éprouvai ce soir-là, assise dans ce luxueux décor à côté de Père. Lui-même était superbe dans sa redingote noire toute neuve avec son col blanc, les cheveux coupés court et le visage rasé de frais. Il m'escorta à cette soirée comme si nous étions deux amoureux aux premiers jours de leur idylle, et je sus alors à quoi ressemblait d'avoir un mari tout à soi, quelqu'un dont les attentions se portaient totalement et uniquement sur vous, et j'aurais aimé rester à jamais dans cette ville, avec ses distractions et son effervescence, ne plus retourner dans nos pauvres colonies du Sud, où nous attendait un environnement hostile, sans compter les huit autres femmes.

Mais nous y retournâmes.

Le voyage fut sans histoire, à l'exception d'un incident troublant. Pendant que nous campions à Chicken Creek, près de la ferme de Thomas et Mary Woolsey, le frère et la belle-sœur d'Aggatha, Jane Woolsey, nièce de Père, vint dans notre campement et chercha à séduire Père. C'est ainsi qu'il rapporta l'histoire, en tout cas, après que je les eus surpris dans une position particulièrement compromettante : j'étais rentrée à l'improviste d'une promenade ce soir-là et avais surpris Jane à califourchon sur les genoux de Père, en train de lui couvrir le front de baisers. À voir l'expression de son visage, il semblait y prendre grand plaisir – jusqu'au moment où, levant les yeux, il s'était aperçu de ma présence.

Qu'est-ce que vous faites ? demandai-je.

Jane, pas plus âgée qu'Ann, se leva brusquement et s'éclipsa, et Père entreprit de me donner des explications.

La petite a grimpé sur mes genoux, ravie de revoir son oncle préféré...

Je perdis mon calme et lui dis ce que j'avais sur le cœur. J'exigeai la vérité. Je voulais savoir si c'était le début d'une autre entreprise de séduction, et dans ce cas, j'avais le droit de connaître ses intentions. Ce dont je venais d'être témoin n'était pas le comportement innocent d'un oncle et d'une nièce. Mes yeux ne me trompaient pas. Quels étaient ses véritables sentiments envers Jane Woolsey ? Avait-il l'intention de faire de cette fille sa vingtième épouse ? Une enfant qui semblait encore plus jeune qu'Ann ?

Il dit qu'il ne pouvait pas me répondre avec certitude pour le moment, car rien n'était encore arrêté. Il prétendit que Jane était venue le trouver, peu après mon départ, et avait déclaré qu'elle souhaitait devenir un membre de sa famille. Elle disait vouloir devenir sa femme. C'était elle qui avait abordé le sujet, pas lui. Père prétendit qu'il avait essayé de la décourager.

Je lui ai dit : Jane, tu es dans la fleur de la jeunesse. Tu peux épouser un homme jeune ou mûr. Pourquoi moi ? Je suis un vieillard à présent. Tu aurais certainement plus de satisfaction avec un jeune homme.

Et elle ? Qu'a-t-elle répondu ?

Elle a répondu, Mon Oncle, je te connais depuis que je

suis toute petite. Je t'aime plus qu'aucun homme au monde. Je t'ai toujours aimé. Avoir un foyer est mon seul désir, et un ami dévoué pour me protéger. Tu es celui que je veux.

Et vous pensez que je vais croire ces sornettes ?

Mais c'est la vérité !

Et vous, que lui avez-vous dit ?

J'ai dit : Jane, si telle est la volonté du Seigneur, j'ai l'intention de revenir en ville à l'automne, et si tu te conduis en fille raisonnable, si tu restes dans le même état d'esprit, je te prendrai pour épouse. Nous irons à la ville et serons scellés selon la règle. Mais je ne t'impose aucune obligation de m'attendre. Si tu trouves une bonne occasion de te marier, n'hésite pas. C'est alors qu'elle a grimpé sur mes genoux et a dit : Mon oncle, que le Seigneur m'ôte la vie si je ne te suis pas fidèle, et elle m'a donné quelques baisers. C'est à ce moment que j'ai levé les yeux et t'ai aperçue.

Quel superbe récit, dis-je avec amertume.

Ah, mais c'est la vérité, Emma, la vérité.

Les femmes que vous convoitez semblent rajeunir au fur et à mesure que vous vieillissez.

Je n'y peux rien...

Bientôt il vous faudra les adopter au berceau et les élever jusqu'à ce qu'elles atteignent l'âge de sept ou huit ans pour les épouser...

Surveille tes paroles, Emma.

Et si vous épousez Jane, vous arrêterez-vous à vingt femmes ? Ou voulez-vous montrer au Prophète de quoi vous êtes capable et visez-vous d'en posséder trente ou trente-cinq ?

Tu te hasardes sur un terrain dangereux. Je t'avertis, garde ta langue ou sois prête à en payer les conséquences.

Je garderai ma langue, pour le moment en tout cas. Mais pas avant de vous avoir dit ceci : vous donnez des munitions à vos ennemis, en courant après des filles aussi jeunes. Et cette dernière, je vous le dis, est un renard. Faites-la entrer dans votre poulailler et je vous garantis un beau tapage.

Sur ces derniers mots nous abandonnâmes le sujet, levâmes le camp et fîmes route jusqu'à Dog Creek dans la fraîcheur de la nuit. Le lendemain à l'aube, nous rencontrâmes un Hollandais à pied qui n'avait pas un sou et rien mangé depuis deux jours. Nous lui donnâmes une miche de pain, et poursuivîmes notre chemin, mais une roue se brisa en franchissant un fossé dans Wild Cat Canyon, nous obligeant à nous arrêter pour la réparer. Pendant que Père arrangeait la roue, je m'amusai à observer les cabrioles d'une troupe de chiens de prairie. Mes pensées, cependant, étaient bien loin de là.

Pour la première fois depuis longtemps, je songeais à l'Angleterre, à notre maison et à mes parents que j'avais laissés derrière moi. Je revoyais les constructions de brique rouge d'Uckfield, les habitations couronnées de multiples cheminées qui bordaient High Street, les cottages de pierre et les granges de la campagne où rien ne surprenait dans le décor et les gens. Je me rappelais la vieille église au centre du village avec son abside voûtée et les galeries de part et d'autre de la chaire, et les coussins brodés disposés devant chaque banc pour s'agenouiller. Je me souvenais de l'étrange coiffure du prêtre, avec sa raie au milieu. Je revoyais le paysage verdoyant et onduleux, la forêt d'Ashdown qui se déployait vers Turnbridge Wells, les moutons éparpillés comme des cailloux blancs dans les prés vert émeraude. Au printemps, les rhododendrons, les lilas et les azalées fleurissaient le long des routes qui menaient à Groombridge, à Boarshead et à Lewes, et le raisin pendait en grappes sous les tonnelles comme des bijoux. Duddleswell et Nutlety, Rotherfield, Eridge, Temple Grove et Crowborough. Les noms des villages défilaient dans mon esprit tels de vieux amis. Qu'étaient devenus mes parents, ma sœur et mon frère ? Étaient-ils en bonne santé ? Leur avais-je manqué ? Ou étais-je devenue un souvenir perdu pour eux, la fille happée par un pays si lointain et une religion si étrangère que j'aurais pu aussi bien disparaître en Arabie.

Je sentis la tristesse m'envahir à la pensée que je ne reverrais sans doute jamais mes parents, que je ne contemplerais plus les collines du Sussex, les champs de moutarde et les fleurs bleues des haies, ni les arbres de la forêt d'Ashdown dont l'écorce verdissait sous la mousse. Je ne connaîtrais plus de monde vert et clément. J'étais destinée à vivre le restant de mes jours dans ce pays sec et calciné, et l'irrévocabilité de cette pensée, ce sentiment d'un passé à jamais interdit, me laissa comme vidée de toute substance, privée de l'essence de mon être.

Nous campâmes ce soir-là près d'un troupeau de moutons transhumant, dont les bêlements emplissaient l'air. Les bergers venaient de Californie et avaient entendu parler de l'affaire de la prairie. Lorsque Père se présenta, l'un d'eux dit : Ainsi c'est vous le boucher dont on parle ? Ces mots obligèrent Père à veiller tard dans la nuit pour leur faire le récit exact des faits, tout en les faisant profiter de notre provision de whisky. Au matin, il semblait les avoir convaincus, car ils se séparèrent bons amis.

Le lendemain nous poursuivîmes jusqu'à Beaver, où Père prêcha dans la nouvelle salle de réunion en brique rouge, expliquant la nécessité de renouveler le baptême afin de purifier l'âme des fautes accumulées, et beaucoup dans la congrégation furent émus aux larmes. Plus tard on lui demanda de soigner les malades du village. Il pratiqua l'imposition des mains sur le fils de Frère Jeter. Puis Sœur Mary Riddle, qui était à l'article de la mort et avait appris qu'il était en ville et détenait de grands pouvoirs, le fit demander auprès d'elle. Il vint, pria, posa ses mains sur elle, et elle ressentit un soulagement immédiat. Sœur Riddle s'était à peine rétablie que l'un de ses enfants, une fillette, fut subitement saisie d'une forte fièvre et réclama l'homme qui avait prié pour sa mère. Nous retournâmes donc dans leur maison, et Père oignit l'enfant avec l'huile sainte, repoussant l'ange exterminateur, et la petite fut guérie.

Enfin, après avoir chargé notre chariot de cadeaux et victuailles offerts en remerciement par les familles des malades, nous repartîmes pour Harmony, où nous découvrîmes que le climat s'était considérablement détérioré depuis notre départ.

Les Saints, semblait-il, avaient adopté des habitudes de débauche encore plus marquées. Beaucoup s'adonnaient au Gilbert's, une marque de whisky, et le soir de notre arrivée nous trouvâmes plusieurs Frères donnant en public des signes de leur ébriété. Assis près de la tonnelle, à fumer ou mâcher du tabac, certains firent des gestes obscènes à la vue de Père dans son chariot. Nous apprîmes que plusieurs hommes, y compris des garçons appartenant à notre famille, avaient pris l'habitude de jurer et de faire ribote dans le village. En outre, on disait qu'Ann s'était acoquinée avec un jeune soldat, un nommé Matt Carney, et lui avait prodigué ses faveurs en l'absence de Père. Elle dit qu'il n'en était rien, mais Père ne fut pas convaincu par ses protestations d'innocence. Pendant les quelques jours qui suivirent, plusieurs disputes éclatèrent entre eux, au cours desquelles Ann fit plus que lui tenir tête. Lorsque le calme revint, un service de vaisselle avait été brisé, et le village tout entier s'était senti obligé de prendre parti pour l'un ou pour l'autre, bien qu'ils fussent nombreux à les considérer tous les deux fautifs et adultères.

Nous apprîmes également la défection de Leah. Elle avait déménagé avec tous ses biens à Toquerville et déposé une plainte auprès de l'évêque, accusant Père de négligence et demandant un Acte de Déliement. Ce devait être la fin de leur union. Il s'avéra, comme le découvrîmes plus tard, que La Pâmoison avait profité de l'éloignement de Père pour badiner avec un certain Joseph Pruitt, un homme qu'elle devait bientôt épouser.

Dorénavant ce n'était pas seulement les possessions matérielles de Père qui étaient pillées, dérobées sous son nez, mais aussi ses femmes. Un esprit de licence se répandait dans la colonie, une rupture des règles sociales existantes, loin du raffinement et de la cohésion de la société que j'avais observés à la ville, l'exact contraire de ce nouvel ordre social prêché par Frère Cannon. Ici, dans cet avant-poste primitif, en la compagnie de ces Saints mal dégrossis, c'était chacun pour soi. Le code moral s'était délité, et même le clergé ne pouvait le rétablir. J'en vins à croire que les atroces événements de la prairie, bien qu'ils se fussent déroulés plus de dix ans auparavant, étaient en grande partie responsables de cette démoralisation générale. Lentement, au fil des ans, une érosion s'était produite. Le massacre des émigrants de l'Arkansas avait laissé sa marque dans les cœurs et les esprits des hommes qui y avaient participé, mais il avait aussi atteint les Saints qui n'étaient même pas présents ce jour-là et empli chacun d'eux de remords cuisants. Comme si ce drame avait empoisonné la terre elle-même. L'atmosphère de ce monde rouge et sauvage semblait imprégnée de chagrin et de malédiction, teintée du sang innocent qui avait été versé ce jour-là, révélant brusquement une nature grossière et avide chez des gens par ailleurs peu portés à la brutalité.

Pour répondre au désordre qui affectait son foyer, Père convoqua les femmes qui lui restaient, au cours d'une réunion où il força chacune d'entre elles à se lever et à confesser ses péchés, commençant par celles qui auraient eu des relations illicites durant les mois écoulés. À ma grande surprise, La Souris s'était très mal conduite, et confessa une aventure avec Matt Carney – celui-là même qu'Ann avait été accusée de fréquenter. La Pleureuse consentit tout au plus à avouer qu'elle n'avait pas assisté à toutes les réunions à l'église, et versa quelques larmes. Miss Méli et Miss Mélo nièrent avec véhémence être coupables du moindre errement, ce qui ne surprit personne étant donné leur pruderie naturelle. Quand vint mon tour, je dis que je n'avais jamais eu l'occasion de le tromper ni de m'abandonner au péché, et puisque je n'étais pas encline à m'asseoir à califourchon sur les genoux de mon oncle, je n'avais rien à dire – un commentaire qui ne manqua pas de l'exaspérer. Mais il était tellement impatient de s'en prendre à Ann qu'il ne releva pas mon impertinence et passa outre. Et toi, dit-il, se tournant vers ma jeune sœur-épouse, qui semblait avoir inexplicablement mûri en mon absence, es-tu enfin prête à dire la vérité ?

En réalité, dit-elle en se levant sans dissimuler un bâillement, je suis prête à aller me coucher. C'est épuisant de bien se conduire.

Sur ces mots, elle sortit de la pièce d'un pas nonchalant, et je dus porter ma main à ma bouche pour dissimuler mon sourire.

Nos existences reprirent leur cours, dans ce paysage changeant, en perpétuel mouvement, où les vents ne cessaient jamais de souffler, pour le meilleur et pour le pire. Bien souvent la pensée me vint que nous étions fous de rester là. Sans doute eût-il été prudent de suivre l'exemple des autres, comme Isaac et Elizabeth, les Klingensmith et Samuel Knight, qui tous avaient fui voilà bien des années. J'étais convaincue que les autorités ne mettraient pas longtemps à réapparaître, à envoyer leurs troupes tels des limiers, et qui trouveraient-elles en arrivant ? Père tout seul, car tous ceux qui avaient trempé dans l'affaire étaient déjà partis. Tous sauf Père. Son nom était de plus en plus lié à l'incident dont on disait qu'il avait été l'instigateur. J'avais fini par admettre qu'il avait joué un rôle dans le massacre, mais j'ajoutais foi au récit que lui-même faisait de l'histoire – il avait pénétré dans le camp des émigrants avec l'espoir de sauver leur compagnie et de les mettre à l'abri, il avait imploré les Indiens de lever leur siège et même pleuré en tentant d'empêcher le carnage, ce qui lui avait valu le surnom de L'homme-qui-pleure-facilement, et lorsque le massacre avait malgré tout commencé, son seul souci avait été de veiller sur les plus petits enfants. Il n'avait pris aucune part aux meurtres.

Je le crus parce que je voulais le croire. Que ce fût vrai ou non, je l'ignore encore à ce jour. Et de toute manière c'est sans importance. Les hommes agissent comme ils le font poussés par une foi que Dieu seul comprend, et des serments sont prêtés qui scellent leurs actes dans une conspiration du silence. Je sais seulement que Père continua à mener ses affaires tel le plus innocent des êtres sur terre. Il se comportait comme un homme qui n'a aucun souci, attitude que beaucoup prirent à tort pour de l'arrogance. Et vu le nombre croissant des attaques contre nos propriétés, le pillage de nos biens, l'insubordination de certaines épouses et l'augmentation des actes malhonnêtes dans la colonie, je compris que la fin de notre paix précaire approchait. Mon pressentiment se vérifia.

10

Les Navajos marquent le temps à l'aide de nœuds dont ils jalonnent une lanière de peau de daim. Si vous leur dites : Nous nous reverrons dans sept jours, ils ajoutent quotidiennement un nœud à la lanière et au bout de sept jours, quand ils ont fait les sept nœuds, ils apparaissent à l'endroit prévu.

C'est ainsi que s'écoulent mes journées désormais. Je les sens glisser entre mes doigts comme une infinie succession de nœuds. Elles passent sans que j'aie personne à rencontrer, sans l'espoir de revoir sur cette terre l'homme qui m'a été si cher.

Les garçons sont rentrés hier soir. Ils m'ont annoncé qu'il n'est plus. Il repose de son dernier sommeil dans le cimetière de Panguitch. Aucun service n'a été célébré sur sa tombe, m'a dit Billy, mais John Alma a prononcé quelques paroles, et Frank a dit une prière avant que la tombe ne soit comblée.

L'autre jour j'ai gravi le canyon, désirant être seule. Comme toujours, une paix immense m'a accueillie – le silence, les rochers, l'espace – les éléments qui font ce pays. Le ciel était d'un gris de deuil au-dessus des falaises vermillon. Aucun son ne me parvenait. Ni chant d'oiseau, ni voix, ni chute de pierre. J'ai pensé : Ainsi sera le monde lorsque l'humanité aura disparu, quand le vent purificateur de la prophétie aura balayé les péchés et les vertus de la surface de la terre et que les déserts seront jonchés de credo déchus et abandonnés.

J'ai perdu la foi. Je ne crois pas plus en l'Évangile que dans les petites créatures ailées qui volettent sans bruit dans les airs. Quant au Prophète qu'autrefois je révérais, je souhaite qu'il soit précipité au plus profond de l'enfer. Je prie pour que sa langue devienne d'un noir aussi sombre que son péché le plus funeste, que sa trahison l'étouffe, et qu'il meure d'une mort rapide dans l'indifférence générale.

Les garçons ont rapporté divers objets hier soir. Le mouchoir de Père, pour commencer, encore imprégné de son odeur et dans lequel j'ai pleuré en écoutant leur récit. Puis une photographie le montrant assis sur son cercueil, prise par M. Fenmore – le même M. Fenmore que j'avais jadis guéri, lorsqu'il s'était arrêté ici avec l'expédition du major Powell. Un billet accompagnait la photo :

« Avant de mourir votre mari a voulu que je vous envoie ce portrait de lui, pris à ses derniers instants. Je vous l'adresse avec ma plus profonde sympathie. Je me souviendrai toujours de la bonté que vous avez montrée à mon égard. Sincèrement, James Fenmore. »

Les garçons m'informèrent qu'il avait envoyé la même photographie à Rachel et à Sarah Caroline. Une épreuve pour chacune des épouses restantes.

Nous ne sommes plus que trois maintenant. Seulement trois de ses femmes.

Et nous ne sommes plus des épouses dorénavant, mais des veuves.

Sept années se sont écoulées depuis mon arrivée ici au bord du fleuve. Lorsque j'ai suivi Père dans sa fuite, je savais ce qui m'attendait, je savais que ce pays s'emparerait de moi et me soumettrait à sa loi. Personne ne transige avec ce pays. C'est une chose que j'ai apprise.

Je me souviens que nous arrivâmes de nuit après un

voyage difficile le long de la Paria. Je n'y voyais rien dans le noir. Les forts effluves des marantes et des saules mêlés à l'odeur de la glaise imprégnaient l'air humide de la nuit. J'entendais le bruit du fleuve, un grondement sourd dans l'obscurité. À l'aube je sortis du chariot et grimpai sur une crête pour me dégourdir les jambes et le dos, car j'étais enceinte à nouveau et l'enfant pesait sur mes os. Je voulais faire l'inventaire de ce qui m'entourait. Et ce que je vis me glaça le cœur. De cette éminence surplombant le canyon, je découvris un univers creusé dans le roc, âpre, implacable. Je vis à mes pieds des arbres que les ans avaient transformés en fragments de pierre blanchie. Je vis des éboulis, des scories, des débris épars, des veines de roche rouge auxquelles succédaient des veines bleues, des veines orange puis rouges – et des canyons sans fond, aussi impénétrables que le ciel. Je vis un fleuve – le formidable Colorado, roulant ses eaux rouges qui charriaient la terre du désert. Il s'éloignait en bouillonnant au bas d'une gorge si profonde qu'elle semblait conduire droit à l'enfer. Et en contrebas, entre les falaises qui tombaient comme les plis d'un rideau, j'aperçus notre chariot, nos bêtes et la cabane, une grappe de vie, ramassée là sur un étroit delta, sous la dernière trace du globe étincelant de la lune. Voilà donc mon avenir, pensai-je. Nous sommes bannis au bout de la terre, privés de toute compagnie humaine, seuls avec nous-mêmes.

J'entendis alors des pas et me retournai, pour voir Père qui montait dans ma direction. Son visage avait une expression étrange, comme empreinte de fierté. Quand il atteignit l'endroit ou je me tenais, il contempla à ses pieds la ferme rudimentaire, située à quelques pas du fleuve, et demanda : Qu'en penses-tu, Emma ?

Quel vallon désolé, murmurai-je.

Il déclara que ce serait dorénavant son nom. Le Vallon désolé. Mais il ne sera pas désolé pour nous, ajouta-t-il. Nous allons suivre les instructions d'Isaïe, qui a dit : « Préparons dans le désert une chaussée pour notre Dieu. »

Les garçons m'ont également apporté une lettre de Rachel. Je croyais avoir dépassé le stade de la jalousie, et pourtant un sentiment de détresse s'empare de moi à la pensée que c'est à La Souris et à La Pleureuse qu'est échue la tâche de le préparer pour l'inhumation, et non à moi. Sa lettre est courte, elle m'informe qu'elle me considère comme son amie très chère. Cette phrase m'a mise hors de moi. Nous avons toujours été d'un esprit différent. Pourquoi les choses auraient-elles changé ?

Je voudrais achever mon récit tant que j'en ai encore la volonté. L'histoire de notre exode final m'est toujours aussi douloureuse. Pourtant nous avons connu quatre années de bonheur ici, au bord du fleuve, avant que Père ne soit forcé de s'enfuir à Moenabba avec Rachel, et ne commette peu après l'erreur de retourner dans les colonies plus au nord pour y chercher des provisions. C'est là-bas, dans la maison de Sarah Caroline, à Panguitch, qu'il a été arrêté par un certain marshall Stokes tandis qu'il tentait de se cacher dans le séchoir à maïs. La suite n'est qu'une triste histoire de tromperie et de trahison, de jury partisan, d'affreux mensonges et de cœurs brisés par la séparation.

Tout débuta par une lettre.

Un jour, peu après notre retour de la ville où nous avions accompagné Will et Joseph avant qu'ils ne partent pour leur mission, je trouvai une lettre adressée à Père, qui l'attendait à la poste. Comme il était absent à ce moment-là, je pris la liberté de l'ouvrir et de la lire. C'était un avertissement, sous forme de menace. L'auteur, un certain « major Burt », donnait dix jours à Père pour quitter le territoire, sous peine d'être arrêté pour les crimes commis à Mountain Meadows.

Dès les premiers mots je compris qu'il s'agissait d'un faux. J'étais certaine que ses auteurs étaient George Hicks et John Lawson, deux des contradicteurs les plus acharnés de Père, et je décidai de prendre l'affaire en main. Dès le lendemain, j'affrontai Hicks dans la rue, l'accusant d'avoir fabriqué ce faux dans l'intention de nous effrayer et de nous faire quitter la colonie afin de s'emparer des terres de Père – des terres qu'il guignait depuis un certain temps. Je ne mâchai pas mes mots. Je le traitai de pleutre, de ver de terre toujours en train de s'ingérer dans les affaires des autres, je le prévins qu'il ferait mieux de se faire tout petit et de ne pas croiser mon chemin s'il ne voulait pas recevoir une décharge de sel dans les fesses.

Furieux qu'une femme osât lui donner en public une telle leçon, Hicks se rendit sur-le-champ chez l'évêque Pace et déposa une plainte contre moi pour conduite indigne d'une chrétienne, et nous fûmes convoqués tous les deux à une audience, où nous subîmes un blâme et reçûmes l'ordre d'être baptisés à nouveau – moi pour avoir prononcé un flot d'invectives, et lui pour l'avoir provoqué en attaquant lâchement mon mari. Lorsque fut prononcée la sentence, je demandai le privilège de choisir l'homme qui me rebaptiserait, et l'évêque, sans rien soupçonner, m'accorda cette faveur.

Je vous suis très reconnaissante, dis-je. Je demande à être baptisée par vous, Monseigneur, puisque vous êtes insensible au point de forcer une femme à être immergée dans la rivière quand elle est pleine de glace et de neige, pour le seul motif qu'elle a défendu son mari. Vous devriez subir une part de cette peine pour avoir pris pareille décision, et si votre derrière est plongé dans l'eau gelée peut-être pèserez-vous plus attentivement vos sentences à l'avenir.

L'assistance était venue nombreuse à l'audience, et beaucoup éclatèrent de rire dans la salle bondée en entendant ma sortie. Quelqu'un alla jusqu'à s'écrier : « Le lâche pas, Emma ! » Mais l'évêque n'apprécia pas la plaisanterie. Et pour s'en tirer, il inventa l'excuse d'un voyage à Kanarra, laissant Frère John Larson m'emmener à sa place à la rivière où je fus plongée dans l'eau glacée. Ils en firent autant pour George Hicks.

Les mois qui suivirent furent des temps troublés. Ann était ma seule consolation, et c'est dans son amitié que je trouvais le plus souvent refuge. Le fait que Terressa vécût désormais sous notre toit nous rapprocha, car nous savions que Père l'avait mise là pour nous espionner. Elle devait garder un œil sur nous et rapporter à Père tout ce qu'elle observait, en particulier le comportement d'Ann avec les autres hommes. Autant que je le sache, Ann n'avait nul désir de trahir Père, surtout dans son état, bien qu'elle se permît de plus en plus souvent de le critiquer. Elle était grosse de son enfant, et n'avait pas envie d'un nouveau-né. Son état semblait la déprimer, alors que ma grossesse moins avancée renforçait au contraire mon énergie et mon espoir en l'avenir. Elle se tenait près du poêle le matin, regardant bouillir le café noir, son ventre gonflé tendu contre sa mince chemise, et tapait du pied nerveusement, la bouche étirée en une grimace amère – sans parler, frappant seulement du pied le parquet, contemplant le liquide noir comme si quelque sombre sentiment tentait de s'échapper du liquide en ébullition. Je lui disais : Ann, ça ne peut pas être aussi dramatique, et elle tournait la tête et me regardait par-dessus son épaule, fixant tristement ses yeux bleus sur moi pendant un moment, puis elle disait avec un faible sourire : Bon, si ça ne peut pas l'être, comment se fait-il que ça le soit ?

Elle mit au monde une petite fille durant l'hiver, et nous l'appelâmes Merabe Emma, d'après le prénom de la mère d'Ann et le mien. On la surnomma très vite Belle, car c'était une enfant ravissante. Maintenant Ann avait Sam et Belle. J'avais Billy, Ike, Lizzie et Annie, et au printemps je donnai naissance à un autre garçon, le petit James ou Jimmie Gribble, nom d'un personnage de conte de fées. À nous deux, nous avions sept enfants. Et mon amour pour eux tous était si grand que je faisais peu de différence entre ceux d'Ann et les miens. Et une fois encore je nourris sa dernière-née, Belle, libérant Ann pour qu'elle puisse retrouver la nature où elle se sentait tellement plus heureuse.

Je perdis mon Alice cet été-là. Elle mourut de diphtérie

en juin. J'ignorais de quel mal elle souffrait, elle tomba soudain malade et son état empira. J'essayai tous les remèdes qui me vinrent à l'esprit, en vain. Un soir une vieille femme se présenta dans la colonie. C'était une guérisseuse qui était de passage avec son mari et je lui demandai de venir voir Alice. Or cette femme était aveugle. Elle pénétra dans la chambre où reposait Alice, et resta immobile, humant l'air. Puis elle dit : Diphtérie. Je le sens. Et elle est déjà très avancée.

Elle n'avait jamais été bien robuste, ma petite Alice. Jamais depuis le jour où Père l'avait ramenée de Moquetus, à moitié morte de faim, recouverte d'une croûte de saleté et d'excréments. Elle n'avait jamais non plus surmonté son mutisme. Cependant l'amour le plus tendre avait grandi entre nous, et je pleurai à chaudes larmes quand elle mourut. Tandis que je lavais son corps avant l'enterrement, Terressa entra dans la pièce.

Mieux vaut que cette petite diablesse soit partie, dit-elle. Des sauvageons contrefaits comme elle n'ont rien à faire sur cette terre, sinon démontrer l'étendue de l'ignorance et de la misère humaines.

Je me retournai et, sans dire un mot, lui jetai le contenu de la bassine d'eau au visage.

Répète de telles paroles devant moi, dis-je, et ce n'est pas de l'eau que tu recevras mais une bonne charge de plomb. Elle protesta, mais je l'acculai contre le mur, lui tordant le bras dans son dos, et je l'avertis que je ne voulais pas entendre un mot de plus de sa part. Puis je sifflai : Disparais de ma vue, et je la laissai partir.

Ce n'était qu'un exemple de plus de l'irritabilité que je sentais grandir en moi. Mon insolence en ces jours-là n'avait d'égale que l'impression de menace qui m'habitait, qu'elle ait pour origine la lettre écrite par George Hicks ou les insultes à la mémoire de mon enfant proférées par Terressa. Il était clair que je perdais de plus en plus fréquemment mon sang-froid, et que mon agressivité prenait un tour plus violent.

Si j'avais eu une hache ou un fusil à portée de la main, je crois que j'aurais pu commettre un acte de violence irrémédiable le soir où Terressa m'avait surprise en train de laver le corps d'Alice. Je m'étais mise à la détester profondément. Après cet incident, Père comprit qu'il fallait nous séparer, par mesure de sécurité, et il décida de construire une maison plus spacieuse pour Ann, moi-même et nos enfants, laissant Terressa occuper la petite maison sur la colline. En octobre, il commença à poser les briques d'adobe de notre habitation. Elle serait située à la lisière d'Harmony, le long de la plus jolie partie de la rivière, à l'endroit où les arbres poussaient nombreux et épais.

Deux semaines après qu'elle fut terminée, cependant, John Lawson et George Dodds pénétrèrent sur notre terrain un matin et entreprirent d'abattre les arbres le long de la rivière. Nous prévînmes Père, qui revint à la hâte de ses champs et tenta de les arrêter. Il leur intima l'ordre de décamper et chacun se mit à brandir son fusil, se menaçant mutuellement. Lawson continua malgré tout à manier la hache, jusqu'à ce que Père la lui arrache des mains et aille quérir un commandement auprès du juge de paix interdisant à Lawson de pénétrer sur notre propriété.

Mais Lawson revint le lendemain matin tôt alors qu'Ann et moi étions seules. Entendant le bruit de la hache, nous décidâmes d'y mettre fin. Nous fîmes bouillir des bassines d'eau sur le poêle et lorsque la première fut prête je l'apportai dans la cour avec l'intention de la déverser sur Lawson, mais il l'évita au dernier moment, se bornant à rire de moi : Vas-y, verse, Emma, verse ! Ann apparut alors avec une autre bassine, et cette fois il en reçut d'un seul coup le contenu brûlant et pendant que son attention était ainsi détournée, je m'élançai vers lui par-derrière, saisis le bras qui tenait la hache tout en le renversant sur le dos.

D'un bond je me jetai sur lui, le frappant à coups de poing, bientôt rejointe par Ann. Lorsque Père et quelques autres arrivèrent sur les lieux, Lawson avait le visage ensanglanté. Ann le tenait par les cheveux et lui martelait le visage, tandis que je continuais à verser l'eau bouillante. Quand ils parvinrent à nous séparer, Lawson était couvert de sang, fou de rage, et c'est dans cet état qu'il se rendit à Kanarra où il se fit délivrer une assignation contre nous pour coups et blessures avec intention de tuer.

Nous devions nous présenter devant le juge Pollack le 4 décembre. Les témoins furent entendus par l'évêque Roundy. Finalement, Lawson fut condamné à une amende pour violation de propriété et Ann et moi fûmes relaxées par Pollack, qui jugea que nous n'avions fait que défendre notre bien.

Mais nous avions gagné la réputation d'être les deux femmes les plus incorrigibles de la colonie. Les épouses n'étaient pas censées se battre, même pour défendre leurs possessions. Cet incident illustra à nos yeux le mépris de nos droits et de nos propriétés qui avait pénétré l'esprit de nos voisins, une attitude qui allait empirer à l'avenir.

Nous nous souciions pourtant fort peu de l'opinion d'autrui. Ann, nos enfants et moi-même formions une petite société à nous seuls. Plus Père était la proie de l'irrespect (et nous avec lui), plus il était méprisé et insulté par ses pairs pour son rôle présumé dans le massacre, plus nous serrions les rangs et nous soutenions mutuellement.

Tout bascula en août 1870.

Le Prophète fit savoir qu'il voulait que Père et sa compagnie se joignent à lui dans une expédition à travers les montagnes et les affluents de la Sevier pour atteindre ensuite le plateau du Colorado. Ils devaient descendre la Paria jusqu'à son confluent avec le Colorado et y étudier la possibilité d'installer un bac. Père resta absent pendant douze jours. À son retour il convoqua les familles et nous apprit la nouvelle.

Je ne vais pas m'étendre en détail sur mon récent voyage, dit-il, je vous dirai seulement que nous devons tout vendre – tous les biens et propriétés que nous avons à Harmony, comme à Kanarra, Washington et Toquerville – et partir nous établir au bord du Colorado. Nous y installerons un bac, car Brigham veut me voir quitter la colonie pendant un certain temps afin de garantir ma propre sécurité et de contribuer à l'expansion du royaume. Il appelle les Saints à s'établir dans le nord de l'Arizona, et sans un bac pour transporter les familles sur l'autre rive du Colorado, son projet ne peut se réaliser. Nous devons l'aider dans cette entreprise, et nous charger de cette nouvelle mission.

En clair il nous disait avoir reçu l'ordre de se cacher. Étant la personne dont le nom était le plus fréquemment associé au massacre, sa présence dans la colonie risquait d'éveiller les soupçons et d'attirer l'attention sur les Saints, plutôt que sur les Indiens, principaux auteurs de cette horrible action. Brigham voulait éloigner Père afin de faire taire les clameurs de ceux qui réclamaient justice pour les crimes perpétrés contre les émigrants. Et parce que le Prophète était un homme rusé et calculateur, il vit comment il pouvait à la fois l'exiler dans le plus rude des avant-postes, *et* lui faire construire un bac, satisfaisant ainsi ses propres desseins.

Ce que j'ignorais – ce que tout le monde ignorait, y compris Père –, c'était que son exclusion de l'Église était déjà programmée. La nouvelle de son excommunication officielle parvint par lettre en octobre 1870. Père en fut bouleversé et il déclara que les forces du mal étaient à l'œuvre. Lorsque ses épouses apprirent la nouvelle, elles furent saisies de frayeur et d'angoisse, car toutes en connaissaient la signification. Être excommunié signifiait devenir un paria, un proscrit dans ce monde, et rejoindre le royaume des damnés dans l'autre. Désormais il ne faudrait plus compter sur aucune protection ou soutien de la part de ceux que Père appelait volontiers ses « amis du Nord », c'est à dire Brigham et les autres autorités de l'Église. En outre, nos biens et propriétés étaient désormais entièrement à la merci du pillage. Quant à nous, ses épouses, nous fûmes encouragées à nous séparer de lui, et informées que le divorce nous serait dans ce cas immédiatement accordé, accompagné des actes de propriété de nos biens.

Lorsque la nouvelle de son excommunication nous parvint à Harmony, il était absent. Il revint quelques jours plus tard pour trouver ses femmes – à l'exception d'Ann et de moi-même – toutes réunies dans la maison principale et en pleine révolte. La Pleureuse et La Vipère lui avaient fermé leur porte, imitées par La Souris, qui devait revenir sur sa décision par la suite. Miss Méli et Miss Mélo avaient déjà demandé officiellement le divorce et refusèrent de le voir, lui criant de s'en aller à travers la porte close. Affligé de ce traitement, il passa la nuit dans son chariot, qu'il avait tiré devant la maison principale, comme s'il voulait qu'au lever du soleil tout le monde prenne pleinement la mesure de son rejet et de son humiliation.

Il vint nous trouver Ann et moi dans l'après-midi. Il nous annonça qu'il était parvenu à empêcher la vente de notre maison et que nous pouvions y demeurer un certain temps pendant qu'il allait étudier la situation près du fleuve. Il espérait néanmoins nous retrouver à son retour prêtes à nous joindre à lui dans sa nouvelle entreprise. Son désir profond était que nous et nos enfants venions vivre avec lui.

À mon grand étonnement, Ann l'informa qu'elle était de nouveau enceinte et ne désirait pas s'installer ailleurs en ce moment. Père exprima une grande satisfaction en apprenant qu'elle attendait un enfant. Mais Ann ne manifesta pas la même joie. Elle se leva, alla à la fenêtre et regarda longuement au-dehors, puis se retourna et lui fit face, le visage empreint d'une tristesse que je ne lui avais jamais vue. Elle dit qu'elle n'avait pas encore vingt ans et qu'elle avait déjà deux enfants et un autre en route et que les gens se moquaient d'elle et disaient que c'était folie de sa part d'avoir épousé un homme aussi vieux dont le nom suscitait tant d'animosité. Et voilà qu'il venait d'être excommunié et que le pouvoir qu'il détenait jusqu'alors serait à jamais amoindri. Elle dit qu'elle avait peur. Elle dit qu'elle était lasse. Elle était encore jeune et pourtant elle se sentait très vieille. Elle paraissait amaigrie et pâle dans sa robe rapiécée, transpirant dans la chaleur, ses cheveux bruns plaqués sur son cou pâle.

C'est à croire que je n'ai pas une miette de sens commun, dit-elle. Je ne sais pas comment j'en suis arrivée là. Elle se mit à pleurer et Père s'approcha elle et voulut la prendre dans ses bras mais elle le repoussa. Arrête, John, dit-elle.

Je ne l'avais jamais entendue l'appeler John auparavant et le mot me parut comique.

Arrête, John.

J'ai fait du mieux que j'ai pu, dit Père. Je t'ai tout donné...

Non, pas tout. Tu as même repris la jument que tu m'avais offerte...

J'en avais besoin, répliqua-t-il.

Je ne sais pas comment j'en suis arrivée là, répéta-t-elle. Elle leva brusquement son bras devant son visage et ses os parurent soudain si gros et épais, sa peau terreuse comme du beurre ranci, et derrière son bras qui cachait ses yeux je voyais sa bouche se tordre, découvrant ses dents, s'ouvrant de plus en plus grand sous l'effet du chagrin.

Je ne sais pas, dit-il, je ne sais vraiment pas ce qu'un homme devrait faire selon toi.

Il semblait blessé, atteint au plus profond de lui-même, mais je voyais bien qu'elle ne l'avait en rien ébranlé. Il se préparait à prononcer un discours ; c'est tout.

Tu parles comme si tu connaissais quelque chose à toute cette affaire et je me demande comment un homme peut s'en tirer dans ce monde quand ses femmes prennent parti pour ses ennemis, l'insultent, l'accusent de tous les maux alors qu'il n'a eu que leur bien-être en tête depuis le premier jour. Ce n'est qu'un mauvais tour du diable. Il faut savoir reconnaître la main de Dieu en toute chose, reconnaître Sa présence parmi nous même dans le malheur, même si nous n'en comprenons pas le bien. Les gens du Nord disent que j'ai fait ce qu'aucun autre n'a accompli pour cette mission. Lorsque cette bande de scélérats nous a assaillis dans le Missouri, il nous a semblé terrible qu'ils puissent piller et voler nos biens sans être traînés en justice dans un pays où est reconnue l'égalité des droits et proclamée la liberté, mais le Prophète a déclaré que ce n'était qu'une goutte d'eau dans la mer en comparaison de ce qui nous attendait, et je vois maintenant cette marée rouge gagner mon propre peuple, je vois ces bandits installés dans notre propre colonie se tourner contre moi, et je crois que viendra bientôt la fin des mécréants et que la rédemption de Sion est proche et la joie dans mes pleurs se mêle à mon chagrin, au milieu de mon infortune...

Arrête ! s'écria-t-elle soudain. Arrête de parler comme si tu savais quelque chose alors que plus personne ne te croit désormais. Tu m'as volé ma jeunesse, voilà ce que tu as fait.

Je n'ai pas le souvenir de t'avoir ôté quoi que ce soit par la force. Cela me semblait accordé de bon gré.

Tu as dit que j'étais assez grande, que je n'étais pas trop jeune, mais il n'en était rien.

Tu étais assez grande pour grimper sur mes genoux et apprécier ce qui t'y attendait.

Je ne veux pas de cet enfant, dit-elle, et elle posa la main sur son ventre. Le regard qu'elle me lança était rempli d'une angoisse indicible.

Tu es une femme complètement anormale, le sais-tu ?

Et tu es un pervers.

Je ne retiens aucune femme contre sa volonté. Si tu me détestes à ce point, va demander à l'évêque un Acte de Déliement, et tu verras s'il est facile de faire son chemin seule dans la vie.

Je n'ai pas peur du monde, ce sont les humains dont je me méfie.

La maison sembla soudain baignée d'une lumière jaune trouble. La cuisine avait une porte coupée dont la partie supérieure restait toujours ouverte pour permettre à la fumée de s'échapper. C'est par cette trouée qu'entra le large rayon de soleil qui inonda la pièce au moment où s'éloignait un nuage. Je regardai les peupliers bousculés par le vent et la porcherie en bas de la colline où étaient enfermés un verrat et une truie. Face à la porte il y avait une petite fenêtre dormante devant laquelle se tenait Ann. Une lampe à huile était accrochée près de la fenêtre. Entre la porte et la fenêtre se trouvaient une table de bois et quelques chaises de pin paillées. Père était assis sur l'une d'elles. Il y avait un séchoir en bois près du poêle. Derrière la cheminée se dressaient deux bois de lit. L'un était le mien. L'autre celui d'Ann. C'était tout notre mobilier. Nos enfants couchaient par terre sur des paillasses. Nous ne possédions rien d'autre au monde, en dehors des vêtements que nous portions.

Je n'ai pas peur du monde, dit-elle à nouveau.

Il se détourna d'elle, feignant la lassitude.

Et toi ? dit-il en me regardant. Que décides-tu ?

Je m'aperçus qu'aucun mot ne me venait à la bouche. Je me sentais étrangement prise entre eux deux, debout près du poêle à mi-distance de l'un et de l'autre, consciente qu'ils me regardaient et attendaient. Il interpréta à tort mon silence pour une forme de complicité, j'imagine, et se leva brusquement.

Je pars pour la rivière demain matin avec Rachel et ses enfants. Les aînés conduiront le bétail et les autres chariots. Terressa a choisi d'aller s'installer dans le Nord pendant un certain temps. Polly et Lavina, comme vous le savez, ont demandé le divorce. Et vous, que comptez-vous faire ?

Il se tourna vers moi, puis vers Ann.

Je ne partirai pas, dit Ann d'un air maussade. Pas avant l'arrivée du bébé de toute façon. Elle regarda fixement le sol et de la pointe du pied frotta d'avant en arrière les lattes mal équarries du plancher.

Je vais rester pour aider Ann, dis-je, au moins jusqu'à votre retour.

Dans six mois j'enverrai les garçons vous chercher. Cela devrait vous laisser à chacune le temps de vous décider.

Je veux que tu me rendes ma jument, lui dit-elle avant

qu'il ne parte. Il la regarda fixement pendant un moment. Puis il lui promit de ramener le cheval dans la matinée du lendemain.

Nous accomplîmes ensemble les travaux de l'automne, la récolte des légumes dans les champs, la cueillette des fruits que nous mîmes à sécher ou en bocaux. Nous tuâmes deux cochons et salâmes la viande. Nous égorgeâmes une quantité de poulets. Nous avions plus de porc et d'œufs que nous n'en avions besoin, et nous les échangeâmes avec Tante Kisiah Redd contre des ouvrages de couture, de nouvelles robes pour nous et nos filles. Et nous découvrîmes qu'il nous plaisait de vivre seules. Peu nous importait de voir les regards se détourner sur notre passage. Nous étions heureuses que les autres fussent partis. Nous cessâmes d'aller aux réunions.

Nous fêtâmes Noël entre nous cette année-là. Je confectionnai des gâteaux. Ann sculpta et peignit des jouets en bois pour les enfants. Nous les emmenâmes dans la forêt abattre un arbre, attelant la jument noire à un vieux traîneau, et nous en revînmes avec un beau pin jaune. La veille de Noël, nous chantâmes, nous nous régalâmes d'une oie et de plum-pudding. Nous dansâmes avec les enfants, Ann déguisée en Père Noël avec une barbe blanche et un bonnet rouge. Elle m'offrit une broche qu'elle avait achetée à Cedar City avec l'argent qu'elle avait gagné à l'automne en dressant des chevaux. Je lui donnai une paire de bottes de cheval que j'avais payées à Charley Redd l'équivalent d'une année de vente d'œufs.

En février j'accouchai son enfant, un gros garçon bien constitué que nous baptisâmes Albert. Il ne lui apporta aucune joie. Comme je n'avais pas de lait, elle dut le nourrir elle-même. Bientôt ses mamelons se crevassèrent et suppurèrent. Il m'arriva plus d'une fois de m'asseoir le soir en face d'elle et d'observer son visage pendant que le bébé tétait. Je la voyais tressaillir et refouler ses larmes. C'était un enfant difficile qui pleurait beaucoup, comme s'il absorbait la tristesse de sa mère en même temps que son lait.

Au printemps, Père commença à me manquer. Je savais que je devrais me décider bientôt à le rejoindre ou non. Les langues commençaient à se délier. Partout où j'allais j'entendais des commérages. Les gens disaient qu'Ann et moi l'avions abandonné à son malheur. Ils disaient qu'avant longtemps il ne lui resterait pas une seule épouse. Ils disaient qu'il était déjà plongé dans l'enfer le plus profond. Ils disaient qu'aucune femme sensée ne voudrait lier son sort au sien.

Une nuit je le vis en rêve. Il se tenait près d'une hutte de saule et paraissait affreusement pauvre et triste. La terre était noire à ses pieds, comme calcinée par un terrible incendie. Peu après ce rêve, on me fit savoir que les fils d'Aggatha s'apprêtaient à quitter Harmony pour lui apporter un chargement de farine et des outils qu'il avait laissés derrière lui et que je pouvais les accompagner si je désirais rendre visite à Père. Prenant congé d'Ann, je fis le voyage en cinq jours. Il n'avait pas été averti de ma venue. Lorsqu'il me vit arriver dans le chariot, il s'élança à ma rencontre les bras ouverts.

Il avait déjà construit une cabane et, à côté d'elle, une hutte de saule.

C'était la réplique exacte de la hutte de mon rêve.

Deux semaines plus tard je retournai à Harmony en compagnie des deux aînés afin d'emballer mes effets et de préparer mes enfants. Je dis à Ann que j'allais rejoindre Père au bord du fleuve et l'implorai d'en faire autant.

Il désire que tu viennes, dis-je. Il m'a demandé de te prévenir qu'il t'attend. Nous irons tous ensemble au fleuve, et nous commencerons une nouvelle vie.

Elle resta immobile à me regarder, l'un de ses pieds nus posé sur le sol, l'autre passé derrière sa jambe, les minces veines bleues s'enroulant autour de sa cheville et serpentant comme des ruisseaux sous la peau. Elle avait maigri pendant mon absence. Ses os saillaient sous la chair, et sa robe ressemblait à une tente accrochée à ses épaules dures et anguleuses.

J'ai besoin de réfléchir, dit-elle.

Le lendemain elle annonça qu'elle viendrait. Elle me demanda de prendre les enfants dans le chariot et dit qu'elle suivrait plus tard avec les fils d'Aggatha. Elle me dit d'emmener Sam et Belle dans mon chariot et elle voulut même me confier le petit Albert, mais je la persuadai de le garder avec elle car il n'était pas encore sevré. Au moment où je m'apprêtais à partir, elle m'étreignit et promit de me rejoindre bientôt. Elle glissa un petit objet dans ma main, et je vis qu'il s'agissait de l'épingle maçonnique de son père dont je savais qu'elle représentait ce qu'elle possédait de plus précieux. Lorsque je fis mine de refuser un tel présent, elle insista. J'aurais dû savoir ce que cela signifiait.

J'appris plus tard par les garçons ce qui s'était passé.

Le lendemain, au moment où ils s'apprêtaient à partir, Ann tomba fortuitement dans un trou au-dessus de la cave à pommes de terre. Dans sa chute elle se retrouva coincée les jambes relevées et les bras plaqués sur les côtés, impuissante à descendre ou à remonter. L'entendant appela à l'aide, les garçons arrivèrent et, la voyant dans une posture aussi fâcheuse, s'esclaffèrent et refusèrent de l'aider au début. Ils voulaient juste la taquiner, dirent-ils. Ils avaient voulu s'amuser. Mais Ann n'était pas seulement furieuse, elle était gênée d'être surprise ainsi, avec sa robe retroussée, les garçons qui riaient, et elle si démunie. Lorsqu'ils l'eurent enfin hissée hors du trou, elle était pâle et tremblante. Elle dit qu'elle ne partirait pas avec eux. Elle dit qu'elle ne voulait plus jamais les revoir.

Elle rentra dans la maison, où le petit Albert pleurait, et referma la porte.

Les garçons attendirent un moment. Ils étaient penauds.

Ils entendaient le bébé pleurer. Il semblait ne pas vouloir s'arrêter. À un moment ils regardèrent par la fenêtre. Ils dirent qu'elle était assise à la table. Assise, immobile, à la table de la cuisine, le regard fixé sur le mur, avec le bébé sur un coussin par terre, hurlant à pleins poumons, battant furieusement l'air de ses petits poings. Ils dirent qu'elle ne paraissait pas consciente de la présence du bébé. Comme si elle ne l'entendait même pas.

À la tombée du jour l'un des garçons frappa à la porte et dit qu'il regrettait ce qui s'était passé. Il s'excusa pour eux deux, et dit qu'ils l'attendaient, qu'ils étaient désolés d'avoir ri de cette façon et de ne pas l'avoir aidée plus vite.

Elle n'ouvrit pas la porte. Elle leur cria qu'ils pouvaient s'en aller sans elle. Elle dit qu'elle ne les accompagnerait pas. Pas ce soir-là. Ni le lendemain. Ni jamais. Elle répéta qu'elle ne voulait plus jamais les revoir.

Ils partirent le lendemain. Ils la laissèrent dans la maison avec sa porte fermée et le bébé qui s'était remis à pleurer.

Et plus personne ne la revit jamais.

Plus tard, Père déclara qu'elle avait anéanti la foi qui était en elle et brisé leur mariage. Il l'accusa d'avoir voulu rester afin de profiter de son infortune. Il l'accusa d'avoir dilapidé des biens valant des centaines de dollars et abandonné au premier venu ce qui lui appartenait. Il dit qu'elle avait même brûlé la maison par dépit. Et il la soupçonnait d'avoir un homme plus jeune qui s'occupait d'elle. Mais je dis qu'une femme allaitant un enfant était peu encline à chercher une compagnie masculine.

Je dis qu'elle ne l'avait pas quitté pour cette raison.

En réalité, elle l'avait quitté pour connaître le monde. *J'ai l'intention d'avoir beaucoup d'aventures*, m'avait-elle dit la nuit où elle était venue me retrouver dans mon lit, *et celle-ci n'est que la première.*

Ce que nous savons avec certitude c'est qu'elle quitta Harmony avec son bébé quelques semaines plus tard. Elle s'était débarrassée de tout alors, sauf de la jument noire et de quelques effets personnels. Elle prit son bébé, Albert, et alla à cheval jusqu'à Beaver où vivait son frère David. En chemin elle passa la nuit à Paragoonah chez un vieil ami de Père. Il dit qu'elle semblait dans le dénuement. Il dit que le bébé pleurait beaucoup. Il dit qu'Ann parlait peu et qu'elle était partie tôt le matin sans même un adieu. À Beaver elle avait confié le bébé à son frère. Elle lui avait demandé des provisions qu'elle avait fourrées dans ses sacoches avant de se mettre en selle sur la jument noire, en direction du nord. Son frère avait accepté de garder le garçon pendant un certain temps. Quand il avait demandé où elle allait, elle avait répondu qu'elle n'en savait rien.

Je gardai Sam et Belle, et Sam vit toujours avec moi. J'ai le cœur brisé à la pensée d'avoir laissé La Souris m'enlever Belle l'année dernière, mais je l'ai fait sur les instances de Père. Il a prétendu que Rachel avait besoin d'elle pour l'aider dans ses tâches, car ses propres filles s'étaient mariées et étaient parties s'établir ailleurs.

Au début, lorsque Sam et Belle me demandaient où était leur mère, je répondais Votre maman n'a pas pu nous accompagner au fleuve et nous en sommes navrés, mais nous vous aimerons tous et prendrons soin de vous du mieux que nous pourrons. Le temps passant, ils cessèrent de penser à leur mère. Du moins ne posèrent-ils plus de questions à son propos.

Nous avons eu de ses nouvelles occasionnellement, mais sans toujours savoir que croire. On nous a dit qu'elle s'était rendue au Mexique avec des Indiens, habillée en homme, et qu'elle avait passé un hiver avec eux dans les montagnes de Sonora. Certains racontent qu'il s'agissait de la tribu de Geronimo. On a dit aussi qu'elle avait vécu un certain temps dans un couvent dans l'État mexicain de Chihuahua. Elle se serait convertie au catholicisme. D'autres soutinrent l'avoir vue plus tard dans les villes minières du Montana et de l'Idaho, où elle s'adonnait à la prostitution.

Je sais en tout cas que Père lui en voulut de son abandon.

Il prétendit en être terriblement meurtri. Et c'est peut-être pour compenser la perte de leur mère qu'il fit de Sam et de Belle ses préférés. Il l'expliqua ainsi :

J'ai été tôt orphelin. J'ai grandi sans être désiré dans une famille qui n'était pas la mienne. Et je sais de quoi je parle. C'est une chose qui vous marque. Qui marque profondément votre caractère. Je n'ai qu'un très vague souvenir de ma mère, couchée pâle et malade sur un lit. J'adorais la nounou noire que mon grand-père avait engagée pour s'occuper de moi. Elle m'aimait aussi. Elle me témoignait de l'intérêt. Mais lorsque grand-papa Doyle mourut et que je fus envoyé chez la sœur de ma mère, je compris qu'elle avait déjà plus d'enfants qu'elle n'en désirait. J'ai toujours eu l'impression d'être une gêne. Je n'étais pas aimé. Je ne faisais pas partie de la famille. Jamais un mot aimable. Jamais une parole d'encouragement, quoi que je fasse.

Jamais le moindre signe d'affection.

Je te le dis, je ne veux pas que ces enfants vivent la même chose. Si je montre une attention particulière envers Sam et la petite Belle, tu sais maintenant pourquoi. J'essaye de remplacer leur mère.

J'aimerais que tu t'en souviennes.

Sois bienveillante envers eux.

Un jour nous entendîmes dire qu'elle était à Missoula, où elle gérait une blanchisserie. Puis qu'elle était partie à Red Lodge et s'était mise en ménage avec un marchand de chevaux itinérant. On citait d'autres endroits à son propos. Les Bitterroot Mountains. Camus Prairie. Corinne, la ville ferroviaire du Nord.

Je crois qu'elle ne reviendra jamais rechercher son fils, Albert. J'ai l'impression que Sam est mon enfant, maintenant, et Belle l'était aussi, avant qu'elle ne me soit enlevée. Je ne pense pas qu'ils reverront jamais leur mère.

Et je ne pense pas la revoir non plus.

Je sais que je l'ai aimée comme je n'ai jamais aimé aucune autre femme. Elle fut la meilleure amie que j'aie jamais eue. Lorsque je songe à elle, je me remémore les moments joyeux que nous avons eus ensemble. Je me rappelle ce Noël, où elle fabriquait des jouets tandis que je confectionnais des gâteaux et des tourtes. Je me souviens d'elle habillée en prétendant, jouant le rôle du gentilhomme. Je la revois dansant pieds nus devant une assemblée d'hommes en train de taper des mains. Je me souviens qu'il nous arrivait de rire aux éclats. Je me souviens que je me sentais d'humeur espiègle et libre. J'étais convaincue que rien ni personne ne pourrait jamais nous séparer. Excepté Père. Je pense que j'ai toujours su qu'il était le seul à pouvoir s'interposer entre nous.

Et c'est ce qu'il a fait, au bout du compte.

TROISIÈME PARTIE

Ann

1

Elle chevauchait courbée contre le vent, les pieds pendant hors des étriers, les yeux mi-clos pour se protéger des tourbillons de poussière. Elle avait des crampes aux genoux après les longues heures en selle et le poids de ses jambes ballantes soulageait ses articulations douloureuses. Le soleil avait déjà dépassé son zénith et commençait à décliner dans le ciel à l'ouest, et chaque buisson, chaque plante, chaque arbre projetait son sombre reflet, formant de longues ombres tremblantes sur le sol irrégulier. La sienne se déplaçait obliquement derrière elle, noire silhouette obstinément attachée à ses pas.

Le vent rafraîchissait le cheval, séchait la sueur de son encolure dont elle sentait le poil dru sous sa main. Encore un peu plus loin, dit-elle, flattant la jument baie pour la pousser à avancer. Et l'animal dressait une oreille au son de sa voix.

C'était un pays austère qu'elle parcourait ainsi. Le terrain montait, descendait, montait à nouveau en larges ondulations. Plus tôt, elle avait traversé la prairie, longeant la rive méridionale de la rivière, progressant sans mal sur le plat avant de rencontrer des coulées de lave plus au sud, des roches déchiquetées par le feu ancien, un obstacle qu'aucun cheval ne pouvait franchir. La grande coulée noire obligeait à un long détour dans la chaleur qui montait des amas volcaniques exposés au soleil, offrant un peu de réconfort après le froid de la journée. L'air était frais le long de la rivière et les oiseaux saluèrent son approche – les canards et les oies cachés dans les saules, les hirondelles massées devant les falaises criblées de trous, semblables à de sombres escarbilles tournoyant dans l'azur du ciel. Sans motif à leur vol autre que leur extravagante fantaisie.

Les alouettes lançaient leur cri plaintif et de temps en temps un pluvier s'envolait devant le cheval, traînant l'aile en piaillant, cherchant à l'éloigner de son nid. À un moment, alors qu'elle avait quitté la rivière et traversait la large étendue herbeuse, elle leva les yeux et découvrit un spectacle qui la déconcerta. Ce qu'elle avait pris de loin pour deux silhouettes humaines et un chien était en réalité un couple de grandes grues et un coyote. Elle n'avait pas compris immédiatement ce que faisaient les grues, à se tenir là si près du coyote. Elles poussaient des cris, battaient des ailes et dansaient sur leurs longues pattes grêles tandis qu'il gardait le museau au ras du sol, insensible à leur agitation. Elle était restée lontemps intriguée par leur manège avant de trouver une explication satisfaisante. Elle se dit que les grues étaient un couple, un mâle et une femelle, en train de couver quand le coyote était survenu et s'était attaqué aux œufs, et au lieu de s'enfuir, les oiseaux avaient choisi de rester à proximité du nid, au cas où il en resterait quelque chose. Mais il ne restait rien, sauf peut-être quelques fragments gluants de coquilles brisées. Qu'éprouvaient-elles, ces grues, en voyant leurs petits ainsi emportés avant même d'être nés ? On pense généralement que les animaux ne ressentent rien mais elle était d'un avis différent. Elle savait que les animaux étaient sensibles à quantité de choses, y compris celles qui affectaient les humains, et peut-être même à d'autres dont ils ne savaient rien.

Poursuivant sa chevauchée à travers les éboulis, elle repensa aux grues, à la manière dont leurs grandes et lourdes ailes s'étaient déployées au moment de leur envol, à leur cri quand elles étaient passées au-dessus d'elle. Elle se demanda comment elle décrirait ce cri si on le lui demandait et conclut qu'il ressemblait à un coassement de grenouille marié au roucoulement d'une colombe, sinon qu'il était beaucoup plus fort que ces deux sons pris séparément, et qu'une fois que vous l'aviez entendu, vous ne pouviez plus jamais l'oublier.

Elle avait depuis longtemps perdu la piste des hommes qu'elle poursuivait et se déplaçait mue par son seul instinct. Les traces avaient été nettes et faciles à suivre pendant un temps. La mule boiteuse laissait des empreintes tournées vers l'extérieur, petites et visibles. Celles de la jument non ferrée, plus petites encore et parfaites, s'imprimaient profondément dans le sol, indiquant qu'elle était chargée. Waddell montait vraisemblablement la jument grise. Le garçon était à pied. Les marques de ses bottes se mêlaient à celles du chien qui trottait sur ses talons. L'homme et le garçon – ils ne s'étaient pas dirigés vers le nord contrairement à ce qu'ils avaient déclaré. Ils n'avaient pas pris la direction de la mine Princess mais avaient bifurqué vers le sud, longeant la rivière et traversant la prairie. Elle rendait grâce à la pluie qui avait laissé la terre amollie, plus facile à déchiffrer. Elle pensait être à trois, peut-être quatre heures derrière eux, et elle avait maintenu la jument baie au trot durant la matinée, avant d'atteindre la coulée de lave, puis elle avait perdu les traces et continué au jugé, progressant plus lentement.

L'homme et le garçon étaient arrivés chez elle la veille au soir, menant la mule boiteuse, et ils avaient demandé à passer la nuit dans sa grange. L'homme s'appelait Waddell et son fils Boone. La physionomie de l'individu ne lui avait pas plu, ni la brutalité avec laquelle il traitait son garçon et ses bêtes, mais elle ne les avait pas éconduits. Elle avait appris qu'ils étaient venus de Kanarra dans le Nord en passant par Beaver, où vivaient ses propres parents. Peut-être les avait-elle accueillis pour cette raison, ou parce que Beezer était absent depuis longtemps et qu'elle manquait cruellement de compagnie, même rude. Quoi qu'il en soit, elle les avait autorisés à demeurer là pour la nuit, et plus tard, tentée par le whiskey que Waddell lui avait proposé, elle était restée à boire avec lui. Pendant la soirée, Waddell lui avait donné des nouvelles de Lee, lui apprenant qu'il avait été exécuté deux jours auparavant. Était-ce cette nouvelle qui avait émoussé sa méfiance ? Elle avait fini par boire beaucoup plus qu'elle n'aurait dû. Elle s'était alors confiée à Waddell, se vantant de la valeur des chevaux dont Beezer et elle étaient propriétaires. Au petit matin, Waddell et le garçon avaient disparu, et avec eux le plus beau cheval qu'elle eût jamais possédé, sa jument grise, qui devait mettre bas bientôt. Elle avait fait une coûteuse erreur. Troublée par ce qu'elle avait appris au sujet de Lee, et par plus de whisky qu'elle n'aurait dû en boire, elle avait baissé la garde et payé le prix fort.

Elle franchit la crête et arrêta son cheval, puis mit pied à terre avec raideur et étira ses jambes, contemplant la large vallée en contrebas. Un bouquet d'arbres dessinait une tache sombre au loin. Ce n'était guère qu'un boqueteau de pins rabougris au départ de la vallée, à l'endroit où la fonte des neiges alimentait le torrent qui s'échappait d'une échancrure dans les collines brunes. Si un homme et un garçon avaient décidé de se reposer, c'était là qu'ils devaient être. Mais ils n'y étaient pas, du moins ne les voyait-elle pas, ni eux, ni aucune trace d'un être vivant aussi loin que portait la vue.

Elle demeura un moment immobile, laissant flotter les rênes, pendant que la jument broutait l'herbe rase et se reposait après la montée. Elle balaya lentement l'horizon du regard, passant des crêtes couvertes de neige et des affleurements de roche brune et escarpée aux versants arrondis des collines dénudées, embrassant l'univers segment par segment, comme s'il s'agissait d'un pays qui méritait d'être étudié. Elle observait tout ce qui pouvait paraître incongru, un déplacement ou une variation de lumière, un éclair blanc ou coloré. Elle cherchait un garçon, un homme, une mule et un chien, et surtout elle cherchait la silhouette grise d'un cheval, mais elle ne vit rien d'autre que la cuvette d'une vallée couverte d'une jeune végétation, les escarpements de roche bariolée étagés en strates irrégulières et, ici et là, le tronc noirci d'un pin frappé par la foudre.

Et à force de contempler ce vide, le vide ordinaire et poignant du vaste monde solitaire, elle se demanda si elle cheminait dans la bonne direction, ou si elle ne s'était pas complètement fourvoyée plusieurs heures auparavant.

Le claquement des dents de la jument arrachant l'herbe, le vent et le soleil, le calme de la journée lui évoquèrent quelque chose, un moment semblable appartenant au passé, mais quand s'était-elle trouvée dans un lieu pareil à celui-ci, à écouter un cheval brouter, et à quoi bon chercher à s'en souvenir de toute façon ?

Comment savoir quelle direction ils avaient prise ?

C'était le genre de chose impossible à deviner, bien sûr, seul l'instinct permettait de l'imaginer, et elle s'évertua à retrouver son calme, pensa à Beezer, se rappelant ce qu'il lui avait dit autrefois, qu'un homme pouvait déchiffrer le monde avec son cœur s'il avait la force et la tranquillité d'esprit nécessaires, tout comme un cheval pouvait déchiffrer un homme d'instinct, que l'homme le veuille ou non.

Il était parti dans le Montana pour y vendre des yearlings. Si tout allait bien, elle espérait le revoir ce jour même, demain au plus tard. Elle lui avait laissé un billet expliquant ce qui s'était passé, une note écrite de la seule façon qu'elle connût, en utilisant l'alphabet du Déseret. Elle ne savait pas écrire en anglais. On ne le lui avait jamais enseigné bien qu'elle se soit promis de l'apprendre un jour, car à quoi bon écrire quand on ne connaissait que l'alphabet du Déseret, ces signes du passé qui ne servaient à rien et qu'on lui avait inculqués de force dès son jeune âge ? Les enfants n'apprenaient pas à écrire en anglais dans les colonies du Sud : le Prophète avait décrété que les Saints devaient utiliser leur propre alphabet afin de tromper leurs ennemis. Pendant des années il ne lui était pas venu à l'esprit qu'il y avait quelque chose d'étrange dans tout ceci, pas plus qu'elle ne s'était étonnée que chacun n'ait pas inventé un code secret pour communiquer seulement avec ses pairs.

Pour que Beezer comprenne ce qu'elle lui écrivait elle lui avait laissé son abécédaire qui comportait les trente-six caractères de l'alphabet du Déseret et leurs équivalents romains. Une fois terminée, la lettre avait l'aspect suivant :

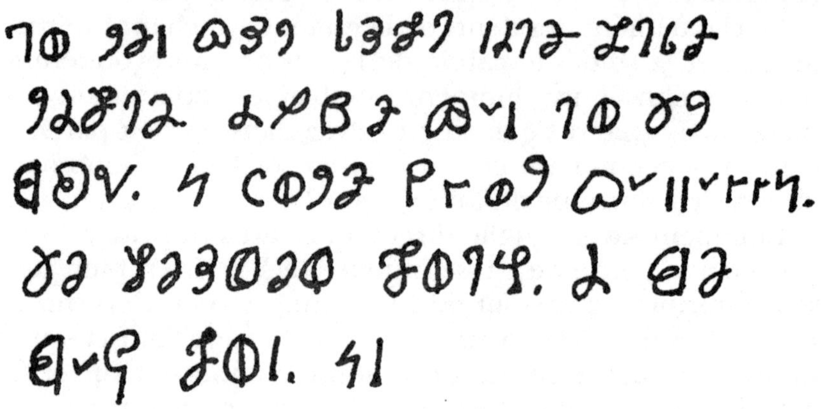

Avec l'aide de l'abécédaire il pourrait la traduire, signe par signe, comme il l'avait fait dans le passé, le jour où elle l'avait appelé à l'aide. Il découvrirait ce qu'elle disait : « Cher Beezer, deux étrangers sont venus la nuit dernière et ils ont volé Vittick en s'en allant ce matin. Je vais les suivre à la trace pour la ramener. L'homme s'appelle Strophius Waddell, son fils Boone. Ils viennent de Kanarra. Je ne peux attendre de peur de perdre leur piste. Ils se sont dirigés vers le sud. Je reviendrai sitôt que je le pourrai. Ann. »

Elle savait qu'il s'inquiéterait en lisant ces mots et elle n'y pouvait rien, néanmoins elle se demanda si elle avait bien fait de partir seule. Waddell avait pu emprunter une demi-douzaine de chemins pour contourner la coulée de lave, mais son intuition lui disait qu'il avait choisi la même voie qu'elle et qu'il était juste devant, une vallée ou deux plus loin.

Tard dans la journée elle traversa le lit pierreux d'un torrent à sec où des débris de poteries indiennes se mélangeaient aux galets. Sa jument n'avait pas bu depuis le matin et elle espérait trouver de l'eau, une flaque isolée restée captive près de la berge, mais le lit était durci et sec et elle le suivit jusqu'au moment où elle découvrit un passage de daims et coupa en diagonale en direction d'une crête.

Au coucher du soleil elle se retrouva en haut d'un ravin désolé et aperçut en contrebas dans une vallée verdoyante le toit de gazon d'une habitation rustique entourée d'appentis. Elle distinguait deux silhouettes dans le champ derrière la ferme et un troupeau massé dans un vaste enclos exposé au sud. Il était impossible de savoir s'il s'agissait de Waddell et de son fils. Les silhouettes étaient floues à cette distance et après avoir observé la scène pendant quelques minutes elle décida que la seule chose à faire était de descendre vers la ferme.

Il n'y avait personne en vue lorsqu'elle atteignit la maison, et elle resta sans bouger sur son cheval, regardant attentivement autour d'elle, puis appela avant de mettre pied à terre. Elle s'avança vers la galerie et gravit les marches. Une femme au visage hâlé apparut à la porte, portant un bébé, l'air à la fois timide et apeuré.

Bonsoir, m'dame, dit-elle.

La femme changea la position du bébé dans ses bras, tourna la tête vers la grange, cria un nom et un homme de haute taille sortit de l'ombre et s'avança vers elle à travers la cour. Il portait un seau de lait dont les éclaboussures se répandaient sur le sol. À chacun de ses pas, le liquide blanc dégoulinait le long de ses bottes, et une armée de chats se pressait sur ses talons. Plusieurs enfants émergèrent de l'intérieur de la maison et restèrent silencieux à l'observer depuis la galerie.

L'aspect des enfants, les vêtements de la femme et la

longue barbe de l'homme lui indiquèrent qu'elle se trouvait probablement en présence de Saints, peut-être venus avec la vague d'émigrants danois que le Prophète avait envoyés vers le nord pour coloniser la région au sud de la Snake River.

L'homme s'approcha, tendit le seau à sa femme puis se tourna vers elle et dit avec un accent prononcé : « Que puis-je faire pour vous ? »

Risquant le coup, elle prétendit s'appeler Frère Gordge, expliqua qu'elle venait de la prairie, qu'elle avait voyagé toute la journée et leur serait reconnaissante de la laisser abreuver son cheval avant de continuer son chemin.

L'homme lui prit la main et la secoua énergiquement. Il s'appelait George Gustafson, et dit qu'un Frère était toujours le bienvenu sous son toit, puis il ordonna à l'un des enfants, le plus grand des garçons, de lui montrer l'abreuvoir et l'invita à se joindre à eux pour le dîner, et à rester pour la nuit.

Il vaut mieux que je poursuive ma route ce soir, répondit-elle, mais je vous remercie de votre offre.

La nuit est bien noire pour voyager à cheval, dit-il.

C'était exact : le ciel nocturne était lourd de nuages et elle avoua qu'elle connaissait mal le pays, pourtant sa détermination était telle qu'elle craignait de perdre du temps et ne pouvait se permettre de passer la nuit chez eux.

Il lui demanda ce qui motivait pareille obstination.

Elle expliqua qu'elle suivait la trace de quelqu'un qui lui avait volé un cheval, décrivit Waddell et le garçon ainsi que les bêtes qui les accompagnaient et lui demanda s'il avait remarqué une troupe de ce genre dans les environs.

Ils ont un chien avec eux, ajouta-t-elle, un drôle de chien. Il a la moitié de la tête noire, l'autre blanche...

Sûr que je les ai vus, dit-il. Ils se sont arrêtés ici voilà quelques heures et n'ont laissé qu'une mauvaise impression derrière eux. Nous n'avons rien à faire de Gentils, surtout de cette sorte qui parlent grossièrement devant les enfants et prennent plus que leur part à votre table sans le plus petit merci pour votre peine.

Savez-vous quelle direction ils ont prise ?

Ça, je ne peux le dire. Je sais seulement qu'ils traitaient rudement leurs bêtes.

Avaient-ils une jument grise avec eux ?

Oui. Une jolie jument mais elle avait été menée durement et elle s'est écroulée dès leur arrivée. Un moment plus tard elle a mis bas avec difficulté – un poulain mort-né.

La jument grise ? Elle a mis bas ici... ?

Dans ce pré là-bas. Moins d'une heure plus tard le plus grand des deux est remonté en selle et a repris la piste, la poussant à bonne allure, laissant le garçon suivre sur la mule.

Elle serra les mâchoires et détourna les yeux.

Serait-ce le cheval que vous cherchez ?

Elle hocha la tête.

Si vous la retrouvez, je pense que vous aurez de la chance de la récupérer intacte. Elle était en piètre état lorsque ils sont repartis.

Pouvez-vous me mener à l'abreuvoir avant que je ne m'en aille ?

Montre où est l'eau, mon garçon, dit l'homme à son fils, et elle suivit le jeune homme derrière la chaumière où coulait le ruisseau et laissa la jument baie boire son content.

Une arête de roche jaune courait le long de la crête à l'arrière du ruisseau et elle y fixa son regard, attendant que s'apaise sa colère tout en écoutant la jument aspirer l'eau à longs traits. Sentant les yeux du garçon posés sur elle, elle se retourna et observa à son tour l'adolescent qui lui faisait face, un gamin dégingandé aux grandes oreilles dont le visage reflétait une expression de sagesse et de calme.

Je regrette pour votre cheval, dit-il. Je lui ai donné un seau d'avoine après que... après que le poulain est mort.

Qu'en as-tu fait ?

De quoi ?

Du poulain ?

Je l'ai laissé dans le pré là-bas. J'ai pensé que les coyotes s'en occuperaient.

Montre-le-moi.

Il était noir. Parfait et noir, avec la tête fine de sa mère. Elle resta immobile dans le jour tombant à contempler le poulain. Il avait une étoile blanche entre les yeux, et les antérieurs chaussés de blanc, le reste était entièrement noir. Sa robe aurait changé plus tard, elle se serait tachetée quand il aurait atteint un an, avant de prendre la couleur grise de sa mère. Ses sabots ressemblaient à deux petits croissants d'obsidienne, durs et brillants. Elle souleva doucement un des antérieurs pour vérifier le sexe et vit que c'était une pouliche. Pas un poulain. Et pas mort-née, comme l'avait dit Gustafson, mais en vie au moment de la naissance. Elle avait aspiré de l'air et bougé ses membres. Sa bouche était encore ouverte et la terre fraîchement remuée autour de ses sabots. Elle s'agenouilla, posa sa main sur le cou délicat de l'animal et baissa la tête.

Vous voulez l'enterrer ? demanda le garçon.

Elle hocha la tête, heureuse qu'il eût songé à le lui proposer.

Je vais chercher la pelle.

Le garçon parti, elle pleura un bon coup puis s'essuya les yeux avec sa manche, et lorsqu'il réapparut avec la pelle il la regarda creuser le trou puis ils soulevèrent ensemble le corps encore souple de la pouliche, le déposèrent dans la fosse et le recouvrirent de terre sombre.

Je les ai entendus dire quelque chose en s'en allant, dit le garçon, comme ils regagnaient la grange.

Quoi donc ?

J'ai entendu le garçon dire qu'il ne voulait pas retourner à Canary...

Tu veux dire Kanarra ?

Peut-être. C'est pas un endroit dont je connaissais le nom. Je les ai seulement entendus parler pendant qu'ils sellaient leurs chevaux et se préparaient à partir – j'étais dans le grenier et ils ne savaient pas que j'écoutais.

Qu'as-tu entendu d'autre ?

J'ai entendu le garçon se plaindre.

Qu'a-t-il dit exactement ? Réfléchis. C'est important.

Il a dit qu'il ne comprenait pas pourquoi son père avait changé d'avis et décidé de ne plus aller aux mines et j'ai entendu son père le frapper et lui dire de la fermer.

Et quoi d'autre ?

Son père lui a dit qu'il avait ses raisons et que c'était pas à lui de demander lesquelles. Il a dit qu'ils allaient à Canary que ça lui plaise ou non, et puis il est parti sur la jument, et au bout de quelques minutes le garçon l'a suivi sur la mule.

Je te remercie de m'avoir dit tout ça.

J'espère que vous retrouverez votre jument. Elle est faible. Et il la menait durement quand il est parti.

Elle se pencha, souleva un des chatons qui tourniquaient autour de ses pieds, l'approcha de son visage et plongea son regard dans ses yeux voilés.

Ils ont ouvert les yeux seulement hier, dit-il. Deux sont déjà morts. Mais il en reste trois. Vous aimez les chats ?

Elle hocha la tête.

Vous pouvez en avoir un si vous voulez.

Je ne pourrais pas l'emporter, pas maintenant.

Peut-être repasserez-vous par ici.

Peut-être.

J'en garderai un pour vous.

Elle sourit au garçon, le remercia et dit qu'elle prendrait volontiers un chaton si elle revenait, qu'elle aimerait avoir le petit tacheté qu'elle tenait dans ses mains.

Elle s'arrêta à la cabane pour faire ses adieux à Gustafson et à sa femme et trouva la famille réunie devant l'âtre, s'apprêtant à dire les prières du soir. Gustafson lui demanda si elle désirait se joindre à eux et ne sachant comment refuser sans les offenser, elle s'agenouilla en leur compagnie, à même le plancher de bois dur, joignant ses mains à celles des plus petits qui s'étaient mis à genoux de chaque côté d'elle. Leurs menottes étaient fraîches et douces au toucher comme de tendres petites fleurs. Gustafson dit la prière en premier. Il demanda à Dieu de se souvenir de ceux qui dans leur ignorance ne suivaient pas Ses voies miséricordieuses et Le remercia pour Ses bienfaits, il pria pour avoir un cœur pur et une âme clémente, dit qu'il était reconnaissant envers le nom de Jésus-Christ, amen. Plusieurs de ses enfants se joignirent ensuite à lui, présentant leurs simples et brèves suppliques. Pour finir, le garçon aux grandes oreilles qui l'avait aidée à enterrer la pouliche prononça une simple prière dans laquelle il demandait à Dieu de mener rapidement à bon port leur visiteur, de lui donner des forces pour son voyage et de le bénir dans sa quête.

Elle fut émue par ses paroles. Elle avait depuis longtemps perdu l'innocence et la foi qui permettent de croire dans la prière mais elle comprit que le jeune homme les possédait encore dans toute leur pureté et que s'il existait une puissance capable de la guider et de la protéger, il l'avait invoquée à son intention, et elle ne put s'empêcher de lui en être reconnaissante, car une prière était une prière, et venant d'un croyant, prononcée du fond du cœur, on ne pouvait la refuser.

Lorsqu'ils se furent relevés, la femme de Gustafson lui donna quelques biscuits secs et de la viande séchée pour la route, et elle fit enfin ses adieux à la famille, les remercia de leur bienveillance, en particulier le jeune homme qui l'avait aidée à enterrer la pouliche.

Le chemin était plongé dans l'obscurité. Elle avançait dans un vide sans bornes, une nuit si noire qu'elle ne pouvait distinguer le paysage alentour, le percevait uniquement à travers les pores de sa peau, dans les sons qu'enregistraient ses oreilles, les changements imperceptibles du bruit de ses pas et du contact de ses bottes avec la terre.

Elle marchait. Elle marchait d'un pas lent, menant la

jument baie, lui épargnant le fardeau de son poids après une si longue journée de voyage. C'était bon de se dégourdir les jambes et de sentir son corps se réchauffer sous l'effort de la marche. Elle avait besoin de sentir le sol sous ses pieds, de toucher la terre pour trouver son chemin dans la nuit sans repères. Gustafson lui avait assuré qu'à condition de rester sur la piste, elle atteindrait sans mal la rive nord du lac le lendemain soir. C'était la clef. Ne pas quitter la piste. Toujours sentir la terre tassée sous ses pieds et être capable de déceler l'instant où elle devenait meuble, preuve qu'elle s'était écartée de son chemin.

Des heures durant elle continua d'avancer, marchant à l'aveuglette dans le noir. Lorsqu'elle atteignait un ruisseau, elle montait sur la jument, traversait le cours d'eau puis remettait pied à terre, poursuivant sa route. Elle entendait le chuintement des chouettes dans l'obscurité, sentait les chauves-souris la frôler de leurs ailes parcheminées. Toutes ces créatures se déplaçaient dans la nuit et bientôt elle ne fit plus qu'un avec elles et le monde lui parut moins incertain.

Lorsque parut l'aube rougeoyante, elle s'arrêta au bord d'un cours d'eau et but, laissant la jument brouter pendant qu'elle se reposait contre un arbre et laissait ses pensées vagabonder.

Elle se rappela le chien qu'elle avait eu jadis, un chien de chasse jaune nommé Nero qu'elle avait sauvé un jour de la noyade quand le chariot dans lequel elle voyageait avec Lee s'était retourné pendant le passage d'une rivière.

Bright et June. C'était les noms des bœufs. Bright et June. Ils étaient morts durant la traversée, coincés sous leur joug tandis que le courant violent emportait le chariot en aval, le retournait dans l'eau comme une légère épave avant qu'il n'aille se loger contre un amas de bois flotté. Lee avait tiré les bœufs hors de la rivière avec un attelage de chevaux et les avait débités sur place pour récupérer la viande, mais elle n'avait pu en profiter tant elle était attachée à ces animaux.

Une profonde tristesse la pénétra au souvenir de Lee. Comme un regret. Et quelque chose qui ressemblait à du remords et dont elle savait qu'il était lié aux enfants.

Le matin se leva dans une clarté radieuse, le jour orange flamboya à l'orient tandis que les colombes du désert commençaient à s'agiter et à roucouler à leur façon. Une grande lassitude s'empara d'elle, mais elle avait peur de dormir, peur des heures que le sommeil lui déroberait. La jument baie avait cessé de brouter et s'était couchée dans le pré non loin. Elle pensa aux chevaux et à leurs habitudes, aux trois positions particulières qu'ils prenaient pour dormir – debout sur leurs jambes, couchés la tête levée, ou étalés de tout leur long sur le sol, inertes et immobiles, comme terrassés par la mort. Il lui semblait que chacune de ces positions leur apportait un degré différent de repos, mais c'était uniquement dans la dernière qu'ils rêvaient vraiment.

Lee lui avait dit un jour : Je couperai le jarret du premier cheval sur lequel tu tenteras de t'enfuir. N'essaye même pas de songer à me quitter. Mais il n'aurait jamais pu blesser un cheval. Un homme peut-être. Mais pas un cheval. Il avait trop de respect pour eux.

Une pluie légère se mit à tomber, fine et timide, un crachin monotone, et elle s'enfonça plus profondément sous la voûte des frondaisons et remonta le col de son manteau sur ses oreilles.

Combien de fois me suis-je retrouvée ainsi exposée, pensa-t-elle, sans défense et sans toit, sans l'espoir d'un foyer ? Tous ces jours à voyager au cours des années après qu'elle eut décidé de quitter Lee. Se déplaçant sans cesse au début, elle avait vécu avec les Apaches, dans les hauteurs des Jacarillos, puis entrepris le long trajet vers le sud jusqu'au Mexique, voyageant avec les Indiens qui avaient fini par l'accepter. Elle s'habillait comme un homme et se faisait passer pour tel, jusqu'à son arrivée dans ce couvent à Monterey où elle s'était remise à porter des jupes, parce que les sœurs ne l'y auraient pas admise autrement.

Elle écouta le bruit de la pluie et pensa à Beezer. Était-il rentré du Montana à présent, rapportant avec lui l'argent des poulains ?

Ils n'avaient pas pris la peine de se marier et ne la prendraient sans doute jamais.

Tout d'abord, elle n'avait pas divorcé officiellement de Lee et, même aujourd'hui, quand sa mort la libérait de ses anciens engagements, elle ne voyait pas l'intérêt de contracter un nouveau mariage. En quoi sa liaison avec Beezer aurait-elle eu besoin d'être sanctionnée par l'Église ou par l'État ?

Elle éprouvait un certain malaise, cependant, à penser que son alliance avec Lee avait été scellée et sanctifiée et que selon les lois de cette alliance elle lui était promise pour le Temps présent et pour l'Éternité. Même si elle ne partageait plus ces croyances, elles jetaient encore une ombre menaçante dans son esprit, car qu'adviendrait-il si elles étaient justes et qu'elle-même était dans l'erreur ? Qu'adviendrait-il si leur version du Ciel, dans lequel un homme peut vivre éternellement avec toutes ses femmes – toutes les femmes avec lesquelles il avait été scellé sur la terre – s'avérait juste ? Elle se trouverait alors liée à lui par un contrat immuable, qu'aucun changement d'un cœur mortel ne pourrait jamais modifier, et toutes les promesses et les vœux qu'elle avait faits ce jour-là dans la Maison de la Dotation l'assujettiraient à lui pour toujours, y compris dans la mort, et cette pensée lui était insupportable.

Elle se souvint du jour où ils étaient arrivés en ville et s'étaient rendus au temple pour y être indissolublement scellés l'un à l'autre.

Tout était blanc. Jamais elle n'avait vu pareille blancheur. Elle s'était changée pour la cérémonie, habillée de blanc de la tête aux pieds, dans des vêtements prêtés par Aggatha, la plus âgée des épouses de Lee. Ils sentaient la naphtaline et le vieux, et ne lui allaient pas.

Ainsi vêtue on l'avait emmenée rejoindre Lee dans une grande salle dont le décor représentait le jardin d'Éden.

D'autres couples s'y trouvaient, attendant d'être scellés l'un à l'autre, beaucoup d'hommes âgés avec des jeunes filles. La salle était la plus belle pièce qu'elle eût jamais vue. Peinte du sol au plafond d'animaux de toutes sortes, d'oiseaux, de serpents, et d'arbres. Un homme et une femme déguisés en Adam et Ève se tenaient à l'avant de la salle et mimaient une pièce. Ils feignaient de manger le fruit de l'Arbre de la Connaissance, puis un vieillard représentant Dieu apparaissait et les bannissait du jardin, après leur avoir donné des tabliers de satin verts en forme de feuilles de vigne, censés dissimuler leur « nudité ». Elle avait eu droit à son propre tablier, qu'elle s'était attaché autour de la taille.

L'assistance s'était ensuite déplacée dans une autre salle, où lui avaient été enseignés certains mots de passe, signes et gestes. On lui avait donné un nom secret et indiqué la signification des marques que portait le sous-vêtement sacré qu'elle ne quitterait plus jamais à partir de ce jour.

Il y en avait quatre, une à la hauteur de chaque sein, une à l'emplacement du nombril, et la dernière sur l'ourlet au-dessus du genou.

La marque sur le ventre, lui avait-on expliqué, signifiait que vous préfériez mourir éventré plutôt que de révéler un signe, mot de passe ou geste, ou de répéter ce que vous aviez vu et entendu durant la cérémonie de la Dotation.

La marque à gauche au-dessus du cœur signifiait que vous vengeriez le sang du Prophète à moins d'avoir le cœur arraché.

La marque sur le côté droit de la poitrine indiquait que vous deviez travailler pour vivre, être assidu et attentif au paiement de la dîme.

La marque sur l'ourlet au-dessus du genou suggérait que l'on devait s'adonner sans relâche à la prière.

Plus tard, elle avait été introduite dans une autre pièce à l'étage séparée en deux par un rideau sur lequel étaient reproduites les mêmes marques. Les hommes avaient pris place d'un côté du rideau, les femmes de l'autre. On lui avait dit de toucher la personne qu'elle allait épouser à travers le rideau – de presser son genou contre le sien. Elle n'aurait su dire si c'était Lee qu'elle avait touché, mais l'homme qui se trouvait là, dissimulé à son regard, avait passé la main à travers une ouverture du rideau pour lui donner l'étreinte sacrée. Le mariage proprement dit avait été célébré dans une autre salle devant un autel en forme de cercueil et recouvert de velours rouge. Quand était venu son tour, elle s'était agenouillée à côté de Lee et l'Ancien qui officiait avait demandé à Lee s'il la prenait pour femme et il avait répondu Oui, et on lui avait demandé à son tour si elle promettait d'obéir à Lee pour le restant de sa vie, et après un moment d'hésitation, elle avait répondu qu'elle lui obéirait.

Son hésitation n'était pas passée inaperçue. Elle avait entendu l'officiant dire à Lee : J'espère que tu ne regretteras pas le jour où tu as conduit cette fille à cet autel, et Lee répondre : Elle est jeune, mais elle apprendra avec le temps et deviendra un bon et fidèle membre de ma maison.

Aggatha et Rachel les attendaient à la sortie du temple. Elle avait fait le trajet à l'arrière du chariot durant le long voyage du retour tandis que Lee était assis devant avec ses épouses plus âgées et elle avait su dès ce jour-là qu'elle n'était guère pour elles qu'une domestique, chargée d'accomplir les tâches qu'elles lui imposeraient. Elle avait effectué les travaux les plus durs. Elle avait trait les vaches, travaillé aux champs. Par la suite, lorsque fut reconnu son talent pour la conduite des troupeaux, Lee l'avait chargée de s'occuper des chevaux, et elle les emmenait paître sur les hauteurs de la Kolob. Elle aimait s'échapper ainsi dans la nature, elle s'y était toujours sentie plus heureuse qu'ailleurs. C'est à partir de ce moment-là qu'elle s'était installée avec Emma. Et qu'il avait fait d'elle sa favorite, la prenant dans son lit plus souvent qu'aucune autre. Non seulement elle l'avait laissé faire, mais elle l'avait encouragé, parce qu'elle s'était mise à désirer éperdument son attention, comme un enfant a besoin de l'attention d'un parent, et parce qu'elle en retirait une sensation de pouvoir sur les autres.

Elle savait que son premier procès s'était terminé sans que le jury arrive à une décision, et elle avait cru alors qu'il retrouverait la liberté. Elle avait appris qu'il était reparti s'occuper du bac et qu'il vivait avec Emma. Plus tard elle avait su par son frère qu'il était retourné à Moenabbe, dans l'Arizona, pour rejoindre Rachel et sa famille. Puis elle n'avait plus eu aucune nouvelle de lui. Elle n'avait même pas su qu'il avait été arrêté et jugé à nouveau, déclaré coupable et exécuté. Waddell lui avait rapporté que le jury qui l'avait reconnu coupable la deuxième fois était entièrement composé de Mormons, et l'opinion générale était qu'il avait agi sur les ordres de Brigham Young.

La première fois qu'elle avait parlé à Beezer de son mariage avec Lee, il avait demandé Étais-tu amoureuse de lui ?

Je ne sais pas, avait-elle répondu. Lorsqu'il restait absent pendant quelque temps, il m'arrivait de croire que je l'aimais. Les journées devenaient plus excitantes quand il arrivait et restait quelques nuits avec moi. Je me souviens de la première fois où je l'ai surpris en train de me regarder. Même alors, j'ai su ce que ce regard signifiait.

Qu'entends-tu par là ?

Je savais qu'il me désirait autrement que les autres. Qu'il me préférait à elles.

Si Waddell avait dit vrai, Lee n'était plus aujourd'hui. Il était mort. On l'avait conduit dans la prairie et fusillé, vingt ans après les faits pour lesquels on l'avait exécuté. C'était difficile à croire. Non qu'une période si longue se soit écoulée, mais qu'il soit mort, et qu'ils aient choisi de ne punir que lui, parmi tous ceux qui étaient tout autant coupables.

Elle entendit un hennissement et, levant les yeux, vit la jument baie qui s'efforçait de se relever, raidissant ses antérieurs, s'arc-boutant sur ses sabots pour se redresser sur l'herbe que la rosée rendait glissante. A son tour elle se leva péniblement, son corps engourdi et glacé par l'humidité qui avait pénétré ses os. Elle mangea un biscuit sec et un peu de viande, attrapa la jument et la sella, la laissa boire dans le ruisseau et, après avoir rempli sa gourde, se mit en selle et repartit.

Il était midi quand elle fit halte à nouveau.

Elle traversa un hameau et prit le temps de s'arrêter au magasin de l'évêque pour demander si quelqu'un avait aperçu Waddell et le garçon, mais le Frère qui tenait la boutique ne put lui donner aucune information et elle continua, suivant la rue poussiéreuse à l'ombre des arbres, entre les rangées de maisons de pierre, passant devant les fenêtres d'où la lorgnaient des femmes au visage pincé.

Au sortir du village elle suivit une piste à travers un pré où s'était rassemblé un troupeau de vaches étiques en attendant que diminue la chaleur. Elles étaient couchées, occupées à ruminer, et se relevèrent maladroitement sur son passage, les pattes écartées, la fixant de leurs yeux craintifs. Des crânes de bovins et des ossements blanchis – omoplates, côtes, fémurs, tibias noueux – jonchaient le champ et elle se demanda s'il s'agissait d'un lieu d'abattage ou si un malheur moins prémédité avait frappé un précédent troupeau, une épizootie survenue pendant l'hiver ou les ravages d'une harde de loups.

Plus elle se dirigeait vers le sud, plus il faisait chaud et plus le paysage changeait, se transformait en un univers moins vert et moins boisé. Le sol était devenu sablonneux et sec et, en franchissant une crête, elle distingua pour la première fois le lac qui miroitait dans le lointain. Elle atteignit le pied des collines et continua plein sud, traversant le lit caillouteux d'une large rivière, sec et blanc sous le soleil. Des cactus, des agaves et des touffes de mesquite ponctuaient le sol, au milieu des dépôts de carbonates et d'étendues blanches de terre alcaline. L'éclat du soleil incendiait ce paysage blême, la forçant à garder les yeux fermés par intermittence, ballottée par son cheval, traversant le monde sans rien voir.

Elle campa pour la nuit près d'un maigre cours d'eau dont elle ignorait le nom. Elle dormit par intermittence et se réveilla au bruit de canards qui nasillaient près de l'eau noire qu'aucune lueur n'éclairait encore. L'aube la trouva adossée au tronc d'un peuplier de Virginie, observant le désert qui apparaissait lentement dans la lumière terne. Elle chevaucha toute la matinée sans prendre de repos, traversa deux autres villages avant de commencer sa longue ascension à travers une faille étroite dans les collines couvertes d'armoise, obligée de rester éveillée malgré l'immense lassitude qui l'envahissait. Dans cet état d'extrême fatigue, sa détermination faiblit et elle fut peu à peu saisie par le doute. Peut-être ne trouverait-elle jamais Waddell, peut-être ne reverrait-elle jamais Vittick sa jument grise. Elle courba la tête. Elle noua les rênes, les passa par-dessus le pommeau de sa selle, ferma les yeux et s'abandonna à sa fatigue, à demi endormie, se laissant bercer par le balancement rythmé de la jument.

Elle se réveilla un peu plus tard avec une sensation désagréable, comme si quelque chose de grave venait de se produire dont elle avait été dangereusement inconsciente, mais c'était l'absence de mouvement qui l'avait réveillée.

La jument s'était arrêtée, immobile, les oreilles couchées en avant, les narines dilatées, et elle sentait ses muscles se contracter sous elle tandis qu'elle fixait un point au loin.

Elle parcourut du regard le paysage aride et désolé qui ondulait à perte de vue, les collines nues, les montagnes, l'étendue plate couverte de broussailles autour d'elle, étourdie par la chaleur qui montait par bouffées du sol décoloré, et elle ne vit rien au début, les yeux encore lourds de sommeil, puis ses sens s'aiguisèrent peu à peu, elle sentit l'odeur du feu et les aperçut, deux silhouettes qui campaient près d'un affleurement rocheux d'où s'élevait une mince volute de fumée semblable à un fil pâle tendu vers le ciel.

Il n'y avait rien pour couvrir son approche, ni arbre, ni rocher, ni butte pour dissimuler sa présence, et elle pensa qu'ils l'avaient probablement déjà repérée de toute manière et qu'il ne lui restait qu'à poursuivre, aussi pressa-t-elle sa jument, sans quitter des yeux le camp où elle voyait le chien aller et venir, ses taches noires et blanches se détachant avec netteté dans le paysage brun.

Elle n'avait aucun plan, et tandis que se réduisait peu à peu la distance qui la séparait de Waddell et du garçon, elle essaya de calmer son esprit et d'imaginer un scénario qui aurait l'issue espérée. Elle ne portait pas d'arme à l'exception du couteau glissé dans sa botte, et elle se savait incapable de les maîtriser tous les deux. Elle se rendait compte qu'elle avait eu l'intention de les éviter, qu'elle n'avait jamais envisagé de confrontation directe. Elle s'était figuré qu'elle s'approcherait furtivement de leur campement à la faveur de la nuit et s'éloignerait sans bruit avec la jument, espérant que pendant toute l'opération elle trouverait un moyen de rester invisible.

Au lieu de quoi, la voilà qui se dirigeait vers eux en plein jour, s'exposant à leurs regards stupéfaits.

Elle sentit son cœur battre violemment dans sa poitrine, l'air entrer et sortir en sifflant de ses narines à chaque respiration, et elle tenta d'apaiser le tumulte de ses pensées, attendant un signe ou une soudaine inspiration qui lui dicterait quoi faire, mais elle ne sentait que la peur couler dans ses veines, une angoisse qui lui glaçait les os et lui desséchait la bouche tant elle redoutait ce qui l'attendait, dont elle ne savait rien, ces événements qu'elle était incapable d'appréhender.

2

Elle se réveilla croyant être ailleurs, dans un autre pays, très loin de l'endroit où elle reposait sur le sol froid et inégal, les reins meurtris par les cailloux qui lui entraient dans le dos.

Elle avait fait un vieux rêve. Elle était revenue au Mexique, dans la ville de Juarez, elle marchait dans une rue sale et poussiéreuse et les cochons qui erraient toujours en liberté dans la ville grouillaient autour d'elle. Une femme apparaissait et l'observait d'un regard sombre et méfiant. Dans son rêve les coqs chantaient et un grondement sourd qu'elle prenait pour le tonnerre descendait des montagnes comme si déboulait un troupeau dans le lointain. Ensuite elle se retrouvait dans le couvent avec les nonnes rassemblées autour d'elle et elle voyait de petits oiseaux gris perchés dans les oliviers au-dehors.

Elle resta étendue un moment sans bouger, les yeux ouverts, clignant lentement les paupières et réfléchissant au rêve, puis elle voulut s'asseoir mais ses mains étaient attachées derrière son dos et elle ne trouva pas où s'appuyer sur le sol pour se relever. Ses chevilles aussi étaient entravées, si étroitement qu'elle avait les pieds complètement insensibles.

Elle roula sur le côté et se retrouva face au feu, en sentit la chaleur sur son corps glacé et douloureux. Le garçon était assis en face d'elle de l'autre côté du foyer. En se déplaçant de quelques centimètres elle parvint à voir complètement son visage.

Il tenait entre ses doigts quelque chose qu'il tournait et retournait, le faisant passer d'une main dans l'autre, gardant les yeux baissés, sans se rendre compte qu'elle s'était réveillée et l'observait.

Le rêve s'attardait comme un deuxième monde dont l'accès ne lui était pas encore entièrement interdit, un monde moins proche et moins réel cependant que celui que renfermait la nuit qui tombait autour d'elle, mais les cochons, la femme et le décor familier de Juarez étaient toujours là dans une sorte de pénombre. Elle se souvint d'une autre partie du rêve, d'une nonne qui se penchait vers elle et lui murmurait quelque chose à l'oreille puis lui glissait une petite croix d'argent entre les mains.

Elle ignorait combien de temps elle avait dormi. La nuit était d'un noir brumeux, comme si minuit était passé depuis longtemps. Elle voyait le chien allongé à la lisière du cercle lumineux projeté par le feu. Dans l'ombre sa tête mi-noire mi-blanche ressemblait à une bande d'étoffe bigarrée. Elle avait l'impression que sa langue s'était épaissie dans sa bouche et que sa soif était un puits de sécheresse qui se creusait à chaque bouffée d'air.

Boone, dit-elle doucement, et le garçon sursauta et tourna la tête dans sa direction. Elle l'avait surpris et elle devina au regard qu'il lui lança qu'il en était contrarié.

Qu'est-ce que vous voulez ? demanda-t-il, et il examina à nouveau ce qu'il tenait entre ses mains.

Un peu d'eau.

Pa a dit de rien vous donner. Il a dit de pas m'approcher de vous jusqu'à ce qu'il revienne.

Où est-il parti ?

Ça vous regarde pas.

Elle entendit le hurlement d'un coyote et présuma qu'il était tout proche. Le chien leva la tête et regarda dans la direction du cri puis se leva, alla vers le feu et en fit deux fois le tour avant de se recoucher. Ses mamelles ressemblaient à des sacs roses étalés sous son ventre tacheté.

Qu'est-il arrivé à ses petits ?

C'est pas important.

Pas important pour qui ?

C'est pas important, point final.

Peut-être est-ce important pour elle.

Le garçon cracha. M'étonnerait.

Tu crois qu'elle ne se soucie pas de ce qui est arrivé à ses petits ? Qu'ils ne lui manquent pas ?

Exactement, dit-il. Je crois qu'elle se fiche bien de tout ça.

Bon, que leur est-il arrivé en réalité ?

Fichez-moi la paix. Il se leva et fourgonna le feu, faisant jaillir une gerbe d'étincelles dans l'obscurité.

Tu les as tués ?

Je les ai pas tués.

C'est lui qui les a tués, alors ?

Vous voulez vraiment savoir, hein ? D'accord, il les a tués. Tous les sept. Un par un. Il leur a tordu le cou et les a jetés à un vieux sanglier qui les a avalés tout crus. Le garçon ricana et dit Maintenant, vous regrettez pas d'avoir posé la question ?

Elle soutint son regard et dit Pourquoi a-t-il fait ça ?

Pourquoi il l'a fait ? Le garçon la regarda, passa sa manche graisseuse sur son nez puis se moucha dans ses doigts et les essuya sur sa botte.

Vous pouvez pas trouver ça toute seule ? Pourquoi vous croyez qu'il l'a fait ?

Je n'en sais rien. Je ne te l'aurais pas demandé si je le savais.

Parce qu'on était en route pour les mines, voilà pourquoi. Et il m'aurait pas laissé l'emmener si on s'était pas débarrassés des petits. Seulement maintenant on va même plus aux mines parce qu'il s'est mis une autre idée dans la tête.

Il jeta ce qu'il tenait dans le feu et prit un air abattu.

Qu'est-ce que c'était ?

Quoi ?

Ce que tu viens de jeter dans le feu ?

C'était rien.

Tu ne veux pas me le dire ?

Non. Je vous le dirai pas et j'aimerais bien que vous arrêtiez de jacasser.

Elle laissa passer un certain temps avant de parler à nouveau.

Je voudrais que tu réfléchisses à ce que je vais te dire, Boone. J'ai besoin de ton aide. Et je peux t'aider à mon tour.

Comment ça vous pouvez m'aider ?

Tout dépend de ce que tu veux.

Y'a rien que je veux.

Je ne te crois pas.

Alors c'est comment que vous pouvez m'aider ?

Ça dépend de ce que tu veux, mais quoi que ce soit, je crois pouvoir t'aider à l'obtenir. Elle s'interrompit avant de poursuivre.

Peut-être as-tu envie de quitter ton père. Peut-être en as-tu assez qu'il te frappe tout le temps. J'ai vu la façon dont il te traite, tu es assez grand pour ne plus le supporter. Peut-être voudrais-tu lui échapper et continuer seul ton chemin.

Le garçon cracha à nouveau, la regarda, puis baissa les yeux et contempla ses mains vides comme s'il était surpris de voir qu'elles ne contenaient plus rien.

Ou si tu me disais que tu as envie d'un cheval – un bon cheval pour toi seul – je pourrais m'arranger pour que tu en aies un. Et ce ne serait pas un cheval volé.

Comment vous pouvez arranger ça dans le pétrin où vous êtes ?

Ah, c'est le problème. Il faut que tu m'aides à sortir de ce pétrin pour que je puisse te procurer le cheval. Mais tu as ma parole. Un cheval et un peu d'argent pour t'aider à démarrer.

Et vous croyez que je vais vous faire confiance ?

Tu as ma parole, répéta-t-elle.

Pourquoi j'aurais besoin d'un cheval puisque j'en ai déjà deux. Un joli gris et un joli bai.

Ces chevaux ne sont pas à toi et tu le sais.

Ils sont plus à vous en tout cas. Pas tant que vous êtes ligotée là et que c'est Pa qui décide.

Donne-moi à boire, dit-elle d'un ton las.

Vous ai déjà dit que Pa voulait pas que je vous donne quelque chose.

Oui, je sais. Mais qui t'a donné un morceau de pain et du poulet quand il l'avait interdit ? Qui a mis de côté un peu du dîner l'autre soir quand tu avais perdu l'appétit parce qu'il était saoul et t'avait frappé ?

Il la regarda fixement puis détourna les yeux, fixant le feu.

Juste un peu d'eau. Boone. C'est tout ce que je demande.

Il resta un long moment sans bouger et quand il se décida ce fut pour aller chercher le bidon qui était posé à côté des paniers de bât. Il le prit, l'apporta et le laissa tomber à côté d'elle puis fit mine de s'éloigner.

Boone... Aide-moi à m'asseoir. Et détache-moi les mains, je ne pourrai pas boire sinon. Tu le sais.

Jésus, marmonna-t-il. Si Pa s'aperçoit de tout ça, je suis cuit.

Il s'approcha elle. Il se pencha, la saisit par le devant de sa veste et la souleva brutalement jusqu'à ce qu'elle soit à peu près d'aplomb, campée sur ses deux hanches, puis il la lâcha et se recula vivement comme s'il ne supportait pas d'être à proximité d'elle.

Je peux pas vous détacher les mains.

Si, tu le peux, Boone. Je te donne ma parole que je ne ferai rien. Laisse-moi seulement boire, attendre un peu que ma circulation revienne et tu pourras m'attacher de nouveau.

Je peux pas faire ça.

Elle s'apprêtait à lui dire quelque chose quand elle fut prise d'un étourdissement et se sentit tomber, culbuter de côté, incapable et de se redresser et d'interrompre sa chute. Elle bascula durement sur le sol et ressentit une douleur brûlante au-dessus de l'oreille, à l'endroit où sa tête avait heurté une pierre.

Elle resta étendue sans bouger à respirer calmement, laissa la douleur la pénétrer et se projeta en esprit hors de son corps, comme si elle n'était pas cette masse gisant empaquetée et inerte par terre mais un être libre de s'évader de la souffrance. Le col de sa chemise lui serrait la gorge et elle sentit son estomac se soulever. La bile monta en spasmes violents qui la secouèrent tout entière, mais elle n'avait rien à rejeter. Un goût amer de sang desséché lui vint à la bouche, elle humecta ses lèvres gonflées et avala en dépit des haut-le-cœur qui la secouaient des pieds à la tête. Peu à peu, les nausées se calmèrent et elle éprouva une paix soudaine. Le garçon marmonna quelque chose mais elle ne comprit pas le sens de ses paroles.

J'ai dit, est-ce que ça va ?

Elle resta silencieuse pendant un long moment et quand elle se décida enfin à parler ce ne fut pas pour lui répondre.

Tu es stupide, mon garçon, dit-elle doucement, sentant les mots s'égrener comme de grosses bulles épaisses hors de ses lèvres gonflées. Il va continuer à se servir de toi, aussi longtemps que tu resteras planté là et que tu le laisseras faire. Ce n'est pas pour moi que je te dis ça, mais pour toi. Échappe-toi tant que tu le peux encore. Si tu restes avec lui et que tu es pris à voler des chevaux...

La ferme. Est-ce que vous allez la fermer oui ou non ?

Elle se retourna sur le dos et contempla le ciel nocturne qu'encerclait la trouée des arbres. Du feu s'élevait une lueur mourante qui s'estompait sous le couvert des branches et se fondait dans l'obscurité pailletée du ciel. Une voûte piquée d'étoiles vacillant dans leur orbite. Pas de lune. Seulement une vaste nuit noire éclaboussée de points lumineux et de longues traînées vaporeuses. Elle distinguait la Grande Ourse et les Pléiades, et d'autres constellations aussi dont Beezer lui avait enseigné les noms mais qu'elle était incapable de se remémorer en ce moment précis, et peu lui importait car ce n'était pas le nom des choses qui comptait pour elle, mais l'oubli, l'absence de tout mot, de toute pensée pouvant contrarier l'afflux des sensations qui la submergeaient à contempler l'infini de la scène céleste en train de tournoyer, scintillant, basculant dans les profondeurs d'un insondable vide. Dans le monde de feu et de soufre du Jugement Dernier, chacun de ces astres était un autre monde où un Saint avait trouvé sa récompense et régnait aujourd'hui tel un dieu sur la lumière, mais pour elle ils n'étaient rien d'autre que des étoiles, l'illustration parfaite de la beauté à l'échelle la plus vaste.

Elle sentit qu'il la tirait à nouveau, cherchait à la soulever par le devant de son manteau, et elle ne résista pas mais ne fit rien pour l'aider. Elle resta flasque, comme gagnée par une sorte d'indifférence, l'impression d'être ivre et sans consistance.

Vous saignez, dit-il. Z'êtes fait une coupure à la tête.

Elle se tourna vers lui et le regarda droit dans les yeux. Donne-moi un peu d'eau, petit. Détache mes mains.

Le ton autoritaire qu'elle avait adopté sembla agir. Elle le sentit dénouer les liens de cuir puis ses mains furent libres et elle saisit le bidon et but longuement.

Lorsqu'elle eut fini, elle se traîna en rampant jusqu'à une souche d'arbre contre laquelle elle s'appuya le dos pour se redresser et, faisant face au feu, elle frictionna ses poignets, éliminant peu à peu les fourmillements douloureux qui lui engourdissaient les mains.

Faut que j' vous rattache maintenant.

Non, fit-elle d'un ton las. Tu ne vas rien faire de la sorte. Qu'est-ce que tu imagines ? Que je vais me sauver avec les pieds attachés ?

C'est à Pa que je pense. Y va revenir et vous trouver comme ça et c'est moi qui vais me faire taper dessus.

Il ne va pas surgir à l'improviste. Nous l'entendrons arriver.

Le garçon la dévisagea et essuya encore une fois son nez sur sa manche puis se détourna. Une mèche de cheveux noirs graisseux était plaquée sur son front comme si on l'y avait peinte et son visage paraissait amaigri et creusé dans la lumière tremblante des flammes.

J'en sais rien. On peut jamais prévoir avec lui.

Où est-il allé ?

Il a dit de pas le dire.

Il est parti à Corinne, n'est-ce pas ?

Et alors ?

Est-ce qu'il a pris la jument grise ?

Le garçon ne répondit pas.

J'ai dit, est-ce qu'il a pris Vittick, ma jument ?

Non, il est monté sur l'alezan.

Où est la grise ?

Avec la mule. En bas près du ruisseau.

Dans quel état est-elle ?

Le garçon haussa les épaules.

Allons, Boone. Dis-le-moi.

Elle est couchée et elle respire fort. Y s'est passé quèque chose pendant qu'elle mettait bas. Pa est parti en ville voir s'il peut trouver du salpêtre et de la poudre à fusil pour l'asperger et essayer de la sauver.

S'appuyant de tout son poids contre la souche, elle se laissa aller en arrière et l'observa. Elle le regarda longtemps et fixement et dans son regard mit tout le mépris et la colère qui montaient en elle, puis elle sentit son visage se détendre sous l'effet de la profonde tristesse qui la submergeait à la pensée des souffrances de Vittick.

C'est pas comme si on lui avait fait du mal. Elle y arrivait pas. Sûrement que ça lui serait arrivé de toute façon. Je veux dire que Pa vous l'ait prise ou non.

C'est ce que tu aimerais croire, n'est-ce pas.

Elle tendit la main et repoussa une branche dans le feu, remuant les braises, puis en lança une autre dans les flammes. Les feuilles sèches s'enflammèrent en une douzaine de petits brasiers qui flamboyèrent soudain en crépitant dans la nuit.

Va voir comment elle va, Boone. Il faut que tu y ailles.

J'vais pas vous laisser là toute seule, si c'est ça que vous croyez. Suis pas stupide.

Personne ne dit que tu es stupide. Mais si la jument meurt, il ne te restera rien pour ta peine.

Y a rien que j'peux faire pour elle de toute façon. Ou elle s'en tire ou elle s'en tire pas.

Écoute-moi, Boone. J'ai de la sympathie pour toi et je ne pense pas me tromper. Je suis sûre que tu peux l'aider. Si tu ne veux pas me détacher et me laisser y aller, va toi-même la voir. Parle-lui. Pose tes mains sur elle et parle-lui doucement. Montre-lui que tu es là, qu'elle ne lutte pas seule. Tu n'as rien à perdre et elle a tout à y gagner. Si tu crois qu'elle n'a pas peur, tu te trompes. Et si tu penses que ça ne l'aidera en rien de savoir que quelqu'un s'occupe d'elle, tu te trompes encore. Et je pense que tu ne l'ignores pas.

Elle le vit réfléchir à ce qu'elle venait de lui dire, elle savait qu'il n'était pas resté entièrement sourd à ses paroles, bien qu'il demeurât sans bouger pendant si longtemps qu'elle en vint à s'interroger, à se demander s'il était capable d'éprouver un sentiment quelconque pour un animal ou un être humain. Mais il se leva. Je vais y jeter un coup d'œil mais faut que je vous attache les mains autrement je pourrai pas y aller.

C'était un compromis acceptable et elle le lui dit. Pendant qu'il s'appliquait à la rattacher, elle lui demanda à nouveau de poser ses mains sur la jument, de la caresser et de lui parler doucement d'une voix qui l'apaiserait. Elle ajouta qu'elle avait connu beaucoup de chevaux dans son existence mais qu'il n'y en avait aucun d'aussi intelligent et courageux que cette jument, et qu'elle était sûre que l'animal comprendrait la signification de son geste et se sentirait encouragé, surtout s'il lui prodiguait ce réconfort avec sincérité. Elle lui dit aussi de regarder la jument dans les yeux, s'il y avait assez de lumière, et d'essayer de la mettre en confiance, de voir de quoi elle souffrait et ce qui pouvait être fait pour la soulager. Pour finir, elle lui dit d'essayer une dernière chose, d'introduire sa main dans le col de l'utérus pour vérifier que plus rien n'obstruait le passage, et sinon de tout ôter du mieux possible pour arrêter les contractions ou les saignements qui pouvaient encore se produire.

Lorsque le garçon fut parti, elle contempla le feu et sentit une sorte de paix l'envahir après ce torrent soudain de paroles. Elle n'était pas certaine qu'il les ait toutes comprises mais le seul fait de les prononcer l'avait réconfortée, comme si l'envoi d'un émissaire lui avait apporté un peu de tranquillité. La chienne était restée. Choisissant de demeurer près du feu au lieu de suivre le garçon, elle se tenait immobile, les yeux perdus dans la nuit. Elle s'en étonna. Elle trouvait étrange non que la chienne regardât fixement – comme hypnotisée par l'endroit où le garçon avait disparu – mais qu'elle eût choisi de ne pas suivre son maître. Preuve qu'il n'était pas son maître, et qu'elle n'en avait probablement pas. Car aucun des chiens domestiques qu'elle avait connus n'aurait laissé son maître s'enfoncer ainsi seul dans la nuit. Quelles que soient les relations entre l'animal et le garçon, elles étaient d'une autre sorte.

Elle fit claquer sa langue dans sa direction, avec un bruit semblable à celui qu'elle employait pour presser un cheval, et la chienne tourna les yeux vers elle.

C'était une créature sensible, tourmentée. On la sentait en proie à une grande confusion. Privée de sa portée, elle était restée avec ses instincts contrariés – la charge de son lait et de ses mamelles enflées, le besoin urgent de s'occuper de ses chiots – et personne n'y pouvait rien, absolument rien, et elle eut l'impression que la chienne s'était repliée sur elle-même sous cette vague de confusion, abattue par le chagrin et la perte de ses petits. Elle était paralysée par la peur. C'était la crainte qui la maintenait clouée près du feu. Elle comprit pourquoi elle n'avait pas suivi le garçon. Une bonne raison la retenait près du campement. Peut-être imaginait-elle que ses chiots allaient réapparaître, qu'ils lui seraient rendus d'une manière aussi inexplicable et aussi soudaine qu'ils lui avaient été enlevés, et elle les attendait, elle les attendait là, près des paquetages et de la nourriture, près de ce qui lui était familier et sentait l'odeur de la maison.

Elle entendit un bruit dans les bois et fit taire ses pensées pour pouvoir mieux entendre. La chienne aussi le perçut et elles tendirent l'oreille ensemble, unies dans une complicité parfaite.

Mais le bruit, quel qu'il fût, ne se répéta pas. Ç'aurait pu être le cri d'un coyote ou le chuintement d'une chouette, ou un renard se déplaçant dans l'obscurité du sous-bois – une de ces nombreuses créatures qui chassent la nuit. Ou Boone revenant du ruisseau, ou encore Waddell en personne. Et pourtant ce qu'elle avait entendu ne ressemblait en rien à tout ça.

Cela ne ressemblait à rien d'autre qu'au hennissement étouffé d'un cheval.

S'imaginant là-bas près du ruisseau dans l'obscurité, elle se représenta le garçon penché sur la jument. Elle se joignit à eux en pensée, flattant l'encolure de l'animal, faisant courir ses mains depuis ses oreilles jusqu'au garrot, sur la chair lisse et musclée. Sa caresse venait du plus profond d'elle-même et elle sentit le cheval réceptif à son geste. Elle se figura plongeant son regard dans ses yeux, examinant les larges pupilles sombres tachetées d'or. Elle y voyait une douleur terrible, une souffrance et une peur pires que celles qu'elle avait lues dans les yeux de la chienne. L'étreignit alors une angoisse si soudaine qu'elle eut l'impression d'être brusquement séparée de la jument et elle sut que l'instant était passé et qu'il ne se reproduirait pas. Elle ne pouvait plus rien lui transmettre en pensée, sinon sa propre crainte et ce n'était certes pas ce qu'il lui fallait.

La nuit était calme. Sans vent. Sans un bruit à l'exception du crépitement des flammes.

Elle se souvenait d'avoir passé un hiver dans un village appelé Ross's Hole près du bras occidental de la Bitterroot River. L'orpaillage était fructueux alentour mais les hommes étaient souvent empêchés de travailler par les Indiens qui les harcelaient et entretenaient un climat de peur. Néanmoins, partout où il y avait des mineurs, il y avait de l'argent à faire. Une fille pouvait amasser une petite fortune. Elle avait quitté les lieux au printemps avec Beezer, mettant fin à un genre de vie qu'elle n'avait jamais eu l'intention de mener. Ensemble ils avaient traversé le bras principal de la Bitterroot et s'étaient dirigés vers le sud. Elle apprit plus tard que s'ils avaient suivi la piste indienne ils n'auraient pas eu besoin de franchir la rivière, mais ils voyageaient avec un convoi de chariots et suivaient la route, ce qui les avait obligés à franchir onze fois le cours d'eau. Onze passages à gué, chacun pire que l'autre. Ils progressaient peu dans la journée à cause des Indiens. Monter constamment la garde durant leur déplacement ralentissait leur marche.

Après trois jours d'un voyage ardu, ils avaient atteint un endroit appelé Squaw Man's Ranch, propriété d'un certain Doolittle. L'homme était en train de moissonner quand ils étaient arrivés et il s'était montré très généreux avec eux. Il leur avait donné une cabane où loger et les avait correctement traités en échange d'une saison de travail. Beezer avait peiné dans les champs tout l'été. Doolittle l'avait chargée de traire les vaches et avant leur départ il lui avait fait don d'un beau cheval parce qu'elle avait fait preuve de qualités auxquelles il ne s'attendait pas.

Une maladie s'était répandue parmi les chevaux et beaucoup d'entre eux étaient morts durant l'été. Doolittle était resté impuissant devant l'hécatombe. Lorsque son cheval favori était tombé malade à son tour, il lui avait dit Si vous sauvez mon cheval, je vous en donnerai un autre. Et elle l'avait sauvé, encore qu'elle fût incapable de savoir comment. Elle lui avait seulement donné des pommes de terre râpées, se souvenant qu'Emma prétendait que les pommes de terre crues soignaient de nombreux maux. Des pommes de terre râpées, mélangées à de la bouillie d'avoine. Non seulement le cheval favori de Doolittle avait été guéri, mais plusieurs autres aussi. Par la suite Doolittle avait essayé le remède sur deux étalons mais il avait attendu trop longtemps avant de les soigner et ils étaient morts.

Beezer et elle étaient restés au ranch jusqu'à ce que la récolte soit rentrée, après quoi ils avaient descendu la Bitterroot pour atteindre le lieu-dit Gund Creek. Ils y avaient séjourné tout l'hiver chez un homme du nom de Joe Pardee. Elle avait trait les vaches et reçu en échange la moitié du beurre qu'elle avait vendu pour de l'argent. Elle avait fait la moisson et le battage, trimant à côté de Beezer, et chacun avait eu droit à quarante dollars par mois. Mais avant que fût achevé le battage, une violente tempête avait fait rage et deux hommes étaient morts de froid ainsi que huit chevaux. La tourmente avait duré jusqu'au premier jour de décembre. Puis le temps s'était éclairci, le chinook s'était levé, faisant fondre la neige, et il n'y avait plus eu d'hiver cette année-là dans le Montana. Tout le monde s'était mis à labourer et à rentrer les récoltes en février, durant cet étrange hiver, si brutal au début et inhabituellement doux ensuite. Plus tard Beezer et elle avaient pris la direction du nord vers Missoula où ils avaient acheté un poêle, loué une maison et ouvert une blanchisserie. Ils lavaient les mouchoirs pour vingt-cinq cents la pièce, demandaient vingt cents pour une paire de chaussettes, et cinquante pour les chemises et les autres articles, sauf les robes et les chemises blanches qui coûtaient un dollar. Ils étaient restés à Missoula de mars jusqu'au milieu de juin. L'eau avait alors beaucoup baissé et ils avaient repris la route jusqu'à Pioneer. La farine y était très rare mais ils en avaient acheté une quantité considérable à Missoula pour soixante-quinze cents le quintal et ils l'avaient vendue avec un bon bénéfice. Avec l'argent, ils étaient montés jusqu'à

Deer Lodge où ils avaient ouvert une autre blanchisserie qu'ils avaient conservée pendant un an, jusqu'au jour où un mécréant qui ne redoutait pas la colère de Dieu y avait mis le feu, la réduisant en cendres. Les écuries près de la maison avaient brûlé en même temps ainsi que quelques-uns des plus beaux chevaux qu'on eût jamais vus dans le Montana. Alors, ayant tout perdu dans l'incendie, ils avaient décidé qu'ils en avaient assez du Montana et, se déplaçant un peu partout, ils avaient acheté leurs premières juments et étaient descendus dans l'Idaho pour enfin s'installer dans les vastes herbages au pied des sommets du Horse Heaven.

De cette longue succession de souvenirs elle ne retenait que les pommes de terre qui avaient guéri le cheval de Doolittle et se demandait s'il existait un moyen de sauver Vittick avec un remède de ce genre. Ou s'il en existait un autre qui eût le même effet.

Elle fit à nouveau claquer sa langue à l'intention de la chienne. Elle lui fit signe de s'approcher et elle vint docilement se coucher à ses pieds, restant à l'observer à travers ses paupières mi-closes. Elle lui parla pendant un long moment. Elle lui parla doucement, certaine qu'elle l'écoutait et la comprenait.

Elle pensa qu'elle aurait peut-être pu s'y prendre autrement. Car c'était sans doute son imprudence qui l'avait mise dans cette triste situation.

Elle s'était dirigée directement vers leur campement, parce qu'elle n'avait pas pu trouver d'autre solution et Waddell n'avait pas mis longtemps à montrer sa véritable nature. Lorsqu'elle lui avait demandé de lui rendre son cheval, il l'avait tirée à bas de sa selle, poussée contre un arbre et maintenue de force. C'est alors qu'il avait senti le renflement de sa poitrine. Qu'est-ce que c'est ? avait-il dit. Il avait déchiré le devant de sa chemise et s'était mis à rire, de son gros rire rauque et cassé. Je savais qu'il y avait quelque chose de pas normal chez toi, mais fichtre je t'avais vraiment prise pour un homme. Et comme elle se tenait devant lui avec sa chemise ouverte, elle avait surpris le garçon qui la regardait comme s'il n'avait jamais vu une femme auparavant et elle l'avait vu se détourner honteusement.

Ses coups l'avaient surprise. Elle ne s'attendait pas à ce que Waddell la frappât ainsi, et le coup de poing qu'il lui avait flanqué dans l'estomac l'avait pliée en deux de douleur. Tu veux te conduire comme un homme, eh bien j'vais te traiter comme un homme, avait-il dit. Et il lui avait envoyé son genou dans le menton tout en lui frappant violemment la nuque. Elle s'était écroulée en pensant C'est ici et maintenant que ma vie va s'arrêter.

Mais sa vie ne s'était pas arrêtée.

Il l'avait forcée à se relever et l'avait conduite dans les bois, ordonnant au garçon de rester où il était. Le jour tombait et la lumière oblique filtrait à travers les trembles clairs. Des plaques de neige granuleuse couvraient encore le sol aux endroits exposés au nord et l'odeur des feuilles pourries montait de la terre. Peut-être que c'est pas une si mauvaise idée de te traiter comme une femme après tout, avait-il dit, et elle avait compris ce qui l'attendait. Mais les choses ne s'étaient pas déroulées comme elles l'auraient dû. Non parce que Waddell n'avait pas essayé, mais parce qu'il n'y était pas arrivé et avait fini par renoncer.

Quand il l'avait ramenée, le garçon était assis silencieux devant le feu. Il avait levé les yeux avec un air complice avant de tourner le dos et de casser des branches en petits morceaux sous son pied. Comme pour masquer son échec, Waddell s'était mis à rire en se vantant, disant qu'il en avait eu de meilleures, mais qu'il avait connu pire. Le garçon avait rougi lorsque Waddell avait entrepris de la ligoter et c'était alors qu'elle l'avait supplié de la laisser renfiler sa chemise. Il avait attendu qu'elle se rhabille avant de l'attacher.

Plus tard il avait pris son fusil et s'était éloigné en direction des collines fauves qui descendaient en pente douce derrière le bois de trembles. Elle l'avait vu longer une ravine et disparaître. Il était resté absent longtemps et ni elle ni le garçon n'avaient prononcé un mot pendant ce temps. L'obscurité les enveloppait. Le garçon alimentait le feu et elle suivait ses gestes du regard, l'observant comme on observe les efforts gauches et délibérés de quelqu'un qui se sait épié et n'aime pas ça. Un éclair de lumière frappait parfois les orbites creusées de ses yeux qu'il gardait obstinément détournés.

Waddell était revenu de sa chasse avec un blaireau qu'il avait entrepris de dépouiller devant le feu. Pratiquant une profonde incision dans le ventre de l'animal il en avait retiré les boyaux nacrés, et les avait lancés à la chienne qui s'était ruée dessus avec une férocité particulière. Waddell avait fait rôtir le blaireau en entier au-dessus du feu, puis s'était partagé la carcasse avec le garçon, détachant les morceaux avec son couteau. Il ne lui avait rien offert à manger et elle n'avait rien réclamé, bien que le fumet de la viande rôtie ranimât son sentiment de détresse. Tassé près du feu, déchirant la viande à pleines dents dans un silence bestial, Waddell ressemblait à un animal affamé occupé à dévorer sa proie encore qu'il n'existât à sa connaissance aucun animal aussi répugnant et disgracieux dans ses mouvements.

Lorsqu'il eut fini de manger, il ordonna au garçon d'aller lui chercher le sac de pommes séchées dans les sacoches et une fois rassasié étendit sa couverture de selle sur le sol et sombra dans un profond sommeil. Il ne l'avait pas regardée une seule fois depuis qu'il l'avait ramenée du bois, il n'avait pas prononcé un mot sinon pour donner des ordres au garçon. Comme si elle avait cessé d'exister. Comme si elle n'était rien qu'une masse inerte jetée par terre, hors de la lumière du feu, tels les restes abandonnés d'une chasse. Malgré ses efforts pour se tenir éveillée, la fatigue l'avait submergée et elle s'était endormie. À son réveil, il était parti.

La chienne clignait lentement des yeux, fixant l'obscurité, les oreilles couchées en avant. Aucun bruit ne provenait des bois. En serrant les poings pendant que le garçon lui attachait les mains, elle était parvenue à conserver un peu de jeu à ses liens. Elle plia les doigts, forçant les lanières de cuir à se distendre, libéra une main, puis l'autre. Le couteau dans sa botte était resté inaperçu et elle s'en servit pour couper les entraves de ses pieds. Se sentant encore peu assurée sur ses jambes, elle rampa vers les sacoches et en vida le contenu jusqu'à ce qu'elle eût trouvé ce qu'elle cherchait.

La chienne la suivit dans les bois. Elle la sentait trotter sur ses talons tandis qu'elle progressait à travers les trembles argentés, s'avançant avec précaution, s'arrêtant de temps en temps, à l'affût du moindre bruit. Elle contourna le campement par le haut et franchit le ruisseau, monta au-delà de la limite des arbres et longea le versant de la colline jusqu'au moment où elle distingua la jument devant elle dont la silhouette se détachait à peine dans l'obscurité. Elle était couchée, la tête levée. Elle ne voyait pas le garçon et n'avait aucun moyen de savoir où il se trouvait. Elle se glissa à côté de la jument, s'agenouilla près d'elle et parla doucement à son oreille. Elle lui flattait l'encolure tout en parlant, essayait de la convaincre de se relever, mais elle refusait de bouger. En entendant des branches craquer, elle s'aplatit par terre, gardant la main plaquée sur les naseaux de la jument, et écouta. Mais le bruit ne se répéta pas. Elle se redressa lentement et après avoir murmuré quelques derniers mots à l'oreille de l'animal, elle rebroussa chemin vers le ruisseau et traversa l'eau peu profonde. Au bout d'un moment elle entreprit de gravir la pente, courbée vers le sol, tâtonnant pour trouver un passage dans les éboulis, puis elle tomba sur une coulée rocheuse et se mit à escalader les blocs de pierre. De l'autre côté de la coulée il y avait une ravine qu'elle suivit jusqu'à son sommet. Elle ne sentait plus la présence de la chienne derrière elle et elle s'en félicita, car son pelage tacheté se distinguait clairement dans la nuit. La ravine se rétrécissant, elle dut emprunter un chemin abrupt le long d'une corniche de schiste qui menait à une vaste saillie rocheuse. Là, dans une grotte creusée sous un surplomb, elle s'assit, épuisée par son ascension.

L'aube la trouva recroquevillée dans sa tanière au milieu de déjections d'animaux, de bribes de fourrure, de brindilles et de lamelles de mica qui scintillaient dans la pâle clarté du matin comme une offrande déposée là longtemps auparavant par un prêtre de passage. Loin en contrebas, vers le sud, elle apercevait la rive du lac et l'eau lisse et grise. Le soleil levant s'y reflétait, cône de feu se répandant à la surface comme du métal en fusion. Elle sortit de la grotte et se glissa le long de la paroi rocheuse jusqu'au moment où elle aperçut le campement. L'alezan était déjà sellé et attaché entre deux arbres. Agenouillé au bord du ruisseau, Wadell remplissait le bidon d'eau. Quand il eut fini, il appela le garçon qui lui amena la mule et le cheval. Elle les vit échanger quelques mots sans pouvoir discerner ce qu'ils disaient, seulement le ton irrité de Waddell et la réponse sourde du garçon.

Non loin de Waddell elle voyait la jument couchée sur le sol. Immobile. Une masse claire gisant sur l'herbe brune, dont elle n'aurait pu dire si elle était morte ou en vie. Soudain, Waddell se dirigea vers elle et la poussa légèrement du bout de sa botte. L'animal tressaillit et leva la tête. Il lui passa un licol autour du cou, le fixa aux joues et dit Allez hop, et la jument se redressa avec peine, fit quelques pas, puis s'arrêta et s'ébroua, projetant un petit nuage de poussière autour d'elle.

Dans la lumière jaune du matin, l'homme et le garçon préparèrent leurs montures pour la route, arrimant les paniers de bât sur la mule, puis harnachant la jument. Sa joie de la voir vivante et debout la submergea, et elle pressa ses poings sur ses lèvres. De sa cachette dans les rochers, elle surveilla leurs préparatifs et se demanda ce qu'était devenue la chienne, dont elle n'apercevait aucune trace.

Elle vit le garçon retourner au campement et recouvrir du pied les restes du foyer. Il leva la tête, resta quelques instants à observer les collines pendant qu'une fumée épaisse tourbillonnait autour de lui, et elle comprit ce qu'il cherchait. Elle était consciente de l'avoir trompé, d'avoir rompu sa promesse en s'échappant alors qu'elle lui avait donné sa parole de n'en rien faire. Il avait sûrement payé le prix pour sa fuite et elle se dit qu'un jour, quelque part, elle aurait à se racheter auprès de lui. Car viendrait un jour où il faudrait régler les comptes.

Le soleil franchit la crête derrière elle et plongea la terre dans une blancheur éblouissante pendant que Waddell et le garçon levaient le camp. Assis sur la selle qu'il lui avait volée, Waddell montait la jument baie et menait la grise. Le garçon tirait la longe de la mule malade et suivait son père à distance, marchant d'un pas lent, comme s'il avançait à son corps défendant. Elle garda les yeux rivés sur eux, les vit progresser à travers les irrégularités du terrain, atteindre l'extrémité de l'étroite vallée et disparaître, ensuite seulement elle se fraya un chemin parmi les buissons et les éboulis, regagna la grotte où elle avait passé la nuit, et trouva la chienne qui l'attendait, assise parmi les feuilles mortes et les plaques de schiste, la tête levée vers elle.

Elle lui tendit le dos de sa main et la regarda s'approcher d'elle, attendrie au contact de sa langue chaude sur sa peau, à la vue des cercles de plus en plus grands que décrivait sa queue.

Bon, décida-t-elle. Elle s'agenouilla devant la chienne, lui caressa la tête et plongea ses yeux dans les siens pour que les choses soient claires. Lorsqu'elle fut certaine de s'être fait comprendre, elle se leva et la chienne la suivit dans la ravine, qu'elle dévala rapidement à travers les taillis.

3

Elle marcha toute la matinée. Elle marcha à travers la large plaine accidentée, suivant la même piste bien tracée que Waddell et le garçon avaient empruntée, s'attendant à les voir chaque fois qu'elle arrivait en haut d'une petite colline et regardait dans la vallée en contrebas. Mais ils n'étaient nulle part. Elle s'assit sur une roche plate pour reposer ses jambes et examiner le terrain qui s'étendait devant elle et la chienne l'imita, immobile à ses pieds, contemplant la vaste vallée desséchée. À l'orient s'élevaient les sommets escarpés des Wasatch Mountains, violets dans le ciel blême, comme délavés et sans relief à cette distance. À l'extrémité de la vallée elle apercevait la rive du lac et à l'ouest il n'y avait rien que de l'eau. De l'eau couleur de meurtrissure, qui s'étendait sombre et teintée de rouge le long de la berge dentelée.

Où sont-ils donc passés ? demanda-t-elle à la chienne qui tourna la tête vers elle, le nez levé, humant l'air comme pour reconnaître l'odeur de ses paroles. Elle caressa l'épais collier de poils blancs à l'arrière de l'encolure et elles restèrent ainsi pendant un long moment, la chienne s'alanguissant, se pressant contre ses jambes tandis que ses doigts pétrissaient sa fourrure. Elle aurait voulu avoir quelque chose à manger. Elle rêva de pommes séchées et de lièvre rôti. La faim épuisait ses forces et elle s'obligea à abandonner ses fantasmes de nourriture et à reprendre sa route. Au milieu de la vallée elle découvrit le cours paresseux d'un ruisseau où flottait une écume saumâtre qu'elle écarta pour boire, laissant l'eau la rafraîchir et apaiser un peu sa faim.

Le paysage lui devenait plus familier. Elle franchit une autre crête et redescendit dans une vallée fertile irriguée par une large rivière bordée de fougères et de genévriers. Çà et là poussaient des buissons d'amélanchier et l'odeur de leurs petites fleurs emplissait l'air. Elle reconnut ou crut reconnaître la Bear River, et pensa en la suivant pouvoir atteindre Corinne à la tombée de la nuit.

Elle progressait lentement. Endolorie par les coups qu'elle avait reçus et les pénibles journées de marche, elle était obligée de s'arrêter fréquemment pour se reposer. Au cours de ces haltes elle aperçut un bouquet de cassis doré au bord de la rivière et cueillit les fleurs qu'elle savait comestibles, fouillant les branches comme un animal sauvage, mais les fleurs lui restèrent sur l'estomac et elle finit par les vomir, se sentant ensuite encore plus faible.

La fin du jour la trouva exténuée et elle comprit qu'elle n'arriverait pas à Corinne. Elle commença à chercher un endroit où passer la nuit. Comme elle débouchait d'un ravin de broussailles elle vit de la fumée s'élever plus loin dans une vallée orientée au sud. Une vapeur bleue s'était concentrée sur le toit d'une baraque en planches où brillait une lumière jaune à travers les fenêtres. La chienne leva son museau, huma l'air et pendant un moment elles restèrent côte à côte à observer la scène. Loin derrière la cabane se dressaient d'étranges bosses qu'elle mit quelques minutes à reconnaître. Des *wickiups.* Serrés les unes à côté des autres, se détachant dans le lointain sans qu'apparaisse le moindre signe de vie. Il y avait plus de huttes qu'elle n'en avait jamais vu rassemblées en un seul endroit et elle ne comprenait pas pourquoi elles se trouvaient là, pour quelle raison elles avaient été érigées à cet endroit, et pourquoi elles semblaient à présent désertes et abandonnées. Ces abris de branchages s'étendaient le long de la vallée comme les nids grossièrement tressés d'animaux géants réunis en colonie.

La scène ne lui dit rien qui vaille, excepté la vue familière d'une habitation éclairée, qui offrait la possibilité d'un repas et d'un lit pour la nuit. Les champs au sud avaient été récemment labourés et un petit troupeau de vaches à tête blanche se découpait en contre-jour dans la lumière déclinante.

Elle appela la chienne d'un claquement de langue et lui ordonna de rester près d'elle et de marcher à son côté pendant qu'elle traversait les champs et s'approchait de la cabane. Bien avant qu'elle n'eût atteint la cour les chiens sortirent et se mirent à aboyer. De grands chiens de chasse au poil foncé, la bave au museau. Une porte s'ouvrit et une silhouette masculine surgit dans la lumière. Il rappela les chiens, leur ordonna de se taire et ils revinrent vers lui et se couchèrent à ses pieds.

Bonsoir, dit-elle.

L'homme ne dit rien. Il était vieux et chenu, vêtu d'une chemise pleine de trous à travers lesquels on apercevait le gris de ses sous-vêtements.

Elle retira son chapeau et passa ses doigts dans sa chevelure courte, regarda la chienne à ses pieds puis l'homme et attendit.

J'ai cru que vous étiez quelqu'un d'autre, dit l'homme. Vous ai pris pour George. Mais vous êtes pas George.

Non, dit-elle. Elle se présenta, dit qu'elle s'appelait Andy Gordge, qu'elle avait parcouru un long chemin dans la journée, espérant atteindre Corinne, qu'elle n'avait rien mangé depuis deux jours et se demandait s'il avait un peu de nourriture à partager avec elle et un endroit où elle pourrait passer la nuit. L'homme ne répondit pas. Il tourna les talons, franchit la porte et les chiens se remirent à aboyer et se dirigèrent vers elle. Il les fit taire à nouveau et ils disparurent dans la nuit. Alors seulement il lui fit signe et elle le suivit à l'intérieur de la cabane.

Il n'y avait qu'une seule pièce où flottait une odeur de corps mal lavés et de cuisine. Le sol était en terre battue et, comme les murs, n'était pas d'aplomb. Dans le fond de la pièce flambait un feu, et à une longue table de bois mal équarri étaient assises deux femmes – une vieille et une jeune, toutes deux indiennes.

Il s'adressa à la plus vieille qui se leva, sortit une assiette du buffet, se dirigea vers le foyer, plongea une louche dans une marmite, puis posa l'assiette sur la table et lui fit signe de s'asseoir en face du vieil homme, lequel avait regagné son siège devant son repas à moitié entamé.

Elle s'assit. Tous les yeux étaient fixés sur elle, comme si elle était un objet curieux importé d'un pays lointain. Elle porta une première cuillerée à sa bouche. Un mélange de viande et d'oignons relevé avec des piments rouges et des herbes à la saveur amère. Un goût qui ne ressemblait à rien de ce qu'elle connaissait. Elle jeta un regard à la jeune femme. Elle portait encore les traces de la petite vérole. Les plaies de son visage et de ses mains n'étaient pas tout à fait cicatrisées et sa peau avait une pâleur maladive. Par une petite fenêtre elle regarda s'assombrir le ciel couleur lilas et, surgissant au-dessus d'une colline, monter le disque de bronze de la pleine lune. Une vache meuglait par intermittence, et son appel s'élevait dans l'air depuis l'enclos. La vieille femme ne l'avait pas quittée des yeux un seul instant. Elle se sentit mal à l'aise car jamais un Indien ne l'avait dévisagée aussi obstinément.

L'homme lui demanda la raison de son voyage et pourquoi elle n'avait pas de cheval et elle expliqua que son cheval avait été volé et qu'elle recherchait l'homme qui le lui avait pris. Elle décrivit Waddell, le garçon et leurs bêtes et le vieil homme la regarda d'un air absent et dit ne rien savoir de ces gens et de leurs bêtes. La vieille femme l'observait, la fixant de ses yeux enfoncés derrière ses paupières closes. Qu'elle comprît quelque chose ou non à la conversation, elle semblait en tout cas écouter ce qui se disait avec un intérêt passionné.

Le repas terminé, le vieil homme lui demanda si elle avait du tabac, elle répondit qu'elle en avait et sortit la blague de la poche de son manteau. Ils allèrent dehors sur les marches de la cabane et roulèrent leurs cigarettes, les allumant avec une brindille tirée du feu. Elle contempla le ciel. Le jour avait presque disparu.

Elle l'interrogea sur les *wickiups* et le vieil homme lui en raconta l'histoire. Il dit que son frère avait été missionnaire chez les Lamanites. Est-ce qu'elle connaissait le mot Lamanite ?

Oui, elle l'avait déjà entendu.

C'est ainsi qu'on appelle tous les Indiens de la région, dit-il. Les Pah-Utes, les Shoshones, les Bannocks et les Goshutes. Toute la bande.

Il dit que lui et d'autres comme lui, y compris son frère George, croyaient que les Indiens étaient les enfants de Jacob de la tribu de Manasseh, connus sous le nom de Lamanites dans le Livre de Mormon, la religion à laquelle il avait été converti voilà longtemps mais qu'il avait aujourd'hui abandonnée. Les Mormons croyaient selon leur prophétie qu'un éveil spirituel chez ces Lamanites annonçait l'approche du millénium et c'était à cause de cette croyance que son frère et lui avaient répondu à l'appel et s'étaient mis à évangéliser les Indiens.

Vous avez peut-être entendu parler de mon frère ? George Washington Hill ?

Elle dit que non, elle n'en avait pas entendu parler.

Le vieil homme tira sur sa cigarette et regarda en direction des montagnes.

Brigham dit qu'un jour tous les Indiens seront blancs et charmants. Que grâce au baptême et à une existence vertueuse leur peau rouge deviendra d'une blancheur de lis. Vous y croyez, vous ?

Non, dit-elle. Je ne crois pas que ce soit possible.

Moi non plus. Mais c'est ce qu'il croit.

Les gens peuvent penser toutes sortes de choses pour différentes raisons. Elles n'en sont pas vraies pour autant.

Il lui raconta que son frère était un homme de haute taille qui aimait parler, un homme plein d'une fougue bon enfant qui à l'inverse de lui possédait le don des langues indigènes, il dit que les Indiens l'avaient accueilli avec bienveillance et qu'il avait obtenu beaucoup de conversions. Il avait baptisé plus de mille Shoshones en moins de trois ans avant de revenir chez lui près de la Bear River, encourageant les Indiens à le suivre. Et ils étaient venus. Par centaines, par milliers. Ils étaient venus pour avoir à manger et apprendre les arts de l'agriculture mais surtout pour être près de son frère George, qu'ils croyaient capable de sauver leur peuple par ses prophéties et ses visions.

Plus de deux mille d'entre eux s'étaient rassemblés là-bas, fit le vieil homme en levant le bras avec un geste ample en direction des huttes.

Deux mille Indiens, tous à cet endroit.

Elle hocha la tête, impressionnée par le nombre, et le vieil homme continua.

Pendant deux ans ils continuèrent à affluer. Pas seulement les Soshones mais aussi les Bannocks et les Nez-Percés. Mon frère leur a dit qu'ils étaient les Haches de Guerre du Seigneur et que s'ils adoptaient la foi et reconnaissaient Dieu aucun mal ne pourrait les atteindre. Il leur a dit que le jour où ils seraient convertis, eux et leurs semblables, alors seulement Jésus reviendrait et le gibier abonderait à nouveau et les Blancs leur rendraient leurs terres. Il leur a dit que cette vallée leur appartenait et que ceux qui tenteraient de les en chasser avec leurs fusils n'y parviendraient pas car leurs balles ne pourraient transpercer leurs vêtements sacrés. Les vêtements qu'il leur avait donnés. Ceux-là mêmes que portaient les Saints.

Le vieil homme se tut et elle médita ses paroles. Elle entendit un vol d'oies passer très bas, avec un battement d'ailes rythmé, lourd et grinçant dans l'air nocturne.

Les Indiens l'ont cru. Le vieil homme la regarda et secoua la tête. Ils ont eu foi dans les signes magiques des vêtements sacrés. Les emblèmes mystiques prouvant qu'ils avaient été purifiés du sang de leurs ancêtres et étaient prêts à accueillir l'époux. Mon frère leur a dit que Jésus était l'époux qui viendrait les sauver mais qu'il se présenterait seulement lorsque le temps serait accompli et qu'eux, les Lamanites, auraient préparé la voie. Ils ont ajouté la foi la plus totale à ce mysticisme. Ils ont cru à cette forme de panacée, en particulier à la promesse que les vêtements les protégeraient de tout danger.

Le vieil homme cracha, fit mine de taillader quelque chose, et cracha à nouveau.

Mais ils n'étaient pas protégés. Pas protégés du tout. Il tira la dernière bouffée et lança sa cigarette dans le noir où elle dessina un arc comme une flammèche trace un trait qui meurt aussitôt, sombrant dans le néant avant de toucher le sol.

Les gens alentour ont pris peur. Ils se sont alarmés à l'idée que deux mille Indiens étaient rassemblés à moins de cinq milles de la ville. Tous ces sauvages à la peau rouge qui se tenaient presque à leur porte. Corinne est une ville de Gentils, et l'a toujours été, comme vous le savez sans doute. Les gens d'ici n'ont rien à faire des Saints qui mettent tous ces indigènes en effervescence. Les habitants de la ville ont entrepris de s'armer, craignant de devenir leur proie. Victimes des Indiens et des Saints. Ils en sont arrivés à penser : Par Dieu les Mormons vont nous faire exactement ce qu'ils ont fait à ces malheureux émigrants à Mountain Meadows. Des soldats sont arrivés de Fort Douglas, envoyés pour protéger la ville. Un matin le capitaine est venu à cheval jusqu'ici et a dit à mon frère qu'il devait déplacer le camp indien. Il ne serait plus toléré à l'avenir. Il lui a donné deux semaines pour les faire déguerpir.

Voilà, c'est comme ça que tout s'est terminé. Les Indiens sont partis, et George aussi. Il est allé s'installer au Nevada où il a vécu avec le Chef Walker et sa tribu. Il a emmené ses adeptes avec lui et m'a laissé ici. Il prêchait, Venez en Utah et soyez purifiés. Vous êtes le Peuple Élu. Le temps est pleinement venu du rachat devant le Christ des descendants de Jacob. Résultat, les Indiens ont inventé leurs prophètes et leurs devins, se sont mis à fabriquer leurs propres vêtements sacrés et à croire qu'ils pouvaient chasser le diable en dansant. Maintenant ils croient que leurs dieux peuvent leur venir en aide mais ils se trompent et savez-vous pourquoi ?

Non, je n'en ai aucune idée.

Parce que leurs dieux ne peuvent se comparer aux nôtres.

Elle resta sans rien dire.

Les Saints croient que Jésus-Christ reviendra en 1890. C'est-à-dire dans treize ans. Vous y croyez ?

Non.

Vous avez tort. Tout le monde devrait vivre comme si la fin était proche. Comme si la porte pouvait s'obscurcir à tout instant. Même si le reste de la prophétie n'a aucun sens. Je ne crois plus en tout ça. En réalité, je crois en très peu de choses. Mais je crois dans le passage où il est dit qu'il faut être prêt pour la fin. Ça, j'y crois.

Le vieil homme se leva lentement et contempla la nuit pendant un long moment, comme s'il voyait quelque chose que les mortels ordinaires ne pouvaient pas voir. Puis il se retourna et gravit les marches en disant qu'il allait lui chercher une couverture et qu'elle pourrait faire son lit où elle voulait. Elle pouvait dormir dans un coin de la cabane ou à l'abri de la galerie. Elle dit qu'elle préférait dormir dehors. Il lui demanda si elle voulait la fille indienne pour la nuit et elle dit non.

Elle n'est pas aussi malade qu'elle le paraît, dit-il. La vérole est finie et je ne crois pas qu'elle puisse vous infecter. Vous pouvez l'avoir si vous le désirez.

Elle secoua la tête. Non, elle préférait dormir seule.

Lorsque le vieil homme fut parti chercher la couverture, elle resta immobile dans l'obscurité, songeant qu'être prise pour un homme lui donnait accès à un monde qui lui était fermé et impénétrable en temps normal, et il lui semblait n'appartenir ni à ce monde ni à un autre, comme si avoir un aperçu de l'âme et des faiblesses des hommes ne l'intéressait pas davantage que les jalousies et les disputes dont elle avait souffert de la part de certaines femmes. N'était-ce pas seulement dans l'accord parfait d'une union sincère que vous échappiez aux défauts propres à chaque sexe ? Dans une telle alliance, grâce au mélange des sensibilités, une sorte de plénitude pouvait être atteinte. Alors, et alors seulement, vous connaissiez votre vraie nature, en l'opposant et en la combinant à une autre. Elle se demanda si on pouvait atteindre le même résultat en associant l'âme humaine à celle des animaux, laissant la nature suivre librement son cours.

La nuit passa rapidement. Elle choisit de dormir dans les champs. Elle prit la couverture et parcourut les *wickiups* désertés jusqu'à en trouver un dont les parois offraient une bonne protection contre le vent et là, blottie à l'abri de la hutte, elle resta à contempler les étoiles qui scintillaient à travers le treillage des branches, comme des particules de lumière emprisonnées dans un sombre dédale. Elle ne se réveilla qu'une seule fois au cours de la nuit, au bruit que faisait la chienne en rongeant quelque chose dans le noir, sans doute les os d'un animal consommé longtemps auparavant par les malheureux habitants de ces pauvres habitations. Elle mit longtemps à retrouver le sommeil. Elle réfléchit à ce que lui avait dit le vieil homme, se rappelant qu'elle aussi avait cru jadis que les vêtements sacrés pouvaient la protéger, et qu'elle avait cessé d'y croire, ainsi qu'à tout ce qu'on lui avait appris. Le jour où elle avait ôté ses vêtements pour la dernière fois, elle n'avait pas su quoi en faire, et elle les avait enfouis dans un trou, comme si elle enterrait une partie d'elle-même, morte et inutile.

Au petit matin l'Indienne lui offrit un bol de porridge mélangé à du lait de chèvre, et elle en avala la moitié et apporta le reste à la chienne restée dehors, renversant la bouillie sur une pierre plate pour permettre à l'animal de la lécher. La voyant faire, le vieil homme se mit en colère, expliquant que c'était aux hommes de nourrir les hommes et aux chiens de se nourrir tout seuls et qu'il n'avait pas prévu qu'elle gâcherait ainsi la nourriture.

Elle s'excusa mais dit qu'elle trouvait normal de partager ainsi son repas car la chienne avait faim elle aussi et qu'elle en était responsable désormais, pour le meilleur et pour le pire.

L'homme secoua la tête. J't'en fiche.

Elle lui rendit la couverture et se prépara à partir. Elle remercia la vieille femme et lui mit dans la main le reste du tabac et la femme sourit pour la première fois. Comme elle s'éloignait, l'homme la rappela et lui proposa de lui vendre un cheval, mais elle répondit qu'elle n'avait pas d'argent et il dit que sans argent il ne pouvait pas lui en donner un. Elle le remercia quand même.

Une chose encore, dit-il. Il regarda la vieille femme et émit un petit rire. Elle dit – il s'interrompit et désigna la vieille – elle dit que vous n'êtes pas un homme mais une femme. C'est vrai ?

Elle sourit lentement. Qui sait, qui sait. Puis elle tourna les talons et s'en alla, les laissant tous les trois debout devant la porte de la cabane à la regarder partir. Quand elle se retourna un peu plus tard, ils étaient toujours là, trois silhouettes sombres, immobiles dans la lumière trouble du matin.

Il était midi passé et le soleil était haut quand elle atteignit les abords de la ville et s'arrêta pour contempler le lac où un bateau à vapeur s'approchait lentement de la rive, brassant l'eau de ses aubes. Sur son flanc étaient peints les mots : « Kate Connor » et sur le pont supérieur les passagers se pressaient le long du bastingage pour surveiller l'accostage.

Elle entra dans la ville, passa devant un moulin à grain et une rangée de maisons d'adobe qui se dressaient ternes et abandonnées sur le sol blanchi. Plus loin elle trouva les saloons, les tentes et les salles de jeu face à la voie du chemin de fer. Elle passa devant une bâtisse de deux étages où s'inscrivait en grosses lettres : « Montana Trading Company ». Il n'y avait ni arbre, ni arbuste, une poussière blanche tourbillonnait dans les rues, donnant à la ville un aspect désolé. Quelques chariots la dépassèrent, chargés de marchandises, attelés de gros bœufs de chevaux vigoureux. Elle maintint la chienne près d'elle. Sortant de derrière une palissade, une meute de bâtards jaunes l'encercla soudain, montrant les dents, jusqu'à ce qu'elle leur lance des pierres, les forçant à battre en retraite et à repartir comme ils étaient venus. Elle s'arrêta devant chaque maréchal-ferrant, chaque écurie de louage, examinant les bêtes qui tournaient dans les enclos.

Et elle fit de même devant chaque corral, chaque terrain clôturé.

Personne ne lui adressa la parole. Elle n'adressa la parole à personne.

Elle parcourut la ville d'un bout à l'autre, cherchant tous les endroits où quelqu'un aurait pu cacher un cheval s'il en avait eu l'intention, mais elle ne trouva aucune trace de Vittick ni de la jument baie. Pas plus qu'elle ne vit Waddell, le garçon et leur mule. Sans grand espoir d'en tirer quelque chose, elle alla quérir le shérif et le trouva chez lui sur le point de déjeuner, elle lui raconta ce qui lui était arrivé, commençant par le vol de la jument et terminant par les coups qu'elle avait reçus. Le shérif, un homme jeune au long visage grave, écouta en silence son histoire et lui promit de garder l'œil ouvert au cas où Waddell se manifesterait et de confisquer les chevaux s'il les apercevait. Il lui suggéra de déclarer le vol à l'écurie de louage et lui donna le nom du propriétaire. Le nom lui était familier et elle se demanda s'il s'agissait du même homme qu'elle avait connu autrefois, bien longtemps auparavant, s'enquit de l'endroit où elle pouvait le trouver, puis, l'ayant remercié, prit congé du shérif.

À l'autre extrémité de la ville, là où les wagons de chemin de fer étaient remisés sur une voie de garage, elle trouva la forge du maréchal-ferrant et s'arrêta dans l'embrasure de la porte, scrutant la pièce obscure où dans un angle l'incandescence du foyer éclairait la silhouette d'un homme de grande taille penché sur une enclume. L'homme ne la remarqua pas et elle resta un moment à l'observer, laissant ses yeux s'accoutumer à la scène. Des chats de tous poils étaient couchés ici et là dans la pénombre et ils semblèrent s'enfler à la vue de la chienne, augmenter de volume, le regard à l'affût, attentifs au moindre de ses mouvements. Mais la chienne ne bougea pas, demeura paisiblement à côté d'elle.

Elle s'avança dans la lumière et le forgeron leva les yeux. Il déposa alors ses outils, s'avança vers elle à travers la pièce et l'examina, avant d'arborer un large sourire. Il s'essuya les mains à son tablier et s'exclama : Que le diable m'emporte !

Salut, Farley, dit-elle.

C'est bien toi ?

Oui, c'est moi.

T'as une drôle de dégaine.

Je suppose.

Il se pencha vers elle et l'embrassa légèrement sur la bouche.

J'pourrais jamais comprendre pourquoi une belle fille comme toi se promène déguisée en homme. À moins que tu en aies ton content de nous autres et que tu veuilles plus avoir affaire à nous.

Elle sourit, ôta son chapeau et passa sa main dans ses cheveux courts. Je ne suis pas fatiguée des hommes, dit-elle. J'en ai seulement assez de faire tous ces efforts pour avoir l'apparence d'une femme. T'aurais pas un peu d'eau ?

Il la conduisit derrière l'atelier où une vague tonnelle avait été construite avec des poteaux de pin et quelques branches de saule en guise de toit. Elle s'assit à l'ombre tandis que la chienne tournait en rond et reniflait les poteaux. Les barils d'eau étaient surmontés de grosses pierres pour empêcher leurs couvercles d'être emportés par le vent et elle le regarda ôter les pierres, soulever le couvercle et saisir une louche cabossée accrochée au mur. Il puisa de quoi remplir un quart qu'il lui apporta. Le quart était usé, avec une fuite à la jonction de l'anse, et l'eau dégoulina le long de son menton, tandis que la chienne tentait d'attraper les gouttes perdues.

La chienne aussi a soif, dit-elle. Le forgeron fit signe à l'animal de s'approcher du tonneau et lui versa un peu d'eau dans le fond d'une cruche cassée en deux qui était posée par terre. La chienne but avidement.

Où est ton cheval ?

Elle lui raconta l'histoire de Waddell, du garçon et des chevaux volés et ajouta qu'à sa connaissance Waddell pouvait être en ville à l'heure qu'il était ou se trouver à des milles de distance, mais que d'une manière ou d'une autre elle n'était pas prête à abandonner l'espoir de le retrouver.

Je pense qu'il s'est dirigé vers le sud. Son fils a dit qu'il retournait à Kanarra.

Et tu as l'intention de le suivre aussi loin ?

Elle hocha la tête. S'il le faut. Le problème c'est qu'il me faut un cheval.

M'attendais à ça.

Qu'est-ce que tu as à l'écurie ?

Pas grand-chose. Mes meilleures bêtes sont toutes dehors. J'en ai deux – un hongre et une jument. La jument est trop vieille pour un voyage aussi pénible, et l'autre est à peine débourré. Tu peux y jeter un coup d'œil.

Elle le suivit, franchit un portail, longea une rangée de poulaillers en piteux état où quelques poules aux plumes tachetées picoraient la terre, et parvint devant un corral circulaire fait de pieux de cèdre non écorcés. Deux chevaux s'y tenaient tête-bêche, fouettant l'air de la queue pour chasser les mouches qui les harcelaient. Le forgeron prit un licol qui pendait à un poteau, ouvrit la barrière et pénétra dans le corral. Les chevaux levèrent la tête et s'immobilisèrent.

Holà, tout doux, fit-il en s'approchant d'un grand cheval isabelle, tendant le bras pour l'empêcher de lui échapper. Le cheval roula des yeux, leva la tête et se tourna sur le côté, se pressant contre la clôture tandis que le forgeron lui passait la corde autour de l'encolure puis ajustait le licol et le conduisait à l'extérieur du corral.

Elle resta un moment à examiner l'animal. Sans dire un mot.

Je sais ce que tu penses. Il paye pas de mine.

Elle sourit. C'est pas sa mine que je vais monter.

La crinière du cheval avait été taillée quelque temps auparavant et elle se dressait en brosse comme une crête sur son cou. Il avait piètre aspect, avec sa croupe trop flasque, son encolure arquée et son nez busqué, mais ses yeux étaient vifs et elle y lut une sorte d'intelligence. Elle posa sa main sur son épaule, sentit la peau bouger et frémir à son contact. Elle n'avait jamais aimé les chevaux isabelle. C'était une chose qu'elle n'aurait pas dite tout haut, car seul un imbécile jugeait un cheval à sa robe. Mais c'était la vérité.

Il fera l'affaire, dit-elle.

Elle demanda au forgeron s'il avait une selle en trop et il dit qu'il avait fait un troc avec un Mexicain qui venait de lui en donner une en échange. Elle pouvait la prendre. Ils menèrent le cheval par la longe, passèrent devant le poulailler et l'attachèrent près de la tonnelle à l'arrière de la forge. Il lui demanda si elle avait faim et elle dit : Est-ce que je n'avais pas toujours faim ? Il répondit : C'est vrai, je m'en souviens. Il lui dit de rester là et de se reposer pendant qu'il allait chercher de quoi manger et il disparut par la porte d'une bicoque adjacente à la forge. Il en sortit peu après avec une assiette d'œufs durs disposée sur un plat. Il avait également ouvert une boîte de sardines et disposé quelques crackers sur l'assiette. Tandis qu'ils mangeaient, la vieille jument se mit à hennir dans le corral et le hongre isabelle lui répondit en renâclant bruyamment.

La pauvre vieille va être drôlement triste de perdre son copain.

C'est curieux les juments. Elles ont toujours peur d'être abandonnées, pas vrai ?

Qu'est devenu ce type ?

Quel type ?

Celui avec lequel tu t'es mise en ménage dans le Montana.

Toujours avec lui, dit-elle.

J'aurais pas imaginé ça.

Il y a un tas de choses que tu n'imagines pas.

Je suppose que tu es au courant pour Lee.

Elle hocha la tête.

Elle se détourna et regarda en direction du lac. Le soleil à travers le feuillage léger des saules dessinait des jeux de lumière qui dansaient au-dessus de sa tête. Une vieille bâche posée sur la clôture bougeait dans la brise, se gonflait d'air et se dégonflait comme une créature vivante. Il paraissait impossible qu'il soit mort.

Le forgeron se leva, alla dans la bicoque attenante à la forge et en ressortit un journal à la main. Il l'ouvrit devant elle sur la table et elle le regarda.

Lis-le-moi, dit-elle.

L'article décrivait la scène de l'exécution ainsi que les dernières semaines du captif dans sa prison. Il y avait un long passage sur ses femmes et les dernières visites qu'elles lui avaient rendues. Quand il arriva à un passage concernant Emma, elle lui demanda de le relire.

> La concubine de Lee, Emma, l'épouse plurale au caractère belliqueux, mena la vie dure aux gardiens lorsqu'elle vint faire ses adieux à son mari. Elle arrêta son buggy devant la prison de Beaver et, en approchant, entendit un gardien dire à l'autre, Qui est cette belle femme ? Oh, c'est une des putains de John D. Lee, fut la réponse. Rapide comme l'éclair, Emma cingla le visage du gardien avec le fouet de son buggy, et quand il fit mine de contre-attaquer, elle tendit les poings et le mit au défi d'avancer, disant qu'elle aurait grand plaisir à lui mettre la figure en bouillie.
>
> Une autre épouse, Terressa, se plaignit de n'avoir pu voir Lee parce que sa peste d'épouse anglaise, Emma, se mettait toujours en travers. Elle prétendit que cette effrontée d'Anglaise aux yeux noirs avait été donnée à Lee en récompense de son comportement héroïque à Mountain Meadows, mais dès son arrivée elle avait semé la discorde dans la maison et ensuite la vie avait été un enfer. La vieille dame était tout

échevelée mais correctement habillée, et elle faisait preuve de bonne éducation et parlait avec bon sens. Elle se fait appeler Mme Terressa Phelps maintenant et se considère toujours comme l'épouse légitime de John D. Lee, bien qu'elle ait quitté le domicile conjugal et vive à présent avec un fils célibataire. Elle continue à parler en termes élogieux de son époux si dévoué, et éprouve un profond chagrin devant son infortune actuelle et le péril qui le menace. La vieille dame dit que son Église a fait de John D. Lee un malheureux et qu'il n'a pas eu assez de bon sens pour voir qu'on s'était servi de lui comme d'un instrument tout au long de sa vie. Mais il est bon pour sa famille. Il m'a toujours bien traitée – je dois lui rendre justice – et il traite bien ses autres femmes également, et ses fils et ses filles sont tous bien élevés. Elle prétend que son mari a été sacrifié de la façon la plus lâche et la plus ignoble et en accuse Brigham Young. Pauvre John, il est parti plein d'espoir et s'est retrouvé tondu comme un mouton. Il a fait un pari stupide et en paye le prix.

Le gardien qui était chargé du prisonnier a dit qu'avant son exécution Lee avait eu sous les yeux une copie de son portrait publié dans l'un des journaux nationaux et qu'il ne l'avait pas aimé. Il a trouvé que c'était une atteinte à sa beauté, et a eu le culot de le dire. Il a fait remarquer : Je suis mieux que cela. Comment expliquer sinon que tant de femmes soient tombées amoureuses de moi ?

C'est une question qui présentement reste sans réponse.

C'est assez, dit-elle, je n'ai pas besoin d'en entendre davantage. Il referma le journal, le replia et le posa sur la table, posant une pierre par-dessus pour l'empêcher de s'envoler. Elle se leva lentement, dit qu'il était temps pour elle de partir. Le forgeron ne bougea pas. Il leva les yeux et dit : Tu te souviens quand nous étions à Missoula ?

Oui, dit-elle.

Les chevaux continuaient de hennir, s'appelant, et elle entendait le roulement des chariots dans la rue. Les lourds et lents chariots de transport attelés par deux et tirés par des bœufs et des mules. Elle n'avait jamais aimé Corinne. C'était une ville marchande, une ville de chemin de fer, mais surtout c'était une ville de Gentils, un endroit où un homme pouvait obtenir tout ce qu'il désirait, viande ou poisson, rhum ou gin. Elle y avait travaillé pendant quelque temps et avait fini par en partir. Au fond elle préférait les mineurs aux conducteurs de bétail ou aux hommes des chemins de fer.

Peut-être pourrais-tu aller me chercher cette selle à présent, dit-elle.

C'était un vieux modèle mexicain aux quartiers carrés avec une demi-sangle et de lourds *tapaderos* couvrant les étriers. Elle avait un gros pommeau plat, aussi large que sa main, dont le cuir était repoussé et ciselé de motifs fleuris. Des conchos d'argent étaient fixés aux quartiers d'où sortaient les lanières de cuir, et le pommeau ainsi que le troussequin étaient également cerclés d'argent. Elle avait vu des selles semblables à Juarez. Elles convenaient à un *jefe* ou un *hacendado,* pas à un vrai cow-boy.

Le forgeron sella le cheval pendant qu'elle se dirigeait vers les cabinets à l'extérieur et à son retour sa monture était fin prête. Il avait attaché une couverture derrière la selle, roulée dans un poncho de caoutchouc, et accroché un bidon au pommeau. Elle attendit dans la lumière vert pâle qui filtrait à travers la tonnelle, pendant qu'il regagnait sa cabane dont il revint avec un petit sac qu'il accrocha à la selle. J'ai mis une ou deux boîtes de viande en conserve, dit-il, avec de la farine de maïs et des pêches séchées. Puis il sortit de sa poche une bourse de cuir qu'il lui fourra dans la main et elle sentit qu'il y avait des pièces de monnaie à l'intérieur.

Elle détourna les yeux et le remercia, émue par sa générosité. Elle murmura qu'elle ne savait pas quoi dire, et il dit : C'est pas la peine, on se connaît depuis longtemps, pas vrai, Ann ? Elle lui répondit que c'était vrai, que ça faisait longtemps. Il tint la bride du cheval pendant qu'elle introduisait sa botte dans l'étrier, enfourchait le cheval, ferme sur ses arçons, et que le hongre partait en dansant sur le côté, ruait, couchait les oreilles, et que le forgeron lui redressait la tête en tirant d'un coup sec sur la bride, le forçant à s'immobiliser, les naseaux dilatés, roulant des yeux. L'animal chercha à lui échapper, recula brusquement et fit volte-face.

Canaille, s'écria le forgeron, tenant les rênes serrées et tirant par saccades sur le mors jusqu'à ce que le cheval se cabre et fasse un écart.

Tu peux toujours prendre la vieille jument si tu préfères – j'ai peur que ce guincheur finisse par te faire mal...

Je crois qu'il fera l'affaire une fois que nous aurons appris à nous connaître.

Qui sait. Peut-être même que ce jeunot te portera chance.

Pourquoi ?

Paraît que les chevaux isabelle portent chance. On te l'a jamais dit ?

Non, c'est la première fois que je l'entends, dit-elle.

Ben, tu le sais maintenant. C'est pour ça qu'il porte son nom, Lucky.

Elle rit. Très bien. Je crois que Lucky et moi allons prendre la route.

Sois prudente.

Il lâcha la bride, se recula et le poulain fit un bond en avant quand elle serra les talons, puis elle le fit pivoter et agita la main en signe d'adieu avant de s'engager dans la rue entre les rangées de bicoques, les saloons aux façades de planches et les tentes de toile où les *nymphes du pavé*[1] et les colombes déchues exerçaient leur métier. Plus loin elle passa devant les baraques et les abris où des hommes étaient assis à des tables de faro ou jouaient au monte à trois cartes dans la sourde lumière grise qui filtrait à travers les parois de toile. Elle tenait la bride courte à son cheval, longeant la rue au pas, cherchant un signe de la présence de Waddell et du garçon. Elle n'en vit aucun.

Le vent s'était levé et la poussière soulevée par les cha-

1. En français dans le texte.

riots emplissait l'air. Elle passa devant le Metropolitan Hotel, devant l'Union House, parcourut Montana Street, où s'alignaient les bars le long des voies ferrées. Elle les contourna pour jeter un dernier coup d'œil dans les corrals. Un train partait, lâchant de gros nuages de vapeur, et le hongre broncha et fit une incartade, la tête levée. Elle poursuivit son chemin, emprunta une rue à l'écart, passa des mares stagnantes, des bourbiers d'eau verte où surnageaient des débris putréfiés et puants qu'elle pouvait à peine identifier, carcasses grouillantes de vers d'animaux morts. La chienne trottait derrière elle, gardant la tête basse.

Elle sortit de la ville, gagna la rive du lac où les joncs commençaient à apparaître, et la croûte de sel se brisa sous les pieds du cheval. Elle chevauchait sans destination précise et sans autre but que de mieux connaître sa monture et la laisser s'habituer à elle. Lorsqu'elle se retourna et regarda en arrière, la ville lui parut réduite à quelques constructions tassées à l'horizon et loin derrière s'élevaient les montagnes abruptes, en apparence beaucoup plus proches qu'elles ne l'étaient en réalité. Elle maintint l'allure du cheval, contournant çà et là des buissons d'ansérine et d'arroche, obligeant le hongre à répondre à sa pression et à ses ordres, et le laissant ensuite avancer à son pas. Elle essayait de se représenter exactement ce qu'elle attendait de lui avant de le lui communiquer, et espérait ainsi lui transmettre calmement ses désirs et ne faire qu'un en esprit avec lui. Mais c'était un rebelle, vif et émotif, déjà couvert de sueur. Elle passa près d'un vieux cimetière, un endroit lugubre et à l'abandon, encombré de monticules bas et irréguliers, de pierres tombales penchées ou couchées dans le sable blanc parmi les déjections des vaches et des moutons qui en franchissaient la clôture gauchie. Elle continua jusqu'au point où la rivière se jetait dans le lac et fit reposer le cheval, regardant tour à tour vers le sud et vers l'ouest où l'eau s'étendait jusqu'à l'horizon. Le hongre s'agitait et semblait inquiet.

Elle lui parla tout haut, lui dit qu'elle ne s'était jamais figuré qu'ils l'exécuteraient réellement et qu'elle ne parvenait pas encore à y croire, et au son de ses paroles il dressa les oreilles et se calma.

> Ce fut la scène la plus remarquable à laquelle on eût jamais assisté. Le vieil homme ne broncha pas, et à le voir partir ainsi on eût cru la mort chose facile. Aucun membre de sa famille n'était présent. Son corps fut remis à ses fils et à sa femme Rachel qui l'emmenèrent à Panguitch pour y être inhumé...

Elle poursuivit sa route et se dirigea vers le couchant. Elle sentit soudain les ombres s'obscurcir autour d'elle, leva la tête et vit un vol de pélicans blancs passer dans le ciel, et le monde à cet instant lui parut à la fois béni et chargé de menace, resplendissant de beauté et cependant fragile et éphémère. Elle tourna le hongre vers un alignement d'arbres sombres qui se dessinait dans le lointain et le laissa partir au galop, tenant les rênes ajustées court. Il y avait des ossements blanchis sur le sable et à leur vue le cheval se déroba et s'arrêta, chancelant. Il resta les jambes raides et la tête baissée, renâclant, reculant, baissant encore davantage la tête. Elle lui caressa l'encolure, lui parla à l'oreille, l'encourageant à avancer, à s'approcher des ossements afin qu'il constate par lui-même leur caractère inoffensif et, sans cesser de l'apaiser, elle décrivit lentement un cercle autour du tas d'os, amena le cheval à regarder de plus près ces choses qui l'effrayaient tant, et il inclina le cou, les renifla et elle sentit sa peur diminuer et le vit subitement perdre tout intérêt pour elles.

Elle poursuivit sa route, traversant la plaine salée, une étendue de sable dont les ondulations s'étaient transformées en une succession de vagues durcies, où des débris de branchages et de brindilles abandonnés par le retrait des eaux formaient de petites crêtes festonnées. Le soleil couchant répandait une coulée d'or sur la surface du lac. Arrivée à un bosquet de saules elle mit pied à terre et resta à contempler l'eau lisse rougeoyante. Le jour tirait à sa fin. Elle songea à Lee et son visage lui apparut avec netteté. Elle le voyait sous un angle, puis sous un autre. Avec différentes expressions selon ce qu'il faisait. Elle le vit quand le désir s'emparait de lui. Elle se rappela son habileté et son humour.

Au début il lui avait donné la becquée, l'avait embrassée, cajolée, caressant ses cheveux, lui disant toutes sortes de choses sur sa beauté et sur la vie qu'ils auraient ensemble. Plus tard, il n'avait plus montré la même tendresse, et il la prenait comme il lui plaisait, sans se soucier de son plaisir à elle.

Le cheval broutait l'herbe maigre dans le crépuscule bleuté qui tombait sur le lac.

Un jour, après avoir emmené ses fils à la ville, il était revenu plein de soupçons et l'avait accusée d'avoir eu une aventure avec un homme, un certain Matt Carney, alors que c'était Rachel en réalité qui avait failli partir avec lui. L'affaire avait fait un tapage terrible au sein de la famille. Lee avait convoqué une réunion où chacune avait été tenue de se justifier et sommée de se confesser. Il leur avait ordonné de se lever l'une après l'autre et de demander pardon de leurs actes, exigeant qu'elles prient les unes pour les autres. Il avait fait de même avec toutes ses épouses et chacune avait dû avouer si elle avait eu à un moment donné des relations avec un Gentil et qui était ce Gentil. C'était ce genre de confession qui avait failli coûter la vie à Matt Carney. Lorsque son tour était venu, elle avait dit qu'elle n'avait rien à se reprocher et avait quitté la pièce. Dans la cour elle avait trouvé Harvey Pace, qui écoutait à la fenêtre. Harvey avait dit : Dans combien de temps ça va être fini là-dedans ? Et elle avait répondu qu'elle n'en savait rien. C'est alors qu'elle avait entendu Lee dire à Rachel d'aller tuer quelques poulets et de préparer le dîner, et Rachel avait dit, Pourquoi ne pas demander à Ann ? Elle a des jambons et quantité d'autres choses et elle peut vous préparer un dîner de premier ordre. Et Lee avait répondu qu'il ne parlerait plus à cette femme, c'est-à-dire à elle, pendant trois mois. Et il avait tenu parole. Il ne lui avait pas adressé la parole pendant trois longs mois.

Elle ne l'avait jamais trompé avec personne, et il avait tort de penser le contraire. D'autres l'avaient fait. Rachel. Sarah. Caroline. Même Terressa, vers la fin. Elle se demanda si Emma avait toujours les deux enfants avec elle. Elle espérait que oui.

La chienne s'était éloignée hors de sa vue, et elle la vit revenir tenant dans sa gueule la forme inerte d'un rongeur qu'elle s'apprêtait maintenant à dévorer. Se couchant sur le sable tassé, elle saisit l'animal entre ses pattes, fourra son museau dans son ventre mou, le déchiqueta à belles dents et en tira un long chapelet d'entrailles nacrées.

Elle attendit. Elle attendit que la chienne eût fini de manger, debout à côté du cheval, le flattant de la main tout en lui parlant à voix basse de sujets qui lui paraissaient importants mais n'avaient d'intérêt que pour elle et n'auraient jamais de portée pour personne, raison pour laquelle elle les confiait au cheval et non à un être humain. Un sentiment de crainte l'envahit et elle tenta d'en comprendre la raison tout en monologuant. Elle savait que la cause en était la mort de Lee, le fait qu'il fût mort de cette manière. Les journaux rapportaient qu'il avait affronté la mort avec courage. Quelques instants avant que ne soient tirés les coups de feu il avait déclaré se sentir calme comme un matin d'été.

Calme comme un matin d'été.

Elle se demanda comment quelqu'un pouvait faire face à la mort avec une telle sérénité. Peut-être était-ce réellement le sentiment qu'il éprouvait. Peut-être pas. Elle l'admirait de toute façon de l'avoir dit et d'être ainsi allé à la rencontre de sa fin. Ça n'avait pas dû être facile. Elle dit au cheval qu'il en était de même pour les hommes que pour les chevaux et les chiens : personne ne souhaitait mourir.

Elle regarda vers le sud comme si elle espérait voir dans

la lune de bronze qui s'y levait les évènements qui avaient eu lieu dans cette lointaine prairie où avait été traîné pour y être fusillé un homme déjà jugé et condamné, mais elle ne vit que le même disque marbré d'ombres impénétrables.

Elle se remit en selle et reprit la piste qui menait à la ville, chevauchant dans l'obscurité, serrant la bride de sa monture quand elle menaçait de s'emballer, lui tenant les rênes courtes pour l'empêcher de prendre l'avantage. Les rues étaient calmes à présent et les tentes répandaient une lueur sulfureuse. Elle s'arrêta devant l'une d'elles et aperçut par la porte des hommes en train de manger à une longue table de bois. Elle mit pied à terre, attacha le cheval à un poteau et dit à la chienne d'attendre.

Elle eut droit à un copieux repas de courges cuites au four et de soupe de haricots, assise à la table commune en compagnie de trois hommes. Les hommes ne la regardèrent ni ne lui parlèrent ; ils ne semblaient pas se connaître. Tous mangeaient en silence. Des ouvriers du chemin de fer peut-être. Ou des cow-boys du Montana qui se dirigeaient vers le sud avec leurs troupeaux. Ils s'étaient lavés pour l'occasion, et les traces du labeur de la journée avaient disparu sur leur visage fraîchement briqué, ils n'avaient plus en commun que leur peau tannée par le soleil et barrée d'une ligne au-dessus de laquelle le haut du front, protégé par leur chapeau, luisait d'un éclat blême.

Elle mangea. La soupe, les courges et le pain de maïs, et lorsqu'elle eut fini elle demanda à la femme qui l'avait servie s'il était possible d'avoir du café. Elle s'attarda à en savourer le goût et la chaleur. Les parois de la tente se gonflaient avec le vent. Elle voyait la chienne et le cheval par la porte ouverte et leurs yeux paraissaient incandescents dans la nuit.

Le matin parfois Emma se levait la première, préparait le café avant le réveil des enfants et l'apportait au lit, et tous les trois paressaient un moment ensemble. Emma dans sa chaste chemise de nuit, toujours rose ou blanche, ornée d'extraordinaires rubans noués sur le devant, et Lee et elle sans rien sur le dos. Elle se tenait les jambes repliées et il se moquait d'elle, la comparant à un échassier perché sur ses longues pattes, et ils riaient. C'était difficile à expliquer, cela défiait l'entendement, mais ils avaient été heureux durant ces jours-là.

Elle pensa à Beezer. Elle revoyait la cabane adossée aux montagnes et la prairie qui s'étendait au loin, inclinée comme si le paysage avait été légèrement tourné sur le côté. Elle l'imaginait en train de préparer son repas du soir. Les désirs des hommes lui avaient toujours semblé faciles à satisfaire. Tout ce qu'elle en attendait c'était de la reconnaissance, quelques mots gentils, des manières sans brutalité. Elle avait eu bien davantage de la part de Beezer. Beaucoup, beaucoup plus.

Les hommes à la table se levèrent l'un après l'autre et elle se retrouva seule avec la serveuse, une grosse costaude aux cheveux couleur de betterave cuite.

Elle réfléchissait, hésitant à prendre la direction du nord, ou du sud. Elle but lentement son café et passa en revue les différentes possibilités. Elle eût voulu savoir dans quel état était la jument. Si elle avait survécu au trajet de la journée, où qu'il l'ait conduite, et si elle se trouvait en ce moment même dans les environs, plus près, dans un endroit plus accessible qu'elle ne l'imaginait. Elle pensa à Kanarra et aux difficultés d'un si long voyage. Puis elle pensa à Vittick et à Waddell, et sentit la colère la gagner en songeant qu'il avait cru pouvoir voler un tel cheval en toute impunité. Un cheval qui ne passerait nulle part inaperçu. Elle conclut qu'elle n'avait d'autre choix que de poursuivre sa quête.

Elle ramassa son chapeau sur la table, s'en coiffa, se leva, paya la note et sortit dans la nuit, regardant d'abord dans une direction puis dans l'autre. Des rires provenaient d'un saloon de l'autre côté de la rue et une femme apparut, traînant un homme derrière elle ; ils traversèrent la ruelle, soulevèrent le rabat d'une petite tente, pénétrèrent à l'intérieur et elle entendit le grincement des ressorts quand ils se laissèrent tomber sur le lit.

Elle détacha le cheval et se mit à marcher, puis s'arrêta, resserra la sangle de la selle, enfourcha le cheval qui rua des quatre fers, pivota sur lui-même, visiblement décidé à reprendre le chemin du maréchal-ferrant où l'attendait la vieille jument, et elle mit longtemps à le faire changer d'avis. Elle y parvint malgré tout sans utiliser une seule fois ni les éperons ni la cravache. Elle lui parla doucement, patienta, l'encouragea, et parvint enfin à le convaincre qu'il n'avait pas d'autre solution que de se mettre en route dans l'obscurité.

Cette nuit-là elle dormit à même le sol à l'extrémité nord du lac, près d'un petit étang saumâtre. Le vent souffla jusqu'au matin et recouvrit sa couverture de sable salé. Il faisait encore nuit lorsqu'elle se leva. Elle but un peu d'eau du bidon, roula sa couverture et voulut l'attacher derrière la selle mais le cheval fit un écart, se mit à tourner nerveusement autour de la longe fixée à un piquet, jusqu'au moment où elle imprima une brusque secousse à la corde et ordonna à l'animal de cesser son manège. Il s'immobilisa et resta enfin tranquille dans le matin frais pendant qu'elle finissait de fixer la couverture, resserrait la sangle, se mettait en selle, et partait au trot sur la piste sèche et crevassée, parsemée de petites plaques de boue décolorée, recourbées comme des tessons de poterie. Un sol sec qui sentait le soufre et le sel. Elle fit un détour pour éviter la ville, se dirigeant vers le sud, et la chienne trottina derrière elle tandis que l'aube se levait en un large bandeau rayé de rose et de rouge.

Une heure plus tard elle arrêta le cheval et regarda derrière elle. Elle s'attarda pendant de longues minutes. Puis elle dit, Bon, continuons, et elle fit faire demi-tour au cheval et prit à nouveau la direction du sud où défilaient de noirs nuages devant les montagnes tandis qu'une petite pluie fine commençait à tomber.

4

Elle chevaucha toute la journée, demeurant sur la route des chariots, traversant un paysage de plus en plus verdoyant, essuyant la pluie par intervalles. Elle s'arrêtait parfois pour permettre à son cheval de se reposer, le laissant souffler bruyamment, immobile, sentant ses flancs se soulever pendant qu'elle étirait ses jambes dans les étriers tout en examinant le paysage. Les montagnes à l'est barraient la longue vallée, amoncellement de rocs escarpés et de pics enneigés, et à l'ouest le lac continuait à s'étendre à l'infini sous un ciel gris menaçant.

À midi elle atteignit un bois, mit pied à terre et partagea quelques biscuits secs et de la viande séchée avec la chienne, puis sa faim satisfaite elle se remit en selle et poursuivit sa route, traversa le village d'Ogden, rencontrant aux alentours des hommes qui travaillaient dans les champs. Elle avait passé plusieurs mois dans cet endroit, des années auparavant. Elle avait été employée pendant une saison dans une affaire dirigée par une femme, une certaine Buelah Pritchett – la Vieille Truie comme l'appelaient ses employés, parce qu'elle était sale, méchante, et qu'elle passait son temps à les injurier. Elle en était partie plus pauvre qu'elle n'était arrivée, heureuse d'en sortir quitte. Rien ne semblait avoir changé depuis toutes ces années, sinon qu'un nouveau temple avait été érigé au centre du village, plus vaste que le précédent. Elle s'arrêta dans un magasin et acheta un quart et une assiette en fer-blanc ainsi que du tabac, puis continua sa route, heureuse de quitter ces lieux et ses tristes souvenirs.

Elle campa pour la nuit près d'un ancien ruisseau et le ciel se dégagea, les arbres gris s'argentèrent dans le clair de lune. L'air se refroidit. Les étoiles brillèrent. Elle demeura un long moment à fumer, drapée dans la couverture, entourée d'arbres morts tombés au hasard et qui reposaient les uns sur les autres dans un équilibre précaire. La lune éclairait le cheval occupé à brouter de rares touffes d'herbe pendant qu'elle restait là, le regard fixé sur les flammes qui vacillaient au gré du vent. La chienne était couchée devant le feu, le museau entre les pattes, et elle redressait la tête de temps en temps, l'observait comme si elle cherchait à deviner ses pensées. Au bout d'un moment, elle se leva et alla inspecter le cheval, lui parlant dans l'obscurité, puis elle retourna près du feu et se dévêtit, ne gardant sur elle que ses sous-vêtements. Elle alimenta le feu, accrocha ses vêtements humides à une perche près des flammes, étendit son poncho sur le sol, s'enveloppa de la couverture et, la chienne blottie contre elle pour avoir chaud, elle sombra dans le sommeil.

Elle rêva à nouveau du Mexique. Elle rêva qu'elle parcourait à cheval les colonies du plateau de Colonia Juarez, chevauchant le tobiano rouan que lui avait donné Lee et que dans chaque ville, à Dublan et à Diaz, dans les villages de montagne de Pacheco, de Garcia et de Cuichupa, elle cherchait en vain la jument grise, ne voyait que les vestiges de vieux abris creusés dans la roche sur les rives de la Piedras Verdes, les habitations de fortune des Indiens qui s'y tenaient accroupis jadis.

Au matin, le monde revint à la vie et elle resta frissonnante sous sa couverture, attendant de voir le soleil franchir les sommets. Alors seulement elle se leva et s'habilla, roula la couverture à l'intérieur du poncho et fixa le tout avec une corde. Le disque jaune du soleil montait déjà au-dessus des crêtes quand elle foula l'herbe gorgée de rosée et atteignit le piquet où était attaché le cheval. Elle le libéra et le ramena à l'endroit où elle avait laissé la selle. Elle voyait sur le dos de l'animal les traces de blessures anciennes, les marques en croissant de poils plus clairs, témoins de morsures et d'écorchures. Il était si maigre que les os des épaules et de la croupe saillaient sous la peau et elle remarqua que le poil commençait à s'user au garrot, au contact de la lourde selle mexicaine. Pour prévenir les plaies, elle doubla la couverture avant d'y placer la selle. Son haleine formait une buée qui resta en suspens dans l'air matinal pendant qu'elle resserrait la sangle et le cheval coucha les oreilles et tourna la tête vers elle, roulant en arrière son seul œil visible jusqu'à ce qu'elle n'en vît plus que le blanc. Il ne cessa de s'agiter pendant qu'elle l'enfourchait et quand elle fut en selle, il se cabra et rua sans lui laisser le temps de trouver son assiette et le pommeau lui heurta violemment l'estomac avant qu'elle ne parvienne à le reprendre en main. Alors seulement il se tint tranquille, les jambes écartées et le souffle court, comme s'il préparait un autre mauvais coup. La journée semblait mal partie et elle le dit au cheval. Elle lui dit qu'ils avaient une longue route à parcourir et que s'il continuait ainsi ce ne serait drôle ni pour lui ni pour elle.

Elle fit claquer sa langue, pressa sa jambe contre son flanc et le cheval lui répondit par une volte, essayant de la désarçonner, la forçant à le piquer des éperons, et il se cabra, dressé sur ses postérieurs, et pendant un instant ils restèrent en équilibre, cavalière et monture étrangement figés dans l'espace, puis elle se jeta en avant, allongée sur l'encolure, et il retomba les jambes raides et se mit à ruer sur la terre craquelée. C'était tout ce qu'elle pouvait faire pour rester en selle. Tout excitée, la chienne courait en rond derrière le cheval en lui mordillant les jarrets, sans cesser d'aboyer jusqu'à ce qu'elle la fasse taire. Et à nouveau le cheval se calma, bien qu'elle sentît frémir les muscles de ses épaules sous la peau agitée de frissons, alors elle le caressa et lui parla pendant un long moment et le vit bientôt pointer les oreilles et se décider à avancer, caracolant, partant sur le côté, avant d'adopter une allure régulière.

Il fallait un jour entier pour atteindre Salt Lake City, et elle connaissait bien la route. C'était dimanche. Le jour du Seigneur et de tous les Saints de l'Église, un jour de repos avec interdiction de travailler. Elle se réjouissait de cette tranquillité. D'avoir la piste pour elle seule. Elle maintint le cheval à bonne allure pendant toute la matinée. La pluie avait donné vie à la terre alentour. Le pays de Dieu, comme l'appelait Lee. L'Arche du Refuge et le Port des Élus de Dieu. Son nom était aujourd'hui devenu symbole de mépris et il avait quitté ce monde pour toujours. Comment un tel déchaînement de violence pourrait-il jamais être pardonné ? Ou racheté par la mort d'un seul homme ?

Elle traversa un arroyo où la route contournait un barrage de rochers, un amas de grosses pierres entassées dans une cuvette, et suivit une rangée de peupliers de Virginie qui bordait le lit asséché de la rivière. Elle s'arrêta devant une flaque d'eau pour abreuver le cheval mais il n'en voyait pas le fond et souffla nerveusement sur la surface sombre puis recula apeuré. Très bien, à ta guise, dit-elle, et elle repartit, choisissant un chemin qui contournait la ville. Elle ne fit plus halte avant que le soleil ne disparaisse et qu'un voile blanchâtre tombe à l'horizon. Entre-temps elle était arrivée à Willow Creek où elle campa pour la nuit. Il y avait de l'eau et de la bonne herbe. Elle reprit la route le lendemain matin, attaqua la rude ascension des hauteurs qui séparaient la vallée du lac Utah de celle du Grand Lac Salé, qu'elle atteignit peu après midi. Elle ne trouva aucun point d'eau avant American Fork, et elle se reposa là un moment à l'ombre, laissant son regard errer par-delà les creux où le terrain s'abaissait en une succession de vallons verdoyants. Elle ouvrit une boîte de viande en conserve qu'elle partagea avec la chienne, termina son repas par une poignée de pêches séchées et but son content d'eau. Puis elle remplit son bidon, remonta en selle et continua sa chevauchée, levant des vols de colombes et de cailles dans l'herbe haute. Quittant la route principale, elle suivit une piste qui serpentait à travers des buissons rabougris de cornouillers, prenant soin d'éviter plusieurs fermes éparses. Elle croisa un enfant qui menait un troupeau de chèvres, passa devant un groupe d'Indiens accroupis autour d'un maigre feu, puis elle ne rencontra plus personne pendant longtemps. Oscillant sur sa selle, elle laissa son esprit vagabonder.

Certains disaient que c'était le meilleur homme qui ait jamais existé. Qu'il était doté d'une énergie et d'un courage inépuisables. D'une intelligence au-dessus de la moyenne. Walter Winsor lui avait dit qu'il n'avait jamais rencontré homme aussi bon, jamais connu cœur aussi sensible. Quelqu'un d'aussi généreux, un ami pour tous. Il avait la main sûre avec les chevaux, indiscutablement. C'était un bâtisseur qui pourvoyait aux besoins de tous. Vous pouviez déposer John D. Lee sur une île déserte, disait Winsor, et être sûr qu'il ferait fortune aussitôt, tant il était doué pour gagner de l'argent.

Mais elle avait vu le revers de la médaille. Elle l'avait vu rudoyer les gens pour les plier à ses désirs. Manquer d'honnêteté en affaires. Espionner, écouter en secret les conversations, et prétendre que ses visions le distinguaient des autres hommes. Il lui avait dit un jour que ce bas-monde était gouverné par l'autre monde des esprits invisibles dont certains revêtaient une apparence charnelle cependant que d'autres étaient désincarnés. Pour détruire les méchants, le Seigneur faisait appel la plupart du temps aux esprits désincarnés. Mais le massacre de la prairie avait été perpétré par des hommes ordinaires. Des hommes préparés à manier l'épée de la destruction pour le plus grand bien du royaume.

Levi Stewart lui avait raconté une histoire concernant Lee. Lorsqu'il vivait dans l'Illinois, Lee avait commencé à avoir un si grand nombre de femmes qu'il ne pouvait les garder toutes. Mais il y avait deux jeunes sœurs, Louisa et

Emmeline Free, l'une et l'autre d'une grande beauté, sur lesquelles il avait jeté son dévolu. Il était résolu à les prendre toutes les deux pour épouses. Séduites par sa beauté et ses manières raffinées, les sœurs étaient prêtes à le suivre, jusqu'au jour où Brigham s'en était mêlé. Le Prophète était tombé amoureux d'une des sœurs dès le premier regard et il avait conjuré Lee de la lui laisser. Lee, naturellement, était toujours prêt à accéder aux prières du Prophète. Cette fois pourtant il fut si bouleversé par la tournure de l'affaire que, d'après Stewart, il alla baiser plusieurs femmes auxquelles il n'était pas marié avant de rentrer chez lui et de baiser toutes ses épouses, en une seule nuit, un exploit dont il s'était vanté par la suite, racontant comment il avait fait l'amour à douze femmes le même jour. Pourquoi me dites-vous tout ça ? se souvenait-elle d'avoir demandé à Stewart, qui avait alors pris parti contre Lee. Uniquement pour que vous sachiez quel genre d'homme il est, avait-il répondu.

Au début, pendant les premières années de leur vie commune, elle s'était estimée heureuse d'être sa femme et ils avaient tous prospéré, mais c'était avant que les choses ne tournent mal. À cette époque Emma et elles avaient leur maison, des cochons, des poules et des vaches dont elles disposaient à leur guise, et elles avaient bien géré leur cheptel, en avaient tiré un bon bénéfice à chaque saison. Elles avaient même gagné de l'argent avec les chats. Elles avaient acheté une chatte qui avait mis bas une portée de quatre petits. Peu après un dénommé Frankie, un Gentil employé comme cuisinier dans une compagnie militaire qui parcourait le territoire, s'était arrêté au village et, voyant les chatons, l'avait suppliée de lui en céder un. Elle lui avait répondu que les chats étaient très rares dans la région et qu'elle voulait les garder pour elle. Il lui avait répliqué qu'il n'y en avait pas au Nevada, le pays d'où il venait, et qu'il voulait un chat à ramener avec lui et n'accepterait pas qu'elle lui oppose un refus. Il avait fini par lui offrir vingt dollars pour l'un des chatons. Une très bonne saison pour les chats.

Au printemps suivant, ils avaient préparé la terre avec ardeur, espérant obtenir les plus belles récoltes jamais vues, et tout semblait augurer une moisson abondante quand étaient arrivées les sauterelles qui avaient tout nettoyé, détruisant la totalité des plantations à l'exception des pommes de terre et des petits pois, qui pour une raison inconnue n'intéressaient pas les insectes. C'est à partir de ce jour-là qu'avait commencé leur déclin.

Cette saison-là vit mourir la première Mme Lee et il en fut très affecté. Il souhaita néanmoins la remplacer par une autre épouse et choisit une jeune fille de Santa Clara. Mais ses efforts pour gagner ses faveurs ne furent pas couronnés de succès. Il eut beau lui acheter des robes et divers cadeaux, l'amener dans son lit et la caresser, elle ne devint pas sa femme en fin de compte, elle lui tira sa révérence et, portant les vêtements qu'il lui avait offerts, partit avec un autre.

Les choses alors parurent aller de mal en pis. Le bétail et les chevaux périrent, les tempêtes se succédèrent, causant des ravages dans les champs qui prirent une apparence désolée et pour la deuxième année consécutive ils perdirent leurs récoltes et eurent peu à manger. On eût dit que tout changeait soudain. Les Gentils étaient devenus trop nombreux pour leur tranquillité et mettaient en péril leur mode de vie. Les rumeurs concernant le massacre se transformèrent en accusations et Lee était toujours désigné comme l'un des principaux instigateurs. L'hiver vint et ils n'avaient rien à vendre. Il semblait qu'un nuage sombre et impénétrable planait au-dessus de leurs existences et qu'ils n'étaient plus eux-mêmes.

Tous ces événements paraissaient très éloignés dans le temps, et pourtant ils restaient si présents dans sa mémoire qu'ils auraient pu avoir eu lieu la veille.

Ce soir-là, elle campa loin de toute agglomération. Avant la tombée de la nuit elle ramassa du bois et fit un feu. Il faisait froid, le vent soufflait sans répit et le sol était lumineux sous la pleine lune. En se réveillant le lendemain matin, elle s'aperçut que le cheval avait disparu. Il avait arraché son piquet et était parti. Elle passa de longues heures à explorer les environs, battant les taillis, fouillant les fourrés de sureau noir et de serpentaire, pour l'apercevoir enfin qui broutait paisiblement en amont d'un bosquet de saules. Il s'éloigna dès qu'il la vit s'avancer vers lui. Elle s'accroupit et attendit. Quand elle faisait mine de bouger, il en faisait autant, traînant sa longe dans l'herbe. Elle passa ainsi la plus grande partie de la matinée, à suivre le cheval, voyant échouer toutes ses tentatives de l'approcher. Elle se souvint d'un jour où Lee et elle avaient perdu leurs chevaux en haut de la Kolob Mountain. Il leur avait fallu trois jours pour les rattraper. Se rappelant la ruse qu'il avait jadis utilisée, elle remplit son chapeau d'épis d'avoine sauvage, puis tourna le dos au cheval et, feignant l'indifférence, patienta, secouant le chapeau de temps en temps. Curieux, le cheval s'approcha. Posant le chapeau sur le sol, elle contourna l'animal et le poussa lentement devant elle. Lorsqu'il arriva à la hauteur du chapeau, il s'immobilisa, baissa la tête, et elle profita de l'instant où son attention était ainsi détournée pour s'emparer de l'extrémité de la longe. L'après-midi touchait alors à sa fin et elle se sentait gagnée par la faim et la fatigue. Plusieurs milles la séparaient de son campement. Elle marcha sans s'arrêter, menant le cheval isabelle, regardant les lièvres détaler devant eux.

Le lendemain elle atteignit Peeteneet Creek, un torrent à l'eau pure et limpide, et franchit une crête qui l'amena sur un autre versant où elle passa la nuit au bord du Chicken Creek. Elle s'était déjà arrêtée là avec Lee lors d'un orage. Ils y avaient passé trois nuits d'affilée. Un homme qu'ils ne connaissaient pas avait été foudroyé alors qu'il cherchait à s'abriter sous un arbre. C'était arrivé pendant leur voyage de noces, alors qu'ils revenaient de la ville, et elle y avait vu un mauvais présage. La première Mme Lee voyageait avec eux, accompagnée de sa sœur, Rachel. Lorsque l'orage s'était calmé et que le ciel s'était dégagé, ils avaient continué jusqu'à Mill Creek, où l'un des chevaux était tombé malade et était mort, leur faisant perdre deux jours. Lee était allé voir un homme qui faisait commerce de chevaux, et l'homme avait tenté de lui vendre une bête qui portait la propre marque de Lee. Quand Lee lui avait demandé sa provenance, l'homme avait répondu l'avoir achetée à un marchand plus tôt dans la semaine et Lee avait compris que l'animal lui avait été volé pendant son absence. Il avait déclaré que le cheval lui appartenait et l'avait repris, refusant de donner un sou à l'homme, et le marchand l'avait insulté et traité de tous les noms.

Ils s'étaient ensuite rendus à Beaver, en faisant halte chez sa mère. Une dispute avait éclaté quand elle avait voulu donner à sa mère sa part de la laine qu'ils avaient achetée à la ville. Les épouses les plus anciennes avaient prétendu que la laine ne lui appartenait pas, bien que Lee eût promis de lui en céder une partie, et elle s'était querellée violemment avec Rachel. Cela avait fait un foin de tous les diables. À partir de ce jour-là, les deux sœurs s'étaient liguées contre elle et durant les six années qui suivirent elles avaient tout fait pour lui rendre la vie impossible, sauf lorsqu'elles cherchaient à obtenir une faveur de sa part et dans ce cas elles étaient tout sourire.

Cette terre semblait imprégnée de ces souvenirs. Elle avait séjourné avec Lee dans presque tous les villages qu'elle traversait. Chaque petite colonie l'avait connu, et dans chacune il était révéré ou méprisé. C'était le genre d'homme qui ne suscitait pas l'indifférence. Soit il avait la réputation d'être généreux, amical et bienveillant, soit on le qualifiait de fourbe, de malhonnête, d'individu assoiffé de pouvoir. Pourtant, dans chaque salle de réunion, d'un bout à l'autre de la ligne, de Santa Clara à Salt Lake City, elle l'avait entendu prêcher du haut du pupitre, et avait vu comment il pouvait faire fondre en larmes un auditoire.

Elle avait toujours pensé que c'était un homme qui avait besoin d'être aimé – pas seulement aimé mais *adoré* – et que ce besoin l'amenait à modifier son attitude et ses sentiments au gré des situations. Lorsqu'il prêchait, il était vertueux, respectueux envers Dieu et plein d'exaltation. Mais quand il buvait avec les saisonniers ou jouait aux cartes avec les conducteurs de troupeaux, il se montrait grossier, exubérant et jurait autant qu'eux. Avec Brigham il était l'acolyte servile. Avec ses femmes, le maître autoritaire mais plein de séduction – et souvent enjoué. Il s'évertuait à être tout et son contraire à la fois. Et aujourd'hui il n'était plus rien, ou plutôt on en avait fait le bouc émissaire, ce qui revenait pratiquement au même.

Elle se sentit déprimée à force de se remémorer inutilement le passé, et elle détourna sa pensée de Lee, se concentrant sur le paysage qui l'entourait et la distance qu'il lui restait à parcourir. Des rafales de vent descendaient du haut d'un canyon. Elle suivit le lit profond et boueux d'une rivière encaissée qui clapotait non loin d'elle. La vallée était large et étendue. Elle voyait loin devant elle, au sud comme à l'ouest, et l'espace l'emplissait d'un sentiment de liberté et de félicité. On pouvait se sentir faussement maître de son destin à chevaucher ainsi à travers une telle immensité, pensa-t-elle. C'était peut-être l'effet qu'avait eu ce pays sur eux tous – leur donner un sens demesuré de leur pouvoir – et la raison de cette violence délibérée, sous toutes ses formes, qui avait marqué leurs existences.

Le vent se leva pendant la nuit et une neige fine se mit à tomber. À son réveil, elle découvrit un monde blanc sous un manteau de givre durci par le froid. Dans le demi-jour gris et oppressant de l'aube elle alluma un maigre feu, prépara du café et une bouillie de maïs puis sella son cheval et se mit en route, sans quitter la piste des chariots. Elle avançait avec difficulté. Le sol était lisse comme du beurre. À chaque pas, le cheval dérapait dans l'épaisse boue rougeâtre, luttait pour descendre puis remonter les pentes abruptes. Elle chevaucha toute la journée, traversa à gué une rivière en crue, passa devant des fermes isolées et les murs écroulés de maisons d'adobe abandonnées. Elle atteignit un village où elle avait vu autrefois un Indien nommé Baptiste danser nu dans l'église. C'était un dimanche. Lee était venu au village pour y prêcher. Baptiste et sa tribu étaient arrivés au moment où commençait le service. L'Indien s'était avancé dans la salle de réunion et, peu après, s'était dévêtu et mis à danser nu devant la congrégation. L'un des frères assis près d'une fenêtre avait eu la présence d'esprit de jeter un regard à l'extérieur et, voyant les autres Indiens encercler l'église, avait averti Lee à voix basse. Mais Lee avait conservé son calme et feint de ne pas remarquer Baptiste ; il avait simplement poursuivi le service, se contentant d'élever un peu la voix. Au bout d'un moment, Baptiste avait interrompu sa danse et était resté nu et immobile à écouter les paroles de Lee, puis il s'était glissé hors de l'église et avait emmené sa tribu avec lui.

Pourquoi Baptiste a-t-il agi ainsi ? avait-elle demandé plus tard à Lee.

Pour se moquer de nous, avait-il répondu, et nous faire injure. Il espérait que son impudence susciterait notre colère et provoquerait un affrontement, leur donnant à lui et à sa tribu une excuse pour nous attaquer.

Quoi qu'il en soit, la colonie avait vu un avertissement dans cet incident et les colons étaient longtemps restés sur le qui-vive. Aujourd'hui, elle se rappelait surtout l'attitude agressive et provocante de Baptiste, nu dans la lumière oblique qui filtrait à travers les vitraux, au milieu d'hommes barbus et solennels et de femmes coiffées de leurs bonnets. Il ressemblait à l'Homme Originel, parfaite créature de Dieu.

Pendant trois jours d'affilée elle chevaucha vers le sud, montant et descendant, franchissant une succession de grandes dépressions marécageuses, dans des camaïeux vert tendre, sous la neige qui tombait parfois en petits flocons drus puis se dissipait ou se transformait en pluie fine. Lorsque le soleil apparut enfin, il réduisit la mince couche de neige en une pellicule humide, lui réchauffa le visage et les mains, et la lumière frappa les pics enneigés, si éblouissante qu'elle lui fit mal aux yeux. Elle rabattit le bord de son chapeau. Elle passa devant ce qui ressemblait à une montagne de sel et s'avéra être un bœuf boursouflé abandonné sur le bord de la route et la puanteur de la mort demeura longtemps dans ses narines. Les lièvres étaient si nombreux à courir dans toutes les directions que la terre elle-même semblait vivante et animée de mouvements. Elle leva une gélinotte dans les buissons d'armoise avec ses cinq petits et les oiseaux s'enfuirent devant elle, les plumes de duvet clair voletant dans l'air tandis que les oisillons battaient maladroitement des ailes. Elle mit pied à terre pour les chasser dans les taillis, parvint à abattre la poule pataude avec une pierre, et la fit rôtir à midi, partageant son maigre repas avec la chienne.

Le soir du huitième jour elle quitta la plaine tapissée d'absinthe et pénétra dans les collines couvertes de cèdres. Arrivée au sommet elle se retrouva dans un bois épais – des arbres si tourmentés et rabougris qu'on eût dit qu'une forêt avait été enfouie jusqu'à mi-hauteur sous des tempêtes de sable. La piste était inégale et bordée de pierres noires volcaniques. Des roches éparpillées, pleines de boursouflures et de trous, entassées les unes sur les autres, tels les vestiges d'un monde ancien jetés au hasard sur le sol. Une haute chaîne de montagnes déchiquetées se dressait à l'est, teintée d'un éclat rose dans le lointain, et d'autres sommets s'élevaient au-delà, puis d'autres encore à l'arrière-plan. C'était un pays sans limites – qui n'avait ni commencement ni fin. Plus loin sur la route un torrent dévalait la pente, bondissait sur plusieurs mètres entre les berges frangées de glace, tourbillonnait avant de disparaître, et le cheval s'embourba dans les sables mouvants, se débattant pour en extraire d'abord un pied puis l'autre, cherchant à retrouver peu à peu le sol ferme pour se sortir du marécage.

Lorsqu'elle atteignit Indian Creek le lendemain matin, le cheval avait perdu un fer et boitait. Elle mit pied à terre et le mena à la longe. La piste suivait un cours d'eau, et ses bottes étaient lourdes de boue. Des carcasses de chevaux et de vaches encombraient le lit de la rivière et ici et là des castors avaient retenu l'eau dans des bassins dont les truites ridaient la surface. L'eau, chargée de carbonates, était saumâtre au goût. Les oies et les canards abondaient et elle s'assit au bord de la rivière, les écoutant cancaner et criailler pendant qu'elle mangeait de la viande en conserve qui avait un relent de métal et lui laissa une sensation d'aigreur. La chienne préféra chercher des spermophiles dans le sable, et sa chasse étant couronnée de succès, se mit à dévorer sa proie. Elle avait quitté Corinne depuis huit jours, et depuis huit jours n'avait parlé à personne excepté à la chienne et au cheval, auquel elle confiait parfois ses pensées. Tout en le dessellant pour la nuit, elle lui parla à nouveau. Elle était envahie d'une profonde fatigue après cette longue journée de marche et elle lui raconta sa lassitude, lui dit combien elle aurait préféré ne pas avoir à l'entraîner dans cet interminable voyage. Le cheval n'avait pas été habitué à de si pénibles chevauchées et il était exténué. Tu es un bon garçon, lui dit-elle, un bon vieux cheval jaune. Elle tapota sa joue osseuse et il se pressa contre sa main et baissa la tête. En dépit de sa fatigue, elle le bouchonna, lui massa les membres, vérifia ses pieds, cherchant les pierres incrustées dans ses sabots, et l'attacha à un piquet avant d'allumer un feu.

Elle resta éveillée une partie de la nuit, à écouter les coyotes. Leurs appels aigus portaient loin dans l'obscurité. Le monde semblait vaste et désolé et elle ne percevait rien de bon dans le cœur des hommes. Elle sentit l'espoir la déserter. Elle avait l'impression que sa quête ne rimait à rien, et le découragement la submergea. Le lendemain, elle se réveilla oppressée, avec l'illusion d'être très loin de chez elle. Elle aurait aimé se retrouver dans la prairie. Auprès de Beezer. Couchée à côté de lui dans la petite cabane, avec le bruit de l'eau au-dehors. Elle était incapable de calmer ses peurs, incapable de leur donner un nom. Elle se sentait perdue, comme si elle s'était aventurée hors de son territoire, alors qu'elle était de retour chez elle en réalité. Peut-être était-ce justement la raison de ses craintes, pensa-t-elle.

Lorsque le soleil se leva elle se remit en marche, en direction de la ville, menant le cheval boiteux. Elle s'arrêta en haut d'une éminence et contempla en contrebas un spectacle qu'elle connaissait trop bien. La ferme de son frère était nichée dans la vallée verdoyante à ses pieds, un groupe de cabanes en rondins avec un arbre solitaire dans la cour de la grange. C'était là qu'elle avait passé toute son enfance, là que sa mère et son beau-père avaient bataillé pour gagner leur vie jusqu'à ce que le choléra les emporte tous les deux et que son frère reprenne la ferme. Elle resta longtemps immobile sur la crête à observer la scène. Au bout d'un moment son frère sortit de la cabane principale et alla tirer un seau d'eau du puits. Un jeune garçon sortit à son tour et le rejoignit dans la cour de la grange, debout dans la faible clarté du matin qui perçait sous le plafond des lourds nuages bas. Son fils. Albert. Qu'elle n'avait pas revu depuis le jour où elle avait enfourché son cheval, l'abandonnant là. L'enfant avait une épaisse chevelure châtaine, comme son père. Il avait grandi et se tenait bien droit.

Sam. Belle. Albert.

Elle se souvint de ce jour où Sam alors âgé de quatre ans lui avait demandé la permission de grimper sur le toit du poulailler, de sauter et de se rompre le cou. Tout ça parce qu'Emma disait toujours aux enfants qu'ils allaient se rompre le cou s'ils ne faisaient pas attention et qu'il avait pensé que c'était un truc à essayer. Le lendemain il avait voulu savoir si elle l'autorisait à sortir en plein air et à se laisser emporter par le vent. Un drôle d'enfant, Sam, qui avait toujours quelque chose d'étrange à dire, vif et curieux, plein d'interrogations.

Lee avait sculpté des chevaux pour les garçons dans du bois tendre, et les avait divertis pendant de longues heures à vanter leurs qualités, à leur raconter qu'il s'agissait de chevaux de race, leur suggérant lequel aurait le plus de valeur s'il était fait de chair et de sang au lieu de bois.

Ah, quel souvenir ! le poisson que nous mangions pour rien en Égypte, les concombres, les melons, les laitues, les oignons et l'ail, toute la munificence de la terre et nos longues et joyeuses journées dans ce pays.

D'autres enfants sortirent de la cabane. Les fils de son frère ainsi que sa fille. Les enfants se poursuivaient, agitant des bâtons, et leurs cris et leurs rires montaient jusqu'à l'endroit où elle se tenait sur la crête de la colline, dans le vent froid qui soufflait face à elle.

Elle s'attarda longtemps, hésitant à descendre et à les surprendre tous. Elle s'imagina à la table avec son frère, sa femme et les enfants, partageant leur repas de midi. Albert sur ses genoux. Dans ces mêmes pièces où elle s'était si souvent assise avec sa mère, son beau-père et son frère. Elle imagina ce qu'ils se raconteraient. Ce qu'elle leur dirait de Beezer, de leur troupeau, de leurs séjours pendant l'été dans les hauts pâturages des Big Smokies, de la prairie qui devenait violette au printemps sous un tapis de fleurs de lis bleu. Son frère serait heureux d'apprendre qu'elle partageait la vie d'un brave homme et qu'elle avait mis fin à ses errances. Ils évoqueraient le passé. Elle pouvait imaginer toutes sortes de scènes qui se dérouleraient ainsi, chacune plus plaisante que la précédente. Ce qu'elle ne se figurait pas, c'était le moment de la séparation. Comment elle pourrait quitter l'enfant une seconde fois, ni ce qu'elle dirait à son frère s'il lui demandait pourquoi elle n'emmenait pas son fils avec elle.

Ça, elle ne pouvait pas l'envisager.

Lorsque commença à décliner la lumière de l'après-midi elle se leva et revint sur ses pas, menant le cheval par la bride. Il boitait moins bas et elle remonta en selle dès qu'elle atteignit la route, prenant la direction du sud, progressant lentement dans le crépuscule, attentive à garder une allure peu fatigante pour sa monture. Les étoiles commençaient à apparaître, oscillant dans la voûte céleste. Une heure plus tard elle atteignit la ville de Beaver. Elle en distinguait les contours au loin, chaque point de lumière se détachant dans la sombre immensité d'une vallée encaissée. La rue était déserte quand elle entra dans la ville. Deux soldats sortirent d'un saloon et la regardèrent passer dans la grisaille du soir. Elle alla directement chez le maréchal-ferrant et se réjouit de voir la forge encore éclairée et l'homme au travail. Elle lui demanda de mettre un fer à son cheval en remplacement de celui qu'il avait perdu et dit qu'elle reviendrait dans une heure. Elle lui demanda aussi s'il avait vu un homme et un jeune garçon voyageant avec une mule, un alezan et une jument grise mais le maréchal-ferrant secoua la tête, déclara qu'il n'avait remarqué aucun équipage de ce genre et elle le remercia et s'en alla.

Elle mangea à la lumière d'une lampe à huile sur une petite table de pin au rez-de-chaussée d'une pension de famille qui s'appelait Chez Mrs. Quinn. De l'autre côté de la rue se trouvait le saloon où l'on avait jugé Lee. À l'étage, dans une salle assez vaste pour contenir l'assistance entière. Elle savait ces détails grâce aux journaux que Farley lui avait lus – ces détails et beaucoup d'autres qu'elle n'avait jamais pu extraire de sa mémoire et qu'elle ressassait tout en mangeant. Assises à une table voisine, deux fillettes la regardaient. Les filles du propriétaire. Elles avaient des nœuds dans les cheveux. Des nœuds bleus identiques assortis à la couleur de leurs yeux. Elle pensa à Albert pendant qu'elle observait les petites filles, et elle pensa à Emma, à Sam et à Belle, puis s'efforça de ne plus y penser et garda les yeux fixés sur son assiette.

Son repas terminé, elle commanda un whisky et éleva le

verre dans la lumière, comme si elle portait un toast à la flamme, faisant tournoyer le liquide ambré pour le réchauffer, puis elle avala l'alcool d'un trait, se leva, coiffa son chapeau et se dirigea vers la porte, ses éperons cliquetant sur le plancher. Les fillettes lui adressèrent un geste d'adieu au moment où elle s'en allait et elle leur fit un signe en retour.

Dehors le vent s'était levé et la nuit s'emplissait du bruissement des feuilles. Elle s'assit sur un banc à l'abri d'une tonnelle. La chienne était couchée à ses pieds. Plusieurs Indiens passèrent, montés sur des poneys à la croupe avachie, penchés en avant, les épaules enveloppées de leurs couvertures. Elle se souvint que Lee avait toujours gardé une tenue en peau de daim et, quand l'envie l'en prenait, il noircissait son visage et s'habillait comme un Indien. C'était ainsi qu'avaient été perpétrés bien des actes de malveillance. Par la suite, on avait pu en accuser les Indiens. C'est ce qu'on avait toujours prétendu.

Ce sont les Indiens qui en sont reponsables.

Presque toutes les abominations commises par les Saints avaient été attribuées à l'Homme Rouge et tout le monde n'y voyait que du feu. Le bruit courait que les Frères avaient été nombreux dans la prairie à s'être déguisés en Indiens. Plus tard les enfants qui avaient survécu racontèrent avoir vu les hommes blancs laver la peinture de leurs visages.

Il y avait des choses dont elle avait été témoin et qu'elle avait toujours tues. Des choses qui hantaient encore souvent ses rêves. Des choses qu'elle ne pourrait jamais oublier.

Elle avait vu de ses propres yeux le carnage dans la prairie. Elle avait huit ans alors, sa mère et son beau-père avaient quitté la Californie, avec l'intention de rejoindre les Saints dans l'Utah. Après avoir traversé le désert durant de longs jours, empruntant la vieille piste espagnole, ils avaient pénétré dans le territoire de l'Utah et étaient arrivés dans une prairie. C'était l'hiver mais les pâturages bruns n'étaient pas encore entièrement recouverts par la neige. Exténuées, les familles avaient décidé de camper dans le coin et de laisser les bêtes reprendre des forces, mais ce qui s'offrit à leur vue leur fit changer d'avis. Les vastes prés étaient jonchés d'ossements et de lambeaux de vêtements, et par endroits de longues mèches de cheveux étaient accrochées aux buissons. Les chariots s'arrêtèrent et les hommes en descendirent et marchèrent parmi les débris humains. C'est donc vrai, dit sa mère lorsque son beau-père revint au chariot. Tout ce qu'on nous a raconté est exact, n'est-ce pas ? Nous repartons, se contenta-t-il de répondre, et ils avaient continué à rouler en silence dans ce décor macabre tandis que tombaient de fins flocons de neige.

C'était un monde rude et personne ne le savait mieux qu'elle. L'Apôtre avait eu raison quand il avait dit à Lee le jour de leur mariage qu'elle ne ferait jamais une bonne Sainte. Elle n'avait pas le feu sacré enfermé dans ses os. Et elle avait vu trop de choses.

Ils utilisaient une expression particulière quand ils s'étaient débarrassés de quelqu'un. Ils disaient qu'on l'avait *poussé par-dessus le bord du bassin.*

Elle se souvenait d'un jeune homme, un dénommé Anderson, Rufus Anderson, qui était tombé amoureux d'une des jeunes filles de la ville, Lucinda Crandall. Or il contrariait les désirs de l'évêque, lequel avait espéré la prendre pour femme, en dépit des nombreuses épouses qu'il avait déjà sous son toit. Cependant Anderson aimait la jeune fille de tout son cœur et refusait d'y renoncer, et elle partageait pleinement ses sentiments. Ils se marièrent en secret et la fille se retrouva enceinte. Lorsque l'évêque constata son état, il entra dans une fureur telle qu'il convoqua une assemblée pour régler l'affaire. Anderson fut sommé de s'expliquer et accusé d'adultère, bien qu'il tentât de se justifier, disant qu'il l'avait épousée en secret. On fit alors venir Lucinda devant le conseil et elle fut priée de renoncer à Anderson, mais elle refusa d'obtempérer. Ils la renvoyèrent chez elle. Anderson voulut l'accompagner mais ils l'en empêchèrent. Après le départ de Lucinda, les Anciens attachèrent les pieds et les mains d'Anderson et lui bandèrent les yeux. Ensuite ils baissèrent son pantalon et l'émasculèrent.

L'acte fut accompli un dimanche.

Ils accrochèrent ses parties intimes à un clou près de la tonnelle et elles y étaient encore le lendemain, exposées à la vue de tous. Une manière de prévenir qui voudrait contrecarrer les intentions des autorités, et de montrer le châtiment encouru par celui qui se rendait coupable d'adultère.

Elle n'était qu'une enfant le jour où elle avait vu les parties intimes suspendues au clou, et elle n'avait su quoi en penser, sachant qu'elles faisaient partie d'un homme, mais quelle partie ? Lorsque sa mère l'avait surprise en contemplation devant ce spectacle, elle avait étouffé un cri et l'avait vivement éloignée. C'était à cette occasion que sa mère avait perdu la foi. Elle s'était révoltée contre l'Église, dénonçant sa violence. Elle s'était mise à critiquer ouvertement les Saints devant qui voulait l'entendre. C'était une conduite risquée, car les colons se préparaient à la guerre avec les États-Unis et aucune dissension n'était tolérée au sein de la communauté, les apostats en particulier étaient honnis. Sa mère serait probablement passée par-dessus le bord du bassin si Lee n'avait intercédé en sa faveur. Le prix, naturellement, avait été sa fille. Et bien qu'elle fût jeune à l'époque, elle l'avait parfaitement compris et c'est pourquoi elle l'avait épousé. Plus tard, elle en avouerait la vraie raison : elle l'aurait épousé de toute manière, parce qu'elle était attirée par lui.

Si elles sont assez grandes, elles ne sont pas trop jeunes. C'était ce que Lee avait dit.

Et elle était grande. Une grande et forte fille.

Pauvre Anderson. En dépit de sa mutilation, il avait survécu et, malgré tous ses malheurs, la jeune fille ne l'avait jamais abandonné. Ils s'étaient enfuis de Beaver et la dernière fois qu'elle avait entendu parler d'eux ils étaient toujours mari et femme et vivaient dans le Nevada.

Elle se leva du banc, le corps engourdi par l'humidité du soir, et longea la rue, se dirigeant vers la forge, la chienne sur ses talons. Soudain, quelque chose la figea sur place. Là, à l'entrée d'un saloon, dans la pénombre, plusieurs chevaux étaient attachés à une rambarde. Le plus proche ressemblait à sa jument baie, quoiqu'elle n'aurait pu en jurer. Elle s'avança doucement, surveillant les alentours, mais il n'y avait personne en vue. Lorsqu'elle arriva près d'eux, la jument baie tourna la tête et elle vit la marque blanche qui courait le long de sa tête et les chaussettes blanches sur ses antérieurs, et elle reconnut sa selle, celle que Beezer lui avait fabriquée. À côté de la jument se tenait la mule. Et à côté de la mule, il y avait Vittick, attachée à la rambarde.

Elle agit avec rapidité. Il faisait noir et la rue était déserte mais elle entendait distinctement des éclats de voix masculines à l'intérieur du saloon. Une fenêtre sur la rue était ouverte, laissant entrer la fraîcheur de la nuit, et elle aperçut à l'intérieur Waddell et Boone. Debout au bar, le garçon était en conversation avec une jeune fille vêtue d'une robe rouge. Waddell était penché au-dessus d'un verre, assis à une table en compagnie de plusieurs hommes. Il suffisait qu'il tourne la tête et regarde par la fenêtre pour l'apercevoir. Elle eut du mal à dénouer la corde. Elle craignait de voir la porte du saloon s'ouvrir brusquement, laissant la lumière jaillir à l'extérieur et avec elle l'homme qu'elle désirait le moins rencontrer.

Elle détacha d'abord Vittick. La jument grise hennit doucement. Elle lui caressa les naseaux et lui parla à voix basse, et la jument renifla sa paume, et elle sentit son souffle sur sa peau. Elle la fit passer derrière la mule, libéra la jument baie et, avec un petit claquement de langue, les entraîna dans la rue. Menant les deux chevaux, elle passa devant un autre saloon. La porte était ouverte dans l'obscurité et elle vit des hommes attablés à l'intérieur et des femmes en robes chatoyantes devant le bar. La mule se mit alors à braire, appelant les juments, et la baie lui répondit par un long hennissement bruyant. Se retournant, elle vit deux silhouettes sortir du saloon. Elle s'engagea rapidement dans une ruelle entre deux bâtiments bas, et continua son chemin entre les enclos où les grognements sourds des porcs se mêlaient à d'autres bruits, semblables aux sons gutturaux que produisent certains oiseaux.

Le hongre isabelle était là, attaché à une barrière devant la forge du maréchal-ferrant. Elle paya l'homme à la hâte et enfourcha la jument baie, tirant derrière elle la grise et le hongre, puis sans un regard en arrière, elle fit demi-tour et prit le trot vers la sortie de la ville, entre les rangées de maisons plongées dans l'obscurité, avec les arbres qui bruissaient dans le vent. Elle chevaucha dans la nuit à bonne allure, quitta la route à l'endroit où elle franchissait une rivière et poursuivit sans s'arrêter à travers les champs à la surface inégale. Elle continua jusqu'à avoir le bras ankylosé à force de tenir les chevaux, s'arrêta, se reposa un court moment et reprit son chemin. L'aube la trouva sur une hauteur, appuyée au tronc d'un peuplier de Louisiane au bord d'un ruisseau recouvert d'une épaisse couche de glace. Elle laissa s'écouler une heure, luttant contre le sommeil pendant que les chevaux broutaient l'herbe nouvelle, et se remit en route.

Pendant trois jours d'affilée elle poussa ses chevaux, surveillant toujours ses arrières. Elle traversa des tempêtes de pluie, voyagea par un froid inhabituel pour la saison, campant à l'écart de la piste des chariots. Elle traversa des moments d'éclaircie, lorsque le soleil perçait et que la terre fumait, que ses vêtements séchaient à demi sur elle avant que la nuit ne tombe à nouveau, l'enveloppant d'un manteau humide.

Le cinquième jour la fièvre se déclara et elle ne put aller plus loin. Le hasard la conduisit à une cahute de berger abandonnée parmi les restes d'un champ de maïs et elle enferma les chevaux dans un enclos. Elle ramassa autant d'épis de maïs qu'elle pouvait en porter et les leur lança, rassemblant le peu d'énergie qui lui restait, puis elle s'allongea à même le plancher de la cabane et contempla le plafond dont certaines parties avaient été emportées, regardant le ciel à travers ces ouvertures, le voyant s'assombrir, s'éclaircir, s'assombrir à nouveau. Son corps grelottait, secoué de frissons qu'elle était impuissante à contrôler, pas plus qu'elle ne pouvait se lever pour allumer un feu, et aux frissons succédaient de violents accès de fièvre qui la laissaient brûlante, incapable de supporter sa couverture. Elle avait l'impression que la vie la quittait, et elle essayait de la retenir mais n'avait pas la force de mener le combat. La fièvre empira et elle se mit à délirer, criant les noms de ceux qui avaient peuplé son passé. Elle perdit le sens du temps, et bientôt ne sut plus où elle était. À un moment elle se crut revenue à Harmony, dans la maison qu'elle partageait avec Emma. Elle entendait sa voix qui l'appelait, prononçait son nom avec son accent anglais mélodieux. Et elle entendait d'autres voix aussi. Des voix d'enfants. Mais c'était celle d'Emma qui lui parvenait le plus clairement, elle lui disait qu'il était l'heure de passer à table, et elle mangeait du rôti de bœuf, du Yorkshire pudding et du gâteau aux prunes faits par Emma. Les hommes étaient là, aussi, qui l'applaudissaient et chantaient en chœur. Les ouvriers saisonniers. Jacob, Soffit, Marley, Thomas et tous les autres. Ils chantaient, applaudissaient, criaient son nom, et elle dansait et tournoyait, tournoyait et dansait, mais c'était la maison et les visages des hommes qui tournaient cependant qu'elle restait immobile à regarder le monde tourbillonner autour d'elle, puis perdait la notion de ce monde et de tous les autres et sombrait dans la plus profonde des nuits.

Il faisait noir quand elle se réveilla. Un noir d'encre. Elle regretta de ne pas avoir de lampe pour éclairer la pièce autour d'elle. D'un coin venait un grattement régulier. Des souris ou des rats. La chienne était couchée à côté d'elle, la tête reposant sur son épaule. Elle murmura son nom. Le nom qu'elle lui avait donné le premier matin près de la grotte. Et elle sentit sa queue frétiller sur le sol. L'animal se redressa et lui lécha la figure et la chaleur de sa langue sur sa peau froide la réconforta. Elle parvint à se tourner sur le côté et à ramper jusqu'à la porte. La nuit était claire, les étoiles constellaient le ciel, particules lumineuses sillonnant le firmament. Elle voyait les chevaux dans le corral que baignait le clair de lune. Se traînant tant bien que mal sur le sol, elle atteignit les sacoches et le bidon et but un peu d'eau, par petites gorgées qu'elle avala avec peine, puis elle posa sa tête sur les sacoches et s'endormit.

Au lever du jour, elle se sentit capable de se mettre debout et sortit dans l'aube grise, alla chercher les chevaux dans le corral et les conduisit dans un pré clos par un muret de pierre où elle les laissa paître. Elle alluma un feu, mit de l'eau à chauffer dans son quart, cueillit quelques feuilles d'un éphédra qui poussait non loin et se prépara une faible décoction de thé mormon qu'elle but lentement en se réchauffant aux flammes. Alors seulement elle mangea. Elle mangea les restes de la viande séchée qu'elle fit bouillir avec le maïs et donna une portion à la chienne. Elle dormit l'après-midi pendant que ses vêtements séchaient au soleil. Le soir, elle se sentit assez forte pour aller ramasser du bois et raviver le feu. Avant la tombée de la nuit elle alla chercher les chevaux et les enferma à nouveau dans le corral. La jument baie et le hongre isabelle étaient visiblement reposés, mais Vittick était nerveuse et lui parut amaigrie. Ses sabots étaient fendus et elle avait l'air abattu et misérable. Elle lui caressa l'encolure en lui parlant à mi-voix, puis alla dans les champs ramasser davantage de maïs, accomplissant plusieurs trajets jusqu'au corral. Elle y laissa les chevaux enfermés pour la nuit. Le lendemain matin, encore faible, le crâne douloureux, elle sella la jument baie et, menant Vittick et l'isabelle, se remit en route.

Dans le village de Scipio elle dépensa le reste de l'argent

que Farley lui avait donné pour ses provisions, acheta du pain dur, de la viande séchée et une flasque de whisky. Deux jours plus tard, elle franchissait la crête de la vallée de l'Utah et trois jours après longeait la rue principale de Corinne et s'arrêtait devant le bâtiment bas de la forge dans la lumière tombante du soir. Farley sortit et resta un instant immobile à la regarder. Lorsqu'il vit l'état dans lequel elle se trouvait, il l'aida à descendre de cheval.

Elle s'appuya à la barrière pendant qu'il dessellait les chevaux, d'abord la jument baie puis le hongre isabelle, abandonnant les selles par terre, avant de les mener au corral où il les laissa détachés. À son retour il la trouva affaissée sur le sol, les bras entourant le cou de la chienne, le visage enfoui dans sa fourrure. Il l'aida à se relever et la conduisit à l'intérieur d'une petite cabane sombre où elle s'écroula sur un lit. S'agenouillant près d'elle, il lui retira ses bottes, lui souleva les jambes sur le matelas et la couvrit d'une courtepointe.

Elle se mit à pleurer. Assis à côté d'elle, il lui tint la main et elle pleura sans retenue. De temps en temps il lui essuyait les yeux et le nez avec le rebord de la courtepointe, mais il ne tenta pas de lui parler, et il ne distinguait pas clairement son visage dans l'obscurité.

Il se leva au bout d'un moment, traversa la pièce et alluma une lampe à huile. Un chat se glissa près de lui et sauta sur la table où était posée la lampe et il lui ordonna de descendre, le repoussant par terre. Il tira une chaise et s'assit près d'elle, le regard fixé sur son visage. Elle contemplait le plafond, les yeux grand ouverts, semblant ne pas savoir où elle se trouvait. La chienne gémissait dehors et on n'entendait aucun autre bruit que ces plaintes désolées qui montaient par moments de derrière la porte fermée.

Elle lui dit quelque chose, prononça des mots qu'il ne comprit pas, et il se pencha plus près d'elle. Quoi ?

Laisse entrer la chienne, murmura-t-elle.

La chienne s'approcha du lit, sauta et s'installa près

d'elle, le nez levé, tournant vers elle sa tête mi-blanche mi-noire, sans bouger, sans la quitter du regard.

C'est le clebs le plus bizarre que j'aie jamais vu, dit-il.

Nero.

Nero ?

C'est son nom. Elle souleva sa main, caressa la tête de l'animal, puis laissa retomber son bras.

Nero ? C'est plutôt un nom d'homme, non ? À quoi ça rime de donner à une chienne un nom d'homme ?

À quoi rime tout ça ? répliqua-t-elle.

T'as pas eu la vie facile, hein ?

Il disait que chacun connaîtra son heure de gloire. Mais il n'a jamais eu son dû, n'est-ce pas ?

Je ne comprends pas de quoi tu parles.

Je ne m'attends pas à ce que tu comprennes.

Je vais te chercher quelque chose à manger et ensuite tu dormiras.

J'ai vu mon fils, tu sais.

J'ignorais que tu avais un fils.

Deux. Deux fils et une fille. Albert, Sam et Belle.

Il ne sut quoi répondre et préféra se taire.

Il ne me ressemble pas du tout. Il ressemble à son père.

Il posa sa main sur son front et la chienne émit un grondement sourd et menaçant.

Ta gueule, dit-il à la chienne. Je vais pas lui faire de mal. C'est bien le premier foutu chien que j'aie jamais laissé grimper sur mon lit.

Depuis combien de temps as-tu cette fièvre ?

Elle secoua la tête.

Réfléchis. Ça fait combien de temps que tu es tombée malade ?

Il y a eu une tempête. Il a neigé. J'ai été trempée et j'ai attrapé froid.

Je vais chercher le docteur. Est-ce que ça ira jusqu'à ce que je revienne ?

Tu crois que c'est la fin ?

T'es pas malade à ce point, que je sache.

Je veux dire la fin de...

De quoi ?

De tout ce qui a commencé dans la prairie...

Je vois pas l'importance que ça peut avoir maintenant.

J'ai peur de me retrouver en face de lui.

En face de qui ?

Lee. Je veux dire de l'autre côté.

Il me semble que tu as assez de soucis sans te tourmenter avec ça.

Mais je ne peux pas m'empêcher de me tourmenter. D'y penser. Nous avons été scellés l'un à l'autre, et nous nous élèverons ensemble dans la plénitude du temps, toutes ses femmes avec lui, comme les maîtres de notre propre planète.

Jésus, murmura-t-il. J'aurai tout entendu. Veux-tu t'arrêter un peu de penser et essayer de te reposer pendant que je vais chercher le docteur ?

Elle fut gravement malade durant toute la semaine. Tantôt lucide et calme, tantôt agitée, tenant des propos incohérents, se débattant dans le lit, rejetant les couvertures et appelant quelqu'un du nom d'Emma. Il parvint difficilement à éloigner la chienne. Elle ne semblait faire confiance à personne, et ce n'est qu'au moment où le besoin de se soulager la força à sortir qu'il put refermer la porte et la laisser à l'extérieur, mais sa maîtresse se réveilla, inquiète, et le pria de la faire rentrer.

Le huitième jour elle s'était suffisamment rétablie pour s'asseoir dans son lit et manger seule. Ses joues avaient repris leurs couleurs et le médecin ne s'arrêtait plus tous les soirs pour prendre de ses nouvelles. Farley lava ses vêtements, les mit à sécher au soleil et les étendit au pied du lit. Et un matin elle se leva, s'habilla et alla s'asseoir dehors à l'ombre de la tonnelle d'où elle pouvait regarder les chevaux dans le corral. Elle les voyait se gratter mutuellement le dos, somnoler debout. Parfois elle s'avançait lentement jusqu'à la barrière et observait la jument, heureuse de la voir en meilleure forme.

Un après-midi un homme vint lui rendre visite, un journaliste de l'Est qui était descendu à l'hôtel Criterion et avait entendu parler de la femme de John D. Lee. Il dit qu'il souhaitait l'interviewer pour son journal. Lorsqu'elle apprit ce qu'il attendait d'elle, elle lui demanda de s'en aller, mais l'homme insista et elle finit par répondre à ses questions, assise sous la tonnelle, les épaules enveloppées dans un châle. Ce fut facile au début.

Il lui demanda où elle était née et elle répondit En Australie. Je suis née le treize mai 1849. À Adélaïde.

Vous avez donc vingt-sept ans à présent ?

Sans doute, oui.

D'où était originaire votre mère ?

D'Angleterre.

Et votre père ?

D'Angleterre lui aussi, mais je ne sais pas grand-chose de lui. Il s'est noyé alors que j'avais deux ans. Ma mère était alors enceinte de mon jeune frère David.

Pourquoi votre mère est-elle venue en Amérique ?

Je ne lui ai jamais demandé. Je sais qu'elle s'était fixée dans les régions aurifères de Californie, et qu'elle y a rencontré puis épousé mon beau-père, John Phillips. Ensuite elle a rejoint les Mormons dans l'Utah et s'est établie à Beaver.

Et c'est là que vous avez rencontré John D. Lee ?

Oui.

Quel âge aviez-vous lorsque vous l'avez épousé ?

J'avais treize ans.

On a dit que vous étiez sa dix-neuvième femme. Est-ce exact ?

Il n'avait que huit femmes quand je me suis mariée. Les autres étaient parties.

À l'époque où vous avez épousé Lee, étiez-vous au courant du massacre de la prairie ?

Tout le monde était au courant. Tous ceux qui vivaient dans la région.

Et malgré tout vous avez accepté de devenir sa femme ?

J'ignorais la part qu'il y avait prise.

Vous a-t-il jamais parlé du massacre ?

Il en parlait tout le temps, surtout à la fin, lorsqu'il s'est aperçu qu'on avait l'intention de faire de lui un bouc émissaire. Il a toujours dit que si Brigham Young essayait de le rendre responsable de ces actes il ferait en sorte que l'on sache qui devait porter le chapeau.

C'est-à-dire ?

C'est-à-dire, je suppose, qu'il révélerait qui les avaient réellement ordonnés.

Pourquoi pensez-vous qu'il est allé à la mort plutôt que de révéler « qui devait porter le chapeau », comme vous dites ?

Parce qu'il l'aimait. Parce qu'il l'aimait plus qu'aucun autre homme, même après qu'il l'eut trahi près de la rivière.

Il aimait... qui ?

Brigham, qui d'autre ?

Et vous, vous l'aimiez ?

Non. Je n'ai jamais aimé Brigham. Je le trouvais pompeux, fourbe, plein d'une suffisance répugnante.

Je ne parlais pas de lui. Étiez-vous amoureuse de John D. Lee ?

Elle détourna les yeux, regarda vers le corral où Vittick et la jument baie étaient couchées de tout leur long au soleil. Le cheval isabelle se tenait debout sous l'avancée du toit d'un hangar, les paupières closes.

Oui, je suppose que je l'ai aimé. Autrefois. Il y a longtemps. C'était un homme que l'on n'avait aucun mal à aimer. Les gens devraient le comprendre.

Le journaliste rit. Avec une telle quantité d'épouses, je vous crois volontiers.

Elle lui lança un regard froid. Il est mort dignement, ne l'oubliez pas. Vous devriez vous demander si vous en seriez capable.

Il a aussi tué des gens. Des femmes et des enfants innocents. Des hommes blessés et sans défense. Des gens qu'il avait amenés par la ruse à lui faire confiance.

Je ne crois pas que personne sache vraiment qui fut responsable de ces morts ce jour-là.

On dit qu'avant d'être exécuté il a avoué avoir tué cinq personnes.

Il n'est pas le premier et ne sera pas le dernier à avoir tué au nom d'une cause qu'il croyait juste, à avoir massacré des innocents pour une raison inepte, obéissance ou vengeance.

Vous croyez donc que lui et les autres ont agi sur l'ordre d'une autorité supérieure, de Brigham Young lui-même ?

Elle lui adressa un sourire, un mince sourire contraint qui trahissait l'amertume de ses sentiments. Je crois que toute la bande était dans le coup, dit-elle. Je crois que le convoi de chariots était condamné bien avant d'atteindre la prairie. Cependant les choses ne se sont pas déroulées comme prévu. Peut-être s'étaient-ils figuré que les Indiens se chargeraient de la besogne à leur place, mais lorsque le plan échoua, il a bien fallu faire quelque chose.

Il a fallu faire quelque chose ? Mais pourquoi ?

Vous me posez des questions auxquelles je ne peux pas répondre, dit-elle d'un ton las. Et je crois en avoir dit plus que je ne le voulais sur ce sujet.

Vous savez que votre mari est devenu une célébrité. On connaît son nom à travers tout le pays. Quelle impression cela fait-il d'être la veuve d'un criminel aussi illustre ?

Aucune.

Quand avez-vous vu votre mari pour la dernière fois ?

Je ne pense pas que ce soit important. Mais c'était il y a longtemps.

Dans tous les récits des journaux, on dit que seules trois femmes lui sont restées fidèles jusqu'à la fin – Emma, Rachel et Sarah Caroline. Cela signifie-t-il que vous aviez décidé bien avant de l'abandonner à son sort ?

Les choses n'ont fait que suivre leur cours. Je ne puis en dire plus.

Brigham Young est-il responsable de sa mort d'après vous ?

Je ne vois pas l'intérêt de la question.

Mais l'accusez-vous ?

Oui. Je l'accuse. Je crois que c'est sur ses ordres que le jury l'a déclaré coupable. Après tout, ils étaient tous mormons, n'est-ce pas ?

C'est un avis que beaucoup partagent avec vous. On dit que Brigham Young aurait ordonné à plusieurs personnes de témoigner contre votre mari durant son second procès afin de s'assurer qu'il serait condamné, et que le jury, composé entièrement de membres de l'Église, reçut des instructions pour le déclarer coupable. Pour quelle raison aurait-il agi ainsi ?

Elle contempla ses mains pendant un moment puis regarda le journaliste rasé de frais dans son costume noir bien repassé et dit : Parce que je crois que Brigham jugeait préférable de sacrifier un seul homme plutôt que de laisser tout un peuple s'enfoncer dans le mépris de soi et l'irreligion. Même si cet homme était son fils adoptif, celui qui s'était plié à sa volonté tout au long de sa vie.

Si vous rencontriez Brigham Young aujourd'hui et qu'il vous tende la main, que lui diriez-vous ?

Je lui dirais : Vous pouvez la garder pour vous.

Qu'allez-vous faire maintenant ?

Je crois que je vais aller me coucher, dit-elle. Je me sens horriblement fatiguée.

Le journaliste la remercia d'avoir accepté de lui parler et elle dit Il n'y a pas de quoi, se leva, tourna les talons, se dirigea lentement vers la cabane, et une fois à l'intérieur elle se glissa dans le lit, appela la chienne auprès d'elle, et se mit sur le côté, regardant par la fenêtre le soleil qui descendait sur le lac, se fragmentant en bulles de lumière que l'onde emportait, vague après vague, jusqu'à la rive désolée.

Deux jours plus tard elle se dirigea vers le corral et dit adieu au cheval isabelle. Elle s'attarda longuement auprès de lui, lui flattant l'encolure et lui grattant doucement la joue. Elle lui dit qu'il avait bien mérité son nom, qu'il était un vrai porte-bonheur, que c'était en tout cas ce qu'il avait été pour elle. Elle sortit un morceau de sucre de sa poche, le plaça au creux de sa paume et l'offrit au hongre qui le prit entre ses lèvres caoutchouteuses et agita la tête en signe de contentement tout en le croquant d'un coup de dents. Elle alla ensuite chercher les juments, les amena à l'écurie et les brossa, vérifia leurs sabots avant de seller la jument baie et de remplir ses sacoches des provisions qu'elle avait achetées plus tôt.

La séparation fut difficile. Farley et elle se tinrent face à face et elle chercha ses mots pour le remercier, exprimer ce qu'elle ressentait, mais il l'interrompit. Il dit qu'il avait agi par pure affection et que ses gestes ne méritaient aucun remerciement car seule l'envie de les accomplir l'avait guidé. Il lui dit que si elle avait besoin d'aide elle pouvait compter sur lui et il lui demanda d'être prudente durant son voyage de retour car il espérait la revoir et autrement se sentirait frustré.

Ils s'étreignirent puis elle monta sur la jument baie et il lui tendit la longe attachée à la grise. Elle laissa la bride flotter sur le cou de sa monture, la pressa de ses talons et la poussa en avant, suivie de la jument grise. Elle partit dans la lumière du petit matin sans un seul regard en arrière jusqu'à ce qu'elle eût atteint le bourbier à la lisière de la ville, où pourrissaient les animaux morts dans l'eau couleur d'émeraude, alors seulement elle s'arrêta, se dressa sur ses étriers et se retourna, regarda l'endroit d'où elle venait et le vit qui la surveillait, debout à la même place, un grand bonhomme coiffé d'un chapeau mou, le visage mangé par la barbe, et elle leva la main et l'agita vers lui et il lui fit un signe en retour, son bras bougeant lentement en l'air comme dans un rêve, puis elle dirigea la jument vers le nord, fit claquer sa langue, donna une secousse à la longe et se calant confortablement contre le pommeau partit au petit trot.

Le paysage devant elle était d'un jaune éblouissant sous l'or du soleil. Elle songea que dans ce monde se commettaient des péchés si grands qu'on ne pouvait les oublier ni les pardonner, des crimes auxquels les hommes réservaient leurs châtiments et elle se demanda si ces crimes les plus évidents n'étaient pas moindres en réalité alors que dans le cœur des hommes reposait une noirceur secrète, négligée et tolérée, qui était l'essence d'une plus grande perversité. Elle avait connu la bonté ici-bas et elle avait aussi connu la dépravation, les deux souvent présentes dans le même homme, et elle savait que ce qui animait l'un pouvait facilement animer l'autre, avec un petit coup de pouce du destin.

Lorsque le journaliste lui avait demandé quand elle avait revu son mari pour la dernière fois, elle avait été surprise de l'entendre prononcer le mot mari car elle avait depuis longtemps cessé de penser à lui en ces termes.

Il y a longtemps, avait-elle répondu.

Longtemps, très longtemps.

Il était assis dans la cuisine ce jour-là, la mine abattue, mal rasé, les traits tirés, sale et poussiéreux après son long voyage, exténué par la nuit qu'il avait passée dans le chariot devant sa propre maison dont ses épouses plus âgées lui avaient interdit l'accès, un homme brisé, coupé de l'Église qu'il aimait, rejeté par le Prophète qu'il révérait, anxieux de son avenir.

J'ai fait de mon mieux, avait-il dit, prostré à la table, l'air profondément blessé, levant d'abord les yeux vers elle qui se tenait debout à la fenêtre, nauséeuse à cause de l'enfant qui grandissait en elle, puis vers Emma qui paraissait presque aussi angoissée que lui. Et elle n'avait rien pu dire d'autre que Je ne sais pas comment j'ai pu en arriver là. C'est à croire que je n'ai pas une miette de sens commun. Je ne sais vraiment pas comment j'en suis arrivée là.

Tout passe. C'était ce que disait Emma lorsque les choses

allaient mal. Ça passera comme le reste. Et c'était passé. Et il en serait toujours ainsi.

Elle prit la direction du nord au moment où le soleil disparaissait derrière les nuages qui s'amoncelaient soudain, amenant un temps gris, couvert et froid. Il lui sembla qu'un poids pesait sur le monde, comme si le ciel plombé était trop vaste et trop lourd pour l'étendue de la terre en dessous de lui, qu'il se transformait en un dôme sombre et menaçant, chargé de nuées qui s'étiraient au-dessus des montagnes comme des frégates sur une mer irréelle. Au loin, elle voyait les fins rideaux de pluie monter à l'assaut des crêtes enneigées et assombrir leurs contreforts gris. Il arrive, pensa-t-elle, sentant se rapprocher l'orage. Cependant la pluie lui était indifférente. La chienne trottait devant elle, son arrière-train blanc légèrement de biais, la tête au ras du sol, tandis que tombaient les premières gouttes.

QUATRIÈME PARTIE

Rachel

1

Moenabba, Territoire de l'Arizona, 1er juillet 1877. Matin clair, venté. Premier jour depuis mon retour à la ferme. Ce matin j'ai planté des betteraves, des oignons, des radis, des salades et des petits pois. Vers midi l'Indien Shew est venu jusqu'ici, il est à la recherche d'une vache mais ne l'a pas trouvée. Où est Yawgatts ? a-t-il demandé, et j'ai dû lui apprendre la nouvelle. Il est parti, ai-je dit, ils l'ont tué. Quand ? a-t-il demandé. Il y a quatre mois lui ai-je dit. Il m'a fallu tout ce temps pour revenir. Il a posé sa main sur mon épaule, en un geste de réconfort, puis m'a invitée dans les villages de sa tribu à l'une de leurs *Cocheenas,* un spectacle traditionnel et une sorte de culte. J'ai refusé, non sans le remercier. Le soir, j'ai fait la lecture aux enfants et repris la rédaction de mon journal après les avoir mis au lit. Je suis plus seule que je l'ai jamais été. Mais les esprits se sont manifestés à moi dans la soirée et je crois qu'avant peu lui aussi reviendra. Derrière la cabane les falaises s'élèvent comme des murailles de feu, et dans les rochers j'aperçois parfois des anges. Je vois la forme crucifiée de Jésus et distingue les patriarches et les prophètes de l'ancien temps. Il y a des esprits tout autour de moi, je le sais. Je sens plus fortement leur présence à la fin du jour, lorsque le soleil couchant projette ses rayons sur les escarpements rouges, donnant aux ombres des formes d'anges sans ailes et de têtes flottantes. Parfois je vois ma mère au milieu des pierres. Ou ma sœur Aggatha. Ou le profil du Prophète Joseph. Et parfois je ne vois rien que les falaises qui s'écroulent, grignotées pierre par pierre.

3 JUILLET. Chaud et venteux. J'ai planté davantage de pois et avec l'aide de Frank et d'un Indien de passage j'ai construit un abri sur le côté nord-ouest de la cabane pour nous préserver du soleil. Belle et Joe sont malades, ils sont couchés et souffrent de coliques. Je leur ai donné à chacun une dose de médicament et j'ai tenu mon journal dans la soirée. Frank m'est d'une grande aide mais il se montre très anxieux à la suite, je le sais, de la perte de son père.

4 JUILLET. À 9 heures ce matin, nous avons eu la visite d'un homme de la tribu d'Oraibi, un dénommé Tow-wow-we-win, et de sa squaw, She-ma. Ils connaissaient la nouvelle concernant Père. Avec une solennelle gravité, ils ont déposé un beau melon à mes pieds et dit, *Kiwi avut*, et ils ont fait un geste en direction des enfants, désignant Frank, Belle et Joe, puis ils ont porté leurs doigts à leur bouche, les encourageant à manger. *Lolomy, lolomy*, ont-ils crié en s'éloignant sur leurs chevaux, bon, bon. Que voulaient-ils dire ? Bon ?

6 JUILLET. Le barrage a été emporté pendant notre absence et M. Winburn n'a rien tenté pour le sauver. Aussi ne puis-je plus compter sur l'eau des fossés pour nous irriguer désormais. Il faudrait l'aide de plusieurs hommes pour reconstruire le barrage. M. Winburn, qui est vieux et peu enclin aux travaux difficiles, ne sert pratiquement à rien. J'ai dit à Frank Qu'allons-nous faire à présent ? Nous irons chercher l'eau avec des seaux, a répondu Frank, et c'est ce que nous avons fait aujourd'hui. Nous nous sommes levés avant l'aube pour éviter la chaleur. Shew est venu nous aider. Frank, Shew et Mahala ont porté les seaux. Belle, le petit Joseph et moi les avons remplis. Après la mort de M. Lee, Nancy et Alnora m'ont dit Tu devrais venir

habiter chez l'une de nous maintenant que Père n'est plus là. Tu ne peux t'occuper de la ferme toute seule. Mais je n'ai pas envie de vivre avec mes filles mariées, et je ne souhaite pas plus retourner dans les colonies du Nord où règne encore tant d'amertume et où mes enfants seraient certainement en butte aux insultes. C'est ici qu'est mon pays, dans cette ferme de Moenabba – c'est ma terre et celle de M. Winburn. M. Lee m'a légué sa part, comme il a laissé le bac et Lonely Dell à Emma, et la maison de Panguitch à Sarah Caroline. Il m'a seulement avertie que je devrais continuer à faire rendre la terre si je ne voulais pas qu'ils me l'enlèvent. C'est donc ce que je fais. Je fais rendre la terre. Sans le barrage, et en dépit de mes plantations tardives. Nous n'arrosons que les arbres les plus robustes. Les trois poiriers, la rangée de pommiers et les vignes que M. Lee avait plantés lui-même quand il avait été libéré sur parole l'été dernier.

20 JUILLET. Matin clair, chaud. J'ai sarclé un bon bout du jardin ce matin. Que va-t-il advenir de nous maintenant, je me le demande. Je sais que Jésus va arriver, que le sang coulera, que l'iniquité régnera et qu'il n'y a pas de limites au péché des hommes. Savent-ils que non seulement ils ont détruit un homme mais une famille entière ? Et s'ils le savaient, s'en soucieraient-ils ?

24 JUILLET. Personne avec qui célébrer le Jour des pionniers aujourd'hui, aussi passera-t-il comme les autres. Nous sommes les seuls Blancs à des milles à la ronde. Les hommes rouges de la région ont toujours été les amis de M. Lee, et je ne doute pas qu'ils continueront à être tout autant les nôtres. Pourtant j'ai souvent peur la nuit. Il m'arrive de craindre qu'une maladie atteigne mon cerveau, un mal que seule l'aurore peut guérir, au moment où le soleil vient frapper les falaises et où les esprits jaillissent à nouveau des pierres et reprennent forme. Ces pentes rouges s'appellent les Falaises de l'Écho, et elles méritent bien

leur nom, car je les entends souvent accompagner le cours de mon existence, renvoyer le bruit d'un marteau, ou une voix d'enfant. Le climat à cette époque de l'année est littéralement intolérable. Il fait si chaud au milieu de la journée que les œufs durcissent dans le poulailler si je ne les ramasse pas tôt. Nous passons les après-midi dans la cave à provisions, nous reposant des travaux matinaux. J'ai sauvé les courges et les melons, mais le vent a eu raison du maïs, à l'exception de celui que M. Winburn avait planté précocement. J'ai du mal à le supporter. Hier il m'a dit Ne croyez pas que vos ennuis ont pris fin avec la mort de votre mari. Son déshonneur vous poursuivra tous les jours de votre vie, et tous les jours de celle de vos enfants. Je ne cherche pas de récompense sur cette terre, ai-je répliqué, et je ne me suis jamais attendue à un passage facile ici-bas. Mon but est d'accéder au Ciel et au Paradis qui m'y attend. Tant mieux, a-t-il répondu avec un éclat de rire, parcourant du regard la cabane et les collines de sable brûlant, car pour sûr ce n'est pas ici que vous le trouverez.

30 JUILLET. Très chaud, pas un souffle de vent. Ma santé reste encore affaiblie par les traitements que j'ai endurés en prison. Au début le gardien a dit Non, monsieur Lee, vous ne pouvez pas recevoir votre femme. Où vous croyez-vous ? Dans une auberge ? Une maison de plaisir ? Mais M. Lee lui a expliqué les avantages que je pouvais lui apporter. Elle pourrait faire la lessive, dit-il. Elle pourrait faire le ménage et laver les vêtements des autres prisonniers – pour une petite rétribution, naturellement – et elle pourrait aider madame à la cuisine – elle ne prendra pas de place. Nous pouvons partager mon lit à condition de loger dans la resserre – elle ferme à clé, aucun risque d'évasion. Et pensez aux économies que vous feriez – je veux dire, en matière de travail. J'ai donc eu l'autorisation de passer avec lui une grande partie de sa dernière année de prison, et je l'ai payé cher. Ma santé en a souffert, je n'ai jamais pu depuis empêcher mes mains de trembler, ni

dormir une nuit complète, et je suis encore la proie d'affreux cauchemars.

2 AOÛT. Matin calme et couvert. Une accalmie du vent, signe de pluie. À l'aube, je me suis occupée de l'arrosage, puis j'ai désherbé pendant un moment. Je me suis reposée tout l'après-midi. Le soir un natif d'Oraibi, Taltee, est venu me rendre visite et s'est montré très amical. Il a demandé des nouvelles de Père et je l'ai mis au courant et invité à rester. *Packee,* ai-je dit, *kot-taite-nashi* – entre, assieds-toi et mange. M. Lee m'a appris à me montrer aimable avec ces Indiens, car ce que nous ne leur donnons pas de bon cœur ils le voleront. Taltee a mangé presque tout le melon que j'avais cueilli, enveloppé d'une toile et mis à refroidir dans la cave. Que vais-je donner à mes enfants pour souper ? Nous sommes cruellement à court de nourriture en attendant les prochaines récoltes.

3 AOÛT. Soirée nuageuse et ventée. J'ai fait des rêves inquiétants. À l'aube, j'ai été réveillée par les hurlements d'un loup à une vingtaine de pas de la cabane. Il avait sans doute vu le chat et essayait de l'attraper. J'ai bondi dehors avec le fusil Henry de M. Lee et j'ai vu le chat, le poil hérissé de terreur. J'ai tiré dans l'obscurité et le hurlement a cessé.

4 AOÛT. Ce matin Belle, Mahala et moi avons arrosé copieusement les arbres. Mahala, ma fille lamanite, a maintenant dix-neuf ans. Shew est revenu et m'a apporté un quartier de daim. Il a touché son ventre et dit *Pow-ah,* me faisant comprendre à l'aide de signes que les *wo-a-tah* de Yawgatt mangeraient à leur faim. Ainsi suis-je redevable à ce descendant d'Israël de notre subsistance de ce jour. Préparé un plat de haricots verts avec un ragoût de venaison. Belle a vomi le sien, elle n'est pas habituée à une nourriture aussi riche. C'est une enfant malingre, une constitution que j'attribue à la santé fragile de sa mère, Ann. Elle

réclame parfois sa mère, et je suis forcée de lui dire Oublie-la, petite. Elle est perdue pour nous, elle est hors de notre atteinte. L'enfant me regarde alors avec des yeux si étonnés que je ne peux que détourner les miens. Elle dit que sa tante Emma et son frère Sam lui manquent et demande à retourner au fleuve avec eux, mais je lui dis qu'elle doit vivre avec moi maintenant, et avec Frank, Joe et Malhala. J'ai eu du mal à obtenir l'accord d'Emma pour l'emmener, mais maintenant que je l'ai avec moi, je n'ai aucunement l'intention de la laisser partir. J'ai besoin de toute l'aide possible ici, et même une paire de petites mains vaut mieux que rien du tout.

5 AOÛT. Agréable matinée. Comme hier, nous avons coupé le maïs que le vieux M. Winburn avait songé à planter plus tôt et nous l'avons mis à sécher, puis nous avons irrigué les navets et en avons semé davantage. Il s'est mis à pleuvoir pendant que j'écrivais mon journal. Peu après, le chef Tuba est arrivé avec sa femme, Telly, et un Oraibi plus âgé accompagné de deux squaws, dont l'une est la sœur de la femme de Tuba. Ils sont venus déplorer la mort de mon mari. Ils ont dit qu'il était un ami des Indiens. Que les hommes qui l'avaient tué seraient punis et qu'ils voulaient porter le coup eux-mêmes. Trop tard, ai-je dit, trop tard. Ils m'ont embrassée, l'un après l'autre, et dit *Henega*, ce qui signifie ami. Je les ai raccompagnés jusqu'à leurs montures et ils sont partis, mais pas avant de m'avoir invitée à leur rendre visite et à manger des melons et du maïs vert. Les merles et les loups ont fait des ravages dans le maïs. Je pars à leur poursuite et les abats avec le fusil Henry. Ce matin j'ai réparé quelques clôtures et écrit une lettre à Emma que j'espère lui faire porter au bac par le prochain voyageur de passage.

14 AOÛT. Matin froid. Chassé les oiseaux du champ de maïs, puis fait bouillir et séché les épis. Une légère averse est tombée dans la soirée, une bénédiction pour les récol-

tes. Vers une heure de l'après-midi est arrivé un certain M. De Freeze, représentant des Oraibis, et trois de ses associés. Ils venaient m'avertir que les Navajos avaient mené des raids dans le sud de la région et me conseillaient de surveiller mes réserves la nuit. Ces Gentils me prennent pour une idiote. Pour ma part, j'aimerais les voir disparaître de ma vue. Ils disent qu'ils vont établir une agence à Moencroppa, capter l'eau des cinq torrents et l'amener dans la vallée. Puis ils rassembleront plusieurs tribus qui cultiveront la terre. J'ai désigné le ruisseau et dit Vous ne prendrez pas mon eau. Ils ont répondu que la rumeur disait que j'avais l'intention d'aller m'installer ailleurs avec ma famille et que c'était une bonne décision à leur avis car cet endroit ne convenait pas à une femme seule. Je leur ai dit qu'ils n'avaient pas bien compris. Comme ils enfourchaient leurs chevaux et s'éloignaient j'ai entendu l'un d'eux marmonner Pauvre vieille bique, elle semble en avoir vu de dures, pas vrai ? J'ai eu ma part d'épreuves, c'est vrai, et sans doute ont-elles laissé des traces. Un jour, pendant nos longues journées en prison, quand M. Lee était malade et que nous n'avions pas d'argent pour acheter des médicaments, j'ai fait une tentative désespérée pour obtenir la somme nécessaire. Le laissant assis au soleil dans notre cellule à l'intérieur de la prison, je décidai d'aller à pied jusqu'à la maison de James Carrigan, le mari de ma petite-nièce Henrietta. Après avoir marché trois milles dans le froid et la neige, j'arrivai à leur porte et frappai. En apprenant la raison de ma visite, ils me mirent dehors, disant qu'ils ne me donneraient pas d'argent, pas un sou. J'avais fait mon malheur en liant mon sort à celui d'un meurtrier, et puisque j'avais choisi de rester dans ce maudit pénitencier pour m'occuper de lui, ils devaient me jeter hors de chez eux car il n'était rien, selon eux, qu'un vieux débris et une honte pour sa famille. C'était un accueil glacé pour une tante qui avançait en âge, mais je me redressai de tout mon haut et déclarai que j'étais contente de connaître leurs sentiments et qu'ils veuillent bien me pardonner de leur avoir fait perdre leur temps, que je prendrais soin désormais de ne plus jamais les importuner de ma présence. Sur ces mots, je les quittai, mais j'avais à peine fait quelques pas qu'ils lâchèrent leurs chiens après moi. L'un était coupé, et je l'amadouai avec quelques mots gentils. Mais l'autre était un bouledogue, hargneux et féroce. Je le pris de front, armée d'un gros bâton qui se trouvait par terre, et au moment où il bondissait sur moi, je l'atteignis sur le côté de la tête, l'expédiant à terre. Il se releva immédiatement et se rua sur moi à nouveau, plus furieux que jamais, et je lui assénai un nouveau coup, et un autre, et encore un autre, jusqu'à ce que mon manteau soit maculé de sang et l'animal assommé à mes pieds. Lorsque je regagnai la prison, M. Lee me lança un regard rapide et s'exclama Dieu du ciel, que t'est-il arrivé ? Je n'ai pas trouvé l'argent, dis-je. Puis j'ôtai mon manteau et allai le laver et le raccommoder.

24 AOÛT. Ce matin les garçons et moi sommes allés dans les champs du haut pour les irriguer et à mon retour j'ai trouvé à la maison Tuba, Taltee et d'autres Indiens. Ils avaient laissé leurs bêtes s'aventurer dans mes cultures et causer de sérieux dégâts. Est-ce ainsi que vous traitez la *namattau* de Yawgatt ? demandai-je. Ils parurent déconfits et dirent qu'ils m'enverraient un quartier de *chee vaat*, de chèvre, pour me dédommager. Ma jument Doll Belle est nerveuse, elle hennit, réclame son compagnon, Sir Henry Belle, que Frank a emmené dans les San Francisco Mountains en quête de gibier. J'ai dû prendre une dose de médicaments cette nuit, contre la diarrhée. Auparavant j'avais tué un beau lapin et nous avons eu un plat de pommes de terre nouvelles avec du ragoût. Tuba et madame sont restés dîner, et ils ont mangé presque tout le repas que j'avais espéré faire durer pour mes enfants.

25 AOÛT. Frank n'a pas eu de chance dans les San Francisco, il est rentré bredouille. M. Winburn a donc emmené

les garçons à la rivière ce matin pour demander à Emma de nous céder quelques vaches afin de nous aider à traverser cette période de disette. Je suis seule dorénavant pour m'occuper des récoltes et soigner les animaux. Belle et le petit Joe souffrent à nouveau de diarrhée et ne sont pas d'un grand secours, mais Mahala a travaillé dur pour m'aider à arroser les cultures. Aujourd'hui, mes frères rouges ont dit que j'avais l'air esseulée et ils ont promis de venir me tenir compagnie jusqu'au retour de mes garçons. J'ai ramassé quelques melons et Tuba a cueilli des haricots verts. Mme Tuba a préparé le dîner pendant que j'allais arroser. Elle a servi une copieuse purée de haricots, de maïs et de bacon. J'avais faim et le plat était savoureux et bien accommodé. Après dîner, Mme Tuba a fait la vaisselle pendant que je couchais les enfants. Ensuite ils sont partis en promettant de revenir le lendemain. J'ai donc passé cette longue nuit sans les descendants d'Israël pour me tenir compagnie. Mais M. Lee m'a laissé son journal, et j'en ai lu quelques pages ce soir pour rester proche de lui en esprit.

28 AOÛT. Encore souffert de la diarrhée cette nuit. J'ai mélangé du charbon de bois pilé avec du lait chaud et je l'ai bu, ce qui m'a un peu soulagée. Aujourd'hui j'ai de nouveau engagé Shew pour arroser et un jeune Indien pour m'aider à couper et éplucher le maïs. J'ai fait une fricassée de merles que j'avais tués dans les maïs, dont certains étaient gras à lard.

30 AOÛT. Me suis réveillée l'esprit plein de visions nocturnes. J'ai rêvé que j'avais la visite de M. Lee. Il m'a dit d'être heureuse et de faire de mon mieux. J'ai pleuré de joie en le revoyant. Vers dix heures du matin un Pah-Ute et sa squaw sont venus de Moencroppa avec une peau de daim à échanger. Je leur ai donné vingt cartouches et j'ai pris la peau pour confectionner des chaussures aux petites. Quelques averses le soir, peu importantes par ici mais fortes vers

les Kaibab Mountains. Un groupe de Saints est arrivé au coucher du soleil, des familles d'immigrants qui ont été appelées à coloniser le Petit Colorado, parmi eux quelques-uns des plus farouches ennemis de M. Lee, dont les frères Dalton, Blackburn et Riddle. Ils ont eu le toupet de me demander ce qu'ils pouvaient faire pour moi, et j'ai répondu Vous pouvez tourner les talons et disparaître de ma vue. Pareils individus déshonorent la foi et le nom de leurs pères. Avant de partir ils m'ont appris la mort de Brigham. Il a expiré il y a deux jours, d'une cause inconnue. J'ai tout de suite pensé à la prophétie de mon mari. Avant de mourir, il avait prédit que Brigham ne lui survivrait pas plus de six mois. Aujourd'hui, sa parole s'est vérifiée.

1er SEPTEMBRE. Il a fait froid la nuit dernière. Avant le lever du soleil, j'ai été tirée de mon lit par les cris de Vieux Bremer et de sa tribu annonçant l'arrivée prochaine de leur ennemi. Votre ennemi n'est pas mon ennemi, ai-je dit, et j'ai brandi un *poyoo* pour les faire partir. Non que je sois brave, pensais-je, en les regardant s'éloigner. C'est plutôt que je ne crains pas la mort si elle doit me réunir à M. Lee. En jetant un regard dehors peu après, j'ai aperçu un faucon perché en haut d'un peuplier de Virginie mort, à une cinquantaine de pas de mes poules. Saisissant le Henry, j'ai abattu l'intrus. Puis j'ai mis le maïs à bouillir pendant que j'arrosais les navets, les pommes de terre et les melons.

2 SEPTEMBRE. Avec l'aide de Belle j'ai cueilli, épluché puis blanchi environ un boisseau et demi de haricots verts avant de les mettre à sécher. Travaillé toute la journée jusqu'à dix heures du soir. Restée sous le clair de lune à ôter les fils avec Belle et le petit Joe. Belle a encore posé des questions sur sa mère. Elle comprend que son père est parti au Royaume Céleste et qu'elle ne le reverra plus avant le Jour du Jugement, mais qu'est devenue sa mère ? a-t-elle demandé. Quand la reverra-t-elle ? Je n'ai pu mentir à l'en-

fant. Je ne peux promettre que tu la verras sur cette terre avant le Second Avènement, ai-je dit, pas plus que je ne sais si elle accédera à l'exaltation dans la plénitude du temps pour prendre place parmi nous. C'est quand le Second Avènement ? a-t-elle demandé. Je lui ai dit qu'avant la fin de ce siècle le Seigneur reviendrait chasser les impies et qu'Il rétablirait Son règne sur terre. Quel âge aurai-je alors ? J'ai dit Tu as neuf ans aujourd'hui, il reste vingt-trois ans jusqu'à la fin du siècle, je pense donc que tu auras trente-deux ans lorsque viendra le Seigneur. Ma réponse a paru la satisfaire et elle est allée se coucher sans plus poser de questions.

6 SEPTEMBRE. Peu après le lever du soleil, alors que j'arrêtais d'arroser, qui ai-je aperçu ? Taltee avec Oraibi et son fils, Alcalda, venus de Moencroppa. Taltee semblait abattu. Je lui ai demandé quelles nouvelles il m'apportait. Pas bonnes me dit-il. Tous les Oraibis avaient quitté Moencroppa à l'exception de Tuba, de Telly, de lui-même et son fils, ils avaient gagné les villages des mesas et Tuba voulait que je vienne avec mes enfants me mettre à l'abri parmi eux parce qu'il fallait se méfier des Navajos. Ils avaient volé un troupeau de chevaux aux Shebeets et tué plusieurs hommes dans l'accrochage qui avait suivi, et s'ils me voyaient dépourvue de protection ils viendraient sans doute piller ma ferme. Je lui ai dit que je ne m'enfuirais pas, que je resterais ici à m'occuper de mes récoltes et que j'attendrais que Frank, Joe et M. Winburn reviennent du fleuve. Sur ces mots, je suis retournée travailler dans les champs. L'Indien Shew est resté pour m'aider. Je lui ai donné à dîner et un demi-savon pour qu'il se lave.

7 SEPTEMBRE. Temps couvert. Vers huit heures, ma jument Belle s'est mise à hennir et j'ai levé la tête et vu s'approcher mes fils Frank et Joe accompagnés de M. Winburn et d'Heber Dalton, mon gendre. Nous avons pleuré, émus de nous retrouver et heureux que mes prières aient été exaucées,

que ma famille ait été presque miraculeusement épargnée et qu'ils aient accompli leur voyage sans encombre. J'ai reconnu là la main de Dieu. Un bœuf a été perdu pendant la traversée du Colorado, emporté par le courant, mais les garçons et le chariot ont pu passer ainsi que les deux vaches qu'ils ont ramenées avec eux. Ils m'ont également donné des nouvelles d'Emma. Comme je le craignais, elle est très influencée par les autorités qui l'incitent à vendre sa part du bac. L'Église désire la lui acheter pour faciliter le développement du royaume dans le Territoire de l'Arizona. M. Winburn me dit qu'on la voit souvent avec un Gentil, un mineur du nom de Frank French. Et ceci alors que M. Lee nous a quittés depuis moins de six mois. Elle a toujours cherché le réconfort des hommes, qu'il s'agisse de Matt Carney, ou du photographe, M. Fennemore, ou de Wells Spicer, qui l'avait autrefois poussée à lui confier des marchandises et des chevaux pour une malheureuse aventure dans les mines, une décision qui avait affecté M. Lee. Nous étions en prison à cette époque. Je crains que ne sombre sa foi, tout comme a sombré celle d'Ann. Il y a toujours eu quelque chose d'anormal chez elles. Je suis bien soulagée d'avoir à nouveau M. Winburn et les garçons auprès de moi. Durant des nuits la peur n'a cessé de me tenailler, et maintenant qu'ils sont revenus je me sens capable de la conjurer. Nous nous en remettrons à Dieu si les Navajos nous demeurent hostiles. Avant qu'on ne l'emmène à la prairie pour l'exécuter, M. Lee m'a dit Ne crains point, Rachel, car mon esprit sera avec toi le matin et le soir et t'accompagnera dans toutes tes journées. Il n'a rien dit des nuits, néanmoins. Et c'est dans l'obscurité que je le sens irrémédiablement perdu pour moi, et que mon sort me paraît précaire. J'échangerais toutes mes maigres possessions sur terre pour reposer une nuit encore auprès de lui.

13 SEPTEMBRE. J'ai consolidé le poulailler aujourd'hui et pris des dispositions avec mon gendre, Heber Dalton, qui

m'accompagnera à cheval jusqu'aux Black Falls pour y ramasser du bicarbonate de soude. Je laisserai Belle et le petit Joe à la garde du vieux M. Winburn. Frank et Mahala sont partis à Moencroppa chercher du bois. Heber et moi avons chevauché pendant une journée entière dans un désert de sable et de rochers avant d'atteindre le Petit Colorado, à vingt-cinq milles de distance. Nous nous sommes arrêtés pour camper. La rivière était haute et ses eaux rouges. Le lendemain matin, nous avons ramassé du bicarbonate et découvert un camp où des missionnaires avaient séjourné et abandonné une partie de leur chargement pour alléger leur expédition. Nous avons ainsi récupéré soixante-quinze livres de gros sel, un bocal rempli de clous et divers objets. Sur le chemin du retour nous avons trouvé un troupeau d'antilopes qui gambadaient dans la vallée. L'une d'elle s'est approchée à une centaine de mètres de nous. Nous avons tiré tous les deux ensemble et l'avons abattue. Dépouillée et chargée sur la mule d'Heber. Nous avons encore parcouru cinq milles dans la vallée et campé dans un bois de cèdres. Une bonne herbe. Au crépuscule, nous avons attaché nos bêtes de peur qu'elles ne partent chercher de l'eau. Heber était curieux d'en savoir davantage sur la période que j'ai passée avec M. Lee dans la prison territoriale. Comment as-tu supporté une telle promiscuité avec ce que l'on fait de plus profane, de plus vil, de plus bas et de plus vulgaire dans la société ? a-t-il demandé. Je lui ai raconté les épreuves que j'avais traversées, et les mauvais traitements infligés non par les autres prisonniers, mais par nos gardiens. La femme du directeur, Mme Burgher, prenait plaisir à m'humilier en racontant ce que disaient les autres prisonniers de mes relations avec M. Lee. Un jour elle me retira une couverture que j'avais reçue en paiement de mes heures de lessive et de raccommodage. Un autre jour où une caisse de pommes avait été livrée à la prison et où le directeur m'avait autorisée à en prendre une ou deux, sa femme m'en avait empêchée, me fourrant un fruit à moitié mangé dans la paume. C'est bien suffisant pour toi, avait-elle dit. Est-il vrai, a demandé Heber, que des gens venaient de loin interviewer Père ? C'est vrai, ai-je dit, me souvenant de ces messieurs de l'Est qui se présentaient à la prison désireux de rencontrer l'homme tristement célèbre que les journaux appelaient la « Grande Terreur de l'Ouest », pour remarquer après s'être entretenus avec lui qu'ils n'avaient rien trouvé d'épouvantable ni de terrifiant dans sa personne, seulement un homme plein de bonté. Même un certain Dr Winslow de Boston, qui procéda à un examen phrénologique de M. Lee à la fin de sa visite, ne trouva rien d'anormal. Il n'a pas la tête d'un assassin, avait-il conclu.

16 SEPTEMBRE. En selle dès le point du jour et après avoir parcouru quinze milles dans le lit sablonneux d'une rivière à sec, nous nous sommes arrêtés à midi et avons fait cuire du pain, puis avons repris la route. Arrivés au bord de la Moencroppa nous avons laissé reposer nos bêtes pendant deux heures. Puis nous sommes repartis et la pluie s'est mise à tomber et nous a accompagnés jusqu'à la maison, où nous sommes arrivés trempés jusqu'aux os. Durant la nuit un orage a éclaté, le plus violent de la saison.

19 SEPTEMBRE. Relevé et attaché mes épis de maïs. Un Indien est venu à dix heures nous prévenir que le fonctionnaire chargé de l'agence, un certain professeur Thompson, essaye de convaincre les Oraibis et les Pah-Utes de chasser les Mormons – c'est-à-dire ma famille et moi – du territoire. Ils ne supportent pas notre présence ici, car les Gentils souhaitent s'établir près des sources, mais Tuba a répondu qu'il voulait que la veuve de Yawgatt vive ici et qu'il ne me chasserait pas. Me voilà donc obligée de remercier Les Haches de Guerre du Seigneur, ces descendants d'Israël à la peau foncée, auxquels je dois de pouvoir continuer d'occuper ces terres déshéritées.

21 SEPTEMBRE. Ce matin, des animaux sont encore venus dans mes cultures. Les mules d'Heber ont ravagé mes courges et je lui ai passé un tel savon qu'il a rougi jusqu'aux oreilles. La nuit dernière j'ai encore rêvé de M. Lee. Il m'est apparu très diminué. Continué à dresser des clôtures pour protéger les champs des animaux. Aujourd'hui j'ai préparé un tonneau de cornichons.

25 SEPTEMBRE. Tout le monde aux clôtures à nouveau. J'ai tué une vieille poule qui ne pondait plus et l'ai fait bouillir avec des pommes de terre pour le dîner. Heber m'a prêté la main aujourd'hui. Posé d'autres questions sur notre existence au pénitencier. Je lui ai fait un tableau de notre extrême dénuement et des privations durant ces longs mois, et lui ai raconté comment ce sale garde-chiourme du nom de Griffin m'avait trompée et confié son linge à laver sans jamais me donner un sou. Comment la femme du directeur m'insultait chaque fois qu'elle me voyait. Et comment, quand ils avaient ôté le poêle de notre cellule, nous ne pouvions sortir du lit tant il faisait froid. Mais je ne lui ai pas raconté que nous nous réveillions souvent au milieu de la nuit pour nous raconter nos rêves, et que pendant ces moments de quiétude, M. Lee m'appelait son amie la plus fidèle, sa douce garde-malade, son épouse la plus proche et la plus aimée.

27 SEPTEMBRE. Beau temps, plutôt chaud. À sept heures du matin est arrivé Lehi Smithson, après avoir fait traverser le Colorado à la nage à son cheval et parcouru en vingt-quatre heures la distance qui nous sépare du bac. Il nous a annoncé la mort de Brigham Young. Je lui ai dit que j'avais déjà appris la nouvelle, et que je pouvais pleurer le Prophète, pas l'homme. Il a dit qu'il avait été à St. George pour la consécration du nouveau temple voilà plusieurs mois. Il a dit que le Prophète souffrait déjà cruellement de la goutte à cette époque. Il était si corpulent et épuisé qu'il ne pouvait plus marcher. On avait dû lui fabriquer un fau-

teuil spécial et quatre hommes forts le transportaient de pièce en pièce, comme un prince hindou. À ces mots, j'ai dit à Smithson : C'est assez, je ne veux pas en entendre davantage sur Brigham qui m'a promis que je n'avais rien à craindre pour la vie de mon mari, car tant qu'il en aurait le pouvoir, il ne le laisserait pas mourir. Or il est mort, et tout le monde sait que c'était le souhait de Brigham de faire de mon mari un bouc émissaire, pour être débarrassé de cette affaire une fois pour toutes. Si seulement M. Lee avait mis à exécution sa menace de faire porter le chapeau à qui le méritait, peut-être serait-il encore en vie à l'heure qu'il est. Mais le vieux Brig au cœur noir gît sous terre aujourd'hui, alors que mon mari, lui, occupe déjà son trône au ciel.

29 SEPTEMBRE. Travaillé à la clôture. Rien d'important aujourd'hui.

5 OCTOBRE. Temps légèrement nuageux, plus couvert vers la Moencroppa. Avant le petit déjeuner, Frank a tué trois jeunes faucons, qu'il faut ajouter aux quinze qu'il a abattus le mois dernier. Est-ce que je suis aussi bon chasseur que Père ? a-t-il demandé. Presque, ai-je dit. Heber a emmené le petit Joe avec lui et s'est rendu chez Tuba aujourd'hui pour emprunter une meule à main afin de moudre du maïs à la manière des Indiens et de faire de la bouillie pendant que j'écris. M. Winburn s'est méchamment coupé le pied avec la hache ce matin, ce qui va le handicaper et l'empêcher de travailler pendant quelque temps. C'est un vieux grincheux dont je ne supporte la présence qu'en vue de lui racheter sa part de la ferme et de le voir partir. Telly et Shew sont venus nous rendre visite. Avec un âne chargé de melons. Une tornade s'est levée. Ils nous ont aidés à vanner les haricots.

9 OCTOBRE. Ramassé les haricots. Shew et sa famille sont allés dans un village navajo troquer des paniers de rhus

contre des couvertures. Le pied de M. Windburn a commencé à s'enflammer. Je l'ai pansé, après avoir appliqué de la graisse d'essieu et de l'acide carbolique. Le tout a visiblement calmé un peu l'inflammation. Temps très froid et désagréable. Au crépuscule j'ai contemplé les falaises embrasées par la lumière du couchant. Et là-haut dans les rochers j'ai vu le visage de Notre Seigneur Jésus, qui était tourné vers moi.

16 OCTOBRE. Un froid de gueux. Il gèle pour la première fois. Belle est une enfant vraiment étrange. Aujourd'hui, elle a voulu savoir si Jésus était une femme. Pourquoi il avait les cheveux si longs. Ce n'est pas une femme, lui ai-je affirmé, car les femmes ne peuvent pas être des dieux. Mais tante Emma m'a lu des histoires dans son livre des mythes, et dedans il y avait des femmes dieux, a-t-elle répondu. C'est une erreur, ai-je dit. Tous les dieux sont des hommes, mais nous pouvons être leurs aides. Elle a froncé les sourcils et m'a dit que lorsqu'elle priait elle espérait qu'une femme dieu entendrait ses prières. Ne sois pas bêtasse, ai-je dit, et notre discussion sur les dieux s'est terminée là. Je crains qu'Emma ait mis les pires idées dans la tête de cette petite.

17 OCTOBRE. Nous avons rentré les courges et les potirons, sept chargements en tout. Tout le monde s'est mis au travail. Vers midi, Levi Smithson est revenu du Petit Colorado et m'a remis une lettre d'Emma. Il m'a dit qu'il avait oublié de me la donner lors de son précédent passage au début de la semaine. J'ai des doutes sur son explication. La lettre me paraît avoir été ouverte et recachetée. Je le soupçonne d'avoir intentionnellement apporté la lettre aux Anciens des colonies du Petit Colorado qui l'ont ouverte et lue afin de connaître les intentions d'Emma concernant le bac. J'en reproduis le contenu ci-dessous :

21 septembre 1877
Lonely Dell, Colorado

Ma chère Rachel,

Je t'écris pour m'informer de ton bien-être, de la santé et du bonheur de ta famille, spécialement de la petite Belle, qui, comme tu le sais, occupe une place particulière dans mon cœur. J'ai souvent pensé à ce jour où Père et toi êtes partis pour Moenabba, en emmenant Belle avec vous. J'ai accepté de la laisser partir avec toi ce jour-là parce que tu as beaucoup insisté et réussi à me convaincre que puisque j'avais quatre filles et toi aucune, Belle te serait d'une grande utilité et d'un grand réconfort. Pourtant pas un jour ne s'est écoulé depuis sans que je n'aie regretté sa présence et souhaité l'avoir auprès de moi pour me rappeler sa chère mère. Je n'ai eu aucune nouvelle d'Ann. Et toi, en as-tu ? Je prie pour qu'elle soit heureuse et en bonne santé, où qu'elle se trouve.

Comme les garçons te l'ont peut-être raconté, certains agents (je veux dire les hommes de Brigham) m'incitent fortement à laisser le contrôle du bac à l'Église qui aimerait l'utiliser pour développer le Royaume dans les Territoires de l'Arizona et du Nouveau-Mexique. On m'offre cent têtes de bétail de première qualité si je cède le titre de propriété dans moins d'un mois. Ce que j'envisage de faire, étant épuisée par les efforts que requiert l'entretien de ma famille dans cet avant-poste éloigné. Il m'est arrivé de trouver difficile la vie à Harmony mais c'était une partie de plaisir comparé aux sept années que je viens de passer à Lonely Dell. Si j'accepte de vendre, on m'a dit que le bétail me serait remis à Willow Springs et il suffit de ma signature pour conclure la transaction. J'ai fait la connaissance d'un mineur, un vrai gentleman du nom de Frank French qui m'a proposé de m'aider à déménager mes effets et à traverser le fleuve avec les enfants et de me prêter main-forte pour rassembler le bétail. De là nous avons l'intention d'aller au Nouveau-Mexique où il paraît que la Vallée de Taos offre d'excellentes possibilités à ceux qui veulent établir un ranch. Dans ce cas, si tout se déroule bien, je pense te voir dans quelques semaines au plus. Et cette fois-ci, j'espère que tu voudras bien laisser Belle partager ma nouvelle existence. Elle serait heureuse, je crois, en compagnie des jumeaux, des garçons et de son frère qui souhaite tant vivre avec elle. En vérité, Rachel, je ressens l'obligation envers sa mère d'élever cette enfant, que du fond de mon être je considère comme la mienne. Comme tu le sais, je l'ai nourrie à mon propre sein depuis le jour de sa naissance. L'avoir auprès de moi compenserait la tristesse d'ignorer ce qu'est devenue sa mère.

J'espère que cette lettre te trouvera en bonne santé et en paix dans ton cœur et ton esprit.

Bien respectueusement,

Emma.

Je ne doute pas une minute que les espions de Brigham ont déjà télégraphié le contenu de cette lettre et avec elle la nouvelle qu'Emma a l'intention de vendre le bac. C'est son affaire, après tout, pas la mienne. Mais si elle pense que l'on me séparera facilement de Belle, elle se trompe. Une femme a besoin de jeunesse autour d'elle et je ne suis pas aussi jeune qu'Emma. Loin de là. Et je n'ai pas oublié non plus le nom qu'elle et Ann me donnaient jadis. Nous verrons qui est La Souris à présent – qui est craintive, et qui ne l'est pas.

19 OCTOBRE. Matinée plus agréable. Léger vent du sud. Pendant la semaine le vent a soufflé. Principalement du N.O. et du S.E. Il a gelé la nuit. L'état du pied de M. Winburn a beaucoup empiré.

25 OCTOBRE. Tempête de vent et de neige du N.O. Il a neigé presque toute la journée mais la neige fondait presque aussi vite qu'elle tombait. Le soir le sol est dégagé. Belle s'est montrée maussade et boudeuse avec moi. Se plaint de se sentir seule et demande quel âge elle aura quand Jésus viendra. Est-ce que je serai mariée ? a-t-elle voulu savoir. Et mon mari aussi ressuscitera-t-il pour le

temps et pour l'éternité ? Il faudra d'abord voir quel genre de mari tu auras choisi, ai-je dit. Si tu te maries au temple et reçois ta dotation, si tu portes les sous-vêtements sacrés et suis les principes du Christ pendant les derniers jours, alors peut-être ton mari et toi serez-vous élevés dans l'exaltation, mais sinon... Avant que je puisse finir ma phrase Belle s'est exclamée : J'aimerais bien me marier avec une fripouille comme Papa ! Qui t'a appris pareil mot ? ai-je demandé, et bien qu'elle rechignât à me le dire, elle a fini par avouer qu'elle avait entendu Levi Smithson parler à M. Winburn. Pauvre enfant. Je lui ai immédiatement ôté de la tête qu'être une fripouille était une chose souhaitable. Nul doute que cette terre est mûre pour la destruction, que les hommes et les femmes se tournent de plus en plus vers l'idolâtrie et substituent la sagesse terrestre à la dévotion et aux esprits familiers quand ils entendent de pareils mensonges. Je vis dans la terreur des maux qui vont s'abattre sur la terre mais je ne peux rien faire sinon chercher le salut de Dieu et avoir confiance en Lui.

26 OCTOBRE. Clair et calme. Annonce un temps plus agréable. Pendant la semaine nous sommes parvenus à rentrer presque toutes nos pommes de terre, une cinquantaine de boisseaux. Nous avons dix-huit poussins Bremmer, bien que la température soit très froide pour eux. On raconte que les Navajos ont à nouveau perpétré des pillages dans le Sud. Mais nous sommes dans la main de Dieu et il est dit qu'il n'arrivera rien de mal à ceux qui L'aiment et Le craignent. Pour quelle raison cette prophétie n'a pas épargné la vie de mon mari, je ne puis le dire.

2 NOVEMBRE. Frank et Heber ont fini de monter les murs du grenier et ont recouvert la moitié du toit. Plusieurs Indiens ont apporté à dos d'âne une charge de bois de construction depuis le canyon. C'est la seule forêt de chênes connue à des centaines de milles à la ronde. Je leur ai promis des munitions en échange. Plus tard Taltee et qua-

tre Oraibis sont venus à la maison. Je leur ai vendu deux peaux de daim soigneusement préparées. Ils ont exprimé le désir de me voir rendre visite à Mme Tuba, qui est souffrante. Ils m'ont aussi demandé quand la veuve de Yawgatt prendrait un autre homme dans son lit et j'ai dit que je ne me remarierais jamais. Taltee m'a tapoté les hanches en disant : *Howee lolomy cho a vah*, ce qui signifie que je suis encore bonne à fréquenter, puis il a saisi son *pwashee* avec un large sourire. J'ai levé ma hache et les ai chassés de chez moi, choquée par leur impudence. M. Winburn est toujours incapable de travailler. Son pied gauche est très rouge à l'endroit où il s'est coupé avec la hache. Il a eu trois méchants accès de fièvre au cours de ces derniers jours. J'espère que le Seigneur aura pitié de lui et épargnera son pied, mais je crains qu'on ne soit obligé de l'amputer, et où trouver un médecin pour procéder à une telle opération ?

3 NOVEMBRE. Le vent est âpre et froid. Demandé à mon garçon d'aller chercher les chevaux qui se sont échappés mais ils sont restés introuvables.

4 NOVEMBRE. J'ai emprunté un cheval à Tuba pour partir à la recherche de ma jument Doll Belle et de son compagnon, Sir Henry Belle. J'ai pris Frank en croupe sur le petit poney de Tuba et nous sommes partis. Vers midi nous avons retrouvé les traces de mes chevaux à l'endroit où ils avaient disparu. Nous les avons rattrapés à environ huit milles de la maison, près du village de Tuba. Peu après la tombée de la nuit nous avons atteint le village et rendu le cheval emprunté à Tuba qui venait de rentrer chez lui. Sa femme et lui m'ont serrée dans leurs bras. Il nous a invités dans sa hutte et nous a offert des melons. Un de ses fils a réclamé l'honneur de garder Doll et Sir Henry pendant que Frank et moi mangions du melon. Après avoir festoyé aussi longtemps que nous le pouvions, nous nous sommes préparés à partir. Tuba a fait remarquer que j'étais une

veuve dépourvue de manteau et s'est défait de sa couverture pour me la donner. Sur le chemin du retour, Frank s'est désolé que notre nom soit devenu une telle insulte et synonyme de mépris à travers tout le territoire. Garde la tête haute, mon garçon, lui ai-je dit. Sois fier d'être un Lee. Ceux-là qui se montrent si dédaigneux, ne les écoute pas. Au Jour du Jugement, tu verras. Notre gloire sera plus grande que celle de tous les autres réunis. Arrivés à la maison vers neuf heures du soir, fatigués de notre voyage.

5 NOVEMBRE. Des trombes d'eau à l'aube. Ce matin nous avons transporté dans le hangar ce qui risquait d'être endommagé par la pluie. Coupé un peu de petit bois. Vendu vingt-cinq livres de graine de luzerne Red Top de première qualité à Frère Lot Smith qui s'est arrêté chez nous en chemin avant de reprendre la route vers les colonies. Il m'a donné en échange une bouilloire de campement, un vilbrequin, une vrille, des charnières et des vis. Comment étais-je en possession d'une graine de si bonne qualité ? a-t-il demandé. Je lui ai raconté que M. Lee l'avait récupérée dans le foin avec lequel il avait eu le privilège de nourrir le cheval et la vache du pénitencier. Vous voulez dire que votre mari travaillait pendant son internement ? Oh oui, ai-je dit. Il avait la charge de la vache et du cheval, et il avait aussi le privilège de cirer les bottes du directeur de la prison, et au printemps il s'occupait des plantations du jardin de la prison. Frère Smith a secoué la tête et dit : J'ai toujours pensé que John D. Lee était un des hommes les plus durs à la tâche qui aient jamais vécu. Maintenant je sais que c'est vrai, car qui d'autre aurait travaillé gratuitement pour ses geôliers ? Après son départ, je me suis mise à penser à M. Lee. Aux nombreuses après-midi qu'il avait passées dans cette grange glaciale, à séparer le grain du foin et remplir soigneusement les sacs vides avec le fruit de son travail. Il croyait que sa libération n'était qu'une question de temps et qu'il retournerait bientôt cultiver ses champs. Des graines qu'il avait mises de côté il disait Elles

nous donneront les plus belles luzernes du pays – nous aurons deux, peut-être trois récoltes par saison. Mais il n'a plus jamais cultivé la terre. Ils l'ont jugé une deuxième fois et l'ont ramené dans la prairie pour le fusiller, comme un vulgaire criminel. Avant de le faire sortir de la prison, le marshall Stokes a demandé à M. Lee s'il portait toujours ses vêtements de dotation, et M. Lee a répondu oui, car il n'avait jamais cessé de croire dans la Seule Église Véritable, même s'il en était venu à mépriser ses dirigeants.

9 NOVEMBRE. Réparé les vêtements des enfants et fait l'école à Belle et au petit Joe pendant plusieurs heures dans l'après-midi. Belle est une enfant intelligente, c'est indiscutable, mais elle a une forme d'esprit singulière. Avant de se coucher elle m'a dit Quel fichu pays où on ne peut rien trouver de convenable à boire. Qui a dit ça ? lui ai-je demandé. M. Winburn, a-t-elle répondu. Je te saurais gré de ne pas faire attention à ce vieil idiot, ai-je dit. Il sent mauvais, a-t-elle dit. C'est vrai. Son pied dégage une odeur épouvantable. C'est l'odeur du diable, lui ai-je dit, et tu ferais mieux de l'éviter.

11 NOVEMBRE. Une de mes vaches Hereford a disparu, ainsi qu'un tonnelet de blanc de céruse. Je soupçonne les Navajos de les avoir dérobés durant la nuit. Ils sont incroyablement rapides, peuvent arriver et repartir en un clin d'œil sans que personne ne s'en aperçoive. Au contraire des Pah-Utes et des Oraibis, qui ont largement accepté notre présence, les Navajos détestent voir les Blancs s'établir dans ce pays et ils estiment que puisque nous occupons leurs terres, ils peuvent se servir librement en retour. M. Winburn va de plus en plus mal. Il est squelettique. La peau sur son pied a éclaté et il en sort un liquide verdâtre. J'ai lavé et pansé sa blessure tous les jours, bien que la puanteur soit telle qu'elle me révulse l'estomac. C'est une charge pour moi, et son délire nous tient tous éveillés la nuit.

12 NOVEMBRE. Pluie et neige toute la journée. J'ai installé mon petit moulin de fonte et broyé du maïs et je me suis souvenue des jours heureux, des premiers temps à Harmony où notre existence et nos relations étaient marquées par les sentiments qu'inspirait le nom choisi pour notre petite colonie. C'est Emma, je crois, qui a introduit les premiers éléments de discorde. Elle n'avait pas l'intention de vivre selon le Principe, quoi qu'elle dise, elle désirait plutôt attirer sur elle toutes les attentions de M. Lee. Cependant il est vrai qu'elle lui resta fidèle jusqu'à la fin, si on oublie son béguin pour Wells Spicer. Pendant que nous étions en prison et qu'elle avait la charge de gérer le bac, nous apprîmes qu'elle était prête à nous trahir. M. Lee fut bouleversé lorsque lui parvint la nouvelle qu'elle avait permis au Gentil Spicer de tuer un bœuf et qu'elle lui avait fourni des chevaux nécessaires pour entreprendre une expédition de prospection dans les San Juan Mountains. En échange, Spicer lui avait promis un quart de tous les profits qu'il pourrait tirer de l'opération. M. Lee lui écrivit immédiatement, l'informant que sous aucun prétexte elle ne devait laisser Spicer ni aucun autre homme utiliser des bêtes qui lui appartenaient de droit, et il lui reprocha son imprudence dans le langage le plus vif. Il reçut en réponse une lettre pleine des mots les plus doux dans laquelle elle affirmait avoir agi uniquement pour son bien dans l'espoir de réunir les fonds qui paieraient sa caution. Mais je ne fus pas dupe. C'est une femme qui a toujours été sensible à l'attention des hommes, qu'il s'agisse des ouvriers saisonniers qu'elle logeait ou d'un étranger de passage. J'aime la compagnie des hommes, m'a-t-elle confié un jour, et j'ai répliqué Tu n'as pas à m'en convaincre. Et aujourd'hui elle s'est mise en ménage avec un autre Gentil, un mineur appelé Frank French. Je crains que la flamme de l'Évangile se soit éteinte dans ses os et que sa nature charnelle l'ait emporté sur son esprit.

12 NOVEMBRE. Trouvé une de mes vaches morte aujourd'hui dans un marécage près de l'étang. Les berges sont couvertes d'une herbe épaisse dont les racines s'entremêlent et gagnent peu à peu la surface, formant une bordure flottante qui paraît solide à un homme ou un animal sans méfiance. Mais elle cède facilement et le bétail qui vient boire s'y noie parfois. C'est ce qui est arrivé à ma vache. Je l'ai trouvée profondément embourbée, les yeux révulsés, morte depuis plusieurs jours et la viande si avariée qu'on ne peut rien en sauver. Il ne me reste plus que deux vaches pour passer l'hiver. M. Winburn me supplie maintenant de lui couper le pied. Je lui ai dit que je n'étais pas chirurgien. Mais je vois bien qu'il va mourir si on ne fait rien. Si Emma était ici, je sais qu'elle pratiquerait l'amputation sans hésiter. J'ai longuement réfléchi cette nuit, me suis demandé si j'étais de taille à me lancer dans une telle entreprise, en utilisant les instruments primitifs dont je dispose, je veux dire la scie à main et le couteau de boucher, et j'ai conclu que j'en suis incapable. S'il s'agissait d'un frère, j'essaierais peut-être, mais que dois-je à un Gentil ? Même s'il a pris soin de cette ferme en notre absence. Si je le laisse mourir, je suis sûre qu'il y en aura pour m'accuser d'avoir voulu me débarrasser de lui afin de détenir seule la propriété de cet endroit. Mais je dis Qu'ils racontent ce qu'ils veulent. À chacun selon son dû.

13 NOVEMBRE. Des averses ce matin, un vent effroyable. Partie à la recherche des vaches, je suis rentrée pour trouver M. Winburn qui s'attaquait à son pied avec la scie. L'indien Shew était arrivé en mon absence et hurlait *Arick oom cot too soot* – arrête imbécile ! – mais le vieux semblait possédé d'une force surnaturelle et tous les efforts de Shew pour lui arracher la scie avaient échoué. La petite Belle était recroquevillée dans un coin de la pièce, et Mahala se tenait pétrifiée devant le feu, son sombre visage d'Indienne plus impénétrable que jamais. Sortez, sortez tous, ai-je crié, et j'ai poussé Shew et les filles dehors. Puis je me suis

approchée de M. Winburn et lui ai dit doucement Donnez-moi la scie. Il a levé son regard vers moi, les yeux rougis, affolés, et il s'est mis à pleurer comme un enfant. Je lui ai pris la scie des mains, j'ai mis de l'eau à bouillir sur le feu et entrepris de déchirer des bandes de tissu dans un vieux drap. Il s'était horriblement abîmé la jambe. Du sang à moitié coagulé masquait la plaie et je ne pouvais voir la profondeur de la lésion. Enlevez-le-moi, implorait-il, enlevez-le-moi, me suppliant de lui ôter son pied gangrené. J'ai disposé le poncho indien sous son pied et me suis mise au travail. Sans cesser de penser à Emma. Puisqu'elle en aurait été capable, je le pouvais aussi. Je lui ai donné un morceau de bois à serrer entre ses dents, mais il a eu un mouvement de recul en croisant mon regard, comme s'il y voyait quelque chose d'effrayant. Mordez, lui ai-je dit, et il m'a obéi. J'ai alors senti une grande confiance et une grande force me pénétrer. Qu'était devenue La Souris à présent ? Cette femme timide qui avait supporté tous ces chuchotements railleurs dans son dos ? Avec ces deux-là qui conspiraient sans cesse pour me réduire à l'état de créature invertébrée comme si elles étaient seules capables de détermination. M. Winburn était secoué de tremblements et il s'est mis à sangloter, émettant de petits cris étouffés à travers ses dents serrées. J'ai cru sentir la force d'Emma devenir mienne à l'instant où je m'emparais de la scie et saisissais la jambe du vieil homme de la main gauche. De la droite j'ai entrepris la pénible tâche de scier la chair et l'os. La chair a cédé facilement, mais attaquer l'os a été une autre affaire. Au début, M. Winburn a hurlé, recrachant le bois qu'il avait dans la bouche, puis ses yeux se sont révulsés et il s'est évanoui. Quand j'ai eu terminé, il semblait sans vie, bien que son pouls n'ait pas cessé de battre. Mais il était si mal en point que je ne crois pas qu'il ait senti l'eau bouillante que je versais sur le moignon après l'avoir ligaturé avec de la ficelle. Peu après Frank, qui était parti à la recherche des chevaux, est entré dans la cabane, et à la vue de la scène s'est exclamé, Oh, Ma, qu'est-ce que tu as fait ? Seulement ce qu'Emma aurait fait à ma place, ai-je dit, et je lui ai tendu le pied gangrené en lui recommandant d'aller l'enfouir à un endroit où les loups ne pourraient pas le déterrer. Vers huit heures du soir M. Winburn a rendu l'âme, d'avoir perdu tellement de sang, je suppose. Il n'a jamais repris connaissance. J'ai pleuré sa mort, pas tellement parce qu'il n'était plus, mais parce que je m'étais démenée pour rien. Pourtant, je pense avoir fait de mon mieux pour lui.

15 NOVEMBRE. Souffrante pendant plusieurs jours. Fièvre, rêves intermittents, visions sanglantes. Nous avons enterré le vieux Winburn au bord du champ de maïs dans une tombe marquée d'une croix de bois, et l'effort a presque épuisé les forces qui me restaient. Je n'ai pas quitté mon lit depuis deux jours. Les garçons ont été gentils avec moi. Frank fait la cuisine et Joe me fait manger. Belle est comme d'habitude maussade et nerveuse. C'est Mahala qui m'inquiète davantage. Elle se montre terriblement fermée et froide à mon égard. Je sens qu'elle me reproche la mort de M. Winburn. Je crois qu'elle est à l'âge où elle devrait fonder sa propre famille. Ce qu'il lui faut c'est un mari et je le lui ai dit. Mais voilà la difficulté. Je ne crois pas qu'un Blanc voudrait d'elle, et il est presque impossible qu'elle retourne dans sa tribu, même si nous pouvions tardivement faire la preuve de son origine. J'ai abordé le sujet avec Shew il y a quelque temps et il a proposé de l'épouser mais c'était pour rire. *Wahkish*, a-t-il dit, ce qui signifiait qu'il la prendrait si je lui donnais une vache en échange. Comme je n'ai pas de vache à donner, nous avons abandonné le sujet.

16 NOVEMBRE. Très faible. Toujours obligée de garder le lit. Mes mains tremblent de plus en plus. Le ciel dehors est d'un noir effrayant. Je suis seulement capable de regarder par la fenêtre, où un orage succède à un autre. La cabane a un plafond de toile recouvert de perches et d'herbe. Les

murs de rondins sont passés à la chaux. Un tapis tressé rouge est disposé sur le plancher mal raboté, et j'ai une grande cheminée. Mes vieux rideaux blancs bordés de dentelle sont noirs de suie. Un patchwork recouvre mon lit. Une étagère contient ma bible, un Livre de Mormon, mon *Deseret Reader*, une longue-vue, un panier à ouvrage, et une photographie de M. Lee assis sur son cercueil, que m'a donnée M. Fennemore. Ce sont mes biens sur terre. Et ils me suffisent.

17 NOVEMBRE. Je me sens un peu mieux aujourd'hui. Des Indiens m'ont aidée à consolider le corral pour empêcher le bétail de s'échapper et je leur ai donné en échange une longueur de calicot que j'avais mise de côté et un peu de bœuf. La tempête a repris durant la nuit. Cinq centimètres de neige ce matin.

18 NOVEMBRE. Neige et pluie toute la journée. Sept centimètres de neige à midi, mais le soir le sol était nu par endroits. L'orage a davantage humidifié le sol que toute l'eau tombée depuis juillet. L'inquiétude m'assaille à la pensée de notre dénuement. Nous n'avons plus de farine, et nos réserves de sucre, de café et de thé sont depuis longtemps épuisées. Une des vaches est couchée avec l'estomac infecté et elle semble mal en point. Ce serait fâcheux si nous la perdions.

20 NOVEMBRE. La tempête continue de plus belle. Ai trouvé cinq de mes poussins Bremmer gelés dans leurs nids.

21 NOVEMBRE. Ciel nuageux. Des traces de neige sur le sol. Vers midi M. Henry Echoles, natif de Virginie, est arrivé en voiture à cheval. Il fait route vers les mines. Il a décidé de séjourner ici pendant quelques jours. Je n'y vois aucune objection car c'est un homme qui semble honnête, libre, ouvert, sans méfiance, prêt à respecter ses engagements et à se rendre utile par tous les moyens, et j'avoue que j'ai

accueilli avec plaisir la vue d'un autre visage blanc. Mahala est toujours d'humeur aussi maussade. À mon insu, le vieux M. Winburn lui aurait proposé le mariage, et elle s'était attachée à lui. Elle s'en est ouverte à Frank plutôt qu'à moi. Maintenant qu'il n'est plus là, elle se montre plus apathique et fermée que jamais. Elle a dit à Frank qu'elle n'avait plus envie de vivre. Elle pense que ses chances de trouver un mari et un foyer se sont évanouies avec la mort de M. Winburn. Ce qu'elle va devenir, je n'en sais rien. Pas plus que je n'imagine comment nous traverserons ce cruel hiver.

23 NOVEMBRE. Grâce à l'aide des Pah-Utes et de M. Echoles nous sommes à la veille d'avoir séché tout le maïs et fini de poser le toit au-dessus de la cave en pierre. Telly, la femme de Tuba, est venue me faire une visite dans l'après-midi. Je lui ai exposé le problème de Mahala. N'y a-t-il pas un guerrier dans votre village qui l'ajouterait à son harem ? ai-je demandé. Elle reconnaît que les chances sont minimes, car Mahala n'est plus une Indienne sans être pour autant considérée comme une Blanche, mais plutôt comme un mélange infortuné des deux. Il y a aussi le problème de son apparence. Elle est, je le crains, très peu désirable quels que soient les standards requis. Telly m'a demandé pourquoi j'avais accueilli une enfant aussi laide dans mon foyer. J'ai eu un peu de mal à lui expliquer que je l'avais surtout fait pour le salut de son âme, en effet je ne suis pas certaine qu'un tel concept existe dans l'univers des Indiens, où le salut semble préexister en toute chose. Songeant à Jésus, j'ai tenté d'utiliser une parabole. Si tu avais une vache, ai-je dit à Telly, une belle et bonne vache à tous égards, sauf qu'il lui manquait une patte et qu'elle était donc dans l'impossibilité de mener une vie normale, mais que grâce à un médicament puissant tu pouvais lui redonner sa patte perdue, de même que les Saints, par le pouvoir du baptême, peuvent rendre leur âme aux Lamanites impies qui ont jadis perdu leur voie. Ne chercherais-tu

pas à la sauver ? Elle a secoué la tête. Non, dit-elle, tapotant son *pow-ah*, je la tuerais et je la mangerais. C'est dans de pareilles occasions que je désespère de ma capacité à côtoyer plus longtemps ces descendants d'Israël ignares. M. Echoles, qui avait surpris cette conversation, s'est montré très amusé par la réponse de Telly jusqu'à ce que je lui lance un regard noir qui a mis fin à son hilarité. Plus tard dans la soirée il a eu la hardiesse de mentionner M. Lee et les dispositions concernant notre mariage. Avant son départ des colonies du Nord, on lui a dit qu'il trouverait une des veuves de John D. Lee à Moenabba, une femme dont la sœur et la mère avaient également été mariées à Lee, et il m'a demandé si je pouvais confirmer ou démentir la véracité de ces informations. Je lui ai répondu qu'en vérité ma sœur aînée bien-aimée, Aggatha, avait été la première épouse de M. Lee, qu'il m'avait prise pour femme plus tard et qu'ensuite ma mère âgée avait aussi été scellée à lui pour le salut de son âme. Ah, a-t-il dit avec un sourire narquois, c'était comme pour la vache à trois pattes ! M. Lee a épousé votre mère afin que l'animal redevienne entier ! Son commentaire m'a paru d'une impudence indigne et je me suis retirée immédiatement. Je crains de m'être fait des illusions à son sujet et de lui avoir attribué une nature plus noble que celle qu'il possède en réalité. J'ai l'intention de lui faire savoir clairement dès demain matin que j'entends le voir partir avant la tombée de la nuit.

24 NOVEMBRE. Encore nuageux et frisquet. M. Echoles est beaucoup plus déférent à mon égard ce matin et je me suis abstenue de lui faire reproche de son attitude de la veille car il a accepté de venir avec moi à la recherche des vaches qui se sont à nouveau échappées dans la nature en quête de nourriture. Chaque fois qu'il en manque une ou plusieurs j'ai peur de les retrouver mortes et je n'ose les laisser s'éloigner. Pendant que nous sellions ma jument Doll Belle et Sir Henry Belle, M. Echoles a feint de s'apitoyer sur le

traitement injuste qui a été réservé à mon mari. Il y en avait certainement d'autres plus à blâmer que lui dans cette malheureuse affaire de la prairie, a-t-il insinué. Mon mari ne s'était-il pas contenté de suivre les ordres quand il avait conduit l'assaut contre les émigrants ce jour-là ? Je me suis d'abord appliquée à le détromper. Mon mari n'avait pas mené l'attaque. Mais n'était-il pas entré dans le camp porteur d'un drapeau blanc ? N'avait-il pas persuadé les émigrants de déposer les armes et de sortir, leur promettant la vie sauve, et ensuite, lorsqu'ils avaient tous été à découvert, n'avait-il pas donné le signal d'ouvrir le feu sur ces malheureux sans défense ? Sans connaissance exacte du contexte, ai-je répliqué, il est impossible d'expliquer exactement ces événements. J'avais l'intention de continuer à défendre M. Lee, mais je me suis sentie soudain submergée par une telle lassitude à la pensée de discuter de ce sujet que j'ai tourné bride et me suis éloignée, le laissant derrière moi. Pendant une grande partie de la matinée nous avons gardé nos distances. Il a exploré les ravins pendant que je restais sur les crêtes d'où j'avais une vue sur tout le territoire. Vers midi nous avons été assaillis par une terrible tempête de vent et nous nous sommes retrouvés à l'abri d'une falaise où nous étions relativement au calme. Nous avons passé le temps à essayer de déchiffrer les dessins laissés sur les parois par quelque peuplade primitive des temps anciens, des silhouettes d'animaux cornus et d'hommes étrangement bossus avec de longs bâtons leur sortant de la bouche. M. Echoles a suggéré que les bâtons représentaient un instrument de musique, un genre de flûte peut-être, alors que j'affirmais qu'il s'agissait de pipes pour fumer, car je ne pensais pas que la fabrication d'instruments de musique fût à la portée de primitifs. La vérité est que nous ne saurons jamais à quoi servaient ces objets, a-t-il dit au bout d'un moment. Leur signification est pour nous aussi lointaine que leurs auteurs, de même que nous ne saurons probablement jamais qui fut responsable de la tragédie de Mountain Meadows. Il m'a semblé qu'il montrait trop d'insistance à revenir sur le sujet qui suscitait manifestement chez lui un si vif intérêt et, profitant d'une accalmie, j'ai proposé de repartir à la recherche des vaches. Un sage sait garder sa langue, ai-je pensé, et j'ai décidé qu'il valait mieux me taire devant lui. En nous remettant en route, nous avons découvert que le terrain était devenu glissant. De la glace s'était formée sur les pentes et Doll Belle et Sir Henry Belle se retrouvaient sur les jarrets à chaque pas. Je commençais à désespérer de jamais retrouver mes bêtes lorsque nous avons franchi une crête et aperçu ma vache tachetée, face au vent, la tête baissée, une flèche plantée dans le côté. De près, elle offrait un spectacle pitoyable : un flot d'écume rougeâtre lui sortait des narines et ses flancs se soulevaient lourdement. J'ai mis pied à terre, et me suis efforcée de briser la flèche. Je n'ai pas tenté de l'extraire, sachant que le sang jaillirait encore plus fort. Puis j'ai levé la tête et vu trois Indiens déboucher d'un bois de grands saules. Je les ai pris pour des Navajos à en juger par leur accoutrement. Brandissant leurs arcs, ils se sont mis à pousser des cris et des hurlements, cabrant leurs montures, virevoltant. Je suis revenue à mon cheval, j'ai sorti le fusil Henry de son étui et épaulé. Mes mains tremblaient horriblement et j'espérais qu'ils n'en voyaient rien, car mes chances étaient maigres d'atteindre ma cible même si j'en avais eu l'intention. J'ai relevé légèrement le canon, tiré deux coups par-dessus leurs têtes, et ils ont fait aussitôt demi-tour et pris la fuite, disparaissant dans le bois de saules. Visiblement bouleversé par cet incident, M. Echoles m'a implorée de quitter les lieux au plus vite mais il était hors de question que je parte sans ma vache. J'ai entouré ses cornes d'une corde, l'ai amenée tant bien que mal à se mettre debout et, tirant, poussant, nous avons fait le chemin inverse et regagné la maison à la tombée de la nuit. Frank m'a aidée à soigner la blessure avec un mélange de salpêtre et de poudre puis nous avons mis la vache dans un petit enclos pour la nuit, espérant la trouver encore en vie le lendemain matin.

27 NOVEMBRE. Froid. Averses de grésil. Dépecé la vache morte dans la nuit. Rentré de l'osier dans l'après-midi et accroché la viande salée dans la cave. Il ne me reste plus qu'une seule vache, et elle est toujours égarée dans la nature. M. Echoles a réparé mon moulin à maïs ; il se montre très serviable. Belle s'est prise d'amitié pour lui et le suit partout. À la fin de l'après-midi, plusieurs Oraibis sont venus annoncer qu'ils avaient aperçu ma vache au fond de la vallée au nord d'ici, et j'ai envoyé Frank et M. Echoles la chercher. Puis j'ai fait la classe à Belle et à Joe pendant deux heures, utilisant les leçons que M. Lee avaient rédigées pour ses élèves au pénitencier. J'en ai profité pour expliquer à Belle que son père, même dans ses pires moments, avait voulu créer une école à l'intérieur des murs de la prison afin d'éduquer les assassins et les voleurs parmi lesquels il se trouvait. C'était un prince au sein des autres hommes, ai-je dit à Belle, et c'en est la preuve, car qui songerait à améliorer l'esprit des éléments les plus vils de la société, à l'heure même où sa propre vie est menacée ? S'il était si bon, a-t-elle dit, pourquoi l'ont-ils tué ? Parce qu'ils ne lui arrivaient pas à la cheville, ai-je répondu, parce qu'ils ne possédaient pas sa vision. Quelle était cette vision ? a-t-elle demandé. Ils ne comprenaient ni les serments ni les engagements qui le liaient à son devoir, ni... Quand je serai grande, m'a-t-elle interrompue, montrant peu d'intérêt pour le sujet, j'aurai des jumelles, comme tante Emma, et je les appellerai Orpha Ora et Aura Ola. Telle est l'étrange tournure d'esprit de cette pauvre petite. Ce soir le vent siffle autour de la cabane. Les enfants sont tous endormis. Je me sens un peu solitaire et mélancolique, et je me dis que moi aussi je vais aller me coucher. Il m'arrive parfois de souhaiter n'avoir jamais connu ce vieux pays battu par les vents.

28 NOVEMBRE. M. Echoles est parti aujourd'hui, mais non sans m'avoir fait une curieuse proposition. Après avoir sellé ses chevaux, il est revenu jusqu'à la cabane où j'étais occu-

pée à ravauder et, s'asseyant près de moi, il m'a tenu un petit discours visiblement préparé à l'avance. Je suis célibataire, m'a-t-il dit, vous êtes veuve, et nous ne sommes jeunes ni l'un ni l'autre. Il me semble que nous pourrions nous être utiles mutuellement. Je vous propose de repasser par ici au printemps et de vous arracher vous et vos enfants à cette vie de labeur. Et où nous emmèneriez-vous ? ai-je demandé. En Californie, où vivent ma sœur et mon frère, et où un homme peut faire fortune, m'a-t-on dit, s'il y applique sans relâche. Ce n'est pas la fortune que je désire, ai-je répondu. Mes richesses sont déjà au Ciel, où le meilleur des époux m'attend. Je suis scellée à lui pour le Temps et Toute l'Eternité, et ce lien m'interdit de contracter une autre union, maintenant et à jamais. Je pense qu'il s'attendait à mon refus car il n'a pas eu l'air surpris par ma réponse. Que Dieu vous garde, lui ai-je souhaité avant de retourner à ma couture, et sans prononcer un mot de plus, il s'est levé et il est parti.

30 NOVEMBRE. Couvert et froid. Rien de grande importance n'est arrivé aujourd'hui. Tout semble tranquille après le départ de M. Echoles.

1er DÉCEMBRE. Trouvé Mahala dans la cave aujourd'hui, en train de pratiquer de petites incisions sur ses bras avec un couteau de cuisine. Que fais-tu ? me suis-je écriée en lui ôtant le couteau des mains. Elle s'est levée sans répondre et s'en est allée dans les champs, pour ne revenir qu'à la tombée de la nuit.

3 DÉCEMBRE. Temps plus doux et clair. Mes fils Frank et le petit Joe sont allés à Moencroppa avec un attelage de deux chevaux et en ont rapporté un chargement de bois. J'ai profité de la douceur du jour pour faire chauffer de l'eau et laver nos vêtements dans le grand baquet d'étain, puis je les ai mis à sécher sur les clôtures. À trois heures, j'ai mené la vache chez Shew et l'ai laissée pour qu'il la fasse

saillir. Vers huit heures, le fils du chef des Oraibis, Alcalda, est passé me voir à son retour d'une tournée dans les colonies et il m'a remis une lettre d'Emma. Il a rapporté qu'il y avait soixante centimètres de neige dans les Kaibab Mountains et près des Bitter Springs. Dit que six hommes travaillaient au bac et qu'Emma se préparait à s'en aller avec ses enfants. Il paraît que M. Johnson va être chargé à sa place de la gestion du bac pour le compte de l'Église. J'ai attendu que les enfants soient au lit pour lire la lettre d'Emma en entier. Elle remplit trois pages et j'ai pu constater, d'après les changements de la qualité de l'encre, qu'elle a été écrite sur une période de temps relativement longue. Dans la première partie, elle s'enquiert, comme à l'habitude, de mon état de santé et s'inquiète du bien-être des enfants. Le reste de la lettre est consacré au sujet qui l'intéresse en particulier, à savoir son désir d'avoir Belle auprès d'elle. Elle prétend avoir reçu une lettre d'Ann qui vit dans l'Idaho avec un Irlandais, un certain Beezer McGee, et exprime le souhait que lui soit confiée, à elle Emma, la charge de sa fille. Non qu'Ann ait quelque reproche à me faire ni qu'elle doute de ma capacité d'être une mère pour sa fille, explique Emma, mais elle voudrait que ses enfants soient élevés ensemble. Le petit Sam se languit loin de sa sœur, écrit-elle, et le vœu de sa mère étant qu'ils soient réunis, elle estime que nous devons honorer sa requête. Elle ajoute qu'elle a l'intention de quitter Lonely Dell après Noël et que je dois m'attendre à la voir arriver avant le Nouvel An, si la neige et le temps le permettent. Sa lettre m'a profondément chagrinée.

11 DÉCEMBRE. Temps froid et clair. Me suis réveillée pour constater la disparition de ma jument Doll Belle. Le soir le Pah-Ute Cuck-e-bur est arrivé sur son poney, menant ma jument. Il dit l'avoir trouvée à quinze milles d'ici. Je pense qu'il s'attendait à une récompense de ma part et j'ai cherché en vain quelque chose dont je puisse me séparer. Puis je suis tombée sur mon vieux Deseret Reader, qui contenait

le mode d'emploi de l'alphabet Deseret, et je le lui ai offert. Il a paru un peu déconcerté par mon cadeau, mais je lui ai dit qu'en l'étudiant soigneusement il pourrait apprendre à lire et à écrire.

12 DÉCEMBRE. Nuageux et froid. Vent du nord. Frank a décidé d'entreprendre un voyage jusqu'aux colonies du Nord afin de se procurer de la farine et d'autres denrées essentielles. Je m'oppose à ce qu'il franchisse les Kaibab avec tant de neige et la menace qu'il en tombe davantage. L'hostilité du temps me paraît décourageante, et après une longue discussion, il a accepté de retarder son voyage, pour le moment en tout cas. Nous avons du maïs, des haricots et des pommes de terre en quantité dans la cave, plus la viande de la vache qu'il a fallu abattre. Cela nous suffira pendant un temps, même si les menus sont monotones. Que ne donnerais-je pour une tasse de thé, une tranche de pain, ou une friandise. Ces derniers jours, j'ai senti mon courage m'abandonner. Mon corps reste dispos, bien qu'affaibli, mais je me sens de plus en plus abattue. Nous n'avons rien à faire sinon tenter de nous réchauffer et nous distraire par nos propres moyens, mais il n'y a pas un brin de joie dans cette maison, aucune envie de nous amuser. J'ai essayé de chanter un peu et d'esquisser quelques pas de danse, sans parvenir à entraîner les enfants. Mahala passe ses journées j'ignore où. Elle quitte la cabane à l'aube, enveloppée de sa lourde couverture, et ne revient qu'au crépuscule. Quand je lui demande où elle est allée, ma question se heurte au silence ou à un marmonnement incompréhensible, des mots indiens que lui ont appris Tal-tee et Shew. Je suppose qu'elle va souvent les retrouver dans ses errances quotidiennes, parcourant à pied le trajet jusqu'à leur village, et je crains qu'ils ne l'entraînent à pratiquer des activités contre nature. Ce soir je l'ai aidée à surmonter sa répugnance à s'agenouiller et l'ai obligée à prier avec moi. J'ai fait appel à l'Esprit de toutes mes forces mais en rouvrant les yeux je me suis rendu compte qu'elle

restait de marbre. Elle était assise par terre et grattait les plaies de ses bras, le regard vague. Joe et Frank ne paraissaient pas plus émus qu'elle. À la fin de ma prière, je les ai vus engagés dans un bras de fer devant la cheminée, s'efforçant d'étouffer leurs rires. Comment pourrais-je inspirer l'amour de Dieu à mes enfants sans prêtre à mon côté pour m'y aider ? J'ai contemplé mes fils privés de père, ma fille adoptive à la peau sombre, et l'enfant aux cheveux noirs qui n'est pas à moi, et j'ai souhaité du fond de mon cœur que nous puissions tous être transportés dans le monde meilleur qui nous attend.

13 DÉCEMBRE. Temps toujours hostile. Vers midi la neige est tombée en abondance. Un moment plus tard une compagnie est apparue sur la route et s'est arrêtée devant la cabane. Le chef de la troupe, qui s'est présenté sous le nom de Sailor Jack, m'a demandé l'autorisation de passer la nuit chez nous car ses bêtes étaient fatiguées et il préférait attendre que la tempête s'apaise. Ils ont un chariot tiré par une mule et plusieurs chevaux de selle et de bât ; ce sont des Gentils qui se dirigent vers le Nouveau-Mexique. Leurs noms, tels qu'ils les ont déclinés sont : A.B. Fergussen, de l'Oregon ; Joseph W. Edwards, du Missouri ; Charles Sylvester, du Maine ; Charles Martin, du Vermont ; Edward Ducket, du Missouri ; John Moody, du Maine (également connu sous le nom de Handy Bacon) ; R.E. Trask, de Pennsylvanie ; et Sailor Jack, le chef, qui est un Anglais de Bristol. Tous espèrent faire fortune dans les mines. Je leur ai donné l'usage du grand corral pour y abriter leurs bêtes. Dans la soirée, plusieurs des hommes, y compris Handy Bacon et Sailor Jack, sont venus à la cabane et m'ont apporté un paquet de thé, dont je les ai remerciés. Ils ne peuvent savoir quel luxe cela représente pour moi. Puis ils ont demandé si j'avais des légumes à leur vendre et ont sorti une bourse pleine de pièces. Je leur ai dit que les pièces n'étaient pas d'une grande utilité pour moi, mais que s'ils acceptaient de se séparer d'un sac de farine je

pourrais leur donner quelques pommes de terre et du maïs séché, et nous sommes convenus d'effectuer l'échange le lendemain matin. Avant de partir ils ont entrepris d'explorer ma cabane, posant des questions sur mon Livre de Mormon et la photo de M. Lee, qu'ils ont reconnue, ayant vu son portrait dans les journaux. M. Edwards et M. Ducket, tous deux du Missouri, et naturellement mal disposés envers les Saints, ont dit : Pourquoi avez-vous une photo de ce boucher sur votre étagère ? Ils se sont rendu compte alors que j'étais sa veuve mais loin de s'excuser ils se sont esclaffés et j'ai dû faire appel à ma dignité pour les informer que je souhaitais les voir partir car il était temps pour nous de nous coucher.

14 DÉCEMBRE. À mon réveil, j'ai découvert un spectacle de désolation. La compagnie de Gentils a déguerpi dans la nuit, après avoir dévasté mes réserves. Le vent qui a fait rage pendant la nuit a couvert leur départ et je n'ai eu aucun pressentiment de ce qui se tramait avant de me réveiller et de sortir de la cabane. Mon poulailler a été vidé et de nombreuses poules gisent mortes. Sir Henry Belle a disparu. Pire encore, le bœuf que j'avais mis de côté ainsi qu'une bonne moitié de mes pommes de terre et de mon maïs ont été volés. J'ai trouvé mon abri à outils saccagé, il manque beaucoup d'instruments et les autres sont éparpillés sur le sol. Désespérée, j'ai fondu en larmes, et Frank a été pris d'une telle rage qu'il m'a suppliée de le laisser prendre le vieux fusil Henry et de partir sur leurs traces pour récupérer nos biens, mais je n'ai pas voulu qu'il se lance dans une tentative aussi téméraire car il n'est pas de taille à se mesurer à ces canailles et je ne puis risquer que mon fils aîné, dont je dépends si étroitement, soit blessé. Je me retrouve donc dans un dénuement encore plus grand qu'auparavant, emplie de la certitude que la fin doit être proche quand de tels impies parcourent la terre librement, s'attaquant à une veuve comme moi.

15 DÉCEMBRE. J'ai réparé la bride que j'espère vendre à Taltee et lu des passages des journaux de M. Lee. J'ai ouvert une page datée du 6 septembre 1875, au pénitencier de l'Utah, écrite le jour de l'anniversaire de M. Lee : « Il y a soixante-quatre ans aujourd'hui que je suis venu difficilement au monde et soixante-quatre ans que je ne cesse de me battre contre les vents et les marées de l'adversité. Mon chemin, pour des raisons qui restent obscures, a été semé d'épines. Une grande partie de la race humaine, y compris des milliers de gens dont je n'ai jamais vu le visage, connaît aujourd'hui mon nom et s'intéresse à mon sort sur cette terre. Toutes les puissances du Ciel et de l'Enfer semblent avoir été appelées et réunies, prêtes à me demander de justifier chacun de mes actes ici-bas, d'étaler toutes les faiblesses de ma nature. On m'a fait expier les erreurs et les folies dont selon mes accusateurs je me serais rendu coupable. Et certains ont même été plus loin et tenté de me tenir pour responsable de quelque chose de répréhensible que j'aurais pensé, dit ou envisagé de faire. Le jour anniversaire de ma naissance m'a trouvé enfermé entre les murs d'une prison, associé aux félons de tout rang et de toute nature. J'ai essayé par principe d'adapter mes propos et mon comportement à la situation et à l'entourage de mes frères d'infortune, afin que mon séjour parmi eux leur agrée et soit source de bien plutôt que de mal. Comme l'a dit le sage, il y a un temps pour tout. J'ai essayé de distraire mes compagnons de cellule en leur racontant des anecdotes et des histoires drôles mais en dépit de mes mots d'esprit et de mes récits humoristiques, je n'ai pu plaire à tous. Tandis que j'en amuse certains, j'offense les autres. N'est-ce pas là l'histoire de toute ma vie ? Comme l'a dit l'Apôtre Paul : Car j'ai tenté d'être tout pour tous. Lorsque je me suis risqué à instruire l'esprit de ces hommes et à améliorer leur comportement, dans cette tâche j'ai fait peu de progrès. Je suis prisonnier par amour de l'Évangile. Je m'efforce parfois d'élever mon cœur et de me réjouir en pensant que ma récompense sera grande au Ciel. Je prie

pour que ma foi ne faiblisse pas, pour rester fort jusqu'à la fin. Mieux vaut mourir comme un homme que vivre comme un chien. Je conserve l'espoir de voir le jour où les murs de cette prison ne me retiendront plus éloigné de ma chère famille et de tous les miens. » À ce point de ma lecture, je me suis sentie submergée par le chagrin et j'ai refermé le journal jusqu'à un autre jour.

16 DÉCEMBRE. Temps inhabituellement doux. Frank et moi avons décidé de partir en expédition dans les Blue Mountains avec la jument Doll Belle et le poney prêté par Shew en quête de gibier pour remplacer le bœuf que nous ont volé les mineurs. Non sans inquiétude, étant donné son apathie, j'ai laissé Belle et le petit Joe à la garde de Mahala jusqu'à notre retour. Je ne pense pas rester absente pendant plus de trois jours, et Tuba et sa femme, Telly, qui m'ont rendu visite hier soir, ont promis de venir s'enquérir de ma famille. La perspective de ce voyage m'inquiète un peu car nous pénétrerons dans des régions peu familières, mais je me fie à une carte tracée par M. Lee voilà plusieurs années à son retour d'une fructueuse expédition de chasse, qui donne les indications suivantes : « Depuis le camp de Tula se diriger vers le nord et remonter la Pah-Ute River jusqu'à Navajo Camp, sur une distance de dix-huit milles, puis continuer vers le nord en direction de la grande piste jusqu'à Pinon Canyon, et ensuite suivre la piste le long du canyon, puis dans Main Valley jusqu'à Four Needles, une table rocheuse qui se dresse solitaire au bord d'un grand ravin à sec. Suivre Gulch Valley vers le nord jusqu'à un champ de cannes à l'entrée de Canyon Bonito, et de là, en prenant à gauche sur la mesa vers le nord, et en franchissant les basses terres brûlées, vous croiserez la piste des Blue Mountains. Gibier abondant. » J'ai mémorisé ces indications dans l'espoir de pouvoir les suivre. Nous nous sommes mis en route au petit matin, tirant un travois que nous espérons charger de gibier. Ce sera ma dernière entrée dans ce journal jusqu'à notre retour. Que Dieu nous garde.

20 DÉCEMBRE. Je ne sais par où commencer pour relater les événements tragiques qui se sont déroulés depuis la dernière fois où je me suis assise pour transcrire mes pensées dans ce journal. J'ai enduré un voyage dont j'espère ne jamais revivre l'équivalent, des épreuves qui paraissent pourtant insignifiantes en comparaison de ce que j'ai découvert à mon retour. Nous sommes restés absents quatre jours, dont deux recroquevillés dans une grotte pour nous protéger des assauts d'une tempête qui s'est levée soudainement. Le temps était si exécrable que nous avons été pris au piège sans même la possibilité d'aller vérifier l'état de nos montures que nous avions lâchées dans l'espoir qu'elles trouveraient seules à se nourrir. Durant la nuit, la température est descendue en dessous de moins trente et nous n'avons pu entretenir le feu jusqu'au matin. Quand la tempête s'est enfin calmée, Frank et moi sommes allés à la recherche des chevaux qui étaient repartis en arrière. Après avoir erré toute la journée, enfoncés dans la neige jusqu'aux genoux, nous avons enfin retrouvé Doll Belle et le poney de Shew, tous deux à moitié frigorifiés et très affaiblis. J'avais moi-même les pieds presque gelés, et craignais de ne pouvoir les réchauffer. À la tombée de la nuit, nous sommes parvenus à allumer un feu sous un surplomb rocheux et sommes restés à l'abri avec nos chevaux jusqu'à la première heure du jour, qui se leva gris et froid, annonciateur d'une nouvelle tempête. Ragaillardis par un petit-déjeuner de flocons d'avoine, nous avons repris le chemin de la maison, dépités de rentrer bredouilles. À Four Needles, Frank tua un lièvre que nous fîmes rôtir pour le repas de midi avant de remonter en selle et de continuer. La montée dans Pinon Canyon essouffla tellement ma jument que je dus mettre pied à terre et gravir la dernière partie du trajet à côté d'elle. Le poney de Shew était lui aussi à bout de forces et Frank fut comme moi obligé de continuer à pied. Nous avons campé pour la nuit le long de la piste et nous sommes remis en route aux premières lueurs de l'aube, espérant arriver avant la nuit.

Nous n'avions pas encore atteint la rivière lorsque le poney de Frank glissa en gravissant une ravine et l'entraîna dans sa chute, provoquant une mauvaise fracture de la jambe. Tandis que Frank gisait par terre en proie à une intense douleur, je lui ai posé une attelle du mieux que j'ai pu avec des baguettes de saule et des bandes de toile découpées dans sa chemise. Durant toute l'opération, Frank s'est efforcé de se montrer courageux, mais la douleur était si forte que je le sentais parfois près de s'évanouir. Finalement, rassemblant toutes mes forces, je le hissai sur le travois attelé au poney, enfourchai ma jument et, menant le poney, me dirigeai vers le village de Tuba, que j'ai atteint à la nuit tombée. Tuba m'a aidée à réduire la fracture et à cautériser la blessure à l'endroit où l'os avait percé la peau. Puis, prête à m'écrouler, j'ai confié la garde de mon fils à Telly, qui est demeuré à ses côtés durant toute la nuit tandis que je tombais dans un profond sommeil. Le matin, à mon réveil, j'ai trouvé Tuba, Telly et quelques-uns des villageois auprès de Frank. Ils lui avaient préparé un bouillon d'herbes et de suif qu'ils tentaient de lui faire avaler. J'ai décidé de le laisser à leur garde car j'étais anxieuse de regagner Moenabba et de retrouver mes enfants que Tuba et Telly n'avaient pu aller voir à cause de la tempête. Après un solide petit-déjeuner de bouillie de maïs et de melon séché, j'ai fait mes adieux à mon pauvre fils, lui promettant de revenir le lendemain avec le chariot, et de le ramener à la maison dès qu'il serait assez fort pour entreprendre le voyage. J'ai pris le raccourci à travers les collines, maintenant Doll Belle au trot, et néanmoins le trajet me parut interminable. Un sentiment de malaise m'oppressait, j'étais impatiente d'être arrivée. Plus j'approchais de la ferme, plus mon inquiétude grandissait. Et pourtant, lorsque j'ai franchi la dernière dénivellation et regardé ma cabane en contrebas et l'impression paisible qui s'en dégageait, j'ai cru mes craintes vaines. Je voyais ma vache dans le corral, et ma petite cabane avec la cave de pierre et le maïs soigneusement entassé à côté des hangars. Ce n'est qu'en m'avançant que j'ai remarqué quelque chose d'inhabituel pendu au grand peuplier de Virginie de la cour. J'ai cru d'abord que Joe et Belle y avaient accroché le poncho indien pour s'amuser. La forme sombre tournoyait et se tortillait dans le vent et je me suis dirigée vers elle, avec l'intention de gronder les enfants qui avaient grimpé à l'arbre pour y attacher cette chose et risqué une chute pendant mon absence. Puis, saisie d'un horrible sentiment, je me suis aperçue que ce n'était pas le poncho qui était suspendu à l'arbre. C'était Mahala, enveloppée de sa couverture sombre, pendue à la branche par une corde nouée autour de son cou. Je me suis approchée du corps, que j'ai trouvé raide et glacé sous mes doigts. Belle et Joe étaient invisibles. Je les ai appelé, j'ai crié leur nom tout en descendant de cheval, et une fois à terre j'ai couru jusqu'à la cabane. Je les ai trouvés à l'intérieur, blottis dans le lit sous plusieurs couvertures. Il faisait un froid glacial, il n'y avait pas de feu dans la cheminée, et les enfants ont paru plus inquiets que soulagés de me voir. J'ai compris qu'ils étaient en proie à une terreur si intense qu'ils semblaient avoir perdu la raison et ne pas me reconnaître. C'est seulement en me voyant près d'eux, penchée au-dessus d'eux, les attirant contre ma poitrine, qu'ils ont émis un son, et ce fut un sanglot si déchirant qu'on eût dit que leur cœur se vidait. J'ai fait un feu, les ai amenés doucement à me raconter ce qui s'était passé et seulement ensuite je suis allée couper la corde qui retenait le corps de Mahala. Je l'ai tiré jusqu'à la cave où je l'ai abandonné pour la nuit. D'après le récit des enfants, elle est montée dans l'arbre et s'est pendue le lendemain de mon départ avec Frank pour les Blue Mountains. Lorsqu'ils ont découvert son corps qui se balançait à la branche, ils ont eu tellement peur qu'ils se sont réfugiés dans le lit, où je les ai trouvés trois jours plus tard. Les événements de ces derniers jours m'ont tellement exténuée que je n'ai pas la force de poursuivre plus loin ce récit. Que Dieu me vienne en aide en cette heure tragique.

22 DÉCEMBRE. Enterré Mahala aujourd'hui. J'ai dû rassembler toutes mes forces pour creuser sa tombe dans le sol gelé. Armée d'une pelle et d'une pioche j'ai pu faire une fosse suffisamment profonde pour y déposer son corps. Je regrette amèrement de ne pouvoir lui offrir un cercueil, mais je l'ai bien enveloppée dans sa couverture et j'ai ensuite recouvert la tombe de pierres. Puis j'ai fait bouillir de l'eau que j'ai versée sur les pierres afin que le gel les maintienne en place lorsque la température chutera pendant la nuit, empêchant les loups d'avoir accès à la tombe peu profonde. La journée était alors écoulée et j'ai préparé le dîner des enfants. Ils semblent profondément perturbés et bouleversés par la mort de Mahala. Nous ne devons pas tant nous affliger, leur ai-je dit, car Mahala est partie pour un monde meilleur. Pour les consoler je leur ai désigné les étoiles qui pointaient dans le ciel nocturne. Elle est là-bas, ai-je dit en indiquant une des étoiles les plus brillantes. Elle est déjà montée sur un trône céleste. Comment sais-tu qu'elle est montée au Ciel ? a demandé le petit Joe. Peut-être qu'elle n'a pas été assez sage ? Je le sais parce qu'elle a été baptisée quand elle était petite et que tous ceux qui sont baptisés pour la rémission de leurs péchés monteront sur le trône et y vivront en paix et dans le bonheur éternel. Moi aussi je veux vivre dans le bonheur éternel, a dit Belle, et une expression d'une tristesse indicible a envahi son visage. Je l'ai attirée contre moi. Tu connaîtras ce bonheur, Belle, tu le connaîtras, et nous serons tous réunis là-haut, tu verras. Une fois les enfants couchés, je suis restée assise devant le feu, songeant à Mahala. Je n'ai jamais su la véritable date de sa naissance, naturellement, et je célébrais son anniversaire le jour où elle avait été baptisée et bénie. C'est M. Lee qui lui avait donné son nom de baptême le 27 avril 1856, pendant la Grande Réforme, lorsque tous les Saints avaient été appelés à recevoir un nouveau baptême à la suite de l'iniquité qui s'était répandue parmi nous. De nombreux enfants indiens avaient été baptisés ce dimanche-là, y compris un petit garçon de trois ans acheté par

Frère Moroni Ingram, et la petite Sarah Littlefield, âgée de neuf ans. Ira Groves, treize mois, fut également bénie, mais elle était de constitution fragile et mourut quatre jours plus tard. Les grands prêtres entonnèrent « Glorieux sera le Matin » après quoi tous les membres de la congrégation se retirèrent à Ash Creek pour y être rebaptisés, l'un après l'autre. Vinrent en premier le Président Haight, Elders Higbee, Morris, Roundy et Dalton, suivis des autres Frères, puis les Sœurs furent à leur tour plongées dans les eaux glacées, ainsi que les enfants de plus de huit ans. Nous nous réjouîmes tous ensemble et proclamâmes notre résolution d'être des hommes et des femmes meilleurs. Jamais depuis la fondation de notre petite colonie n'avaient été exprimé de tels sentiments de tolérance et de contrition, de joie et de gratitude envers Dieu qui avait manifesté tant de bonté et de miséricorde à notre égard malgré la méchanceté et la dureté qui avaient envahi nos cœurs. Nous fondîmes tous en larmes, remerciant Dieu de nous avoir permis de nous repentir avant qu'il ne soit trop tard. M. Lee parla avec force, il nous dit qu'il ne s'agissait pas d'une renaissance de courte durée comme il en existait parfois mais qu'elle persisterait jusqu'à ce que la frontière soit tracée entre les justes et les mécréants et que le combat final s'engage entre les deux royaumes du Bien et du Mal. Puis, désignant le bébé à la peau rouge que je tenais dans mes bras, depuis peu baptisé Mahala, il prédit que les âmes rouges seraient également bénies dans le grand renouveau et qu'elles s'épanouiraient dans l'allégresse qu'avaient suscitée nos bontés et nos bienfaits envers elles. Aujourd'hui, vingt ans plus tard, après bien des tourments, j'ai déposé dans sa tombe l'enfant que je tenais ce jour-là. En l'absence d'un prêtre pour prononcer quelques pauvres paroles devant son corps ravagé, j'ai offert les miennes. J'ai fait ce que j'ai pu pour toi, lui ai-je dit. Maintenant, que Dieu accueille ton âme.

23 DÉCEMBRE. Temps doux. Vers midi Tuba et Telly ont ramené Frank couché sur le travois, inquiets de ne pas me voir revenir au village comme je l'avais dit. J'ai préféré attendre pour leur annoncer la nouvelle de la mort de Mahala, car Frank paraît trop faible. Tuba nous a apporté trois melons que nous garderons pour Noël. Ils ont décidé de passer la nuit avec nous et je leur ai préparé un bon dîner. C'est durant le repas que le petit Joe a informé l'assistance que Mahala était partie habiter dans les étoiles et que j'ai dû expliquer comment elle avait mis fin à ses jours. Tuba s'est montré très affecté par la nouvelle et Frank a éclaté en pleurs. Sentant que je ne devais pas laisser ma famille s'abandonner au chagrin étant donné le peu de courage qu'il nous reste, j'ai vanté les gloires de l'au-delà, mais Tuba m'a contredite, prétendant que quiconque attente à sa vie devient un fantôme errant, incapable de se fixer dans ce monde et dans l'autre. Il a promis de célébrer un rituel de purification à l'intention de Mahala dès son retour dans son village et de réunir les anciens dans cette intention. J'ai fini par le laisser faire. Agis à ta guise, lui ai-je dit, car je sais que son salut est assuré grâce au pouvoir du baptême. Après dîner j'ai tenté de dissiper notre chagrin en faisant un peu de musique avec mon tambourin. Nous avons chanté des cantiques et la soirée a passé. Avant de nous quitter le lendemain Tuba a confié qu'il avait entendu parler de mon départ dans les colonies au printemps, ajoutant qu'ils pleureraient et se sentiraient abandonnés si je devais m'en aller. Qui fait courir ce bruit ? ai-je demandé. Il a répondu que Jacob Hamblin était passé au village pendant mon expédition dans les Blue Mountains et qu'il leur avait rapporté cette nouvelle. Ne croyez pas Jake-aux-Doigts-Sales, leur ai-je dit. Il veut seulement me voir partir afin de s'approprier mes terres, tout comme Emma a été évincée du bac pour que d'autres puissent occuper la ferme de Lonely Dell. En m'entendant mentionner le nom d'Emma, le visage de Telly s'est éclairé. Est-ce qu'elle va venir ? a-t-elle demandé, ajoutant qu'elle aimerait revoir

cette femme qui l'avait jadis guérie d'une méchante maladie avec ses remèdes. Apparemment Hamblin leur avait annoncé qu'Emma était déjà en train d'emballer ses effets et avait l'intention de se mettre en route pour Moenabba dans moins d'une semaine. À cette nouvelle, Belle s'est mise à danser de joie. Tante Emma va venir ! Tante Emma va venir ! chantonna-t-elle jusqu'à ce je lui dise de cesser de s'agiter ainsi et que nous fassions nos adieux à Telly et à Tuba. Je redoute la perspective de la visite d'Emma. En premier lieu, je dispose de peu de provisions pour l'accueillir convenablement et je ne supporte pas qu'à la vue de mon dénuement elle se sente obligée de me faire partager ses propres réserves. De toutes les épouses pourquoi faut-il que ce soit Emma qui ait toujours été ma véritable rivale ? Ses nombreuses et évidentes qualités font ressortir mes défauts, sa beauté souligne mon physique ingrat et sa gaieté naturelle a toujours contrasté avec mon caractère réservé. Peut-être pourrais-je me procurer une dinde sauvage voire quelques lièvres gras et rentrer des provisions en vue de sa visite afin qu'elle n'ait pas l'impression cruelle que nous ne vivons guère mieux que ces malheureux indigènes. Je voudrais aussi que l'humeur de Belle s'améliore avant son arrivée car je détesterais qu'elle la voie ainsi perturbée. Elle ne s'est pas encore remise de la mort de Mahala, et adopte avec moi un comportement maussade et silencieux qui me rappelle celui de Mahala à la fin, comme si le mal de l'enfant disparue avait pénétré celle qui est en vie.

25 DÉCEMBRE. Noël est arrivé sans tempête, un peu nuageux malgré tout. J'ai préparé un copieux déjeuner composé de gâteaux de maïs et du reste de mélasse que j'avais conservé pour l'occasion. Nos avons aussi mangé un des melons apportés par Tuba. Puis j'ai disposé les cadeaux que j'avais confectionnés au cours des semaines précédentes. Belle a été ravie d'avoir une nouvelle robe pour sa poupée, et Frank content du pantalon que j'ai cousu dans le

vieux manteau de M. Lee, bien qu'il ne puisse pas le porter par-dessus son attelle avant que sa jambe ne soit remise. Le petit Joe m'a remercié du costume de daim confectionné dans les peaux que j'ai échangées avec Shew, encore qu'il m'a semblé percevoir un peu de déception dans sa voix. Je suppose qu'il est trop grand à onze ans pour jouer à l'Indien, surtout qu'il n'y a aucun autre garçon pour s'amuser avec lui. Les enfants m'ont fait la surprise de m'offrir un sac brodé de perles qu'ils se sont procuré auprès d'un Indien. C'est quelque chose d'inhabituel pour moi, un ornement dont je n'ai pas l'usage, néanmoins c'est un joli objet et j'ai feint d'en être très heureuse. Dans l'après-midi Joe et moi avons pris le fusil et sommes partis à pied dans les collines, laissant Frank et Belle bien au chaud devant le feu, et j'ai réussi à tuer deux colombes qui ont constitué un bon dîner. Ça, plus le thé que j'ai fait infuser en utilisant le fond du paquet laissé par les mineurs, nous a rempli l'estomac jusqu'à la fin de cette journée, où nous fêtons la naissance de Notre Sauveur.

26 DÉCEMBRE. Temps moyen. Rien de particulier aujourd'hui.

27 DÉCEMBRE. Vers huit heures du matin, prenant Joe en croupe sur la jument Doll Bell, je suis partie pour le village de Taltee dans l'intention d'échanger une bride contre deux dindes. Les Oraibis n'élèvent pas de poules mais ils ont des dindes domestiques et j'espérais en obtenir un couple afin de créer mon propre troupeau. Il nous a fallu la plus grande partie de la journée pour atteindre le village qui est situé au sommet d'une mesa d'où l'on a une vue sur tout le pays. Ces Indiens ont coutume de construire leurs maisons d'adobe les unes au-dessus des autres, sans portes ni fenêtres mais avec des ouvertures dans le toit par lesquelles, au moyen d'échelles, ils montent et descendent d'une pièce à l'autre. Une fois arrivés sur la mesa, nous avons trouvé les villageois occupés à préparer une des fêtes

rituelles qui ont lieu à cette période de l'année. Dans les cours à ciel ouvert certains d'entre eux sculptaient et peignaient de petites effigies tandis que d'autres confectionnaient des masques. Les effigies sont des statuettes de bois d'une quinzaine de centimètres qui représentent divers dieux, certains consacrés à la chasse, d'autres à la pluie et à la neige, et d'autres encore à la pousse du maïs. D'après ce que Taltee m'a raconté dans le passé, ils croient que le soleil ou le Grand Esprit qui l'habite est le Dieu Suprême qui règne sur toute chose alors que ces figurines représentent des divinités de moindre importance. Notre arrivée au village a provoqué une certaine effervescence car ces Indiens ne sont pas habitués à voir une femme blanche voyager seule, avec un enfant pour unique compagnon, mais ils ont vite reconnu que j'étais la femme de Yawgatts et ne m'ont manifesté aucune hostilité. Au contraire, ils m'ont accueillie amicalement, chargeant l'un d'entre eux de me conduire à Taltee tandis que d'autres prenaient soin de mon cheval et de Joseph. J'ai trouvé Taltee dans une des pièces en sous-sol, disposant des pots de haricots germés devant un feu. J'ai reconnu Tow-wow-we-win, un vieil Oraibi, et sa femme, She-ma, assis dans un angle de la pièce. La pièce empestait la fumée, la sueur ainsi que d'autres odeurs indéfinissables et la chaleur m'a paru intolérable dans mes lourds vêtements d'hiver. Voyant mon inconfort, Taltee m'a précédée en haut de l'échelle où je l'ai suivi pour me retrouver sur une des terrasses où les femmes filaient, tissaient, réparaient leurs mocassins. L'une d'entre elles était occupée à coiffer sa fille, selon la tradition des jeunes filles Oraibis dont les épais cheveux sont nattés en grands macarons roulés sur les oreilles. Les femmes ont pouffé à ma vue et détourné les yeux pendant que j'expliquais à Taltee le but de ma visite, utilisant les mots de dinde, faim et troc. J'ai exhibé la bride que j'avais apportée en échange. Il l'a prise et l'a examinée, puis a levé un doigt, indiquant qu'il me donnerait une dinde pour la bride. J'ai secoué la tête et levé deux doigts. Et nous avons continué pendant un certain temps jusqu'au moment où a retenti le son d'une conque qui montait d'une terrasse en contrebas, signalant le début de la cérémonie. Soudain, dans tous les coins du village, les maisons ont commencé à se vider et les gens à se rassembler sur la place principale. Taltee m'a invitée à les suivre. Mon marchandage ainsi interrompu, je n'ai pu que rejoindre la foule et espérer reprendre plus tard la négociation. Plusieurs Indiens s'étaient enduits de peinture et munis d'instruments faits de carapaces de tortues auxquelles étaient attachés des sabots de mouton qu'ils agitaient furieusement à chacun de leur pas. Certains étaient vêtus de costumes effrayants. En me dirigeant vers la place, je suis restée en contemplation devant quatre Indiens qui portaient des masques aux mâchoires longues d'un pied, munies de deux rangées de dents féroces. Ils allaient d'habitation en habitation, faisant claquer leurs longues dents, martelant le sol du pied et agitant leurs carapaces de tortues. Je ne tenterai pas de décrire en détail la cérémonie qui a suivi durant plusieurs heures, l'extravagance de leurs déguisements, le déchaînement des danses et des sauts que leur nature sauvage et leur ingéniosité sont capables d'inventer. À un moment nous nous sommes retirés dans une des pièces en sous-sol appelées *kivas* et plusieurs des danseurs masqués ont descendu l'échelle la tête la première. Ils étaient nus à l'exception d'un pagne. Ils ont poussé des cris, dansé, chanté et sauté jusqu'à perdre haleine, renversant tous les pots de haricots. Puis ils ont remonté l'échelle les pieds en premier, ce qu'ils semblaient considérer comme un exploit considérable. Fasciné par cette scène, le petit Joe prêtait la plus grande attention à tout ce qui se passait. À la fin de la cérémonie a eu lieu un repas d'apparat où furent servis des galettes de maïs qu'ils appellent *peek*, des pêches cuites et du mouton bouilli accompagné de poivrons rouges et d'oignons crus – plus de victuailles que je n'en avais vu depuis des mois, et j'ai dû me garder de trop manger afin de ne pas tomber malade mais Joe a montré moins de réserve, se gavant en particulier de pêches sucrées. Il était alors trop tard pour prendre la route du retour. La nuit était depuis longtemps tombée. Taltee m'a invitée à dormir dans sa chambre avec lui, sa femme et sa petite fille. Joe et moi avons donc passé la nuit dans une pièce sans air, enveloppés d'une même couverture, reposant sur le sol de terre battue. Au matin, après du porridge de maïs et une soupe à la viande de puma en guise de petit-déjeuner, j'ai recommencé à marchander les dindes avec Taltee et fini par obtenir un mâle et une femelle en lui promettant d'ajouter une vieille chemise à mon offre. Les dindes furent attachées par les pattes pour le trajet de retour, et je me suis mise en route avec la volaille bruyante posée devant moi en travers de la selle et Joe en croupe, pour arriver au village de Tuba, Moencroppa, tard dans l'après-midi. Nous nous sommes arrêtés pour nous reposer et manger un melon. Avant de repartir, Tuba m'a fait présent d'une tunique de daim. Il a dit qu'il savait qu'à cette période de l'année les Blancs se faisaient des cadeaux et puisque mon mari n'était pas là pour m'en faire, il m'en offrait un à sa place. J'ai essayé de lui donner des cartouches en échange mais il n'a rien voulu accepter. Telles sont les lueurs de noblesse qui apparaissent parfois dans l'âme de l'homme rouge. Arrivée au coucher du soleil à la maison pour trouver l'enclos rempli de bétail, et deux chariots tirés devant ma cabane. Arrivés pendant mon absence, Emma et sa progéniture étaient installés devant mon feu. Mon enthousiasme à sa vue n'a pas été totalement sincère, car je savais en mon for intérieur que nous allions entrer en conflit au sujet de Belle avant d'en avoir fini. Néanmoins, je me suis comportée comme si sa présence me comblait de joie.

28 DÉCEMBRE. Il neige sans répit. Moral au plus bas toute la journée. M'efforce de faire bonne figure mais la présence d'Emma, de ses six enfants et de son nouveau galant, M. French, ne fait que souligner les différences entre son

existence et la mienne après la mort de notre mari. Elle semble resplendissante et se vante de peser soixante-quinze kilos, et ses enfants paraissent eux aussi débordants de santé, comme s'ils avaient peu souffert de privations. Elle se plaint seulement d'avoir été grugée par les Autorités de l'Église qui ne lui ont pas accordé les cent têtes de bétail promises après qu'elle leur a transféré l'acte de propriété de la ferme de Lonely Dell et sa part dans le bac. Après avoir quitté le fleuve, et fait halte aux points d'eau habituels de Navajo Springs, Bitter Springs et Limestone Tank, elle est arrivée à Willow Springs, à la ferme du clergé, et a tenté de se faire remettre le bétail dû par Lot Smith, mais au lieu des cent têtes convenues elle n'en a obtenu que quatorze, non sans difficulté. Elle est furieuse contre l'Église et ses émissaires et se répand dans de telles invectives que j'ai dû faire sortir les enfants pour qu'ils ne les entendent pas. M. French a l'air d'un brave homme pour un Gentil, mais il est obsédé par la fièvre de l'or et ne parle que de ça. Il est convaincu qu'il y a de l'or dans le canyon de la Paria et regrette d'avoir quitté le bac avant d'en avoir trouvé, mais il espère pouvoir reprendre sa prospection au Nouveau-Mexique. Pour sa part Emma préfère aller s'établir dans la nouvelle ville de Snow Flake près du Petit Colorado, où elle a entendu dire qu'on pouvait gagner de l'argent en ouvrant une pension proposant logement et repas. Je perçois déjà un différend entre eux quant à l'endroit où ils fonderont leur nouveau foyer – le Nouveau-Mexique ou Snowflake. Je suis seulement curieuse de savoir combien de temps ils comptent rester ici, mais je peux difficilement leur poser la question sans risquer de les offenser. Pourtant je sens que subsiste entre nous notre ancien ressentiment, et je suis impatiente de la voir partir avant qu'il ne se transforme en hostilité ouverte. Jusqu'ici, le sujet de Belle n'a pas été abordé. Mais nous avons eu ce soir une conversation particulièrement déplaisante concernant Mahala, dont le suicide, quand je l'ai annoncé, a déclenché une diatribe d'Emma contre les Saints qui se sont toujours ingérés dans l'existence des enfants indigènes. En a découlé notre premier désaccord. Que devions-nous faire à ton avis ? ai-je demandé. Les laisser vendre les bébés aux Mexicains pour qu'ils deviennent esclaves dans les mines ? Ou regarder leurs ravisseurs leur fracasser le crâne contre les roues des chariots quand nous refusions de les acheter ? C'est un sacré foutu problème, qu'on le prenne dans un sens ou dans un autre, a-t-elle répondu. Un sacré foutu problème. La raison qui la pousse à utiliser un tel langage me dépasse, car il n'élève en rien l'esprit féminin. En fait, j'ai remarqué que son comportement était devenu plus grossier, comme si la lumière de l'Évangile ne la guidait plus.

29 DÉCEMBRE. Un vent froid souffle du nord-est. Il neige et vente si fort qu'on ne voit pas la cave depuis la cabane. Nous avons passé la journée entassés dans ces petites pièces. Excités de se retrouver ensemble, les enfants font un tel vacarme qu'ils mettent mes nerfs à rude épreuve. Et Emma qui bavarde sans cesse, évoquant le passé. Te souviens-tu de la tempête de 61, dit-elle, quand il neigea à Harmony pendant quarante jours et que les pauvres enfants de Sarah Caroline furent écrasés sous les murs de leur maison écroulée ? Comme si j'avais pu oublier cette période tragique. Elle est surtout parvenue à me rappeler son comportement héroïque pendant ces moments où nous étions tous cloués au lit, malades et désespérés, et où elle se démenait jour et nuit pour nous nourrir et nous remonter le moral. D'où tire-t-elle pareille force je l'ignore, mais je me rends compte que loin d'avoir diminué, son énergie s'est accrue en proportion de ses épreuves, alors que je me sens réduite à une version amoindrie de ce que j'étais jadis. Le simple fait de me tenir à côté d'elle suffit à me rappeler nos inégalités, car elle me domine par sa corpulence et sa taille, et nos fortunes diffèrent tout autant. Lorsqu'elle s'est plainte ce soir de son maigre troupeau, je n'ai pu m'empêcher d'exprimer un sentiment de

hargne car elle possède au moins trente belles bêtes, en réunissant celles qu'elle a amenées depuis le bac à celles qu'elle a reçues de Lot Smith, alors qu'il ne me reste qu'une unique vache, bien maigre de surcroît. Ma réaction n'a pas provoqué le moindre signe de sympathie de sa part. Elle a fait simplement remarquer qu'il était évident que je devais quitter cet endroit au plus vite et aller m'installer parmi les Blancs, où je pourrais trouver l'occasion de me remarier et augmenter mes chances d'avoir une vie meilleure. Je l'ai informée que mon intention n'était pas de me remarier mais d'attendre mon heure sur cette terre jusqu'à ce que je sois réunie à M. Lee dans le Royaume des Cieux. Eh bien, si j'étais toi j'attendrais mon heure dans un endroit un peu plus confortable, a-t-elle dit, sinon tu deviendras à ce point indigente que tu en seras réduite à mendier auprès des Indiens. Elle a toujours eu un langage offensant avec moi et je ne l'apprécie pas davantage aujourd'hui qu'autrefois. Avant de se retirer pour la nuit, elle a ajouté qu'elle pouvait au moins emmener Belle avec elle, qu'elle me retirerait ainsi une bouche à nourrir, et offrirait la possibilité à l'enfant de vivre parmi des gens de sa condition. Et quelle sorte de gens ? me suis-je écriée. Des Gentils et des mineurs qui fréquentent des prostituées ? Non, a-t-elle dit, juste l'habituelle rassemblement de fripouilles connues sous le nom de Mormons. Là-dessus nous nous sommes quittées pour la nuit, le cœur plein d'amertume.

29 DÉCEMBRE. Froid, couvert, venteux, lugubre. Emma et sa troupe ne donnent pas l'impression de vouloir partir bien que la tempête se soit calmée et que les conditions soient favorables au voyage. Je m'efforce de mener ma vie comme d'habitude et de leur prouver qu'en dépit de nos conditions indigentes les enfants ne manquent de rien. Durant la matinée j'ai découpé des lettres dans du cuir pour leur apprendre l'alphabet et j'ai fait passer une interrogation d'orthographe à Frank et aux garçons d'Emma. Plusieurs Navajos sont passés dans l'après-midi, menant

une troupe de chevaux. M. French a essayé d'engager la conversation avec eux mais ils n'ont montré aucune disposition amicale. Ces Indiens sont une bande de canailles, prêts à voler tout ce qui n'est pas gardé, et j'ai averti M. French qu'il lui faudrait surveiller son troupeau de près dès qu'il s'engagerait sur la piste, maintenant qu'il a été repéré. Je connais les manières des Indiens, a-t-il répondu avec dédain, comme s'il voulait me faire comprendre qu'il n'avait nul besoin de conseils de la part d'une femme. Sa rebuffade m'a ôté tout scrupule, et je lui ai demandé quand il avait l'intention de se mettre en route pour leur nouvelle résidence. C'est à Emma de décider, a-t-il dit. C'est elle qui gère toute cette affaire. Et rien n'est plus vrai. J'ai observé la manière dont elle impose ses vues et lui fait exécuter ses ordres. À dire vrai, elle est entourée de soutiens efficaces. Son fils aîné, Billy, maintenant âgé de dix-huit ans, semble attaché au bien-être de sa mère et ne semble pas affecté de cette mélancolie qui afflige mon pauvre Frank. Ike, qui a seize ans, est un grand costaud. À treize ans, les jumelles Annie et Emmie sont prêtes à devenir des femmes. Dellie, sept ans, est une enfant vive et joyeuse, tout comme sa sœur Vicki, d'un an plus jeune. Le seul qui tranche dans cette troupe est Sam, le fils d'Ann et le frère aîné de Belle, qui à douze ans a le comportement d'un vieil homme inquiet. Cet après-midi, tandis qu'Emma et moi faisions de la couture devant le feu, je me suis hasardée à dire que Belle et Sam semblaient avoir hérité du caractère instable de leur mère. Comme prévu, Emma a volé au secours d'Ann. Elle n'était pas de caractère instable, a-t-elle dit, c'est seulement qu'elle n'avait pas été heureuse avec Père. C'est une pitié que des filles comme elles aient été données en mariage à des hommes aussi vieux. Je n'ai pas remarqué que tu aies montré beaucoup d'objections à un tel arrangement, ai-je répliqué. Mais j'avais vingt et un ans, pas treize, a-t-elle rétorqué, et je me suis mariée par amour, c'est toute la différence. Puis elle a contemplé la pièce et montré ses jumelles qui jouaient avec Belle.

Peux-tu imaginer par exemple Annie ou Emmie mariées à M. French ? Or elles ont aujourd'hui l'âge qu'avait Ann quand elle fut scellée à Père, qui était plus ou moins de l'âge de M. French. Ce dernier, qui était assez près pour entendre ces remarques, a paru un moment déconfit. J'ai tu ce que je pensais, que M. French n'était en rien comparable à M. Lee. Comme si elle voulait changer de sujet, Emma s'est mise à parler des récentes tentatives de Washington pour bannir la polygamie dans le territoire. De nombreux Saints ont choisi de se réfugier au Mexique, a-t-elle dit, plutôt que de risquer d'être traduits en justice, et elle pense que ce n'est plus qu'une question de temps avant que soient abolis les mariages pluraux. Comment peuvent-ils être abolis alors que la polygamie est un Principe Divin édicté par Dieu, et que Dieu seul a le pouvoir d'annuler ? lui ai-je demandé. Elle s'est contentée de rire Eh bien, peut-être Dieu changera-t-Il d'opinion quand Il en comprendra l'intérêt, car les biens de l'Église pourraient Lui être confisqués, et dans cette éventualité je ne doute pas qu'une révélation s'ensuivra, car lorsqu'ils ont à choisir entre la loi divine et l'argent, les Saints sont généralement assez malins pour protéger d'abord leur bourse. Quel blasphème, ai-je murmuré, et elle a souri et posé sa main sur mon bras en ajoutant Je vois, Rachel, que nos idées sont aussi éloignées qu'elles l'ont toujours été, mais ne nous disputons pas, car si une chose nous lie c'est que nous avons soutenu Père jusqu'à la fin alors que toutes ses autres épouses l'avaient abandonné. Tu oublies Sarah Caroline, ai-je fait remarquer. Non, a-t-elle répliqué. Tu sais comme moi qu'elle n'éprouvait plus aucun sentiment pour lui. Mais elle ne s'est pas souciée de rompre leur lien sachant que la mort le ferait à sa place. Je suis restée silencieuse, feignant d'être absorbée par un problème de couture. Pauvre M. Lee, ai-je pensé. Il a eu dix-neuf femmes qui lui ont donné soixante-trois enfants, et voilà l'aboutissement. Je suis la seule qui reste pour défendre son nom et son honneur.

30 DÉCEMBRE. Passé une nuit très agitée. Dans l'obscurité la peur m'a assaillie comme un accès de fièvre. J'étais incapable d'éliminer de mon esprit les propos tenus par Emma, le fait qu'elle avait épousé M. Lee par amour. Et moi, pourquoi l'avais-je épousé ? Cette question m'a tourmentée toute la nuit et m'a empêchée de dormir. Jamais auparavant je n'ai si intensément éprouvé le besoin de remettre en cause mes motivations. Quand je l'ai rencontré la première fois, il était déjà le mari de ma sœur et j'étais entrée dans leur foyer à l'époque difficile où les Saints étaient persécutés dans le Missouri. Je m'étais d'emblée sentie en sécurité auprès d'eux, sous la protection de M. Lee. J'avais toujours admiré ma sœur Aggatha plus que personne au monde et depuis ma plus tendre enfance je n'avais d'autre souhait que de lui ressembler. Lorsque son mari a commencé à m'entourer d'attentions, il m'a semblé que je devenais enfin d'une certaine façon son égale. Je crois sincèrement qu'au début, j'aimais ma sœur plus que lui, et quand les rumeurs se sont répandues que le Prophète et certains des membres dirigeants de la prêtrise allaient être scellés à plusieurs femmes, j'entrevis la possibilité d'être à jamais liée à ma sœur en épousant le même homme qu'elle. C'est alors que j'ai commencé à répondre aux prévenances de M. Lee, en m'efforçant au début de mesurer l'effet de mon attitude sur Aggatha. Si elle a été troublée par la cour que me faisait M. Lee, elle n'en a rien montré. Je pense que nous savions tous que ce serait un honneur pour notre famille que M. Lee soit admis dans le premier cercle des anciens autorisés à pratiquer le Principe Divin. Le jour où je fus scellée à lui, M. Lee se tenait à ma droite, et ma sœur à gauche, et j'éprouvai véritablement le sentiment d'être mariée à eux deux, ce qui m'emplit d'une joie intense. L'autre nuit, j'ai dû m'avouer que je ne l'avais pas épousé par amour, mais pour me rendre à l'injonction divine et assurer le progrès de nos âmes, et plus particulièrement pour rester à

jamais auprès de ma sœur. Cela diminue-t-il la profondeur des relations qui se sont développées entre nous au fil des années ? Je ne le crois pas, car je n'ai jamais été une adepte convaincue de l'amour romantique, qui appartient à cette terre et par conséquent est de nature changeante, souvent réduit à des fins charnelles. Ce que M. Lee et moi éprouvions était une étreinte passionnée de l'âme qui tissait entre nous un lien que personne ne pouvait dénouer ni rompre. Lorsqu'il passait ses nuits avec Emma ou avec une autre, quand il passait ses soirées à jouer aux cartes et à boire avec les journaliers puis emmenait Ann dans son lit, je comprenais ses moments de luxure et de faiblesse, car si le diable tente de satisfaire les désirs de votre cœur, prenez garde ! Il vous offre des bonheurs illusoires, en promettant le bateau au pêcheur ou le cheval au cavalier, et à l'homme avide des plaisirs de la chair, non pas une mais deux jeunes fraîches épouses. Mais peut-être Dieu, dans Sa sagesse, avait-Il compris que c'était le dû d'un homme supérieur. Car M. Lee était un homme supérieur, à la fois fermier et ouvrier, meunier et guérisseur, c'était un chef et un interprète, un passeur, un bâtisseur, capable de construire des maisons et d'édifier le Royaume de Dieu. De tels hommes ne sont pas soumis aux règles ordinaires. Même durant nos heures les plus sombres en prison, lorsque les rumeurs les plus horribles couraient sur nous, je l'ai vu s'élever au-dessus du malheur et jamais je ne me suis sentie aussi étroitement liée à lui. J'étais sa véritable épouse, la seule prête à partager son incarcération, et si ce n'est pas la preuve d'amour la plus sublime, quel autre nom lui donner ? En me levant ce matin, cependant, j'avais encore l'esprit tenaillé par la jalousie et le doute, et dès le point du jour je me suis forcée à aller jusqu'au canyon et au bois de chênes, et une fois là-bas j'ai prié, demandé au Seigneur ce qu'Il attendait encore de moi sur cette terre. Je suis rentrée un peu apaisée pour trouver Emma en train de charger ses chariots, s'apprêtant visiblement à partir. Tu comptes donc prendre la route aujourd'hui ? ai-je demandé. Sans doute, a-t-elle dit. Le temps paraît favorable. Je regrette de te voir partir, ai-je dit. Elle a interrompu ce qu'elle faisait et s'est retournée vers moi. Oh, Rachel, il est inutile de feindre une affection à mon égard que tu ne ressens pas. À défaut d'autre chose nous avons acquis le droit d'être honnêtes l'une envers l'autre. J'ai senti le rouge me monter au visage. Tu as raison. Je voulais simplement dire que les enfants ont apprécié de se trouver réunis et que je regrettais que ce soit fini. Tu n'as pas l'intention de me laisser emmener Belle, n'est-ce pas ? Non, je ne te la laisserai pas. J'ai besoin d'elle ici, comme tu peux le constater. Ses désirs ne signifient donc rien pour toi ? Car tu sais très bien qu'elle a envie de nous accompagner dans notre nouvelle vie. Les enfants veulent souvent des choses qu'ils ne peuvent pas obtenir, ai-je dit. Elle acceptera cette déception une fois que tu seras partie et que reprendra le cours habituel de notre existence. Je voyais bien qu'Emma n'était pas prête à céder. C'est le vœu de sa mère qu'elle soit élevée par moi, a-t-elle dit, en compagnie de son frère aîné. Je me suis toujours souciée comme d'une guigne d'Ann et de ses désirs, et je ne vois pas pourquoi je devrais m'en préoccuper maintenant, ai-je répliqué. Après tout, elle a abandonné ses enfants et avec eux le droit de contrôler leur destinée. En outre, excuse-moi, mais comment saurais-je qu'Ann a vraiment exprimé un tel vœu ? À ma connaissance, personne n'a eu de ses nouvelles depuis qu'elle a disparu. Emma s'est détournée sans un mot, et elle est montée dans son chariot. Je l'ai entendue fourgonner hors de ma vue derrière la bâche. Elle a réapparu aussitôt tenant une lettre à la main. Je présume que tu sais toujours lire dans l'alphabet du Déseret, a-t-elle dit, en me tendant la lettre, car c'est tout ce que la pauvre fille a jamais appris. En aucune autre circonstance je ne t'aurais permis de lire cette lettre, mais je n'aime pas être accusée de mensonge. Sur ce, elle est retournée à ses bagages, me laissant parcourir la lettre. Elle était datée du 12 octobre 1877 et commençait ainsi :

Ma chère Emma,

Tu seras sans doute étonnée d'avoir de mes nouvelles après toutes ces années. Je n'ai aucune excuse à offrir pour ce silence, mais je sais que je n'en ai pas besoin avec toi, car nos esprits n'ont toujours fait qu'un. Je me sens si triste ce soir, sans amie à qui me confier, et à qui pourrais-je penser sinon à toi ? Mon compagnon de ces dernières années, Beezer McGee, est mort hier, à la suite d'une mauvaise chute de cheval. Il était l'homme le meilleur que j'aie jamais connu et il m'a traitée comme une reine. Je ne sais même pas comment je continuerai à vivre sans lui. Mais je me souviens d'avoir pensé la même chose à ton sujet lorsque nous nous sommes quittées. T'es-tu jamais demandé pourquoi je n'étais pas venue te rejoindre au fleuve, alors que je te l'avais promis ? Je crois que je te dois une explication, même tardive, non parce que tu en attends une, mais parce que je veux que tu connaisses la vérité sur ce qui s'est passé. Comme tu l'as peut-être deviné, j'étais arrivée à la conclusion que je ne pourrais plus vivre avec cet homme. Tu vois, je l'avais vu tuer quelqu'un avec un parfait sang-froid, ou je croyais l'avoir vu. Peut-être te demandes-tu comment je puis en être aussi certaine, mais voici les circonstances.

Te souviens-tu du vieil Oncle John, le Gentil qui était venu travailler chez nous pendant une saison et qui, après une terrible dispute avec Lee, avait décidé de quitter Harmony et de se joindre à des conducteurs de troupeaux qui partaient pour la Californie ? Lee était furieux de son départ, surtout parce que Oncle John insistait pour obtenir la totalité des gages qui lui étaient dus, que Lee paya à regret, moitié en argent liquide et moitié en chevaux. Les conducteurs partirent avec leurs bêtes mais Oncle John décida de rester un jour de plus et de se mettre en route l'après-midi suivant, avec l'intention de les rattraper plus tard. Il sella son cheval le lendemain vers quatre heures, et dit qu'il se préparait à rejoindre Pinto en menant ses chevaux devant lui. Lee, feignant cet air contrit qu'il affectait souvent, offrit de l'accompagner et de lui indiquer où établir un campement pour la nuit. Oncle John accepta et c'est, comme tu le sais, la dernière fois que nous le vîmes. Je me souviens qu'avant leur départ tu as demandé à Lee s'il avait l'intention de rentrer ce soir-là et il a dit que oui mais que tu ne l'attendes pas. Il est revenu en effet, vers neuf heures, et nous a trouvées toi et moi en train de bavarder avec Sarah Caroline dans son salon. Il nous a dit de rentrer chez nous car il était tard, ce que nous fîmes, imaginant qu'il allait passer la nuit avec Sarah Caroline. Mais avant de partir, je l'ai vu sortir sa tenue de daim, et cela m'a troublée. Quand il enfilait ce costume et se noircissait le visage, souviens-toi, il ressemblait davantage à un Indien que le vieux Moquetus. J'ai eu la certitude que quelque chose de louche se tramait en le voyant prêt à se déguiser. Je suis allée me coucher et j'ai dû m'endormir car je ne me suis rendu compte de rien jusqu'au lendemain matin. En me levant, j'ai vu du sang sur mes pieds et sur le bas de ma chemise de nuit, et me suis souvenue d'avoir fait un rêve atroce. Puis tout ce qui s'était passé m'est revenu brutalement à la mémoire. Ce matin-là j'étais sortie à la recherche des vaches. J'étais tombée sur le cadavre d'Oncle John trois milles plus loin dans Pinto Canyon. J'avais également trouvé le costume indien de Lee dissimulé sous des pierres. Tout ça m'avait profondément perturbée, car dans ce que je croyais être un rêve, j'avais suivi Lee dans le canyon et l'avais vu se pencher et trancher la gorge d'Oncle John d'une oreille à l'autre. Chacun de ses gestes était si clairement imprimé dans mon esprit que j'aurais pu en faire une description détaillée. Et voilà que je découvrais le corps de l'Oncle John, la gorge ouverte, exactement comme je l'avais vu. Était-ce un rêve, ou avais-je réellement suivi Lee dans le canyon et assisté au meurtre ? Et sinon, d'où venait le sang sur ma chemise de nuit, et qui avait assassiné Oncle John ? Je me mis à douter de ma santé mentale. J'étais très angoissée depuis un certain temps, tu le sais, incapable d'accepter d'être à nouveau enceinte, et à présent j'avais l'impression que mon esprit vacillait. J'avais perdu le sommeil. J'étais hantée par des pensées horribles. Je m'étais mise à avoir peur de Lee, peur de ce qu'il pouvait faire à ceux qui se mettaient en travers de son chemin. Quelques jours plus tard, lorsqu'il vint nous trouver dans la cuisine et voulut savoir si nous avions l'intention de l'accompagner au fleuve, j'ai cru que j'allais m'effondrer. Jusqu'à cet instant je ne l'avais jamais cru capable d'assassiner quelqu'un de sang-froid, en dépit de tout ce qu'on chuchotait à son propos concernant le massacre, mais ce jour-là, crois-moi, la réalité m'est apparue. J'ai compris qu'il était parfaitement capable d'attenter à la vie d'autrui, ou même d'assassiner des petites filles, comme on l'accusait de l'avoir fait dans la prairie. Il avait déjà préparé les chariots ce matin-là, les avait chargés de tout ce qui lui était nécessaire pour quitter le pays, et il est parti peu après avec Rachel et sa famille. Faisaient aussi partie de son troupeau les chevaux qu'il avait donnés à Oncle John. Lorsque les garçons sont venus nous rechercher quelques mois plus tard, j'ai compris que je ne partirais pas, et j'ai envoyé les enfants te rejoindre en promettant de les suivre. Mais je ne les ai pas suivis, n'est-ce pas ? Quelques jours plus tard, j'ai empaqueté mes quelques effets et allumé un feu dans la cuisine dans l'intention d'incendier la maison. Ce qui te prouvera mon état d'esprit à cette époque. Prenant Albert avec moi sur ma jument noire, je me suis enfoncée dans les montagnes. Je suis restée un moment dans les environs, regardant le feu se propager. Les flammes me donnaient le vertige. J'ai attendu de voir la maison s'embraser de l'intérieur, les solives et le toit s'enflammer, puis j'ai poussé mon cheval sans plus jamais regarder derrière moi.

Voilà, Emma, comment j'ai quitté cette existence que nous avons partagée. Tu peux penser que c'est la preuve d'un esprit instable, et à vrai dire je n'ai jamais su avec certitude si je n'avais pas rêvé les évènements que je viens de relater, je sais seulement que j'ai trouvé cet homme mort, et du sang sur ma chemise. Il y a quelque temps je suis retournée là-bas à la recherche d'un cheval qu'on m'avait volé. C'était peu après l'exécution de Lee, et j'ai appris qu'il n'était plus de ce monde et qu'avec lui un sombre passé avait disparu. Pourtant, je sens que je ne me libérerai jamais entièrement de son influence, pas plus que je n'effacerai tout à fait son souvenir.

J'ai appris par mon frère que tu élevais Sam mais que Belle vivait avec Rachel à Moenabba. Je sais que je n'ai pas le droit de te faire cette demande, mais je voudrais que tu ailles chercher Belle dès que tu le pourras et que tu la gardes avec toi. Je n'ai rien contre La Souris, mais j'aimerais tant que mon enfant ne soit pas élevée par quelqu'un qui est animé par un tel sentiment religieux, car j'ai vu les résultats de ce genre de fanatisme. Le pauvre Lee, je crois, fut lui-même l'instrument de sa perte. Qui sait les actes dont ils furent l'auteur, lui ou ses pareils, au nom de ces croyances fanatiques ? Tu connais comme moi des exemples où des gens ont expié par le sang de présumés péchés. Pourtant j'ai toujours pensé que le comportement de Lee dans la prairie avait été motivé par l'appât du gain autant que par le désir de venger le sang du Prophète, car qui s'est finalement retrouvé en possession de la plus grande partie du bétail des émigrants et d'une bonne part de leurs biens ? Je n'ai jamais vu un homme adorer autant l'argent, et se soumettre davantage à un maître, car il était capable de tout pour Brigham, y compris d'assassiner des êtres innocents. Les voir ensemble me donnait la nausée. J'avais horreur de voir un homme s'abaisser ainsi, subjugué par le pouvoir d'un autre. Le jour où j'ai appris sa mort, je l'ai presque plaint d'avoir été ainsi trahi par celui qu'il aimait le plus au monde – qu'il considérait comme son père. Aujourd'hui je présume que nous nous sommes tous libérés de ce passé, mais je crains que ses enfants portent à jamais le poids de sa honte, et les enfants de ses enfants, à travers les générations, et c'est une raison supplémentaire d'espérer que tu pourras prendre Belle avec toi et lui infuser un peu de ton esprit rebelle, car je crains qu'elle n'en ait besoin pour s'imposer dans l'existence.

En ce qui me concerne, je pense reprendre Albert à mon frère. Je crois être capable de m'occuper d'un seul enfant, et Albert est suffisamment jeune pour me pardonner et s'adapter à la vie avec moi, qui comprendra sûrement un certain degré d'errance. J'ai l'intention de remonter jusqu'à la Galantin Valley dans le

Montana. Un certain Stewart m'a proposé un ranch de cent soixante acres en échange de la moitié des pur-sang que Breezer et moi avions élevés. À moins que je n'aille dans l'Oregon, ou que je ne retourne au Mexique. De toute façon, je ne m'attarderai nulle part très longtemps. J'ai l'esprit nomade. Je veux toujours être ailleurs, la faute en est à ce pays, dont les vastes espaces m'appellent. J'ignore quels sont tes plans, Emma, et ce que l'avenir te réserve, mais je bénirai toujours la chance d'avoir eu une amie telle que toi. Je vis avec l'espoir qu'un jour nos chemins se croisent à nouveau. En attendant, je reste, comme toujours, ton amie dévouée.

Ann

J'ai remis la lettre dans son enveloppe défraîchie et contemplé les collines rouges saupoudrées de neige dans le lointain. Emma s'est approchée de moi en silence et m'a pris la lettre des mains. J'avais les larmes aux yeux. Pourquoi pleures-tu ? m'a-t-elle demandé. Je ne sais pas, ai-je dit. Je n'osais pas lui donner la vraie raison, que je pleurais sur moi-même. Je venais de prendre conscience que je n'avais jamais été aimée avec tant de générosité, même pas par ma sœur, dont j'avais toujours attendu une semblable affection. Peut-être peux-tu maintenant accepter de me confier Belle, a-t-elle dit. Je crains que non, ai-je répliqué. J'ai levé la tête et l'ai regardée droit dans les yeux afin de lui montrer ma détermination, cherchant à l'humilier, me sentant grandie de la supériorité que j'avais sur elle, le pouvoir de lui refuser ce qu'elle désirait le plus. Car le pouvoir avait changé de mains désormais. Je me sentais pleine de force, comme si j'avais attiré en moi une puissance invincible, une armée d'âmes prêtes à défendre à mes côtés les bons et les justes. Je ne pense pas que cela change quoi que ce soit, a-t-elle dit en fourrant la lettre dans la poche de son manteau. Mais tu ne pourras plus me qualifier de menteuse désormais, n'est-ce pas ? De la même façon que tu me qualifiais de Souris ? dis-je. C'était une vieille plaisanterie, a-t-elle répondu, oubliée depuis longtemps. Ann a tort à propos de M. Lee, ai-je dit. Il n'a tué personne, encore moins ce pauvre Oncle John qui, nous le savons tous, a été assassiné par les Indiens. Ce n'est qu'une pauvre folle, qui a les penchants les plus contraires à la nature, et je remercie le Seigneur qu'ait été épargné à deux de ses enfants de vivre avec une mère pareille. Elle n'est pas seulement folle, mais c'est une menteuse et elle finira mal. En bref, nous finirons tous mal, a dit Emma en riant. C'est ce qu'on appelle la mort. J'espère seulement qu'elle s'égarera en route et ne se montrera pas trop tôt, car nous aimerions profiter encore un peu de la vie, n'est-ce pas ? J'ai l'intention d'élever Belle dans la foi, ai-je dit, exactement comme son père l'eût souhaité, afin qu'en récompense elle puisse le retrouver dans l'au-delà. Sa récompense sera de tenir jusqu'au printemps sans mourir de faim, a marmonné Emma, et toi aussi. Elle s'est détournée et a appelé M. French, lui a demandé s'il avait terminé de préparer les bêtes et s'il était prêt à partir. J'ai appelé les enfants dans la maison afin qu'ils disent poliment au revoir. Frank a été le premier à sortir, claudiquant sur sa béquille, suivi par le petit Joseph qui avait endossé son costume de daim pour la circonstance. Seule Belle a refusé de se montrer. Je l'ai trouvée cachée sous le lit, en larmes. Je l'ai saisie fermement par la main et lui ai ordonné d'être brave, comme son père l'aurait voulu, et nous avons rejoint les autres au-dehors. Déjà en selle, Ike et M. French tournaient en rond autour du bétail, et Emma et Billy avaient chacun la charge d'un chariot et de son attelage. L'un après l'autre les enfants se sont embrassés puis sont montés embrasser Emma, tous sauf Belle qui a refusé de manifester la moindre émotion. Je m'attendais à une scène de désespoir de sa part, mais je me trompais, elle est restée figée sur place, muette. Emma est descendue de son chariot, s'est approchée d'elle et l'a serrée contre elle pendant un long moment, tout en lui murmurant je ne sais quoi à l'oreille. Quelque chose qui a fait rire l'enfant. Elle s'est dirigée ensuite vers moi et m'a pris la main. Au revoir, Rachel, a-t-elle dit. J'ignore quand nous nous reverrons, mais j'espère que nos sentiments seront alors plus chaleureux, sinon l'une de nous pourrait se retrouver morte. Je voyais bien qu'elle plaisantait mais je n'ai pas ri. Tu as laissé deux vaches dans le corral, ai-je dit, ignorant son humour. Ne les oublie pas. Je ne les ai pas oubliées, répondit-elle. C'est mon cadeau – pour toi et les enfants. Je l'aurais volontiers battue, car une fois de plus je me sentais redevable envers elle, et accablée par sa générosité. Je me sentais amoindrie devant elle alors qu'elle semblait de plus en plus grande à mes yeux. À cet instant je me suis rendu compte que nos existences sont régies par de tels jeux d'influence, et que le seul véritable objet des relations humaines est le pouvoir – pas l'amour, ni la haine, mais le pouvoir, qui finit toujours par triompher. Quant à cet endroit, a-t-elle dit en regardant autour d'elle, oublie ce que j'ai dit. Il n'est pas si mal. Après tout, pense à celui où j'ai vécu pendant ces sept dernières années. Elle a ri de bon cœur, m'a donné une tape dans le dos, a appelé Frank, Joe et Belle. Maintenant les enfants soyez sages et prenez bien soin de votre maman sinon je reviendrai vous donner une bonne fessée, vous m'entendez ? Sur ces mots elle s'est hissée à bord du chariot et ses enfants ont grimpé derrière elle, et avec de grands gestes, des cris d'adieu et des souhaits de bonheur le convoi s'est ébranlé, les chariots en tête, et M. French et Ike menant le troupeau sur le côté de la piste. En passant devant moi, M. French a soulevé son chapeau et m'a remerciée, ajoutant qu'il espérait me revoir prochainement car il avait l'intention de retourner à la Paria un jour et d'en revenir avec son or. Nul doute que vous y parviendrez, ai-je dit, ajoutant que je serais toujours ravie de le voir.

Le crépuscule tombe. Assise à la table devant la fenêtre, j'écris dans la dernière lueur du soir. J'ai presque rempli ce cahier, et n'en ayant pas d'autre, cette entrée sera sans doute la dernière. Les falaises sont baignées d'une lumière rose, comme éclairées de l'intérieur, et tout le paysage a pris une teinte rougeâtre. Demain débute une nouvelle année. Je suis convaincue que nous avons franchi un cap et que des temps meilleurs nous attendent. J'ai deux dindes. Trois vaches. Et j'ai découvert un sac de farine, laissé par Emma dans la cave. Je commence la nouvelle année avec plus que je n'avais à la fin de la précédente. Je voudrais pouvoir dire que j'en suis reconnaissante à Emma. Mais je sais qu'en me faisant ces dons elle a rétabli nos anciens rapports et que la plus forte a une fois de plus choisi de répandre ses bienfaits sur la plus faible, comme si j'avais besoin qu'on me rappelle une dernière fois nos différences. Pourtant cela m'importe peu à présent. Notre époux n'est plus. Tous les liens se sont dissous. Ce qui fut autrefois une grande et forte famille, dirigée par un homme qui était un prince, n'est plus qu'un vaisseau brisé en plusieurs parties qui ne seront plus jamais réunies jusqu'à l'heure du Jugement Dernier. Mon esprit se tourne vers la vie qui m'attend. Je crois que je vais cuire le pain ce soir, pour faire plaisir aux enfants, ensuite nous chanterons quelques hymnes et jouerons du tambourin pour accueillir le Nouvel An. Dieu soit loué de nous avoir permis de traverser l'année passée par nos propres moyens. Grande est Sa miséricorde. À cet instant le soleil rougit les murs de la pièce, les pare d'une lumière surnaturelle, comme si Son esprit voulait m'informer de Sa présence. Les visages commencent à apparaître dans les rochers. Les falaises sont en feu. Le ciel est en fusion. Tout est rouge ce soir, rouge et glorieux. Je sens la présence de ma sœur, de ma mère, du Prophète Joseph et des anciens patriarches. Ils prennent forme devant moi, s'inscrivent dans la roche. Les falaises sont illuminées par tous les hôtes des cieux, et j'ai la certitude que lui aussi viendra bientôt et me montrera son visage. Il viendra bientôt, je le sais.

Il viendra.

Et je serai ici à l'attendre, sa seule et unique épouse.

NOTE DE L'AUTEUR

Quelques années après la mort de John D. Lee, Emma Batchelor Lee épousa Frank French et s'installa à Winslow, dans l'Arizona, où elle se consacra à la médecine, et fut connue sous le nom de Dr French. Elle mourut le 16 novembre 1897, et est enterrée dans le cimetière de Winslow. Le sort d'Ann est à ce jour incertain. Sam, son fils aîné, fut élevé par Emma. Rachel garda Belle, la fille d'Ann, jusqu'à ce qu'elle se marie et fonde sa propre famille. Il existe un acte de mariage d'Ann, en 1894, avec un dénommé Frank Kennedy. La date et le lieu de sa mort restent inconnus. Rachel passa les dernières années de sa vie à Gila Valley, en Arizona, entourée de ses enfants, petits-enfants et arrière-petits-enfants. Elle resta une croyante fervente, prompte à défendre la mémoire de son mari comme sa foi. Elle mourut en 1912 à l'âge de quatre-vingt-sept ans. Elle ne se remaria jamais.

Bien que beaucoup des personnages et des épisodes décrits dans ce livre soient inspirés par des faits historiques, il s'agit avant tout d'une œuvre d'imagination qui doit être lue comme une fiction et non comme une version de l'Histoire.

Je tiens à remercier la Fondation John Simon Guggenheim pour une bourse qui m'a permis de mener à bien les recherches et la rédaction de ce roman. Je suis profondément reconnaissante à feu Juanita Brooks, dont le livre, *The Mountain Meadows Massacre* suscita mon intérêt pour ce qui allait devenir le pivot de mon récit. Merci aussi à mes lecteurs de la première heure et à mes conseillers : le Dr Gregory C. Thompson, directeur des Special Collections de la J. Willard Marriott Library, à l'Université de l'Utah ; le Dr Floyd A. O'Neil, directeur émérite de l'American West Center, Université de l'Utah ; le personnel de la Huntington Library et de la State Historical Society de l'Utah ; et Rae Lewis, Sonja Bolle, Francis Geffard, Joy Harris, Dan Frank et particulièrement l'historien Will Bagley, auteur de *Blood of the Prophets,* une étude sur Mountain Meadows qui sera publiée prochainement : sans son aide et sa grande générosité, je n'aurais pu écrire ce livre. Et à mon mari Anthony Hernandez, dont l'affection m'a aidée à traverser tant de nuits blanches emplies de doute, je dois des remerciements qui vont au-delà des mots.

« Terres d'Amérique »

Collection dirigée par Francis Geffard

SHERMAN ALEXIE

Indian Blues, roman

Indian Killer, roman

Phoenix, Arizona, nouvelles

La Vie aux trousses, nouvelles

CATHRYN ALPERT

Rocket City, roman

RUDOLFO ANAYA

Sous le soleil de Zia, roman

Bénissez-moi, Ultima, roman

GAIL ANDERSON-DARGATZ

Remède à la mort par la foudre, roman

Une recette pour les abeilles, roman

DAVID BERGEN

Une année dans la vie de Johnny Fehr, roman

Juste avant l'aube, roman

DAN CHAON

Parmi les disparus, nouvelles

ANTHONY DOERR

Le Nom des coquillages, nouvelles

JAMES D. DOSS

La Rivière des âmes perdues, roman

Le Canyon des ombres, roman

DAVID JAMES DUNCAN

La Vie selon Gus Orviston, roman

GRETEL EHRLICH

La Consolation des grands espaces

LOUISE ERDRICH
L'Épouse Antilope, roman
Dernier rapport sur les miracles à Little No Horse, roman

JUDITH FREEMAN
Et la vie dans tout ça, Verna ?, roman

JAMES GALVIN
Prairie

DAGOBERTO GILB
Le Dernier Domicile connu de Mickey Acuña, roman
La Magie dans le sang, nouvelles

PAM HOUSTON
J'ai toujours eu un faible pour les cow-boys, nouvelles
Une valse pour le chat, roman

RICHARD HUGO
La Mort et la Belle Vie, roman

THOMAS KING
Medicine River, roman
Monroe Swimmer est de retour, roman

WALTER KIRN
Pouce !, roman

WILLIAM KITTREDGE
La Porte du ciel
Cette histoire n'est pas la vôtre, nouvelles

KARLA KUBAN
Haute Plaine, roman

CRAIG LESLEY

Saison de chasse, roman

La Constellation du Pêcheur, roman

L'Enfant des tempêtes, roman

DEIRDRE MCNAMER

Madrid, Montana, roman

DAVID MEANS

De petits incendies, nouvelles

RICHARD NELSON

L'île, l'océan et les tempêtes, roman

DAN O'BRIEN

Brendan Prairie, roman

LOUIS OWENS

Même la vue la plus perçante, roman

Le Chant du loup, roman

Le Joueur des ténèbres, roman

Le Pays des ombres, roman

DOUG PEACOCK

Mes Années grizzlis

SUSAN POWER

Danseur d'herbe, roman

ELWOOD REID

Ce que savent les saumons, nouvelles

Midnight Sun, roman

EDEN ROBINSON

Les Esprits de l'océan, roman

GRED SARRIS

Les Enfants d'Elba, roman

GERALD SHAPIRO

Les Mauvais Juifs, nouvelles

Un schmok à Babylone, nouvelles

LESLIE MARMON SILKO

Cérémonie, roman

MARLY SWICK

Dernière Saison avant l'amour, nouvelles

DAVID TREUER

Little, roman

Comme un frère, roman

BRADY UDALL

Lâchons les chiens, nouvelles

Le Destin miraculeux d'Edgar Mint, roman

JAMES WELCH

L'Hiver dans le sang, roman

La Mort de Jim Loney, roman

Comme des ombres sur la terre, roman

L'Avocat indien, roman

À la grâce de Marseille, roman

Il y a des légendes silencieuses, poèmes

Composition Nord Compo
et impression Imprimerie Floch sur Roto-Page
en janvier 2004.

N° d'impression : 59010.
N° d'édition : 22201.
Dépôt légal : février 2004.
Imprimé en France.